我们不再去抗衡不公

我们不再去寻找存在的意义

我们用热情、勇气、真诚拥抱彼此

然后，你愿意把手给我吗？

我们一起，和这个世界陷落吧

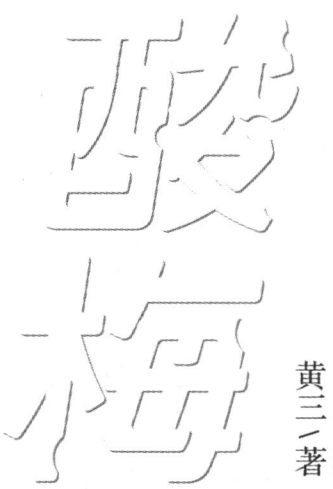

黄三/著

江苏凤凰文艺出版社
JIANGSU PHOENIX LITERATURE AND ART PUBLISHING

图书在版编目（ＣＩＰ）数据

酸梅 / 黄三著 . — 南京：江苏凤凰文艺出版社，2020.10（2022.8 重印）
 ISBN 978-7-5594-5134-7

Ⅰ . ①酸… Ⅱ . ①黄… Ⅲ . ①长篇小说 – 中国 – 当代 Ⅳ . ① I247.5

中国版本图书馆 CIP 数据核字 (2020) 第 164827 号

酸梅

黄三 著

责任编辑	张　倩
特约编辑	刘　星
装帧设计	白砚川
封面绘图	柒　伞
出版发行	江苏凤凰文艺出版社
	南京市中央路 165 号，邮编： 210009
网　　址	http://www.jswenyi.con
印　　刷	湖南天闻新华印务有限公司
开　　本	880mm×1230mm 1/32
印　　张	11
字　　数	240 千字
版　　次	2020 年 10 月第 1 版
印　　次	2022 年 8 月第 14 次印刷
书　　号	ISBN 978-7-5594-5134-7
定　　价	42.80 元

江苏凤凰文艺版图书凡印刷、装订错误，可向出版社调换，联系电话 025-83280257

目录
CONTENTS

第一章 小城 /001

第二章 恶意 /030

第三章 争锋 /080

第四章 低头 /114

第五章 荒野 /157

目录
CONTENTS

第六章 心跳 /184

第七章 风暴 /206

第八章 山顶 /234

第九章 反抗 /269

第十章 崭新 /299

番外篇 /336

第一章
小城

"什么是恶?凡是源于虚弱的东西都是恶。"——尼采

火车驶入容城时,夏藤终于在一片颠簸之中苏醒过来。

车内冷气开得很足,她虽裹着外衣,却还是睡得手脚冰凉。她坐起身,揉了揉发酸的脖子,看向窗外。

天色已经完全暗下来,夜景飞快地向后流淌,灯影拉成模糊的长线,断断续续地蔓延向无尽的远方。

车厢里弥漫着方便面和不同身体散发出来的味道,香与臭混杂,搅成一股奇异而闷重的气味。数不清有多少年没坐过火车了……这味道让夏藤有点儿犯恶心。她从枕边拿起保温杯,里边的水还热着,喝了几口,暂时压住了胃里翻江倒海的感觉。

广播里正在报站,还有二十分钟到达目的地。

她从床底拉出行李箱,把洗漱包、充电器塞进背包里挎上肩,鸭舌帽盖住鸡窝似的头发,口罩一直兜在脸上,根本没拿下来过。镜片有些花了,她把黑框眼镜取下来,用衣服角胡乱抹了两把,又重新戴上。

夏藤不是近视眼,一路上戴得极不舒服,刚摸了下,鼻梁处被压出来两个窝窝。

一切收拾妥当,她看了眼时间。

23:35。

她坐了两天一夜的火车,终于跨越千里,来到这个最边远的地方。等待她的,不知道该不该用"未来"二字形容。她曾经的未来是充满希望的,但现在不是。

容城是这列绿皮火车的终点站,夏藤随着人流下了车。北风那个吹,呼啦呼啦的，无比生猛，差点儿掀翻她的帽子。夏藤条件反射，紧紧扶住帽檐低下头，心脏一阵敲锣打鼓，余光小心打量四周，没有人注意到她，她这才松了口气，自己简直神经过了头。其实这一路还算顺利，没什么人认出她。或许，不是人人都时刻关注那些媒体平台的。

这是夏藤的新认知。

她推着笨重的行李箱，耳机里放着重金属，音量开到最大，吵得她头昏脑涨，可以完全隔绝外界的声音。

她跟着路标走，七弯八拐，终于在十分钟后找到了通往周边城市的大巴站台。

显示屏上标注着各大巴的发车时间与目的地，夏藤眯着眼找，都快把显示屏盯出个窟窿，终于在最后一行看到通往昭县的车次。

仅剩一班，十分钟后发车。夏藤买好票后便在站台上一路狂奔，跑到大巴跟前，刚准备放行李箱，工作人员合上车盖，冲她一摆手："放满了。"

夏藤一怔："那我的箱子怎么办？"

工作人员不耐烦地说："什么怎么办？拎车上去啊。"

她不再说话，提起行李箱，磕磕碰碰地上了车。

她的座位靠窗，靠外边的座位上坐着个大妈，一直斜眼瞧着她，极不情愿地拢了拢腿让她进去。

就这么几下，夏藤想跟她换座的想法马上消失了。行李箱搁在过道，大巴一拐弯，行李箱就往前滑溜，再一拐弯，又朝后滑溜，滑溜到最后，发出"咯噔"一声，不知碰到谁了，那人嚷了一句："这是谁的箱子啊，还要不要了？"

夏藤也烦了："就搁那儿吧，这我也控制不住啊。"

一来一往，言语中夹枪带棒的。

那人见遇到一个脾气冲的，"哼"了一声没再说话，车上也没其他人跟着凑热闹，或许是都太困了，疲倦笼罩着每位蔫头耷脑的乘客。

这段插曲很快就被此起彼伏的呼噜声淹没。

晚上车少，司机把车开得飞起，下了高速后，道路明显变得不好走，一颠一颠的，磕得屁股疼。夏藤一直没睡着，挂着耳机盯着窗外看。高楼越来越稀少，建筑越来越落后，她的心情越来越诡异。

大巴摇摇晃晃到达昭县时，已是夜里两点多。下了车，她第一时间找了个垃圾桶，吐了半天什么也没吐出来。这两天她基本没怎么吃东西，胃是空的，刚一抬头，垃圾桶四周扎堆的苍蝇让她没忍住又干呕了两下。

她把水杯拿出来，喝了一口水，在嘴里咕噜了几下，吐了出来，然后用手背抹了把嘴，抬头看着眼前荒凉的景象。她从没见过这么寒酸的车站，又小又破，"汽车站"三个字牌立在黑夜里，萧条而老旧。路灯有气无力地散发出暗兮兮的黄光，出口处停的三轮车比汽车还多。

三轮车是那种后边带车厢的，没看错的话，这似乎是这附近唯一可以载客的代步工具。因为夏藤看见有几个人轻车熟路地拎着箱子跨进那个车厢里，然后开始和车夫讨价还价。夏藤想象了一下自己抱着行李箱坐在三轮车上的场景，光想想就已经快窒息了。

她打开手机，习惯性地叫车，界面半天都刷新不出来，最后弹出来一个让她检查网络设置的提醒。她看了一眼网络状态，没有4G，只有一个E。这个E，让她顿时有种说不上来的感觉。叫不了车，她准备就近找个宾馆住下。

夏藤拉着行李箱，滚轮碾在坑坑洼洼的石头路上，噪音巨大，拉得无比费劲。她好不容易走到最近的一家，门口立着一个脏兮兮的灯箱，上面印着四个大字：高兴旅馆。

她的视线往旁边扫去，一连三家，全部是这种画风，一家比一家破，就差直接往窗户上贴"按摩""洗脚"了。

这里连家快捷酒店都没有。夏藤犹豫了，她甚至怀疑这些店能不能线上支付，因为她身上没带多少现金。而且，在这种地方睡一晚，可能会成为她这辈子的噩梦。在她发愣的片刻间，耳机里的摇滚乐变成了来电铃声，她掏出手机看了一眼：陈非晚。

她接通电话，没说话。

"到了？"

"嗯。"

"没出什么事吧？"

能出什么事？这话听得她不舒服，她把口罩往下移了点儿："这里没人认识我。"

陈非晚不做评价，她熬到这会儿眼皮已经快黏住了，没工夫和她计较，只道："去你姥姥那儿吧，她刚和我通完电话，问你什么时候到，老人家见不着你一直不肯睡。"

夏藤无语："都几点了，还折腾。"

陈非晚马上语气斜上去："一大家子陪你耗到半夜，到底谁折腾？"

她踢了一脚地上的石头粒，说："没车。"

跟前有个男人在抽烟，烟熏火燎的，她皱着眉往旁边让了让："只有三轮。"

陈非晚寸步不让："三轮就三轮，去了就别嫌东嫌西的。"

眼看又要吵起来，夏藤当机立断挂了电话。世界上从来没有真正意义上的感同身受，亲妈也一样。自从出了事，陈非晚起先是心疼她的，可是在她无数次歇斯底里和莫名发狂后，再多的耐心都能耗到尽头。

于是两看生厌，日子在无声中爆裂、腐烂，心疼变成嫌恶，争吵无休无止。再这样下去，所有人都会疯掉。陈非晚和夏文驰商量过后，决定先把她送回老家，避避风头，也能暂时还他们一个清净。

夏藤看看眼前幽幽闪光的高兴旅馆，又看看那边的三轮，一咬牙，拎着箱子去了。她挑了个带斗篷的三轮，看起来比其他的稍微高级一些，起码能挡风。车夫长了一张极其淳朴的脸，问她去哪儿，夏藤打开备忘录，把上面记着的那串地址给他看："能去吧？"

"能，能。不过到西梁桥得十块，那边晚上路不好走。"车夫说完，有点儿紧张地看着她，似乎做好了被讨价还价的准备。

这个年代了，还有这种廉价劳动力。夏藤"嗯"了一声，要提箱子，车夫一看，赶紧从座位上跳下来："我来我来。"

夏藤没跟他争，撒手让他拿。他接过她手里沉重无比的行李箱，然后小心翼翼地扛到了车厢里，没磕没碰。

夏藤说了一句"谢谢"，也钻了进去。

昭县是夏藤的老家，边陲小县，她只在很小很小的时候在这里生活过两个月。她对这里的记忆很少，但有些记忆足够深。印象里，西梁桥底下的河水总是流淌得很急，拍岸的水声夜里都能听着，她每回过桥都不敢往下看，生怕掉进去被冲走。

外婆家就在桥头的高坡上，那时候夏藤一直觉得西梁上住着全昭县的人，因为头天晚上见着的婶儿、叔儿，第二天能在街上碰着，第三天又能在公园里碰着。

那几年家家户户都有小院，自己种些瓜果蔬菜，养鸡养狗，白天晚上都热闹得很。邻里之间也不关门，搬个小凳儿坐一块儿聊天。各家都是平房，条件好些的能翻修成白色的砖瓦房，差些的就是最原始的土坯房，外婆家便是后者。每逢下雨，夏藤都担心房子会不会化成一摊泥水。

不过听说后来陈非晚回来把房子里外都翻新了一遍，夏藤再没回来过，不知道变成了什么样儿。

关于昭县，她记得的就这么多。说是老家，其实她并不熟悉，这里的人和事，都离她真正生活的地方太远。城市发展落后，消息也很闭塞，没想到，现如今倒成了对她来说最安全的地方。

她长得漂亮，且极富个人特色，不说绝美，但绝对是让人忘不了的那种。老天爷赏饭吃，演技仿佛是天赐的礼物，拍了两部文艺电影，小火了一把，网上风评很好，夸她清纯又有不同于年龄的性感，正值最美好的十七岁，可塑性很高，前途一片敞亮。

她的青春是闪着星辉的，璀璨又令人生羡，好像天生就该在灯光下活着。她享受那些充满爱慕的眼神，喜欢众人痴迷于她的模样，它们诱人而纯粹，让她蓬松，心跳加快，像踩在云端，如梦似幻。

有时夏藤就在想，是不是她过得太顺风顺水了，所以才会在那样辉煌的时刻从高处跌落，重重摔进泥潭里。

出事前一天，她本来在谈一个大导演的本子，是部极具话题性的影片，竞争相当激烈。

夏藤名气虽不如同期竞争者，但她是最符合角色概念的，不出意外，这部电影可以让她身价翻倍，口碑从此树立起来。

可惜，风暴席卷而来的那一刻，她连一声呼救都来不及发出，就被彻彻底底地卷入浪潮之中。关于她的丑闻事件，话题热度居高不下长达一个月。她是新人，脚跟都还没站稳，而以对方的背景人脉，碾死她比碾死一只蚂蚁还简单。

舆论本就是可操控的，营销号爆料，造谣被当作"事实"全网转发，吃瓜群众与道德标兵再齐齐上阵，所有矛头都指向她。

而她发出的公关文在巨大的舆论面前不堪一击，反而被看成"又当又立"的经典行为，人人耻笑。

营销号为了博关注，一天恨不得发十条，骂声越发壮大，而圈内的都知道她惹了谁，没有人为她说话，脏水不泼到自个儿身上就是万幸。

现在的人们爱看的，不就是那些敏感词汇吗？"恶"，便是从这一刻产生的。

狗仔无孔不入，网民时刻紧逼，摄像头恨不得二十四小时贴着她拍，她像是被扒光了衣服扔在街上人人喊打，漂亮的脸蛋成了罪证。

她本就是在小众圈里才说得上话，落入大众视野里，她的清纯是装的，少女的性感变成了色情，气质冷艳被说成看起来就一脸刻薄……情况愈演愈烈，终于，发展成一场网络暴民的集体狂欢，人人都是批评家，真相淹没在众人的口水与疯狂之中，可怜巴巴，无人在乎。

与夏藤相关的话题里，用词不堪入目。发生在她身上的事，无论落在哪个女孩身上，或许都没有站出来澄清的勇气。

因为那意味着，有些事与标签，要背负一辈子。况且，舆论一边倒，她已经被拍死在耻辱柱上，永世不得翻身。

车到桥头，夏藤回过神来。车夫已经下车替她把行李箱扛下来，夏藤掏出手机："能微信转吗？"

车夫显然没听懂："啥？"

"有二维码吗？我用微信转账给你，或者支付宝。"夏藤看着他持续茫然的脸，认命地点点头，"算了，你等下。"

她搜了下衣服口袋，里面有几张纸币，拿出来一看，最小的只有二十。她抽出来给他："别找了。"

车夫一听，连连摇头，摸索着找衣兜里的钱夹："那不行，那不行。"

"您回去吧，找给我我也用不上。"夏藤没再看他，跳下车，径自拖着行李箱走了。走出去一截，她还能听到背后那人一连串的"谢谢"。

西梁桥住的人多，房子成排分布，还分几个片区，有点儿像现在城市里的小区。从前的石头路修成了平整的水泥路，好走了许多，但是路窄，只有一侧有路灯，隔好几米才有一盏。路是新的，附近的房子也大多翻了新变了样，夏藤记忆里的路标都没了，七拐八拐后，她成功迷了路。

不知道绕到哪儿，夜晚光线差，她扫了一圈，周边的这几栋房子都很陌生，她完全没印象。由于长时间拖拽着行李箱，夏藤手心磨出两个水泡，生疼生疼的。她停在路边坐到行李箱上，在手机里翻了半天，想起自己没有外婆家的电话号码。

夜已经很深，小县在沉睡，到处都静悄悄的。她内心挣扎着要不要给陈非晚打个电话，毫无征兆地，旁边的房子里爆发出玻璃摔碎的声音，一阵"丁零哐啷"的噪音之后,传来男人粗声粗气的怒吼——

"你给老子滚出去!"

紧接着,是摔门的巨响。"砰"的一声,震破天。

争吵发生得太突然,就发生在她身侧的这户人家里。夏藤抬头看向这栋房子,它似乎比其他几户人家的都高一些,起码有三层。

夏藤还坐在行李箱上保持着刚才的姿势,又是一声巨响,视线里多了个一脚踹开大院门走出来的人。想必这位,就是刚才那句"你给老子滚出去"里的"你"。

夏藤十五岁开始拍电影,在娱乐圈混了两年,什么牛鬼蛇神都见过,但她没见过这⋯⋯这么难以形容的人。

她只记得那一瞬间身体上的感觉,一身鸡皮疙瘩,和下意识屏住的呼吸。他一头黑发,额前的碎发在眼皮上戳着,头顶上还参着几根。很高,脸很瘦,单眼皮。整个人线条薄而利,像把利刃,冒着寒光。

可能是临时被家里人赶出来的缘故,他身上穿着一件种田老汉最常穿的白马褂,无袖,大敞着,里边⋯⋯是光着的,腹部肌肉横竖排列,不厚不浅,线条一目了然。浑身透着一股野蛮又冷漠的邪劲儿。

夏藤的目光有些不受控制,这还是头一次。就在她犹豫要不要解释一下自己为什么深更半夜出现在别人家大门口时,男生正眼都没看她一眼,走了。

他已经掠过她走出去一段,夏藤这才反应过来他压根没在意她的存在,她赶紧对着那道瘦长的背影"喂"了一声。

人没回头。

好不容易遇见个活的,夏藤急了,提高声音:"喂!我叫你呢!"

男生两只手插在裤兜里,停了脚步,也不转身,等着她过去。

夏藤从行李箱上跳下来,小跑到他面前,男生看着她,眼神冷冰冰的,非常,特别,不耐烦。

夏藤不了解他,不知道此刻的他心情极差,是最不能招惹的状态。她只是觉得,如果现在她说不出个叫他停下的原因来,他下一秒就能把她丢出去。

夏藤清了清嗓子,问:"你好,知道沈蘩家住哪儿吗?"

"不知道。"

夏藤以为西梁的住户应该是全部认识的,吃了一惊:"怎么可能?

我姥姥在这里住了很久了。"

"关我什么事？"

"……"

听到这句，夏藤终于意识到这人不但看起来不友善，似乎还不太好沟通。她把手机上的备忘录打开，调出地址，重点划了下后面的门牌号，放在他面前："2街道08号，这样你知道在哪儿了吧。"

他随便扫了一眼，还没说话，她把那沓万能的零钱拿出口袋，这次直接抽了张五十出来，夹在指间在他眼前晃了晃："不是白问的，带我过去，这是路费。"没有不屑，没有看不起，只是用着一种理所当然的，来自大城市的底气与优越。

当然，夏藤并不自知。她以为金钱可以安抚所有人。

男生盯着那张五十块钱看了会儿，突然眯了下眼，问："你多大？"

夏藤推了下鼻子上那副巨大的黑框眼镜，想起自己此刻正"全副武装"，脸遮得严严实实，于是沉下嗓音编道："二十五。"装个成熟的声音，对她来说不难。他听见了，但没反应，脸上什么表情也没有，让人猜不透他在想什么。

随后，指间一松，钱被他抽走，然后向另一边走去。

这是同意带路了？夏藤赶紧拎着箱子跟上，男生腿长，几步就能把她甩开一段距离，夏藤走一阵跑一阵，跟得很费劲，她喘着气儿问："能不能慢点儿？"男生跟没听见似的，继续仗着腿长大步走，夏藤越看越觉得这人像是在拿她撒气，清了清嗓子："你刚才……是不是和你爸吵架了？"

他没回答，但身形明显僵了一下。夏藤觉得这是被她说中了，拿捏着适度的语气，用一种过来人的姿态继续道："我像你这么大的时候，也总和家里人吵架，你……"

他突然止步，夏藤以为他要发火，赶紧收了声。然而并没有，他只是转了个弯，换了一条路。夏藤松了一口气。到底还是年轻，应该被她骗得真以为她是大人，不敢把她怎么样。

夏藤继续发挥着演技："我有十几年没回来了，这儿变了不少。"

她断断续续地讲着话，前边的人一个字也没应。

换的这条路没有路灯，越走越黑，路也变得不太平坦，似乎还越来越窄，夏藤刚想问，前边的人一停，让开身子，对她说："进去。"

他声音压得很低。夏藤看不清，隐隐约约能看出是个院子，围了一圈高墙,她一脸迷茫:"这是哪儿?"

"近道,穿过去就到了。"

"可是……"她还没说完,背后突然传来一股力,她被他一把推了进去。一进去,夏藤就感觉到了不对劲。但是具体哪里不对劲她也说不出来……她小心翼翼地往前走了两步,一声闷响,踢到了什么东西。

热热的,毛茸茸的,活的。

"汪汪汪——嗷呜——"再看不清,她也能听清这是狗在叫,且近在咫尺,体型庞大。她能感觉到有巨型黑影在朝她扑来,还不止一只。

夏藤怕狗,怕到一看见就窒息紧张,甚至失去正常思维的地步。多可爱多小只的都不行,她小时候被狗咬过,现在都还留着疤。

"啊啊啊——"人和狗一起叫,夏藤连行李箱也不要了,冲回去要出来,跑到边缘,狗窝的门竟然被锁上了,怪不得他刚刚说的是"进去"。

"开门开门开门!"她求救,他就闲闲地站在三米之外,云雾散开,月光洒下来,照亮他露出来的两排牙。他在笑,两只手插在口袋里,完全没出手帮忙的意思,笑得肩膀直颤。不知道是不是大脑受了刺激,夏藤觉得她看到了他两颗恶魔的獠牙,森白森白的。

她手脚并用,两只手撑住旁边的土墙,腿抬上去想翻出来。墙其实不高,但没有垫脚的东西,她又吓得魂飞魄散,胳膊使不上一点儿力气,没办法撑住身体让腿跨出去。

夏藤绝望了,身后的"汪汪"声让她失去理智,她甚至觉得自己的双腿和身体已经分离,正被狗叼在嘴里。

"救救我救救我,我要被吃了……"

男生笑得直不起腰,在她绝望凄惨的求救声里,嚣张地蹦出两个字:"活该。"

直到这家主人被动静折腾醒,屋内亮起灯,他才稍微收敛了点儿,一把抓住她的前襟,像拎鸡仔一样把毫无行动能力的她从墙内拎了出来。

夏藤的视线重新恢复光明,人已经被拉到水泥路上,他跑得飞快,在狗主人出来前拽着她溜之大吉。夏夜的风很凉,吹起头发丝,如数粘在她的脸上,混着鼻涕、眼泪和土。夏藤跪坐在地上,还没回魂,眼泪跟关不住闸门的水龙头似的。帽子丢了,眼镜飞哪儿去了也不知道。

眼前一暗,他在她面前蹲下来。夏藤扭过头。

他往前凑,似乎要看清她长什么样子,她往旁边躲,他再凑,她再躲。他不耐烦了,一把扯掉她的口罩,看清楚后,说:"丑。"

这是继一系列恶作剧之后,他说的第一句话。

夏藤捂住脸,蹭了一手的黏稠物。

他一边说,一边从兜里掏了个东西出来,在手里对折。

"你很吵,知不知道?"第二句。

"以后见了我,要么躲着走,要么一句话都别说。"第三句。

"再惹我,还把你关进去。"第四句。

夏藤紧紧地闭着眼,打了个哆嗦。

"后面那红大门是你姥姥家。"他冲后方抬了抬下巴,"行李箱明天我给你弄出来。"一句一句说完,他起身,把手里折好的东西对着她掷出去,还自己配音,"嗖——"

"嗖——"脑袋上传来痛意,那玩意儿砸了她一下,然后掉进她怀里。泪眼模糊中,夏藤看到了一架纸飞机,是用那张五十块钱折的。

第二天,阳光叫醒了夏藤。她睁开眼,最先映入眼帘的是窗外一片新绿,叶片繁茂,层层叠叠的,光从缝隙中洒下来,懒洋洋地爬上她的脸。她缓了一会儿,看了眼时间,上午十点多。等视线适应了光线,她撑起身去开窗。

刚一开,风便涌进来。没有窗纱和护栏,她探出去半颗脑袋,呼吸着新鲜的空气。天很蓝,云朵像小时候吃的棉花糖,看起来蓬松而绵软。放眼望去,皆是平平矮矮的房屋,屋顶上充满了小县城的生活气息,架着太阳能热水器,还有洗干净在风中轻飘的衣服。

昨夜空荡荡的水泥路上人多了起来,不时有自行车和电动车驶过,角落里还能看见三两只悠闲自在的野猫。

刘海儿被吹乱,夏藤缩回来关上窗,回身,已是一屋子夏天的味道。

她穿着人字拖下楼,没看到人,倒是一眼看到了立在客厅正中央的行李箱。关于昨夜的记忆全部涌上心头,夏藤一早通畅的气息立马堵住了半截,她面无表情地深吸一口气,心里反复默念着一句话——

忘了那个疯子。

沈蘩是在这时候进来的,手里还拎着一个盆,正往下滴着水。她瞧见夏藤:"阿藤醒了?去吃饭吧,桌上给你留着呢。"

夏藤问:"您干什么去了?"

沈蘩摆摆手,进里屋放盆子。夏藤想到了什么,跑出去一看,院子里晾晒衣服的长绳上搭着她昨晚换下来的几件脏衣服,刚洗过,还能闻到洗衣粉的味道。

她站在院子里冲里边喊:"不是说了今天我自己洗吗?"

"就两件,我随手揉了。"沈蘩跟出来,坐在门口抵门用的小板凳上,手里多了一把蒲葵扇,笑眯眯地打量她。

"我们阿藤长大了,真漂亮,比你妈穿这裙子还好看。"

夏藤身上的这件白色布裙,是陈非晚年轻时候的衣服。她昨晚灰头土脸地进门,整个人狼狈不堪。沈蘩问她怎么回事,她只说没看清路摔了一跤,见她满脸疲态,沈蘩也没多问,从衣柜里找出干净的衣服放在床上,就给她热洗澡水去了。

不絮叨,不多问,不像个老太太。

听陈非晚提过几次,沈蘩年轻时候经历过不少事儿,早早生了陈非晚,且只生了她一个。姥爷走得早,是她一个人把陈非晚带大的。日子多半是很苦的,小半是特别苦。那样的年代背景下,沈蘩遭受和承担的东西,恐怕除了她自己,没有人能知道。

尽管再捉襟见肘,沈蘩还是省出了陈非晚的学费,送她远走高飞。后来陈非晚混出名堂,每次要接她去城市生活她都不肯,好话说尽,架也吵了无数次,沈蘩态度从未改变,就两个字:不去。

陈非晚吵累了,只好妥协,不去跟她一起住,老房子给修一下总行吧,也不管沈蘩同不同意,风风火火就带着人回来搞了个大工程。

那一年,夏藤上初三,学校为争"全市第一中学"的名号搞了几个大型活动,其中一个便是话剧表演,他们当时的校长是个厉害人物,请到了几个业界人士当评委。

夏藤演话剧女主角,演狂潮退去,真相袒露后被逼疯的漂亮女主人。这是全场最带感的一场戏,也是难度最大的一场戏,她要完成好几个转折性的变化,而这幕戏的看点全在这里。

视频在网上热传了一阵子,不少人夸她。那次演完后不久,她被经纪公司看上,签约,接到了人生中第一个电影剧本。

再后来,进入那个圈子,踏进另一个世界,一切都变得不一样。

轻松,顺风顺水,像一场梦。

夏藤很快止住乱飞的思绪,回到客厅,再次看见自己沾着土的行李箱。

"姥姥,这个,谁送来的?"她问。

沈蘩扇着扇子："清早我出去买菜，这箱子就挡在门口，我也不知道是谁的，就先提进来了。"

"是我的。"夏藤面不改色道，"应该是我昨天落在车上了，那个车夫替我送回来的。"

沈蘩一听，扇子对着她哗哗哗地扇，忍不住念叨："你呀你，多大的姑娘了，还丢三落四，下次要小心，这回幸亏咱们昭县的人都心善。"

夏藤特想纠正一下这个"都"字，她昨天晚上可就遇见了一个浑蛋。

沈蘩说："你妈早晨来电话了，说是打你手机不接，吃完饭记得给她回一个。"

夏藤点点头。

早饭在餐桌上，用防蝇罩罩着，夏藤揭开，里边摆着两道小菜、一碗米粥，还有一盘金黄金黄的南瓜饼。她记得这个，这是沈蘩自制的，南瓜也是自己种的，她小时候很爱吃。陈非晚也会，但她从来不给她做，她嫌麻烦。

夏藤夹起一个咬了一口，甜而不腻，有嚼劲，童年的味蕾记忆被牵出来。她想拍张照，放下筷子，"噔噔噔"跑上楼，去房间里拿手机。

刚从枕头底下捞出手机，屏幕闪出来陈非晚发给她的微信，是她出发前一个星期往这边寄的其他行李，昨天和她一块儿到达昭县，今天应该会派送。

当然不止于此，夏藤往下翻，果然看到了几行光是看文字都能想象出陈非晚会用一种怎样的语气教训她的话："几点了还不起床？不要以为躲远了就能任意妄为。

"以前总说没时间学习，现在大把时间给你，认真补习功课，乡下师资力量不比这边，需要什么资料马上告诉我。

"手机每天晚上必须关机，少上网看那些乱七八糟的。"

夏藤看完，退出聊天对话框，左滑，删除，把手机丢回床上。照片没心情拍了，她重新下楼，步伐比睡醒时还沉重。陈非晚好胜心强，面子是她最不能丢的东西，当初夏藤走红时她有多兴奋，现在就有多怨她。

吃过早饭，夏藤去洗碗，沈蘩和隔壁的吴奶奶一起上街去买东西。

院里的红色铁门就是在这个时候被叩响的，外面传来一道男声："你好，快递，请问有人在吗？"

夏藤应声："来了！"

打开门，铁门外确实停了一辆车，带车厢的，不过不是脚踏三轮，而是电动四轮。车厢里拉着几个大纸箱，是她的东西。快递小哥手里拿着一张纸单："你是沈蘩？"

"是。"陈非晚给她寄东西的时候填了姥姥的名字。

夏藤低着头在快递单上签字，这种八百年前的签收方式是挺符合昭县风格的。

"你东西有点儿多啊，用不用我帮你？"

夏藤茫然地抬头："你不用给别人派件吗？"

小哥道："我们平时不怎么网购，寄东西的人不多，县上就一家物流公司，今天西梁这边的快递就你一个。"说话间，他已经把三个箱子从电动车的车厢里抬了下来，摞在地上。

夏藤还在琢磨着那句"我们平时不怎么网购"，看来昭县比她想象中的还要原始，城市光怪陆离，被层出不穷的信息轰炸着，每天醒来变一个样，这里却仿佛丝毫不受影响。

或许陈非晚让她来这里是对的。

小哥在她眼前挥挥手："嘿？"

夏藤反应过来："谢谢，就放在这里吧，我自己搬。"

"哦，好。"小哥挠挠脑袋，不好意思地冲她笑笑，说了声"再见"，骑上四轮走了。

夏藤蹲地上，看着箱子发呆。她一向不习惯麻烦别人，但眼下这满满当当的三个箱子确实是个不小的工程。夏藤甩甩胳膊，从箱子底部抱起，心中默念数字：三、二、一……

"你快点儿！我在门口等你！"突然从身后传来一道男声，吓了她一跳。箱子"咣"的一声砸了回去，也吓到了那个男生。

"哎，你？"

夏藤回过头，男生站在她身后不远处，挺高，皮肤不白，头发理得很短，穿着极其亮眼的橘色T恤，像个行走的太阳。男生看看她，又看看她身后大敞着的红色铁门，愣了一秒："你是……"

夏藤见他目光怀疑，开口："沈蘩是我姥姥，她出门了。"

"就是你啊。"他眼睛瞪圆了，惊讶完，右脸颊随即窝进一个浅窝，他笑起来，"前两天还听沈奶奶说她外孙女要搬过来，没想到这就见着人了。"

夏藤礼貌地点点头。

"你蹲那儿干什么？"

夏藤指了指箱子："搬行李。"

"这么多？你搬得动吗？"男生说着，马上踱步过来，"我帮你吧。"

夏藤思忖了一下，这回没有拒绝。她和他一前一后，把三个箱子抬进客厅。男生搬完就出了客厅，站在院子中央，朝她伸出手："认识一下吧，我叫江澄阳，住你斜对门。"

"夏藤。"夏藤回握住他的手，干燥温暖，然后马上注意到他刚才的讲话内容。斜对门。她没记错的话，昨天从那户人家的狗窝出来，沈蘩家就在斜对门。

"……你家是不是养了很多狗？"

江澄阳一脸"你怎么知道"，很是兴奋："是啊，想看的话来我家玩，我带你看。"

夏藤脸一白："不了，谢谢。"她已经领教过了。

江澄阳很热情："别客气啊，想逛昭县随时找我，或者找我妹，我妹就比我小一点儿，咱们几个看着差不多大，到时候你们可以认识一下。"

夏藤没答应也没拒绝，突然想起什么，问了一句："这儿……还住了其他同龄人吗？"

"多了去了。光我同班同学就好几个呢，祁正也住这儿，经常有人来找他玩，全县年轻人都能见着。"

夏藤被江澄阳这自来熟式的介绍弄得云里雾里："祁正是谁？"

"我同学，他可是我们县的名人。"江澄阳的语气自豪得仿佛自己是那个名人，"他家也养狗，还是条狼狗，是他捡回来的，特凶，咬伤过我们家……"

狗狗狗狗，夏藤听得一阵头皮发麻。她琢磨着怎么结束对话，门口一道清清冷冷的女声响起："江澄阳，你走不走？我俩到底谁磨蹭？"

夏藤抬头，一个女孩靠在红色铁门旁，没来得及看清脸。

江澄阳一愣，马上回头："你怎么跟我说话的，我是你哥！"

女孩轻嗤一声，起身直接走了。

江澄阳对着她的背影一阵龇牙咧嘴，然后回头问夏藤："你要不要和我们一起？"

夏藤摇头："不了，谢谢。"根本都不熟。

他也没强求:"那我先走了,替我向沈奶奶问声好。"然后他冲她挥挥手,风一样去了。夏藤目送他离开,折步回到客厅,重新打起精神,收拾自己带来的东西。

她带来的衣服、化妆品就有两大箱,还有很多日用品,好在房子只住沈蘩一个人,空间很足,够她摆那些瓶瓶罐罐。还有一箱是收集的一些粉丝送给她的礼物和信,她一并带了过来。

玩偶放在床头,信件是她这段时间里唯一的心灵慰藉。每一封信她都看过。他们说爱她,会一直陪伴她。

只不过,曾经她享受这句话,如今是奢侈。

在沈蘩家休整一天,第二日,夏藤就在陈非晚的催促下背着书包去学校报到了。昭县一中,全县只有这一所中学,不管好的差的,王婆家的孙子李叔家的女儿,都挤在这一所学校里。

今天是暑期结束开学第一天,阳光灿烂,校门口人很多,还有推着小车卖早餐和饮料的,生意火爆。

夏藤背着包,下巴兜着口罩,在几米外的树下站着。说不紧张是假的,学校是同龄人最多的地方,八卦在这里汇集,传播,可以演绎出成千上万种版本,如果有一个人认出她是谁,她就完了。

但陈非晚让她放宽心,原本办理入学的时候考虑过要不要联系校方配合一下她的保密工作,结果直到入学手续办完,都没人知道夏藤是谁,陈非晚也就没提。

"你还没有火到家喻户晓的地步,昭县连4G网都没通,别给自己找那么多假想观众。"夏藤决定把陈非晚这句话听进去。再难听点儿,她充其量就算个三线小明星,在小县城里根本无人问津。挺讽刺的,从前她不会接受这种形容词。

话虽如此,夏藤还是在校外硬磨到上课铃打响,等到校门口空空荡荡,她才慢悠悠地进校。新班主任是个中年男人,叫田波,戴着一副金丝边眼镜,不丑不秃,普通话说得挺标准,人看着也很和善。他看着夏藤的资料,道:"你原先的学校可是名校啊,又在大城市,来我们这儿会不会不习惯?高三这一年还是挺重要的。"

夏藤扶了下眼镜,说:"我姥姥在这边。"其他的没回答。

虽说大清早的,还是已经打了上课铃的点儿,但办公室一点儿也不冷清,这边一个课代表告状谁谁谁不交作业还态度恶劣,那边是迟到被抓进来的，还有顶着一头浮夸发色来上课的……学校不大，状况倒是五花八门，吵吵嚷嚷的像个菜市场。

夏藤从前的学校绝对不会有这种情景，学生进老师办公室都是大气不敢出，更别说和老师插科打诨，违反校纪校规。田波把她的档案放好，抽了本教案夹在胳膊下，起身和她一起走出办公室。走廊上，他拍了拍她的背："既来之则安之，好好努力，我让各科老师多照顾照顾你。"

夏藤点头，刚点一半，从后面猛地冲出来一个男生，搭上田波的肩膀："田哥好。"

田波还没回声，男生的目光马上落到夏藤身上，冲她抬抬下巴："这人谁啊？"

田波打掉他的手："迟到了还在这儿晃悠？想挨罚？"

男生马上收敛，嬉皮笑脸的："别别别，我这就进去，田哥慢点儿走。"

田波拿教案打了一下他，语气是凶的，脸上却是笑着的，一回头，夏藤安静地站在一旁，看着很乖顺。

田波突然有点儿头疼，这姑娘一来，班上那帮浑球儿指不定要闯出什么祸来。拉开班级门之前，田波又叮嘱了她一句："班里有些男生调皮得很，要是他们招惹你，你一概别理，有事来找我，我收拾他们。"

夏藤没怎么放在心上，但还是说了一句："谢谢老师。"

不知道是不是像她这样的学生不多的缘故，田波一面对她，切换的就是比较亲切的良师形象。

进教室前，她抬头看了一眼教室上方的门牌：高三六班。

走廊窗台外的光照在上面，那时候她并不知道，这儿，才是她十八岁真正开始的地方。

如陈非晚所说，她多虑了，人不该给自己加那么多假想观众。

她站在讲台上，除了刚进教室时，后排几个男生发出的声音和女生们上上下下打量她的眼神，没有异常。她的出现，就是一个普通转学生的身份。他们不认识她。

夏藤简单自我介绍完，紧绷一早晨的神经终于放松了。

直到一个抬高八度的声音响起——"夏藤？"

她猛地抬头，心脏一停。待看清楚脸后，夏藤差点儿骂出一句脏话。

江澄阳从座位上"腾"地站起来，一脸欣喜："你和我一个班啊！"

"江澄阳，你牛啊，什么时候背着我们勾搭上的？"说话的是刚才在走廊里和田波勾肩搭背的男生,坐最后一排,脚在江澄阳的凳腿儿上一踢一踢的。

江澄阳:"我们才认识的,她是我邻居。"

秦凡来劲了:"你家住哪儿来着?今天我去你家做做客行吗?"

田波拍讲桌:"江澄阳、秦凡!你们俩没完了是不是!"

江澄阳赶紧转回来,秦凡保持着大爷坐姿,笑得痞里痞气,一点儿知错的意思都没有:"我们完了,田哥您继续。"

田波瞪了他一眼,看向夏藤时一秒换成温和的面孔:"还有没有想说的?"

夏藤摇头。

"好,那么我来说两句……"

田波开始做总结发言,长篇大论,弘扬真善美,官方又无聊,夏藤没心思听,底下的人也没心思听,开始各干各的事。

趁这空当,夏藤打量起教室,水泥地,白墙,头顶三排大灯,悬挂着一台电风扇。天花板的四个角落要么掉块墙皮,要么布满下雨渗进来的雨水污痕。室内设施都很旧,没有多媒体讲台,没有银幕投屏。前黑板还勉强是块板,后黑板干脆是在墙上钉了个方框,把框起来的墙面刷成黑色。

课桌与课桌之间的缝隙很小,好在是单人单桌,教室卫生也还说得过去。至于学生……已经是上课时间,后两排还有几个位子没坐人,坐着的学生也大多和刚才那个秦凡类型相似。

夏藤还在打量,忽地捕捉到什么,目光一停。田波的发言主题从"欢迎新同学"变成"新学期新打算",他还在讲,突然被旁边的夏藤打断。

"喂。"她看着一个方向,声音不大不小。听到的人都齐刷刷抬头。

田波疑惑地转头:"怎么了?"

夏藤指向倒数第三排一个女生,问:"你刚刚在干什么?"

这回全班都听到了,动作整齐划一,看向倒数第三排。田波跟着看过去,问:"赵意晗,你干什么了?"

"我干什么了?"赵意晗不慌不忙地摊开手,十个指甲都涂着黑色的指甲油,"我不知道啊,你问问她我干什么了?"

田波又一脸好奇地看向夏藤:"她干什么了?"

夏藤吸了一口气,道:"麻烦你删掉刚才的照片。"

赵意晗往后一靠，不承认："谁拍你了？"

夏藤对镜头的敏感度几乎已经到了神经质的地步，她觉得好笑："要我去看你的手机吗？"

她这语气，与前一刻安静到有些疏离的形象实在不符。秦凡坐在最后一排，靠着墙抖腿，看热闹不嫌事大："哟，原来不是小绵羊。"

赵意晗显然不是好惹那一挂的，她直接把手机往桌上一丢，"咣当"一声，两只手往口袋里一揣，歪着脑袋说："你来试试呗。"

夏藤就等着她这句话，抬脚就要往下走。田波及时拉住她："你先等等。"他走到赵意晗的座位旁："到底拍了没有？"

赵意晗翻了个白眼："没有。"

田波又看了一眼夏藤，说："赵意晗，上课时间不准玩手机，你不实话实说，我可就给你没收了。"

这话的意思就是不相信她，全班的视线都在她身上，赵意晗瞬时来了火，不耐烦地踢了桌腿一脚，"噌"地站起来："有个二班的朋友问我，我们班是不是转来一个美女，让我给他拍一张！一直问一直问，烦不烦？"

赵意晗把手机摁开举给夏藤看，用的是很粗劣的盗版苹果手机，页面是 QQ 聊天。确实如她所说，是别人来打听夏藤的，她拍了一张发过去，而夏藤敏感地捕捉到了镜头，对方恰好在这时候发过来一句："她是不是发现你了？我去，真挺漂亮的。"

赵意晗一脸不爽："不就是一张照片吗？你至于吗？"

不就是一张照片吗？夏藤解释不了，也不想解释。她说："我不喜欢被偷拍，希望你下次这样做之前先征得我的同意。"

赵意晗一听，眼睛瞪圆还要开口，田波赶快出来打岔："好了好了，看在今天第一天上课，我先不收你的，以后上课不许玩了听到没有？"

赵意晗还在气头上，田波的劝解没有起到任何安抚作用，她嘴里嘟囔着像在骂人，夏藤没去理会，重新回到讲台上。

"那么从今天起，夏藤就是我们高三六班的一员了，大家鼓掌欢迎！"田波企图挽回点儿气氛，但经过刚才那么一茬，掌声稀稀拉拉的，女生大多象征性地拍两下，赵意晗则选择无视，直接趴下睡觉，秦凡也没调侃，只是靠着墙打量她。男生没有他带头，都没动，只有江澄阳一个劲地拍，掌声在班里逐渐向"不欢迎"靠拢的氛围里显得很突兀。

夏藤察觉到了，她作为一个新同学，一个转学生，刚才的行为或许错了，但她现在处于极度敏感时期，一点点风吹草动都会让她提起十二分的警戒。如果解释清楚，会面临更多未知的麻烦，她宁愿不被欢迎，反而落个自在。

田波让她坐在靠窗的第五排，也是倒数第三排，和赵意晗一排，不过她在靠墙那边。听田波话里的意思是，现在只有这个位子没人坐，之后会给她往前调。

夏藤没有异议，背着书包入座。木桌木凳，桌面上坑坑洼洼的，这都是被小刀刻的，还有各种涂鸦。江澄阳坐在她斜后排，一直发出奇奇怪怪的声音叫她。夏藤被吵得头疼，她虽然不想搭理，但出于礼貌还是跟他点了下头，算是回应。江澄阳再跟她手舞足蹈地比画着什么的时候，她已经快速把头转回去了。

秦凡看乐了："人家压根瞧不上你。"

前两节课是田波的语文连排课，除了前三排勉强看起来像在听课，后面的人都跟集体放羊似的，一片闲散。上课期间后门溜进来几个男生，先把包甩进来，人再蹲着一步一步挪到座位上，这动作完全就是掩耳盗铃，因为从他们鬼鬼祟祟进门开始，田波就已经发现了。但他们无所谓，他们热衷于上课迟到被公然点名教训，自己再摆出一副不屑表情的场景。

课上到大半时，后两排基本坐满了。只剩一个位子空着，靠窗户，最后一排，这位子和夏藤属于一竖溜儿。田波这人对学生很包容，课讲完空了十分钟出来，念叨迟到的那几个男生几句，罚他们扫三天教室就算完了。这种行为搁在夏藤以前的学校，是要请家长记处分的。这再一次刷新了她对师生关系的认知，怪不得学生都不怎么怕田波。

短暂地批评完，田波眼睛一扫，定在最后一排的空座上："祁正呢？没来？"很快有男生回答："没有。"

"这小子又野哪儿去了？知不知道今天开学？"

班里其他人好像都习惯了这个画风，没什么大反应。

田波似乎也不是第一次面对这种情况，指了指秦凡，道："明天你把他弄过来上课。"

秦凡往旁边躲了躲："田哥，你别为难我啊，我没那么大本事。"

"少贫，弄不来我就找你。"田波合上教案本，"好了，今天课先上到这里，等会儿各科课代表把暑假作业没交的名单送我办公室。没补完的赶紧补，过了今天可就不是补交这么简单的事了啊。"

田波说完，下课铃刚好响起，教室里马上热闹起来。赵意晗第一个出了教室，身后跟着两个小姐妹。课代表被围堵，手里仅有的几本写完的作业被哄抢，男生女生脑袋凑一块儿猛抄，秦凡也在抄，一边抄一边骂："这谁写的字，看都看不清。"

女课代表抄起一本书打他："拿回来，嫌弃就别抄！"

秦凡笔一扔："那不写了。"说完就跳出座位往外跑，课代表喊他也不回头。乱哄哄的。夏藤收回视线，面前突然多了个人，吓她一跳。

江澄阳坐在她前桌的位置，人趴在她的课桌上，眨着眼："要不要出去逛逛学校？"

夏藤往后挪了点儿，他好像天生感觉不到尴尬。

她还没说话，江澄阳突然冲另一边喊："江挽月！"

课代表群体里，一个扎高马尾的女生回过头，看江澄阳一眼，又看夏藤一眼。江澄阳跟她招手："你过来一下。"

女生不动，江澄阳不停地招手："来来来。"

女生被他吵得有点儿烦，把手里一摞练习册放在桌子上，走过来："干什么？"

这个声音，夏藤听出来了，是昨天院门外的那个女孩。高高瘦瘦，皮肤挺白。江家基因不错，江澄阳生得明朗帅气，江挽月干净清秀，两人眉眼有七分像，气质却不同，一热一冷，一外一内。夏藤看了一眼她校服上别着的名卡：江挽月。确实，人如其名，皎皎如月。

江澄阳又开始自来熟地介绍起来："这就是我昨天和你说的那个，沈奶奶的外孙女，刚好咱都一个班，你俩认识认识？我怕前面赵意晗一搅和，没女生和她玩。"

夏藤看他一眼，这人怎么回事……

江挽月说："不是有你吗？"

江澄阳："我又不是女的。"

"人家都没担心，你担心什么？"

江澄阳不乐意了："沈奶奶平时对你不好啊？夏藤人生地不熟的，咱们照顾下她不应该？"

问题问得相当有水平，江挽月皱了下眉，不说话了。

"不必，谢谢。"夏藤终于找到空隙发言，"不用为难你妹妹。"

"没什么为难不为难的。"江挽月突然看向她，"你以为我怕她？"

结合刚才江澄阳的发言，江挽月误以为夏藤在替她忌惮赵意晗："我和赵意晗她们不一起玩，我们学校的老规矩，好坏互不招惹。"

没想到昭县这小破地儿的学校，也有如此划分的群体。然而夏藤并不关心，她原本就不打算融入任何一个集体。只是，不主动融入，和被排斥出去是不同的。

江澄阳是好心，夏藤没说话，他问："去不去小卖部？我请你俩喝饮料。"

"不去，我要收作业。"江挽月拒绝得很干脆。但停了一下，她又道："放学再说吧。"

夏藤本想摇头，听到这句，没再动。

"那说话算话啊。"江澄阳特开心，跳起身两只手从背后搭上江挽月的肩，他推着她往前走，"不就是作业吗，我帮你收，谁不交我去催。"

走了两步，他回头冲夏藤笑笑："放学记得等我们。"他没等夏藤回答，就去闹腾别人了。夏藤后知后觉，回了声"好"，轻轻一声，化进窗口吹进来的暖风里。

这一天结束得很快，外边天还没黑就放学了。这好像也是昭县一中的老规矩，开学第一天可以提前放学，高三也不例外。

临放学前，夏藤找了趟田波，问他在哪儿领书和校服，她之前的复习卷和练习册跟这边不一样。田波让她等两天，书本要调货，没有多余的，校服要到下星期供货商上班才开始卖。

夏藤就去借江挽月的练习册复印。

"今天的作业我已经写完了。"江挽月背上书包，侧了侧脑袋，"借他的，他肯定还没写。"

江澄阳已经把页数翻好，边往教室外冲边喊："在校门口等我！我去帮你复印！"

夏藤甚至来不及说一句话。

"服了。"江挽月低声嘟囔了一句。

她们并肩走出教学楼，一路上都是学生打打闹闹的声音，上蹿下跳的。他们的脸上看不到繁重的学业与压力，没有麻木不仁，背脊也没被书包压得直不起来，只是笑，发自内心的，十几岁少男少女该有的笑。

夕阳斜垂，暮色渐渐染上来，夏藤和江挽月一路走出学校，很安静，两人都没说话。走到校门口，一群一群的学生、家长，还有各种小摊小贩，江挽月扫了一圈都不见江澄阳："他好像还没好。"

夏藤不知道说什么，点了下头。来来往往不少男生的视线往她俩这边瞟，大多是在江挽月那儿瞟两眼，然后停在夏藤身上。

夏藤从口袋里摸出口罩戴上。江挽月看到了，抱起胳膊，"啧"了一声。

只露出一双眼睛，挡在镜片后，她问江挽月："怎么了？"

她能感觉到江挽月对她有点儿轻微的敌意，不关赵意晗，也不关江澄阳，但碍于沈蘩这一层关系，又不好表现得太明显。女生的直觉向来是准确的，看起来就不喜欢你的人，一般是真的不喜欢你。

江挽月也没跟她绕弯："你是不是挺看不上我们的？"

"谁们？"

"我，我哥，我们学校的，我们这儿的人。"

"不是。"

这份不喜欢，她感觉到归感觉到，在不在乎是另外一回事。

江挽月等了一会儿，发现她说完"不是"两个字后，便没打算再解释什么了，不禁笑了一声："你是真的傲啊。"

夏藤一开始没说话，过了一会儿，她道："你不也是？"

声音很小，不知道江挽月有没有听到，但夏藤觉得她应该听到了，只是没有回答。过了一会儿，江挽月很淡地回答："我没有你那么足的底气。"这句话藏着的含义不难理解。

或许是因为她的坦然，在之后的很长时间里，夏藤做不到把这份"不喜欢"奉还回去。

余晖落在她身上，晚风拂过她的脖子，是在那一刻，夏藤觉得这里的每个人都是鲜明的个体，喜恶分明，不压抑热情，也不掩饰悲伤。

江澄阳帮夏藤复印完东西出来，问她俩饿不饿，要不要去吃东西。江挽月说随便，夏藤没有异议，于是决定去吃烤串儿。

"带你去一个地方，离学校不远，那一片都是小吃，有家烤串特别特别好吃，我们学校很多人喜欢去那儿。"

江澄阳兴奋地说了一路，先说这家店哪些东西好吃，为什么好吃，再到这家店是什么时候开的，以及老板人怎么样，嘴都没有闲过。江挽月话很少，基本不怎么搭腔，和江澄阳实属两个极端，夏藤偶尔应两句。有江澄阳在，一路上倒也没冷场。

大概走了二十分钟，江澄阳说的那条小吃街到了。

天空在要黑不黑的最后阶段，呈墨蓝色。眼前灯火通明，各个店家在门口支起大棚和桌椅，像那种路边夜市。人很多，大多是年轻人，不少穿着昭县一中的校服，晚风带着热闹的气息，吹得人活络起来。

江澄阳熟门熟路地带她们穿过街道，停在一家烧烤铺前。看得出这家生意很火，没有空桌，老板和老板娘在烧烤架后面撒调料。

夏藤说："好像没有位置了。"

江澄阳的注意力已经被冰柜里的串串吸引："没事，跟别人拼个桌就行。"

江澄阳走了两步，不远处突然冒出一人喊了他一声："江澄阳？"

夏藤和江挽月一起往那边看过去。是秦凡，但不止他。那一桌似乎是两张桌子拼在一起的，围着八九个人，秦凡一喊，一半人往他们这边看过来，还有一半人没回头——他们在看两个人玩游戏。

一个面对他们坐，是个光头，块头很大，就穿一件背心，两条胳膊布满乌压压的文身。另一个和光头相比，身形瘦很多。所有人都好好坐着，只有他两只脚踩在凳面上蹲着，身上一件松垮垮的灰色帽衫，帽子扣在脑袋上，只能看见他两条挽起袖子的胳膊，瘦，但有力。这人一只手拿着一串烤肉，一只手跟光头用力比画。

彻头彻尾的二流子。夏藤只看了一眼，就把视线移开了。

江澄阳却让她俩过去，说现在没地方坐，秦凡让他们三个和他们坐一桌。有女生加入，一桌的眼睛都望过来，只有那个灰帽衫没回头。除了光头，其他几个大多看着和秦凡差不多大，丑倒是都不丑，但身上的流氓气息浓重，一个两个都不像善茬。混混模样的人，夏藤不是没见过，她曾经的学校也有一些一边在老师面前装乖一边和社会青年结交的学生，然而和这群人相比，简直就是小巫见大巫。不，他们可能连小巫都算不上。

夏藤很抗拒，然而当她企图在江挽月的脸上看到同样抗拒的神情时，她惊了。江挽月在笑，很淡，很轻，嘴角的弧度几乎像没有，可是她平时太冷了，所以一点点细微的笑意都那么明显，让她整个人柔和起来。

笑容转瞬即逝，在江澄阳问江挽月愿不愿意拼桌的时候，她已经把情绪藏起来，道："都行，问她。"

她把脸朝夏藤侧了侧，问题抛给她。

夏藤："……"

如果她现在说不行，江挽月肯定会恨死她。

那就只能……

"你们吃吧，我想起来我还有点儿事。"

这说辞推托得太明显，她还没说完，就被秦凡打断："你拉倒吧，什么事儿啊？能跟江澄阳吃，不能跟我们吃？"夏藤刚准备开口，秦凡又截住她的话，对着那个灰帽衫道："阿正，我给你介绍一下，这是今天转我们班的新同学，田哥可宝贝她了。"

这一声"阿正"，夏藤立刻就把他和今天田波上课提到的，以及那天江澄阳说起的名人"祁正"结合在一起。虽然没见过，但从这些人的描述里，她能猜出他大概是个什么样的人，再有今天这一桌流氓加以证实，和她想象的差不多，一个不学无术的，混迹于街头的青年。

但他转过来的那一刻，夏藤蒙了。

"活该。"

"丑。"

"再敢惹我，还把你关进去。"

"以后见了我，要么躲着走，要么一句话都别说。"

……

夏藤心中飘过无数句话，她还没从惊愕中回神，祁正已经转回去了，视线在她身上挂了不到两秒，看起来对她丝毫不感兴趣。就算是这样，夏藤还是发怵。她领教过这个人的可怕，看着人模人样，实则一肚子坏水。

她马上转头，对江挽月说："我得回家。"

江挽月无视她投过来的眼神："要回你自己回。"

秦凡听到她俩的对话，拿烤串竹签对着夏藤，眉毛一挑："夏藤是吧？你今天敢走就是不给我面子。"他似乎还觉得不够，要把旁人也扯进来，继续说："就是不给阿正面子。"

被秦凡莫名其妙扯到的祁正在一心一意地吃着烤串儿，头也没抬一下，她是走是留，秦凡在说些什么，他完全不关心。

一桌人都没吭声，看戏似的看着她。在这种氛围下，夏藤被秦凡弄得有点儿来火了。她再落魄，也不至于沦落到被这种人威胁的地步。

她摘掉眼镜，用衣服擦了擦略微模糊的镜片，没有重新戴回去，而是慢慢抬起下巴，问："我需要给你们什么面子？"淡淡一句，不带任何语气。和她今天面无表情地质问赵意晗是不是偷拍她时一模一样，也和她要祁正带路，给他一张五十块时一模一样。

这话一出，秦凡一时没回话。他们这么打趣人惯了，很少遇到较真的。

安静了大概三秒后，江澄阳打破僵局，走到夏藤身边："沈奶奶是不是做饭了？那我和我妹去你家蹭个饭吧。"

江澄阳的围没有解成功，祁正把手里的串儿一扔，从座位上跳下来。他抽了张纸巾叼在嘴里，腿一伸，把自个儿的凳子往旁边一踢，对着夏藤开口："坐这儿。"

声线很低，音色被许多不良习惯浸泡过还是很清晰。他今天比第一次见到那天正常不少，没有散发那么重的戾气，也没大敞着衣领。灰色帽衫一直兜在头上，黑发松散地盖着，耳朵两边剃短，露出点儿额头。他不黑，五官生得好，脸还小，浑身上下没有线条是多余的，骨骼漂亮的人，身上每一处都棱角分明。

他要是不开口说话，绝不会有人把他和浑蛋联系在一起。

夏藤动了动唇，没出声，她记得他上次留下的"不许说话"。现在她也确实不想跟他说话。

"让你坐你就坐行不行？"秦凡不耐烦地催她，然后冲老板招手，"老赵，这桌加三个凳子！"

"好嘞！"老板应和一声，刚烤完一批得了空，进店抱了三个凳子出来，"来朋友啦？好好吃哈，还需要啥再叫我。"

看这情况是走不了了。江澄阳和江挽月的凳子摆在秦凡旁边，还有一个给了祁正，夏藤想坐那个，刚伸手，还没碰到，祁正腿一勾勾了过去，又按刚才的姿势蹲了上去，看她。他的意思很明显，就要她坐他刚才踩过的凳子。

夏藤深深地吸了一口气，从书包里掏出纸巾，把凳面擦了好几遍。她做这一系列动作的时候，祁正没说话，就撑着下巴看。他的存在感太强烈，她尽最大的努力去无视，心跳还是剧烈到快从嗓子眼里蹦出去。她同时面对几台摄像机和上千观众时都没这么不自在过。

夏藤在他的注视下硬着头皮擦完，又抽了两张纸铺在上面，人才坐下。再抬头，其他人看她的眼神都有了那么点儿含义。还是只有江澄阳照顾她的情绪，拿着菜单问她："你想吃什么？烤翅？板筋？烤肠……"

他念一个，夏藤摇一下头。烧烤热量太高，她为了身材管控，偶尔嘴馋，陈非晚也只准她吃素的。还没等江澄阳念到素菜，祁正就懒得听了："信不信你把菜单报完了她都只会摇头？"

江澄阳眨巴眨巴眼睛，问夏藤："你没有胃口吗？"

没让夏藤回答，祁正胳膊一横，把菜单从江澄阳手里一把抽走，起身朝烧烤架那边走。江挽月的目光一直随着他过去，然后转回来，不怎么客气地看了她一眼。江澄阳什么都没察觉到，点着头说："那就让阿正选吧，他知道哪些好吃。"

桌上的氛围很快又热闹起来，夏藤低头盯着地面，她旁边坐着个男生，他本来在和另一边的人说话，不知道什么时候变成面朝着她的。这会儿没人注意这边，他低声说了一句："给你个建议，别太端着架子，阿正很讨厌别人来这套。"

夏藤不知道这套是哪套，没抬头："我不需要知道他讨厌什么。"

男生没想到她会这么说，一时没回话，盯了她半晌，最后笑了一声："行，当我没说。"

祁正端了两盘烤串儿回来，一盘搁在江澄阳和江挽月跟前，江挽月说了声"谢谢"，他没应，另一盘放在夏藤面前。

有人看了一眼夏藤面前的盘子，说："这盘咋看起来不太一样？"

祁正重新蹲上凳子，说："爷亲自烤的。"

众人一阵"哦哟"，夏藤后背一僵。盘子里就五串，两串肉、三串蔬菜，裹满调料的缘故看起来颜色很深。祁正特会掐她说话的点："不是有事吗？吃完就让你走。"

夏藤看他的眼睛：你说话算话？

祁正把意思传达回来：算。

谁都没说话，但谁都看懂了对方的意思。她没磨叽，拿起第一串咬了一口，味道从舌尖蔓延开的那一瞬，她差点儿吐出来。

他给她放了多少盐？夏藤不敢嚼了，整整一块快速吞进去，嘴巴里全是咸水儿。她顾不上回味那个味道，赶快把第二串放进嘴里，咽得太急，第二串的调料味一股脑儿返上来时，她才反应过来这一串不是咸的，是辣的。爆辣是什么感觉？头脑发蒙，嘴里着火，浑身都在冒白烟。

夏藤被辣得使劲咳嗽，脸、脖子全红了，她急着找水喝，祁正把一个纸杯给她："喝这个。"

她视线模糊，想也没想就接过来喝了。结果一口下去，火上浇油，夏藤烧得头发丝都立起来了。祁正给她喝的是酒。

夏藤"噌"的一下站起来，要走。祁正速度更快，腿一横，搭在她凳子上拦住路，眼皮一抬，语调闲散："去哪儿？"

夏藤要过去，他不让，牢牢挡着。他得看她急死在这儿才能消停。

夏藤忍无可忍，终于爆发，把手里的纸杯冲着他的脸狠狠泼过去："我招你惹你了？！"酒水顺着他的头发丝流到脸上，再沿着脸庞滴在地上，他没闭眼，睫毛被泼成一小撮一小撮，一动不动地看着她。

她是真的气急了，刘海儿被汗沾湿，脸和脖子都红扑扑的，嘴巴也辣肿了。眼泪就在眼眶里打转儿，湿漉漉的，但没流下来。

她不愿意哭。

一桌人安安静静，这情况确实特殊，祁正没发话，谁也不敢说话。良久，他把腿收回去，把帽子取下来甩了甩头发，没用纸擦。他不说话，就这么让局面僵着，夏藤旁边的男生打破沉默："还不赶紧走？"

他使了个眼色给她，夏藤动了动腿，这次祁正没有拦。他一直没说话，用牙咬开一瓶新的水，瓶盖吐了，仰头"咕咚咕咚"就灌。她走的时候，有人在劝他："别生气啊，就当酒精消毒。"

"对，凡子不是说你们班主任让你明天回去上课……"

大家都围着他，没人在意她。明明是他引出的恶作剧，错的却好像是她。

回去的路上费了些劲。夏藤不认得路，又找不到公交车站，就算找到了也不知道坐哪一辆，想叫车才发现昭县甚至没有开通网约车服务。她站在路边等了半天也打不到车，黑车倒是泛滥，但是她不敢坐。

手机上的地图也不能像在城市里那样细分到每一条街道，西梁那块就显示了一条河，她定位过去。没有公交方案没有叫车方案，现代的便捷服务在这儿是压根没人用，不过好在昭县总共也没多大，她靠记忆走了一会儿，走回学校附近，差不多就知道怎么回去了。

回到西梁已是一个多小时后，天彻底黑下去，只有蚊虫围着路灯打转儿，她腿上被咬了两个包，手里的矿泉水喝空了，嗓子不舒服，胃里火烧火燎的，辣劲还没完全消散。

沈蘩家门口，江澄阳坐在地上，两条胳膊搭在腿上，脑袋埋在中间。他听到动静，抬头往她这边看了一眼，情绪低落，像只受伤的大狗。

夏藤一点儿维持关系的心情都没有，她在他面前站住，没打招呼，江澄阳从地上爬起来，把门口的位置给她让出来。眼看她就要推门进去，他垂着脑袋赶紧说了一句："今天对不起。"

语气挺愧疚，看得出来他是真心的，也是今天在场唯一一个觉得她被欺负了的人。夏藤心里刚涌起一丝后悔，她不该对无辜的人撒气，就听到江澄阳又说了一句："可是你不该惹祁正。"

她手一顿："我没有惹他。"

"你……"

"倒是你们，怎么都那么怕他？"

江澄阳说："我们县里没人敢惹他，大家都怕他。"

"那就应该把他抓起来。"

"他不是那种坏人。"江澄阳摇头，"你理解错了。"

夏藤不想再继续这个话题，她实在没有心情："我要进去了，再见。"

她走进院子，关门，门缝一点点闭合，江澄阳还站在外边，一脸的担忧和委屈，她懒得管，径直进了客厅，该委屈的明明是她。

屋内，沈蘩坐在木藤椅里听曲儿，耳朵不是太好，没听见夏藤进屋，她走到跟前沈蘩才回神，问："怎么才回来？"

夏藤摇摇头，书包丢在地上不想说话。沈蘩察觉到了些她的情绪，让她先去洗手吃饭。她本来不想吃，但看到是白粥，就坐了过去。稍微有些凉，沈蘩要给她热热，她说不用，凉着好。正好去去她的火。

一碗白粥喝完，舒服了不少，夏藤帮着把碗筷收了。客厅的收音机里正放一曲《锁麟囊》，幽幽戏腔伴着夜里的虫鸣，夏藤坐在沙发里听了一会儿，躁了一晚上的心在此刻平静了。

沈蘩的房子被陈非晚请来的人改造得很漂亮，客厅和厨房打通，宽敞得很。客厅有两面巨大的落地窗，这会儿拉开，门帘被晚风吹起一个角儿，屋里很凉快，月光银粉似的铺了一地。

她合上眼放空，旁边沙发一陷，沈蘩坐了过来，她揽过夏藤的臂膀，让她枕在她的膝盖上。她轻轻拍着夏藤，这动作带着安抚的意味，夏藤突然就眼眶发酸，这是她今天第二次想哭。

她很少有倾诉欲，她的身份和处境不允许她跟别人说太多，年少成名的坏处便是过早地与正常生活脱节。所有的成年人只拿她当赚钱的工具，圈内的交际是利益往来，同学围着她转是因为她有名，亲戚夸她是因为她让他们脸上添光，所有人戴着面具，她也不得不一样。

于是真正的自己只能被封锁起来。

可是当她来到这里,褪去一切光环后,她发现自己原来那么讨人厌。自私,自负,自命清高。她在人声喧嚣的城市里渴望真心,却在返璞归真处放不下虚荣,结果自然是被两个世界的人同时抛弃了。

夏藤蒙着眼睛,闷着声音说:"他们不喜欢我。"她吸了吸鼻子:"我也不喜欢他们。"

沈縈缓慢地拍着她,手掌粗糙,但有温度传来,她说:"你喜欢他们,他们才会喜欢你。"

夏藤说:"可是他们不欢迎我。"

"因为你是新来的,他们没见过你。阿藤,不要太浮躁,你妈就是太在意别人的眼光,逞强,好面子,你不能跟她学。"

沈縈不知道她在城市里发生的事情,老人家估计不能接受,陈非晚一直没告诉她。

夏藤没说话,她怎么可能不在意别人的眼光?

沈縈宽她的心:"你就做好你自己,其他的都慢慢来,真正理解你的人会向你靠拢的。"

第二章
恶意

清早一睁眼外面就下着雨，窗户像张哭花的脸，水痕一道一道的。夏藤打开窗，冷风卷着雨丝扑面而来，天阴沉沉的。院里的树被雨水打得"哗哗"响，叶片承载不住水珠的重量，向下垂着。

她没有校服，不过看昨天班里同学的着装，好像也没有强制要求天天穿校服。夏藤的衣服很多，好些是各种品牌宣传方送的，她找了一身样式最基础的T恤长裤，临出门前，沈蘩硬让她加了一件针织外套。

北方一到雨天就特别冷，夏藤吹着风哆嗦了一路。教学楼走廊里全是泥水印儿，踩得到处是，夏藤小心翼翼地绕开那些，走到六班门口，把伞收好挂在外边。

一进教室，室内的热气涌过来，眼镜上起了一层水雾，什么也看不清。她取下来一边擦一边往座位走，没意识到班里不寻常的安静。走到桌子旁边，眼镜重新架回鼻子上，视线恢复清明，她顿了一下。

最后一排，昨天空着的那个位子此刻坐了个人，正趴着睡觉。怪不得，班上的人大气也不敢出一声。这个阎王来了。

昨天夜里那种被辣得火烧火燎的感觉又上来了，祁正带给她的感官记忆真是强烈到可怕。夏藤敛起目光，刚要坐下，发现自己座位旁边的窗户大敞着，课桌上积了一摊水。她抬头看了一眼班里的窗户，都是关着的，只有她身边这扇打开了。

她转身问后桌的男生："谁开的窗户？"

男生闷头补作业，头也不抬："不知道。"

她不问了，转回去拿纸擦干净，再把窗户关上。

过一会儿，江澄阳和江挽月进了教室，江挽月往她的方向看了一眼，很快收回视线，坐进第一排。江澄阳看着她，好像想跟她说话，夏藤低下头翻书,避开了他的目光。

经过昨天之后,大家都不怎么愉快,那是一种细微又无奈的情绪。沈蘩说得对,她是有点儿浮躁。

秦凡踩着铃声从后门溜进来,英语课开始了。

朗读的声音从中间断了层,都是前排的人在读,后排跟集体装了消音器似的。今天又是个阴雨天,窗外的雨打得玻璃噼里啪啦响,这声音很助眠,几个人都支着脑袋打瞌睡。

英语老师是个圆乎乎的女人,估摸着早已放弃后两排,讲课走到中间就往回走,基本不踏入后方区域。

夏藤听课听得很艰难,她想认真听,可惜泡在教室逐渐升高的气温里,她越来越困,最后终于被后排弥漫的混沌气息包围,耷拉着脑袋睡着了。

困意退去已是两节课下课,大课间休息时间,她从来没在学校睡过这么久,看样子老师是真的不管后排的人。

她活动了一下肩膀,拿起水杯去水房接水,教室睡倒一大片。她往后看了一眼,最后一排那人还趴着,书包跟早上一样原封不动地扔在桌子上,看样子没醒过。

走在走廊上,夏藤裹紧身上的针织衫,外边的天是厚重的灰,雨很大,风声呜咽。不知道为什么,到现在为止,她都觉得这一天还没开始。

水房里排了挺长的队,她接完开水回来,教室里已经醒了一部分人。

回到座位上,夏藤没坐进去,因为窗户又被打开了。

风雨从窗口涌进来,洒了她一桌子的水,可是这次她桌上放着摊开的书本、笔袋、笔记本、复习资料,无一幸免,全部湿了。

夏藤慢慢拧好盖子放下水杯,问她的后座:"谁开的窗户?"

男生这次显然是知道的,吊儿郎当地撑着脑袋说:"你自个儿想呗。"

祁正和秦凡在睡觉,江澄阳不在教室里,江挽月坐在第一排写题。

赵意晗在此刻进了教室,身后仍然跟着她的那两个小姐妹,她看到夏藤沉着脸站在座位旁边,一边笑一边侧过头和其中一个女的说话。

夏藤在她即将到达座位的时刻开口:"喂。"

今天班里不怎么吵,她这声明显带着语气的"喂",立刻引起周围同学的注意。跟班一号扯了扯赵意晗的衣服,示意夏藤在叫她。赵意晗跟没听见似的,悠闲自在地坐下,把桌上的镜子支起来照。

夏藤再次转头，问后座："是不是她？"

男生特无语地看了她一眼，然后冲那边喊："赵意晗，你过来自己解决行不行？她老问我！"

装得差不多了，赵意晗把镜子一收，带着两个跟班走过来。她没看夏藤，而是先跟男生说："下次喊我姐姐，听见没？"

男生做了个"呕吐"的动作，赵意晗笑着打了他一下。

这场景的气氛很微妙。就好像他们是一个整体，不管她是不是被针对，被恶作剧，哪怕是明眼人都能看出来赵意晗在整她，也没人当回事。因为她只是一个外来者。就像现在，只有她在生气。而她的生气，在他们的眼中，毫无威慑力，在其他人的眼中，又能看一场戏。

祁正不知道是什么时候醒的，脸上睡得全是红印子，眼神冷得能掉冰碴，他似乎是被他们的动静吵醒的，整个人比天气还阴沉，一身浓浓的戾气。他踢了前座的男生一脚，嗓音还是没睡醒的嘶哑："你喊什么喊。"

男生回头解释，语调和面对夏藤时截然不同："不是我，是她俩在闹。"

祁正往前看了一眼，夏藤没有注意到后面的情况，冷着脸问赵意晗："是不是你开的窗户？"

赵意晗抱起胳膊，仍然一副悠闲自在的样子："是我啊，怎么了？"倒是没有狡辩。

"为什么开窗户？"

"教室里太闷，不得透透气？"

"那怎么不开别的，就开我旁边这一扇？"

赵意晗转了转眼睛："是吗，没注意。"

夏藤知道她揣着明白装糊涂，抓起自己的课本，摊在她面前："我的书全湿了。"

赵意晗很没诚意地笑起来："不好意思咯，我没看见。"

两个跟班也跟着笑起来。

夏藤静静地看她两秒，突然手一抬，把书扔在她身上。

"那你现在看看。"她说。

气氛扭转得太快，夏藤的反应出乎意料，看戏的全部屏息凝神。赵意晗愣了一秒，闲散的笑容收下去，怒意迅速布满整张脸。她二话没有，拿起夏藤的书,直接冲着大开的窗口丢出去。

伴随着"哗啦哗啦"纸张飞舞的声音,书像一只被雨打落的蝴蝶,从三楼掉了下去。

赵意晗在窗边回头,一双眼冒着火,态度嚣张到极点:"敢砸我是吧?还有什么不想要的,来,我都替你扔了!"

夏藤被这一声吼蒙了,刚才的冲动和气愤被一股难以名状的羞辱覆盖。她没受过这样的待遇,从前的学校里没有这样对她的人,加上她的特殊身份,大家都戴着面具,表面上一派祥和,气氛再不对头,也没人主动撕破脸皮。显然赵意晗不打算就此结束,夏藤越沉默,她的情绪越高涨:"继续啊?你刚刚不是挺横的吗?继续跟我狂啊?"

夏藤耳边只有心脏的狂跳声,重到可以盖过所有的声音。

全班都看着她出丑,她不能接受。她已经习惯于只把光鲜亮丽的那一面展现给众人,她永远是高高在上的。

这里不是网络世界,那些网民的恶言恶语她可以不看,可以逃避,这些羞辱却是活生生发生在当下的,她正在经历的。

这样劈头盖脸地砸过来,她无处可躲。

夏藤冲出教室,一路撞到好几个学生,有人对着她的背影大声骂"有病吧",那一瞬间,她这几个月受到过的辱骂都挤进脑子里。

"一看就是主动勾搭人家的,想钓金主呗。"

"就我觉得她不好看?长相很刻薄啊,不知道吹什么高级禁欲气质,明明很低俗。"

"滚吧,真恶心。"

……

暴雨如注,打在身上很疼。

夏藤蹲在雨里,书已经被雨淋了个透,烂了两页,一半沾了泥。

她也是。

她用手抹开封皮上的泥,抱进怀里,慢慢站起来,久蹲之后供血不足,她弓着腰缓了一会儿才能慢慢直起身。脚踩进教学楼,地板上一溜儿她身上滴下来的水,过来过去的人都在瞄她,她低着头往前走,不看任何人。

二楼楼梯口有个大平台,几个男生在那儿扎堆,嘻嘻哈哈地闹着,夏藤垂着头路过,里边一人出了声。

"喂。"

她丝毫没意识，直到马尾被人一把拽住，头皮一阵拉扯，她被拽着倒退了好几步。祁正把她拽过来后就松了手，沾了一手水，甩了几下。

夏藤捂着被拽松的马尾看他，他掀起眼皮，声音还带着困意，说："想收拾你的人不少啊。"

从他们这个视角，可以看到她刚才在雨里找书。

他似乎是听她和赵意晗吵到一半被这群人叫出来的，在教学楼走廊里肆无忌惮地闹腾，或许在这学校，没什么事儿是他不敢干的。

夏藤什么也不想说，眼神空洞而冷漠。祁正要笑不笑地看着她，风雨在他身后呼啸："被水浇的感觉爽不爽？"

这人记仇，夏藤知道他这话是什么意思，前一天，他就被她这么浇过。夏藤没什么表情地点头，转身要走，祁正在她身后开口："让你走了吗？"

夏藤太阳穴一阵突突，她闭了闭眼，转回去："你不就是想看我的笑话吗？还没看够？"

旁边一男生开口："你这姑娘说话怎么刺刺儿的，看你这样，得罪人了吧？都被针对了还不长记性，你再得罪他，以后有你受的知道不？"

"无所谓。"夏藤目光掠过祁正，了无生气，"多你一个少你一个，都一样。"

承受欺负的都是她，对方是谁，没有区别。

祁正原本坐在栏杆上，帽子还扣在脑袋上，他听完，低头笑了一声。

夏藤还没搞明白他在笑什么，下一秒衣领便被人揪住，他怎么过来的她尚未看清，一张脸已经近在咫尺，一点儿笑意都没有。

他拎着她，说："你挺厉害，说过的话没一句是我爱听的。"

夏藤脖子受着力，发声困难："干什么！"

"多我一个少我一个，都一样？"他嗤道，"你拿我和谁比？"

夏藤知道不该激怒他，可是忍不住，明明此刻受制于他，说话却没有一丝退让："都一样的烂……还要分三六九等吗？"

说完，周围本想劝和的人都安静了。紧攥她衣领的手一推，祁正把她丢开，定定地看了她两秒，没有生气，反而又笑了。

"是你先惹我的。"

夏藤浑身湿透，和祁正一前一后进了教室。夏藤走前门，祁正走后门。

班里上一秒还吵得跟集市似的,这一秒全部安安静静。大家盯着夏藤,一路目送她入座,然后再看看趾高气扬坐在位子里的赵意晗,两者差距大得有点儿残忍,高下立见,刚才那场争吵,赢家是赵意晗。

夏藤知道自己有多狼狈,始终没抬头。

江澄阳从座位里蹦起来要把外套给她,祁正趴在桌子上,叫了他一声:"江澄阳。"

他头都没抬一下,声音懒洋洋的,但就能让人听出明晃晃的威胁来。江澄阳动作一顿,秦凡从后面搭住他的肩,用力按回座位。

"不要多管闲事。"秦凡说。

事情似乎有了新发展,班上同学的表情都变得很微妙。

夏藤权当听不见看不见,把桌洞里的外套拿出来裹在身上,膝盖弯着,脚踩在凳腿上。她太冷了,得缩成一团才能稍微回点儿温。再坚持两节课就能回家了,夏藤垂着头想,下午的课她要请假。

整节课过得浑浑噩噩,身上半湿半干的,难受得要命。后半节课的时候,她开始打喷嚏,鼻子有堵塞的迹象,估计是感冒了,症状来得很快。

下课,热水喝完,她出去接了一趟,回到教室的时候,有同学看见她进来,表情说不上来的复杂,又隐约透着兴奋。

她走回去,心一沉。

她的书包和其他东西全部堆在后座那个男生的桌子上,而那个男生的东西则换到了她原本的桌子上。也就是说,她被强行换了座。就在她出教室的这几分钟时间里。

祁正正在欣赏他的劳动成果,难得下了课没出去疯,他人坐在自己的桌子上,两只脚踩着夏藤的凳子腿,见夏藤立在旁边一动不动,说:"坐啊。"

夏藤只觉得一阵窒息,捏紧水杯,问:"你是不是有病?"

一旁观战的秦凡哈哈大笑:"阿正,人家问你是不是有病。"

祁正全然不觉得这是在骂他,欣赏着她的表情。

"你换我的位子,征得我的同意了吗?"

他摇头。

"那你凭什么擅自替我做决定?"

祁正看起来认真地想了一下,然后说:"因为我想。"

夏藤瞪圆眼睛:"因为你想,我就得听你的?"

"不然呢?"理所当然,天经地义。

夏藤把水杯放在桌子上，开始收拾自己的东西："我没办法和你沟通。"

祁正眼睛随着她动了一会儿，问："你坐不坐？"那股威胁劲儿又上来了。

夏藤回答迅速："不坐。"

她说完，手里刚拿起的书被他一掌拍回去，牢牢按在桌子上。夏藤怎么抽也抽不出来，她来了火："你到底想干什么？"

祁正敛起吊儿郎当的表情，反问："你想干什么？"

夏藤说："把座位换回去。"

"我让你坐这儿，谁敢和你换？"

祁正笑和不笑的时候完全两个样子，一个懒散，一个吓人，两者切换得毫无预兆，阴晴不定，喜怒无常。

比如现在，她不知道他下一秒还会干出点儿什么。这样的人讲不通道理，和他再争下去也没结果，还不如私下找田波。

她不争了，扶着凳子坐下，祁正也不收腿，依然踩着凳腿，她的脊背蹭到他的膝盖，她侧头看了一眼，什么也没说，自己往前坐了点儿。

突然就安静下来，不争也不闹。他拿膝盖顶她的脊背，她没回头，不理。他再顶一下，她还是不理。

"又哭了？"他要去扒她的脸看。

没人来得及去探究这个"又"字。

夏藤在他凑过来的瞬间回头，二人目光交会，离得很近，祁正整张脸印在她的眼睛里，好看得过分。

同样的，夏藤似乎忘记自己是个靠脸吃饭的人，她很漂亮，漂亮到一群人因她的皮囊而痴迷。她很擅长用眼睛来表达情绪。她拍电影时，脸部特写很多，他们说，她的眼睛会说话，比言语更生动。

她瞪着他，声音却很轻："为你哭，值得吗？"

有那么一瞬间，祁正的世界是安静的。他想到了点儿什么，也或许什么都没想，只是距离太近，只是视觉感太强，只是刚好撞见了，所以他把一切忽略了。

这个感觉，他从未有过。他彻彻底底被她眼底的一些东西刺到了。那是一份从第一次看到他起，就没有掩饰过的轻视。

夏藤以感冒为由请了一下午假，第二天回学校，祁正没来。看到后座空空荡荡的，夏藤松了一口气，但很快，她就知道自己这口气松早了。

祁正虽然人不在，但影响力在，昨天的事在今天发酵，班上没人敢和她说话。早读课数学课代表收作业，收到她的位子跟躲瘟神似的，夏藤在后面叫了她一声，人跑得头也不回。

一连几科都是这样，几个课代表自动忽略她，夏藤桌上落了一沓作业，没人收。她盯着那些作业，良久，把它们收进桌洞里。最后一门收语文，她听到前面的男生在书包里"哗啦哗啦"装模作样地找作业，夏藤强迫自己不去抬头看。

直到桌面被"咚咚"敲了两下，江挽月手肘抱着一摞作业，没什么表情地看着她："不交吗？"

无"课代表"问津的位子旁边突然多出一个课代表，夏藤的心情有点儿复杂。她尽量维持着面部的平静，从桌洞里拿出那沓被冷落了一早上的作业，找语文作业的时候，江挽月扫了一眼："其他的怎么不交？"

"……"

"江挽月，你挑衅谁呢这是，我昨天说什么你没听见？"秦凡在最后一排跷着腿，眼睛斜着她们这边，"不该管的事别管。"

江挽月懒得搭理，手冲夏藤一伸："拿来吧。"

夏藤把复印的语文作业给她，她手没收回去："其他的也给我。"

秦凡在后面冷笑："你别给自己找事儿。"

江挽月冷漠地甩过去一眼："你无不无聊？"

"你再说一遍？"

"有病。"

她白了他一眼，抱着作业扭头离开，高马尾在身后一晃一晃的。

"我去。"秦凡气得去踢江澄阳的凳子，"你妹什么臭脾气。"

江澄阳一脸担忧地从夏藤那儿收回视线，看看秦凡，又看一眼最后一排的空座，欲言又止。

夏藤的日子变得不太好过。祁正的震慑力和赵意晗完全不同，没有人怕后者，但没有人不怕前者。秦凡的那句"不要多管闲事"不是只说给江澄阳听的，听者有份，不要管闲事，夏藤的闲事。

江澄阳被秦凡那帮男生盯得死死的，不准帮她说话，而没了江澄阳在一旁撺掇，江挽月漠不关心，除了做好收作业这项本职工作，其余时间她向来谁也不搭理。

本来全班就这么两个人愿意和她说话,现在好了,一个都没了。这个时候就没有那套"好坏互不招惹"的说法了,谁能惹谁不能惹,众人心中一本账。赵意晗的得意快冲上天了,气焰越发高涨。

大家不知道新来的夏藤是怎么惹上祁正的,但事就这么发生了,所有人都迅速且理所当然地接受了这件事。人的气场是天生的,有些人平庸,有些人夺目,有些人自带震慑力,他站在那里,不需要做些什么,自然而然就能吸引旁人的目光。

夏藤到来之前,祁正独享着这样的目光,夏藤到来之后,仅仅一天就成为话题的中心,好像所有人都认为,她和祁正扯上关系是迟早的事。

只是没想到,扯上得这么快,关系这么恶劣。

祁正消失了两天,又回来上课了。

夏藤一进教室,就看见几个男生围在他座位跟前,还有外班的几个,尤其是秦凡,一敛平常的不正经样,表情严肃,不知道在说什么。

越走近,声音越清晰。

男生A:"所以陈彬那帮人玩阴的?带了八个人,还抄家伙?"

男生B:"真逊啊,嘴上说单挑,结果怕得要死。"

另一个男生开口:"真跟阿正单挑不得玩完?他们敢吗?没看就阿正一个都把他们治得服服帖帖?"

几个男生都挺激动,只有秦凡黑着脸,往常最咋呼的今天最严肃,他问祁正:"这是邹宇杰惹的事吧?"

祁正声音懒洋洋的:"嗯。"

一群人叨叨了半天,他就冒了这一声,好像他们口中的祁正不是他一样。

"你去帮他了?"

祁正没说话。

"你管他干什么?邹宇杰那人什么德行你不知道?他就是欠收拾!"

"这事儿他摆不平。"祁正声音淡淡,"陈彬能整死他。"

秦凡恼火得很:"你就扛吧,谁出事儿你都扛,我看你命大到什么时候。"

气氛一时有些僵,有男生没看出门道,出来打趣道:"阿正义气,有他在,那群人算什么。"

"义你个头!"秦凡"砰"地一拍桌子,指着刚才说话的那个男生暴跳如雷,"这次就因为邹宇杰成天顶着阿正名号嘴贱,陈彬才找上门的,你们要他帮你们收拾烂摊子到什么时候?"

那个男生被吼得一缩脖子:"我没……"

"真那么牛,自个儿出去用自个儿名字吹牛去,平时少拿祁正的名字充大头,一出事就回来当缩头乌龟!"

秦凡是真来火,劈头盖脸就是一顿。他这种人就是如此,嬉皮笑脸的时候什么玩笑都能开,凶起来才是本性,谁也不认。

周围的人多多少少还是害怕的,都闭上嘴,班上其他偷听的人马上各做各事,生怕波及自己。

安静了一会儿,夏藤的声音从夹缝中挤进去。

"能让一让吗?"她在这群人身后站了快十分钟了。一群人没头没尾的对话,她大概听得懂,有人惹了事,但结果算在祁正头上,秦凡为他抱不平,他本人却不在乎。

乌烟瘴气、血雨腥风,倒是挺符合他的形象。

几个人齐刷刷回头,像紧挨在一块儿的瓣儿全部散开,视野一下清晰起来。祁正坐在凳子上,靠着墙,微抬着下巴。

第一眼看上去有点儿不对劲,再一眼就看明白了,他今天穿着校服,既宽松又服帖,立领敞开,拉链拉锁在板直的前胸轻轻晃着。

他受伤了,挺明显的。鼻梁上有一道伤口,嘴角结着血痂,下巴上还有一处。不过听他们的描述,那种境地下,只有这种程度的伤,祁正本事不小。她以为他怎么也得鼻青脸肿。

祁正挥了两下手,人群散了。

夏藤走进去把书包放下,坐进座位里,把第一节课要用的书拿出来,水杯摆在桌子上,一切准备就绪,她找不到还有什么事能做,整整五分钟,祁正就保持着那个姿势,一直看着她。

夏藤吸了一口气,转过头问:"你看什么?"

他听见,嘴角扯了扯,好像笑了,又好像没笑,反正一句话没说,趴下睡了。

"……"

什么人啊这是?夏藤憋了一肚子气转回去。

上课铃打响,英语老师抱着一摞卷子进了教室,看这阵势,底下立马响起此起彼伏的哀号声。英语老师一脸冷酷,手一挥:"别叫唤了,书都给我收起来,一二节课测验,现在想上厕所的赶紧去。"

高三生日常，无穷无尽的考试，在开学第五天正式拉开序幕。

夏藤从笔袋里挑了两支下墨顺滑的笔，等着发卷。后面的祁正踢了一脚秦凡的桌子："借支笔。"

秦凡嘲讽他："我借你多少支了？你书包里装点儿上学用的东西能死？"

祁正："你笔多，你会写？"

"行，祁正，咱俩绝交。"

周围的女生都抖着肩膀笑，夏藤斜前方的女生边笑边转过身来说："我借你吧。"说着就要把手里的笔抛过来。女生在目测距离，做了好几下抛笔的动作，夏藤刚要躲开，凳子被后面的人踢了一下，他说："你接。"

夏藤脊背一僵。为什么要我接？为什么只是借支笔，所有人都这么大动干戈？夏藤没管那个女生，把自己准备好的笔放在他桌子上，然后抬头，问他："现在能安静了吗？"

祁正定定地看着她，眼睛很黑，眼神越来越凉。两天没见，他都快忘了她那些让他来火的举动了。她总有本事在他快觉得没意思的时候，再冷不丁地刺他一下。

"那边那个靠窗户的女生，转过来，发卷子了，不准交头接耳。"

英语老师敲了敲讲台警告，夏藤把自己的脸从他眼底抽回，调整呼吸，看题。不出意料，卷子不难，受教育环境和程度不一样，她从三年级开始就被陈非晚塞到教育机构上英语课，噩梦一样的经历，但效果是有的。

她在原来的学校成绩就算不错，何况是这里。夏藤进入状态，手感很好，时间便过得飞快，但对于后两排的其他人来说，一分一秒都是煎熬。

一节课很快过去，下课铃打响，祁正被吵醒了两秒，秦凡马上给祁正使眼色，压低声音说："抄夏藤的，我观察她一节课了，笔没停过，她肯定会写。"

祁正人还困着，五官都皱在一起，听完秦凡的话下意识地往前面看了一眼。夏藤趴在桌子上答题，头发顺在一边，露出来一截纤细的颈子。窗外阳光落上去，白得像在发光。

祁正渐渐醒了。任秦凡怎么催，他都稳稳地坐着不动。眼看离交卷时间越来越近，秦凡只好舍弃夏藤的试卷，凑合着写隔壁几桌东拼西凑来的答案。

秦凡飞速抄完，离交卷时间还有十分钟，他扭头看了眼祁正，那人的卷子还是大面积空白，他正拿着笔写班级、姓名，模样还挺认真的。

秦凡看着想笑，英语考试，这人练字呢？

"要不要？还有十分钟，再不写就来不及了。"秦凡把自己的卷子往他那边挪了点儿，挑了挑眉。

祁正把笔放下，伸了个懒腰："不要。"

班上有部分同学已经写完了，叽叽喳喳交头接耳的声音刚压下去就冒出来，英语老师管不住了，干脆道："行了，写完的交上来就可以出去休息了。"这话一出，蹦上去好几个交卷子的，讲台上乌压压一片，把英语老师遮得严严实实。

祁正在这时候站起来。夏藤做题速度慢，还在埋头写作文，祁正路过她的座位，下一秒，她的卷子被一把抽走，祁正把自己的卷子扔给她。

一切发生得太快。

他把她的卷子卷走，趴在第二排的同学桌子上改掉名字，然后交上讲台，走出教室。前后不超过半分钟，动作一气呵成，正大光明，相当自然。

夏藤还在震惊中，她强行逼自己的眼珠转了一下，然后看到祁正给她的那张空白答题卡，姓名那一栏工工整整地写着两个字：夏藤。

整整两节课，他就在他的卷子上写了这么两个字。

还是二楼的平台，一行人远远看到楼上冲下来一姑娘，楼梯被踩得"啪啪"响，马尾左摇右摆的。她凶巴巴地跑过来，到他面前也没减速，直接上手推他的肩："祁正，你太过分了！"

这一声出来，人群中爆发出一阵狂笑，有人捏着嗓子学夏藤："祁正，你太过分啦！"

啦，啦，啦，啦你个头。夏藤气得脸颊涨红，还要说什么，祁正看都没看她一眼，转身就要下楼。

夏藤追过去挡在他面前："你干什么去？我还没说完。"

祁正垂下眼皮："买水。"

夏藤拦住他："我们谈谈。"

祁正的头点得相当敷衍，点完绕过她继续往下走，好像完全没关心她在说什么。

夏藤咬着牙跟上去:"你能不能认真一点儿?你没觉得你刚才很过分吗?"

说话间,他们已经走出教学楼,祁正不咸不淡地说:"这不是在听你兴师问罪吗。"

夏藤一愣,随即更气了:"你什么态度!"

"阿正?"有人走过来和他打招呼,目光落在夏藤身上,调笑着说,"这是你对象啊?"

祁正没解释,倒是夏藤,倏地低下头,很排斥别人探究的目光。

祁正淡淡地瞥她一眼,没多扯,和男生随便说了两句就走了。

教学楼到小卖部不长不短的一段路,和祁正打招呼的人很多,一半忍不住要打探夏藤是谁。夏藤几次想说话都没成功,还得顾着低头躲开那些好奇的视线,一路憋到小卖部门口,她嘀咕了一句:"怎么谁都认识你。"

祁正没听见。他走进小卖部,弓着腰在冰柜里挑水,越靠近底部的水越冰。他捞了一瓶出来,拧开瓶盖仰头就灌。他本来就瘦,脖颈修长,这一拉伸,经络凸显得更分明,喉结一动一动的,这画面放在电影里绝对要给个大特写。

不得不服,祁正有一副好皮囊,他有被那么多人关注的资本。

夏藤移开视线,站在门口等他。

祁正肺活量大,一口气喝空一瓶,喝完顺手把瓶身捏瘪,转身又在冰柜里拿了一瓶。

"两瓶,结账。"轮到他付钱,收银台上放着一盒棒棒糖,五颜六色的,祁正扫了一眼,扭头问她,"要吗?"

夏藤像看鬼一样看他,但从小到大的家教让她脱口而出的拒绝也很是礼貌:"不要,谢谢。"

祁正听见,扯了下嘴角。夏藤恨不得自己刚才没张过嘴。

祁正并不是真的在问她,他根本没管她要还是不要,随手抓了两根棒棒糖,付钱走人。出了小卖部,祁正撕开一根棒棒糖叼着,嘴里没有东西他不习惯。水买完了,招呼也打够了,总算是能说事儿了。夏藤把自己要说的话捋了一遍又一遍,然后深吸一口气,问:"现在能好好和我谈了吗?"

祁正听完这话,笑了一声:"谈对象?"

042

夏藤眉心一皱："祁正！"

他把糖从左边鼓捣到右边，似乎闹够了，稍微站直了点儿："你有这时间跟我耗，不如直接找张惠。"

"谁是张惠？"夏藤反应过来，"英语老师？"

甜味太浓，祁正皱着眉把糖拿出来丢进垃圾桶，拧开瓶盖喝了一口水。

夏藤目光紧跟着他："事情是你干的，为什么是我去找？"

"不愿意去也行，等她查出来后你都赖给我，想怎么说都行。"祁正垂眼看着她，"这总行了吧，祖宗？"

他这么有耐心，绝对没好事。夏藤抿着唇瞪他，果然，他那股蔫坏蔫坏的劲儿又上来了。

"张惠比你还能絮叨，你俩应该比一下，看谁厉害。"

夏藤要发飙了："祁正！"

祁正捂住耳朵，自己乐得不行。再这样下去不行，他太容易让别人被他牵着鼻子走了。夏藤背过身不断地深呼吸，平稳好情绪，重新转过来，人已经恢复平静。

她道："我不会去找她，发现了也不会揭发你，那张卷子就当是你写的，我只有一个条件。"

气氛被她强行转向严肃，祁正没说话，她停顿一下，继续按照她的想法往下说："……那天用酒泼你的事我跟你道歉，以后不会发生了。如果作为同学，我们不能好好相处的话，那就做到起码的互相尊重。"

她压着音量，控制着语速，让自己的声音听起来平稳一些，而这期间，祁正一直侧着脸，也不知道在听还是没在听。

快到上课时间，外面的人越来越少，四周安静到只有她在讲话。

祁正一直没反应，她心里越发没底，越说声音越小，气越来越短，心跳越来越快。他明明什么都没有做，但她能感觉到空气在一点一点地绷紧。

夏藤已经不知道自己在讲什么了，只是条件反射地重复着在脑海中设想过无数遍的台词："之前我们之间可能有些误会，我不知道我哪里惹到你了，总之这次的事我不追究，我们就当扯平，以后谁也不欠谁。"

……

夏藤有点儿难堪地闭上眼睛。这本来是她能想到的，最好的解决办法，如果牺牲考试成绩能换来日后的安稳，她愿意牺牲一次。

再这样没完没了下去,她不知道哪天才是个头,她不想和这样的人扯上关系。

然而事情的发展总是那么不尽如人意,她之前觉得很完美很得体的一番话,此刻显得那么苍白。

祁正转过来,看不出有什么表情,他完全感受不到她的窒息。

是她要找他谈话,结果把自己弄得紧张兮兮的。

"说完了?"他就问了一句。

夏藤强撑着:"嗯。"

艳阳天,风乍起,妖风吹得头顶的树枝张牙舞爪,像祁正说来就来的脾气,发作得毫无征兆。他手里的矿泉水瓶口对准她的头顶,"哗啦哗啦"浇了她一身。水洒完,瓶子被砸进旁边的垃圾桶,"咚"的一声巨响,垃圾桶一阵颤动,承载着他突如其来的怒火。

夏藤被浇蒙了。不断有水沿着脸庞滴下去,地上积了一摊水。

她打了个哆嗦,意识恢复两秒,然后整个人止不住地后退,退到第三步,祁正一把拽住她,虎口正对她的嘴唇,他劲大得出奇,手指的骨头硌得脸生疼。

她被他单手扯了回去。

"这种程度,才能叫扯平,懂吗?"他一字一句地说话,尖锐得像在冰上刻字。

夏藤一张脸惨白,眼泪"唰"地涌上来,在眼眶里疯狂打转。

她第一次在一个人眼中看到如此浓重的狠戾。

又凶又恶,像最原始的动物,沾着吞食生肉的血腥气。

祁正没给她喘息的机会,一步一步逼近:"你挺高贵啊,高贵的新同学,你和我说互相尊重,看我的眼神就像看一条路边的野狗。

"我用不用跪下来谢你?谢你不追究,谢你施舍给我的道歉?"

夏藤从嗓子里溢出一声呜咽。

祁正冷笑一声:"哭什么,老子配不上你的眼泪。"

傍晚,夏藤洗过澡,湿着头发站在阳台上吹自然风。

晚上温度比白天低很多,黑夜之下,西梁家家户户亮起灯,高低错落、明暗不一,将昭县笼在一簇簇人间烟火里。夏天晚上虫儿多,都躲在草丛里叫唤。小孩儿明天不上课,沿着整条街道追逐打闹。各家老太老头凑一块儿唠嗑,还有不知道谁家厨房里传来的"乒乒乓乓"锅碗瓢盆的声音。这些来自生活的碎片，汇成西梁的周末夜曲，自然而美好。

夏藤闭着眼睛听，放空大脑，暂且忘记白天那一堆破事。

灵魂还未出壳，被房间里突然大作的手机铃声拖回现实。她不怎么情愿地睁开眼，回屋去拿。不是陈非晚，她松了一口气。

来昭县之前，陈非晚给她换了个新手机号，先前的私人号不准她用了，为了防止其他人找到她。夏藤向来只记得住三个号码，自己的、母亲陈非晚和父亲夏文驰的，经纪人的她都记不住。

丁遥属于例外，因为她的号码是专门找人弄的，尾号是她的生日。至于她怎么搞到她现在这个新号码的……丁遥总归是办法比想法多的那种人。

按开免提，夏藤拿起一把木梳坐镜子跟前梳头，手机里传来丁遥的声音，先是一句"接了"，然后就是破口大骂："几天了你给我数数，微信不回、电话不接，你人间蒸发？我以为下次见你又得是新闻头条。"

又得是新闻头条。夏藤手顿了一下，继续梳。

"你妈也真行，把你藏得严严实实，我死皮赖脸去了无数次，就是不告诉我你在哪儿。知道多少记者蹲我吗？都以为你在我这儿呢。"

电话那边很吵，人声嘈杂，音乐和酒瓶碰撞，肆意的男女欢笑，是浓烈的城市之音，是她曾经最熟悉的。

夏藤突然衍生出一种脱离感，虽然她离开城市的时间并不长，但再次听见来自那里的声音，她只感觉到陌生。

很奇怪，只是陌生，没有孤独。她比想象中更容易，也更快地习惯了这里。长久的沉默让丁遥停止了骂人，她似乎换了个清净的地方，夏藤猜应该是酒吧门口，果然，电话那边风呼啦啦的就吹起来，然后"咔嚓"一声，打火机点火。

丁遥深吸一口烟，呼出去，换了个环境，她的声音比刚才清晰许多："你不会说话了？"

夏藤无声地笑了一下，对着电话说："你少抽点儿。"

"还有闲心操心我。"

夏藤抿紧唇。

"你在哪儿呢？"丁遥问，"不能说就别说，我也不是很想知道。"

夏藤知道丁遥是在替她考虑，也没遮遮掩掩："回老家了。"要是陈非晚知道她这么轻易就暴露了位置，一定得骂死她。

"老家？"丁遥果然声音提高八度，"你哪来的老家？"

夏藤把头发顺开，松散地甩到腰后，淡淡道："你怎么不拿个话筒喊。"

丁遥消化了一下这个消息，声音低回去："那什么时候回来？"

"不知道。"夏藤放下梳子，将手机拿起来，"先过了这阵吧。"

其实她知道，她要回去参加高考，但那是将近一年后的事。

出了这次的事，陈非晚重新审视了很多问题，她目前的年纪和阅历禁不起圈子里的任何风浪，她太年轻，作品少，根基浅，不先自我沉淀的后果就是死都不知道怎么死的。

一年，很多东西都会改变吧。或许人们会淡忘她。

所有丑闻缠身的人物，都只有这一种方式去躲避攻击。

丁遥问她："怎么不回我微信？"

夏藤说："换了个新号。"

"旧的不用了？"

"……不敢登。"

不止微信，所有的社交软件她都不敢登，她恐惧那些信息，害怕被追问。

人言可以杀人。

"出息。"丁遥嗤她，"这点破事儿把你吓成这样。"

夏藤一阵语塞："这点破事儿？"

丁遥还是那个样子，嚣张高傲，什么都不放在眼里。她家有钱，从小离经叛道，家里的期望都在她能力强悍的哥哥身上，有人承担了重任，倒也就放养她了。丁遥乐得自在，喜欢什么做什么，成天四处玩，拍点视频发网上，长得漂亮、说话劲爆，竟然火了，揽了一群粉丝。

丁遥喜欢夏藤拍电影的样子，照她的话说就是带感。那会儿夏藤还没红，各种私信都还看得过来，一来二去两人就说上话了。虽说一个是网红一个是明星，但二人都不是矫情八卦的事儿主，意外地聊得来，又都在海市，见过面后一拍即合，关系就越来越好了。

丁遥做事随性惯了，各方面都活得令人羡慕，少不了一群人酸。天生的混血硬被人说成整容脸，两条大花臂，帅得没边，文着她最喜欢的皇后乐队，可惜网友不懂她的情怀与信仰，骂她不珍惜自己，骂她神经病，说她文身丑……乌七八糟的什么都有，但她看得开，还专门录过一期视频读那些喷子的私信，一边读一边笑话人家有错别字。

这都是夏藤做不到的。

在这个打字不用负责的年代，每个在公众平台露面的人，似乎都避免不了被恶意揣测和流言攻击这两件事。

……

"不是破事是什么？你躲得人影都没了。"

"现在……怎么样了？"夏藤捏紧手机，终于问出这一句。

丁遥常年被骂，性子又野，早就练就一颗强大的心脏，但夏藤没有。她离开以后就什么都不知道了，网上的消息自己不敢看，都是陈非晚和公司在处理。

"王导的电影女主角换穆含廷了，现在她的通稿满天飞，还都是踩着你发的，这女人傍上金主，风头盛得跟什么似的。"

穆含廷是与夏藤同期的"小花"，虽然二人的形象风格不同，但资源重合度很高，人气相当，和夏藤一样，她也急需一部作品翻身。

当初夏藤去试镜时，她也在场。虽说从电影方面来讲，夏藤更适合这个角色，但她也是可以被替代的。

换句话讲，同等地位的演员里，谁演都可以。资本运作之下，实力与演技只是锦上添花的东西。

"出事"前一晚，真正有事儿的其实不是她。然而，有事儿的穆含廷成功上位，躲过一劫的她却迎来毁灭性的打击。

丁遥不想骗她，可以听得出来，一切还是老样子。也就是说，热度还没下去，那些"朋友"还是不肯站出来替她澄清，舆论还是没有放过她。她成为权利与金钱万恶交易的众多牺牲品中的一个，淹没在无尽的人言与黑暗中。

"别想这些了，你这人就是太容易把事儿往心里搁，谁还没点儿黑料了？你和我交朋友就挺黑的。"

夏藤知道丁遥在宽她的心，她的事，如果只是简简单单用"黑料"二字可以来形容，远不用沦落到"逃避"这个地步。

"不说这些了，你老家那地儿叫什么？离海市远吗？抽空我去看你一趟。"

夏藤拿着电话走到阳台，报了位置。

估计是查了会儿地图，丁遥忍不住爆粗："这是什么破地方？原始部落？"

夏藤笑了："没那么夸张。"

丁遥简直难以置信："你至于让自己这么可怜吗？"

夏藤说："我觉得还好啊。"

"算了，这地方确实放心，没人认识你。"丁遥关掉地图和网页，"学校怎么样？有楼吗？不会是露天的吧？地上支块黑板上课的那种？"

夏藤扶脑袋："有楼，挺好的。"

"同学怎么样？"

丁遥这一问，夏藤心里一紧，不自觉地打了下结："也，还好。"她不知道怎么形容。

丁遥显然对她这地方没多大兴趣，换平时肯定会问一句有没有帅哥，然而今天没有，夏藤也就没提。她的异性缘向来很好，喜欢她的男生在学校时就有，进入演艺圈更多。

遇见的这么多人里，也就只有祁正不拿她当回事。每次她以为和祁正的关系已经够僵的时候，往往还能更僵。

比如今天，她没能控制住，在他泼完她一身水后扇了他一巴掌。

……

夏藤在强行忘记，逼着自己忘记那些让她头疼的事，因为解决不了，越想越烦躁，不如忘了。她尽量让自己不去回想和祁正有关的事，就像她在尽量忘记那些发生在自己身上的事。不听，不看，不想，好像就可以当事情没发生过，久而久之，人麻木了，就没什么感觉了。

打火机的声音又响起来，打断她的胡思乱想，丁遥重新点上一支，问："没跟许潮生联系？"

这名字足够让夏藤愣一阵儿，过了大概半分钟，她道："没。"

说完就觉得不对劲，她皱起眉："你……"

丁遥："他想知道你的近况，不过你放心，他不来求我，我是不会告诉他你在哪儿的。"

果然。

如果说祁正是不拿她当回事儿的，许潮生就是完全相反的他。

他和丁遥家是世交，他们那个圈子里满是俗鄙无聊的富二代，成天除了乱挥霍就是瞎乐呵。许潮生和丁遥都算是有追求的人，所以他俩虽然互相嫌弃，但又对彼此格外惺惺相惜。

丁遥帮他套话，也在情理之中。丁遥和许潮生都是有分寸的人，知道了也不会给她带来麻烦。只是这些人名再次出现，总让她产生一种时间错乱的感觉，好像什么都没有发生，她还是曾经在城市里疲于生活的夏藤。

那个夏藤每天上课，拍戏，赶通告；踩着十厘米的高跟鞋，迎着闪瞎人的闪光灯不眨眼，日夜颠倒，睡两小时就得醒；为了一个镜头在零下的天气泡在海水里，为了保持身材吃东西只嚼不咽……那个夏藤像个不会停的陀螺，一直转转转，偶尔关机背着经纪人和陈非晚偷偷去找丁遥放松，或者被许潮生讽刺三线的人忙得像一线，都是她一天里最轻松的时刻。

会怀念那种日子吗？和现在天差地别，虽然累，但充满了荣耀，一路踩着鲜花。可是回想起来，那个镜头前的女孩像个陌生人，是另一个也叫"夏藤"的人而已。

那么多画面里，她竟然找不到她自己。

晚上断断续续和丁遥聊了很多，最后怎么睡着的夏藤也不知道，醒来时手机就在耳边放着，但被子盖在身上，房间的灯也关了。

看样子沈蘩来过。

夏藤坐起来就感觉到空气里的潮湿，拉开窗帘一看，外面果然在下雨。

北方这么多雨似乎很少见，阴沉沉的天，世界的颜色都淡了一个度。

人确实需要定期清理掉心里的垃圾，昨天那个电话让她轻松不少，哪怕什么都没改变，但至少，有了接受新事物的地方。

来昭县一个星期了，她把要买的东西整理出一个备忘录，准备趁着周末上街转转。

收拾好下楼，屋内没人，她在玄关处撑开伞，走出去，发现外边的花花草草上盖了一层透明的塑料膜，上面兜着大大小小的雨珠。

院子里，沈蘩正给另一片绿植盖塑料膜，夏藤过去帮忙。

沈蘩看她出来："要出去？下这么大的雨。"

夏藤边扯开塑料膜边点头："我看过天气预报，等会儿雨就停了。"

"穿这么少不冷啊？看你两条小细腿冻得白花花的。"

夏藤低头，她今天穿了一条黑裙，裙子到膝盖上面一点儿，配一双黑马丁靴，她腿白，是看起来光秃秃的。

她对天气一向没什么概念，再热的天她也穿过棉袄，再冷的天她都得穿吊带裙出场。

"没事。"夏藤道。反正是夏天，再冷也冷不到哪儿去。

"最近怎么没见你和江家那两个一起？闹矛盾啦？"

夏藤怔住片刻，摇头："没有闹矛盾，就是……相处还需要时间吧。"

沈蘩笑了笑，打开夏藤的手，把她往大门外推："不用你帮了，出去转转吧，今天路滑，注意安全别摔倒了，回来姥姥给你做好吃的。"

"嗯。"夏藤也笑了。

昭县的商场很好找，因为那栋楼是全县最高的，哪哪都能看见。好像是前几年才修的，很新，算是昭县唯一比较挨得上县城里"城"的地方。

走进商场，亮堂堂的灯光和充足的冷气一起扑过来，她收了伞，感觉还挺像那么回事儿，但紧接着，她就有点儿说不出话。

一楼什么都有，她进的这个门正对着化妆品区域，几个不像专柜的专柜凑在一起，要么是没听过名字的牌子，要么是盗版大牌。

她往里走了一圈，其他区域也大多如此，透着强烈的不靠谱。

二楼主要是卖衣服的，一间一间的，随便进去一家，衣服挂满三面墙，浓郁的地摊风。店员都是些小年轻，不是抱着手机不理人，就是斜着眼把夏藤从头打量到脚。

夏藤退出来，再往后走，竟然空了。商户不多，门面店没有租完，几间房子空荡荡地敞着，堆着几个不穿衣服的人体假模特和一些装修垃圾。

夏藤深吸一口气，打开备忘录，把几个待买物品删了。

昭县的商业区就在这一片，她出了所谓的"商场"，在这附近逛了一下午，把看着稍微靠谱点儿的店进了个遍。好在超市是正儿八经的超市，日用品可以买得到，她见着有用的就放推车里，甚至想买面穿衣镜回去，可惜搬不动。

从超市出来，天快黑了，阴天的夜看着就沉重些，先前雨停了一阵，这会儿又下起来，不是很大，雨丝被冷风吹斜。

夏藤出的是超市后门，门外像一个胡同，要走一段路才能到马路上。两边齐齐开着店，餐馆、网吧、小旅馆什么都有，廉价颓废又便捷，像这座温良安逸县城的另一面，黑暗、颓乱，混子根据地，五十块可以在这儿待一个星期。

夏藤左右一望，墙边停着不少摩托车，来来往往的人都三五成群，充满了某种气息。怪不得，这后门冷冷清清的，超市前门排着队都没人愿意从这门出。

她人已经走出来一截，想往回拐，已经迟了。

身侧传来"哟"的一声，几个从夏藤出来起就停下脚步的人，对着她的方向发出调戏的声音。她没有回头，头皮一阵发麻。

说实话，这种事儿无论是电影里还是新闻上，都出现过太多太多次。多到人们都已麻木，最多跟着说一声"好可怕啊"，就从脑海中忘了，去接收下一则信息，以至于当它真实发生时，她只能想得起那些女孩的下场，在大脑中轮番上映。

她是有多背。

夏藤不敢停步，一刻不停地往前走，耳边，那几个人的脚步声跟了上来。她的心跳重得像击鼓。

天黑，雨夜，小县城，一切都那么猖獗。

一个瘦猴似的男人几步跨到她面前，拦住她的去路，道："一下午撞见你好几回了，吃饭没？一块儿去呗，顺便认识认识。"

夏藤上牙打下牙："不用，谢谢。"

"妹妹别怕啊，我们又不吃人。"又多出来一个人讲话，"买这么多东西，你一个人哪行？哥让人给你拎回去。"

"真的不用了……我爸爸来接我了，就在前面的路口。"

夏藤想走，那瘦猴又挡住。

"让他等会儿呗，怎么能挡女儿的桃花呢？是吧？"

说话毫不讲理，几个人"嘿哧嘿哧"地笑起来。

夏藤犯起一阵恶心，她想摸手机，胳膊被人一抓，手机就势掉出来，"啪"的一声，掉在地上溅起水花，刺激着人的神经。

完了，她这行为的暴露，无异于找死。夏藤吓得面如死灰。

抓她胳膊的人蹲下，把手机捡起来，擦掉上面的水。他看起来是这群人的老大，做这些事的时候，没有人吭声，都等着他发话。

他把手机还给夏藤。夏藤抬起胳膊，手是颤的，太害怕，她控制不住。她刚要挨到手机边缘，那人又撤了回去。

她就知道没这么简单。

那人说："手机可以还你，但不是白还的。"

他把那个瘦猴拽到她面前，声音粗哑，像只乌鸦在说话："我这兄弟看上你了，你赏个脸。"两句话都只说了七分，留下三分给她。看似未说满，实则每个字都充满威胁，没有余地可转。

"彬哥……"瘦猴一脸感激。

夏藤的心坠进了冰窟窿。

……

在绝望的前一秒，她余光捕捉到了一道路过的身形。没有原因，哪怕只有一个模糊的黑影，哪怕只是余光一瞥，她就是可以确定那是谁。夏藤几乎是用全身的力气喊出来的。

她的心跳，呼吸，血液，头发丝，浑身上下每一个细胞，全部在尖叫：救救她。

黑影停了，站在一级台阶上，背后是一家闪着幽光的网吧。

他穿了一件黑外套，头上顶着连衣帽，刘海被帽子压到，稍微盖住了眼睛。嘴巴里叼着一根棒棒糖，下半身就一条大裤衩，露出两条精瘦的小腿，脚上套一双拖鞋，无所顾忌地踩在雨里。左手拿两罐饮料，右手拎着一兜烧烤。

他没打伞，也没什么表情。脸上旧伤未褪，左脸新添了一道醒目的红印——是她扇的。

祁正的名字，比她说一万句"不要"有用得多。显然，这群人是认识他的。

不止认识，还有害怕，以及比害怕更复杂的东西。

被瘦猴叫"彬哥"的人率先开了口："阿正。"

台阶上的人没反应，夏藤忽然有了一种预感。

"彬哥"指了指夏藤，问："你认识她？"

雨似乎大了些，地上开始有噼里啪啦的声音。祁正嘴里的糖动了动，衣服是黑的，头发是黑的，眼睛是黑的。他和雨夜融为一体，凉薄地看着她泪汪汪的眼睛。

"不认识。"

夏藤的视线被瘦猴挡住了。

"你认识他啊？"

冷风无孔不入，吹得血冰凉冰凉的，夏藤冻得嘴唇发紫，身体僵硬，她说不出话来。视线的最后，是祁正事不关己的背影。

"他就是条丧家犬，克死他妈，估计他爸也快了。"瘦猴往地上"啐"了一口，"成天在街上乱晃，逮谁咬谁。"

祁正的出现，让他们暂且忘记追究她刚才的求救行为。

彬哥盯着那家网吧的门半天，似要盯出个窟窿来，半晌，他压下眼皮，看向他们："走吧。"

夏藤被几个人强行拉到另一条小道上。来往有人看见，对着他们吹口哨，然后彼此发出一阵意味深长的笑。没有人管她的死活。再这样下去，她真的要完了。

夏藤不管他们怎么拉，就是不再往前走，鼓足勇气开口："我说了，我不去。"

瘦猴去搂她，好言好语地哄："就跟哥吃顿饭。"

夏藤触电般地躲开。这一动作，马上惹怒了他。

瘦猴把她手上"刺啦刺啦"响的塑料袋一把抢过，丢在地上，然后强行把她搂怀里，恶声恶气道："别给脸不要脸，刚是不是还想着跑呢？"

他身上的衣服湿淋淋的，紧贴着她，身上还有一股发臭的烟味，头发黏糊在窄长的脸上，越发显丑，像只阴沟里的老鼠。

夏藤没忍住，直接干呕起来。这是莫大的侮辱。

瘦猴跳脚了，一把钳住夏藤的脸："你嫌我恶心？"

夏藤往后躲："别碰我。"

瘦猴大发雷霆："你是不是要哥在这儿办了你？"

夏藤嘴里咬着凌乱的头发，眼眶红得能滴血，又亮得可怕。

"你敢，我就杀了你。"那一瞬间，她对自己感到陌生。她从未说过这么狠的话，她也从来不知道，自己能被逼出这么决绝的一面。

瘦猴被她吓到，真的停下了。夏藤以为自己有救，然而还没来得及欣喜，他又双眼冒出凶光。他认清自己占着绝对优势，她的狠话不过是纸老虎。

这一认知，让夏藤的呼吸顷刻之间停止了。

"好啊，你看我敢不敢。"瘦猴说着，手就扒上她的衣领。

夏藤闭上眼睛，做好了歇斯底里的准备。刚准备进一步行动，瘦猴的肩被拍了一下。他骂骂咧咧地回头，还没看清是谁，脸上就结结实实挨了一拳。

人直接被打飞，撞在对面的墙上，又像破布一样滑下来掉在地上。力道大得惊人。诡异的是，在场七八个人，没一个人敢上前，替他们的兄弟还手。

十分钟前。

祁正回来后就阴沉个脸，开了一罐啤酒仰头就灌，再低头时瓶身已经被捏瘪,飞进角落的垃圾桶。秦凡都吃到第五串烤串了,他脸还黑着,秦凡拿竹签戳他:"你吃炸药了?"

祁正没理他,直接进了游戏,画面相当血腥,到最后,把键盘按得噼里啪啦响。秦凡眼瞅着那键盘要受不住了,出声阻拦:"哥、哥、哥,你到底咋了,放炮呢这是?"

祁正不想听他叨叨,要拿耳机戴上。

"哎,我发现个事儿。"秦凡咂着嘴感叹,"自从小绵羊转到我们班来,你这个臭脾气就越来越吓人了。"

祁正手一顿,眉毛皱出一个"川"字:"谁是小绵羊?"

"夏藤啊。还能有谁?"

这人名一说,祁正的脸色明显更可怕了。秦凡这才把身子坐正:"你到底怎么了?"

祁正不知道想到了什么,手一抬,座椅甩出去,骂了一句"这人就会找麻烦",身影就不见了。

这回是秦凡搞不懂了:"谁啊?"

小道里光线很暗,只有电线杆上用几根铁丝缠住的灯泡,灯光又昏又暗,脏兮兮的。地上全是泥水,瘦猴摸索着想爬起来,手背传来一阵剧痛,祁正的拖鞋碾在上面。然后祁正另一只脚往瘦猴身上一踩,半蹲在他身上。

瘦猴"啊啊"地惨叫起来,祁正抓住他的头发,猛地一扯:"再叫,舌头给你拽出来。"

瘦猴的头皮都快被剥下来了,一张脸被迫抬高,嘴巴用了老命合上。其他人都被吓得不轻,谁也不敢出声,彬哥没有拦,站在一旁,就这么看着。

祁正眼睛落在夏藤身上:"过来,扇他一巴掌。"

夏藤满身狼狈,靠着墙不动。

祁正眉毛一挑:"不会?怎么扇我的就怎么扇他。"

夏藤眼皮抖了抖,嘴唇艰难地张开,声音轻颤:"我想走了。"

祁正说:"我让你扇他一巴掌。"

夏藤猛地抬高声音:"我说我想走了!"

声音在雨巷中回荡,四周一片死寂。祁正盯着她看了一会儿,没了表情,半晌,点了点头:"行。"

瘦猴的脸被按进泥水里，祁正踩着他起身，走过去把地上的东西一样样捡起来放进塑料袋里，然后拎到夏藤面前。

她低着头，看都不看一眼："我不要了。"

他无声，继续点头，行。袋子重新飞了出去，东西散落一地。

一直没出声的彬哥从阴影处走出来，头顶的灯光把他的身影拉扯得歪歪扭扭，像鬼影。

"阿正。"听到他的声音，夏藤明显抖了一下。

祁正让她先走，她走得飞快，头都不回。祁正咬了下牙，这女的真行，他等会儿再找她算账。

彬哥一路盯着夏藤的背影，太阳穴紧绷，他笑得隐忍："不给个说法？"

祁正两只手揣兜里，转过身，挡住夏藤的方向，反问："你要什么说法？"

他一个人，战斗力像一个队，他们不久前才领教过，包括今天，瘦猴到现在都没从地上爬起来。

"我兄弟不是有意冒犯，我问过你，你说你不认识她，现在这算怎么回事？"

祁正突然想起秦凡的那个比喻，笑出了声，邪进骨子里："我后悔了呗。陈彬，我圈里的小绵羊，我能收拾她，别人不行。"

夏藤没走远，她不敢。

祁正从小道出来，一拐弯，就看见她蹲在墙角，整个人缩成一团，跟只流浪猫似的。雨不知什么时候停的，只剩风呼呼地刮着。

祁正靠着墙看她，都半天了，这人还是没动静。他走过去踢了她一脚，碰到她的腿，又凉又滑。这么冷的天穿裙子，脑子有问题。

他散去方才的狠劲，问："死了？"

夏藤倏地动了一下，抬起头，被夜一衬，脸更白了。她仰视着他，刚才的脾气都不见了，身体陷入恐惧的后遗症，一直在抖，语气里掺杂一丝请求："能不能……送我回家？"这会儿，倒是真的软绵绵。

祁正挑起一边眉："求我啊。"

"……"夏藤扶着墙缓缓地站起来，死咬着嘴唇。

看她那德行就知道不愿意，祁正把帽子往头上一拉，转身就走。夏藤想叫他，喉咙却怎么也发不出声。她拉不下脸，试探性地迈出腿跟了两步,发现他没说话,她马上跟得紧了点儿,一步也不敢停。

超市后门那堆停得乱七八糟的摩托车里有祁正的一辆。他挺宝贝那车,专门盖了一层罩子,一掀开,上边的雨水"哗啦哗啦"洒了一地。

车前挂着个黑色头盔,祁正取下来,按开护目镜,直接套在夏藤头上。对她来说,头盔太大了,脖子都快被罩住半截。

祁正皱起眉:"头怎么这么小?"

夏藤:"……"

她想取掉,手刚抬上去,被祁正一把打掉。他给她扣好锁扣,然后把护目镜放下来,全程动作粗鲁,她的脑袋被扳过来扳过去。

头盔一戴,隔绝了外面,夏藤感觉耳边闷闷的。

祁正上下扫了她两眼:"看不见脸顺眼多了。"

"……"

他跨上去发动车,夏藤在旁边琢磨着怎么上去。她穿的是裙子,虽然底下有安全裤,但还是感觉怪怪的。

她还在想,祁正已经把车发动了,"轰隆隆"的声音震天响。他捏住车手柄,脚踩在上面,见她半天不上来,不耐烦了,扭头催:"你上不上来?"

夏藤一咬牙,也跨上去。上去之后,她马上就发现了新问题。手该放哪儿?腿该放哪儿?她把裙子塞进腿和座位中间,紧紧压住,然后就不知道该怎么办了。祁正背影修长,衣服也挡不住少年的肩线与腰线……她在思考如何才能尽量不碰到前面那人的身体。

祁正感觉到她那些小动作,什么也没说,速度一提,轮胎碾过地面,"嗡"的一道重声,摩托飞快驶出去。

果然,随着后座一声尖叫,女生的胳膊牢牢环住他的腰。

对付她这种这也顾虑那也不行的女的,不给她时间思考,就是最好的办法。

1995年,王家卫有一部影片《堕落天使》上映,夏藤躲在被窝里看过无数遍。

电影最后一段独白很经典——"走的时候,我叫他送我回家。我已经很久没有坐过摩托车了,也很久未试过这么接近一个人了。虽然我知道这条路不是很远,我知道不久我就会下车。可是,这一分钟,我觉得好暖。"

事实证明，那条漫长的隧道里，金城武载着李嘉欣在隧道里飞驰向无尽黑夜的镜头，永远只能存在于如梦的电影里。如果上天再给她一次机会，她绝对不让祁正送她回家。

摩托车停在路边，夏藤对着垃圾桶狂吐，风中还回荡着她一路凄厉的尖叫声。祁正那个飙车速度，要么他不要命，要么他就是个彻头彻尾的疯子。

她胃里翻江倒海，掐着他的腰让他停车，掐得她手都疼了，他不听，就坐前面笑，她越害怕，他笑得越厉害。夏藤对着他的耳朵喊："你再不停我就跳车！"

他态度轻佻地传回来："跳啊。"

话音刚落，他腰间一轻，后面的人真的松了手。

祁正一个急刹车，轮胎冲力大，摩擦声尖厉刺耳，仿佛能在地上划出一道裂痕。

夏藤几乎是手脚并用地从车上滚下去的，眼泪鼻涕一股脑儿往外涌，她吐得昏天黑地。连带着刚才的恐惧，恶心，绝望，统统吐了出来。

大概十分钟，胃吐空了。夏藤软了下去，跪坐在一旁，头发耷拉一肩，湿成一缕一缕的。

祁正从旁边的小商店出来，提着一兜矿泉水走过来，扔她脚边。

她拿出来一瓶漱口，他在旁边闲闲站着，不忘再嘲讽她一句："你身体素质太垃圾了。"

她吐出去一口水，没有说话。空气潮湿而安静，马路上很久才驶过一辆车。

夏藤清理干净口腔，手掌撑地站起来，一晚上憋着的怒火在卸去乱七八糟的情绪后，达到了顶峰。

她扑过去打他，胳膊乱抡，腿也往上踹，拳打脚踢又扯又拽，她在泄愤，恨不得把他大卸八块。

"你疯了，你疯了，你疯了是不是！"她红着眼睛狠狠瞪他，"开那么快不要命啊！你想死还是想要我死啊？你是有多讨厌我？"

祁正两只手揣在兜里任她打，他力气大，受得住，除了身体稍微晃了两下，底盘纹丝不动。夏藤一下一下拿胳膊捶他："你别管我啊！不是说不认识我吗？管我干什么？我怎么样跟你有什么关系？"

"你就知道看我笑话是不是？你就想看我倒霉是不是？我到底怎么招你惹你了？"

愤怒和羞辱在胸口爆炸，猛浪一般愈翻愈汹涌，铺天盖地，席卷身体的每一寸。夏藤气得整个人都在颤抖，越说越委屈："我到底哪儿做错了？为什么你们都要这样对我？凭什么你们都欺负我？"

她还要撒泼，祁正耳朵受不了了，抓住她扬起来的手腕反向一拧，紧紧卡在她腰后。夏藤被他拧得像个麻花，她使劲扭，祁正不让她动，到最后，干脆连挣扎都不让她挣扎。夏藤被死死按着，只有不断起伏的胸口昭示着她的怒火。

祁正开口："差不多得了，你还没完了？"

她浑身湿透，跟刚从水里捞出来似的。

一双眼通红。她经常会红眼眶，但眼泪全部能被自己硬逼回去，似乎是为了证明她那句："为你哭，值得吗？"

鬼知道他为什么把这句话记得这么清楚。

她那双眼睛漂亮得很，带点儿生气与不甘瞪着你的时候更灵动，他喜欢看她眼波里藏满无声的情绪，让人想探究，又总是被她眼底的高不可攀刺到。

好像谁多看她一眼，都是对她的亵渎。

她压根不是该出现在这里的人，她用的东西，穿的衣服，说话的方式，外貌，气质，全部和这里不一样，和城市里的普通人也不一样。来这里之前，她一定受人追捧，坐在高处，有无尽的荣耀裹身。

他不知道，她不是看不起小地方，也不是看不起小地方的人。她是看不起普通人，看不起平庸的生活，看不起别人不用崇拜的目光看她。她在万众瞩目的地方生活惯了。

可是，落魄的公主就该有落魄的样子，他没兴趣伺候她。

又一辆车从身后的马路驶过，倒映在水滩里的世界划破一秒，又重新汇聚在一起，荡着斑驳的光影。所有的痕迹里，只有水痕会转瞬即逝。

祁正固着她的双手，居高临下地看着她："你瞪什么瞪？"

夏藤还瞪，用力瞪，目光骂他千百遍。

就是这个眼神。明明弱得要死，眼神却从来不肯软半分。

"成天一脸清高样，谁看了不想欺负你？"

夏藤以为自己听错了："你说什么？"

祁正目光讽刺："他们想干什么，用我给你形容一遍？不是老子救你，你有命从那儿爬出来吗？"

想象到画面，夏藤刚安静下来不到一分钟，又被他激得迅速陷入暴躁，她胳膊受限动不了，抬起腿就踹他，一边踹一边骂："禽兽！浑蛋！死变态！"

换成平时，她可不敢这么骂。但今夜，刺激受得太多，形象毁了，包袱丢了，脸面没了，她上头了。原来大声骂人这么爽。

祁正眯了下眼睛："你再骂？"

夏藤想也没想就继续："流氓！"

祁正劲大，一把按住她的肩往路边推，夏藤被推得重心不稳，腿打着绊儿往后退，脊背撞到树干上，头顶的树叶哗啦啦地响。

他逼近她，皮笑肉不笑道："夏藤，你记清楚，老子是你救世主。"

那句话，过了很久，夏藤都没敢忘记。再也没有一个人，比他更有胆量讲出这句话。狂妄得不可一世，好像世界都踩在他脚下。

只是当时，她只会反驳，她使劲推他，下意识说出一句"你滚开"。

显然，后两个字不是眼前这位阎王爱听的，折腾到现在，耐心耗到头。他脸一冷，松开她转身就走。

祁正捡起被她丢在地上的头盔，跨上摩托车，发动机开始"轰隆隆"响的时候，夏藤才反应过来他是生气了。

她靠着树干喘气，心跳得飞快，想说点儿什么，可惜祁正没有给她这个机会。他再没看她一眼，卡住头盔的锁，又以不要命的速度冲了出去，转眼就没了影儿。

祁正丢下她的地方就在西梁桥前边的一条马路，夏藤自己沿路走了五分钟，便看到沈蘩家的红色铁大门。她进院，沈蘩正满脸焦急地拎着一把伞准备出门。

见她进来，沈蘩"哎哟"了一声，原地跺脚："你呀你！你上哪儿去了！我跟你妈要了你电话，打你手机关机，问过江家那两个小孩都不知道你上哪儿去了，我都准备上街找你去了，你说说！"

夏藤一听，把手机拿出来一看，屏幕是黑的，屏膜还裂出两条缝，估计是前面往水里那么一摔，直接摔关机了。

沈蘩念叨着"赶快进屋、赶快进屋"，护着她的肩头拉她进屋。夏藤身上衣服半湿，头发也散了，沈蘩上下一扫，问道："你怎么回事儿？怎么淋湿了？出门不是带伞了吗？"

数不清这是第几次这么狼狈，夏藤找借口都找累了："下雨地太滑，我走台阶的时候没看清。"

沈蘩狐疑地瞧她:"阿藤,你好好跟我讲,是不是受人欺负了?"

"没,又没在学校,哪有人欺负我。"夏藤面上扬起笑,语气尽量轻松道,"姥姥,我不吃饭了,身上黏得难受,先上去洗澡了。我等会儿给我妈回电话,您别操心了。"

她说完,避开沈蘩探究的目光,步伐加快上了二楼。

她身心俱疲,脸上伪装的笑容都快没力气支撑了,再和沈蘩说下去,迟早会绷不住。

木梯"嘎吱嘎吱",发出沉重的闷响,每踩一节,她的心就往下坠一分。

不出意料,陈非晚劈头盖脸就是一顿骂。

"我一天到晚给你操心多少事儿,你还嫌不够是不是?你跟谁闹失踪呢?啊?你姥姥多大岁数了你不知道吗?急得非要出去找你!这大雨天的,要是再摔一跤,出事了你担得起吗?你气我就算了,你姥姥得罪你了吗?"

夏藤看着镜子里脸色苍白的自己,淋过雨头疼得厉害,她不想吵,但是陈非晚想,手机在桌面上自说自话,一句一句往外蹦,下一秒就要爆炸似的。

她放下梳子,这是今晚第三次重复这句话——"姥姥出门前我就回来了"。

她经常搞不懂,为什么人们总喜欢假设那些未发生的事,再拿那些假设去惩罚别人,比如此刻的陈非晚。

"你还狡辩?"她很恼火夏藤的态度。

夏藤很无力:"陈述事实也叫狡辩?"

陈非晚反复深呼吸,把那股气顺下去,笑了:"你行,现在离得远了,我管不住你了。"

夏藤懒得接话。陈非晚像妈又不像妈,有时候称职得过分,能揽去她生活中的所有麻烦;有时候像个叛逆期的孩子,比她还要不讲理。她雷厉风行惯了,说话做事都是一股排山倒海的劲儿,脾气也是,一点就着,但来得快去得也快。

她只讲究效率,结果,脸面。

"这事儿没有第二次,听见没有?沈蘩是我妈,我请我妈照顾你,你别反过来找事儿。"

"嗯。"夏藤闭着眼听。

于是这茬儿迅速翻篇，陈非晚马上换了下一个问题："新学校能不能适应？"

对她，夏藤自然不会像对丁遥那样有一说一。

"能。"她说。

"同学关系处得怎么样？"

夏藤想了下，最后道："凑合。"

"凑合就够了，别走得太近，注意你的身份，你迟早要回来。"

她什么身份？夏藤自嘲地勾起唇。这里没人看高她，甚至都在讨厌她。直至电话挂断，陈非晚也没问过她到底为什么晚归。

手机打到发烫，手心却冰凉冰凉的，什么也握不住。

夏藤躺在床上静静地看向窗外的夜空，月亮如水一般，和眼泪一起无声流淌，渗进耳边的头发。这一路走来，从风光无限到跌入泥潭，她从未如此为自己悲哀过。

后遗症出现在梦里，她被噩梦纠缠了一晚上。梦里没有及时出现的祁正，雨巷的路面肮脏而黏稠，她凄声尖叫，无数只手在她身上乱摸，还有瘦猴那张被雨水浸泡过的丑脸，不断摇晃放大。她尖叫着惊醒，浑身是汗，嗓子里有淡淡的血腥味。

天刚蒙蒙亮，她在身下摸索到手机，捞出来看，六点，还有一个小时才到起床时间。

噩梦让她心有余悸，夏藤胳膊盖在眼睛上，胸脯上下起伏着。

如果祁正没出现……

她不敢回想，她确实没本事从那群人手底下逃走。

心里压了一堆事，夏藤再没睡着。

一直睁眼看着天光乍亮，鸟叫着缠上枝头，清晨的风掠过西梁，家家户户响起锅碗瓢盆的声音。

狗叫几声，渐渐多了人声。

烟火气冉冉升起，光驱走了天空中最后一丝黯色。

周一到了。

夏藤一出门，正好碰到骑着自行车的江澄阳。

距离二人上次说话已经有好一阵子了，气氛有一瞬间的尴尬，夏藤不知道说什么，停在半道上，好在江澄阳先开了口："这么早？"

夏藤点了点头:"起早了。"

"我是今天的值日生,得早点儿去。"知道她不会问,江澄阳主动说。

夏藤又点了下头。

"一起走吧?"他看着她问。

夏藤犹豫着,他又说:"一起走吧,聊聊。"

肯定句。

夏藤"嗯"了一声。

昨天下过雨,今天道路上到处都是积水,风挺凉的,混着潮湿的泥土味,吹在面颊上格外舒服。

江澄阳的校服洗得干干净净,离得近,还能闻到洗衣粉的味道。他为了配合夏藤走路,两只手推着自行车,和她一块儿并肩往学校走。

"昨天晚上怎么回事儿?沈奶奶都找到我们家去了。"

夏藤低着头走路:"手机没电了,她联系不到我,没什么事。"

江澄阳挠挠脑袋:"哦……你,还好吧?我在学校想和你说话,你老躲着我。"

夏藤脚尖踢着路上的雨水,没有回答。她不是躲着谁,与其别人孤立她,不如她先拒绝别人。

江澄阳见她情绪不高,主动起了话题:"其实阿正人不坏,至少对我们都挺好,我觉得你们俩之间可能有误会,有机会好好聊一聊,他平时不欺负女生的。"

聊一聊?夏藤都要听笑了,她不是没试过,换来的是他一瓶矿泉水从头浇到脚。她根本不知道自己哪一个动作、哪一句话,或者哪一个神情就惹到他了。

祁正,不能拿对正常人的思路对他。他身上没有礼节,没有风度,就是只未被驯化的、最原始的野兽,撕咬着一切合乎常理的世俗规矩,横冲直撞,无法无天。

夏藤想起了昨天瘦猴说的话,祁正是条丧家犬。

"他到底……为什么这样?"夏藤想了想,还是决定问问,"家里没人管他吗?"

"唉,阿正家里比较特殊。他一早不住西梁这边,他妈妈家挺有钱,昭县最西边那块地都是他妈妈家的。他爸是下乡来的城里人,和他妈刚认识不久就结婚了。祁正本来还有个弟弟,后来……反正就出了一些不大好的事情,我不说了,背后说人,感觉不太好。"

江澄阳点到为止，挠挠脑袋，叮嘱夏藤："你千万别问他啊，谁提这些他揍谁。"

夏藤点头。

祁正的父亲……她想到了初到昭县在西梁迷路的夜里，那幢三层楼里爆发出的咒骂声。

她已经大概猜到了故事的结局。

西梁到学校，步行用不了多长时间，他俩说着话，不知不觉就到了校门口。

"你的值日还没排吧？估计这星期田哥会重新排，我们的室外清洁区换了，可能要……"江澄阳话说一半，突然听到人叫了他一声。

"江澄阳！干什么呢？大清早就泡妞呢？"

说话的人夏藤眼熟，是隔壁班的，染着黄毛，经常找祁正的那堆混混中的一个。他们几个不知道今天抽什么风，围着一个早餐铺吃烧饼，收获无数来往路人的注视也不在意。

江澄阳冲那边喊回去："胡说什么！这是我邻居！"

黄毛笑得贱兮兮的："我也想有个邻居，一起聊着天上着学，多幸福。"

江澄阳扬起拳头挥了挥，那边看见，哈哈大笑。

夏藤躲去江澄阳另一边，避开那些肆无忌惮的视线，低下头道："我们走吧。"

黄毛一路目送他们俩进校，然后"啧"了一声："这姑娘确实长得可以啊，便宜江澄阳那小子了。"

有人凑过来问："啥玩意儿？他俩谈了？"

黄毛说："我上星期还见他俩一块儿去夜市呢，江澄阳眼睛跟长她身上了一样，没听人家说是邻居吗？家住一块儿，还一个班，缘分来了挡都挡不住。"

黄毛越说越来劲，为了得到认同，侧头问旁边摩托车上自始至终没出声的人："是吧，阿正？"

祁正叼着半个饼，头也不抬："不认识。"

周一有升旗仪式，班里同学交完作业就全部去楼下集合，楼道里一阵叽叽喳喳人挤人后，很快就空了。

夏藤的作业除语文之外的依旧没人收，她一直在座位上等全班人走光，才把自己的作业整理好，准备去办公室交。

江澄阳就是在这时候拎着大扫帚和簸箕走进教室的。他刚做完清洁区的值日，见夏藤还没走，急忙打了声招呼："你等我下，我下楼倒个垃圾，咱俩一块儿去升旗。"

夏藤怔了一下，应了声"好"。

江澄阳拎着两个垃圾桶飞速下楼，她则去办公室把各科作业交了。

回到班里，江澄阳还没回来，她回座位拿出水杯，趁这个时间段没人，先去接杯热水。

走到班级门口，楼道里突然传来一阵嘻嘻哈哈的吵闹声，班级门被外面的人踢开，"咚"的一声砸到墙上。

夏藤吓了一跳。

祁正单肩挎着书包出现在门口，他今天也穿了校服，没拉拉链，衣服随便敞着，校服袖子挽上去一截，露出利落瘦削的小臂，校服裤子在脚踝处堆了一堆，但不显得臃肿。

他刚来，这个点应该算迟到。隔壁班的几个男生放下书包又咋咋呼呼地冲出来，路过他们班喊了一句："阿正快点儿！"

祁正从口袋里抽出手，扶住门边，一边走进来一边关上，说了句："你们先去。"

他做这些动作的时候，眼睛一直看着她。野蛮，直接，具有侵略性。

夏藤往后退了一步，水杯在手里越捏越紧，指尖发白。

祁正关上门，目光就从她身上离开了。他掠过她，往最后一排走，仿佛当她不存在。

夏藤的心在胸腔里狂跳。

她现在走也不是，留也不是，简直要死。教室里空空荡荡的，窗外是各年级各班集合的声音，七嘴八舌闹哄哄的，一窗之隔，两个世界，这边安静无声，心跳清晰。

她闭眼，咬牙，深呼吸，反正今天也准备找他的，不如就现在。她睁开眼叫他："祁正。"

祁正已经走到座位边，书包甩桌上，跟没听见似的。她又叫了一声："祁正。"

他还是没反应。

夏藤不管他有没有反应了，继续说道："昨天的事，我……"

"听不见。"

她一愣。祁正坐在凳子上,背靠着墙,没什么表情地看着她。她吸一口气,提高声音:"昨天的事……"

他又打断:"听不见。"

夏藤憋住一口气,从讲台一路走到最后一排,她停在他座位旁边,快速开口:"昨天的事,谢谢你救我。"

终于说完了,她如释重负地松了一口气。祁正没看她,还盯着她刚才站在讲台边的位置,好像根本不在乎她的道谢。

她站着,他坐着,从她的角度,能看到他鼻梁上的伤口已经结痂,她打他的那道巴掌印淡下去了很多。

他不给反应,夏藤不知道还能说什么,教室又安静下来,于是远远从楼道那边响起的江澄阳的声音在此刻格外清晰:"夏藤,我回来了,出门——"

她刚要回头应声,脖子被人一把勾住,她整个人摔进他怀里,被他勾着脖子带到桌子底下。

他从她身后揽住她,她还没尖叫出声,就被祁正捂住嘴。夏藤嗓子里发出"呜呜"的声音,耳边传来低低一声威胁:"闭嘴,想被他看见我也没意见。"

一句话,成功定住她。

《动物世界》里,狮子捕住一只鹿,先咬断它的脖子,利牙刺穿它最薄弱的地方,鹿疯狂挣扎也无济于事,只能慢慢咽气,等着皮开肉绽,被生吞下肚。

夏藤满脑子都是这个画面,额头上冒了一层又一层冷汗,祁正在玩她的头发,一圈一圈缠在手臂上。

身心刺激,血液跟烧开的水似的,在体内横冲直撞。班级门被打开,江澄阳闯进来,把两个垃圾桶往门后一扔,大声叫人:"夏藤?"他扫了一圈:"哎?怎么不见了?"

夏藤一动不敢动,生怕他听见,偏偏就在这会儿,祁正松了手。他不捂着她的嘴巴了。

他笃定她不敢出声,这个浑蛋。

江澄阳又往里面走了两步,目光搜寻着,门口突然响起田波的声音:"江澄阳,还不下去排队!"

怎么班主任也来了?!夏藤绝望地闭上眼睛。祁正的下巴就搭在她肩上,听见田波的声音,不厚道地笑出声,他笑话她:"你什么运气?"

这一说话，气息喷洒在她颈侧，夏藤的魂飞走半截。

你个死人，生怕老师听不见是不是！

幸亏楼下学生够吵，盖过了他说话的声音。

"你瞪我？"他还要张嘴说话，夏藤忍不了了，反过来按住他，一把捂住他的嘴巴。

他被她一双白白净净的手捂住，终于安静了一点儿，眼皮浅浅抬起一层，瞳孔漆黑，直直地看着她。

夏藤满脸都是受惊吓的样子，又因为他靠得太近，两颊红得像熟透的桃儿。早晨扎好的马尾被他扯松了，垂下来几根轻飘飘的发丝，粘在她的嘴唇上。

她的狼狈模样让他很受用，他不说话了。

门口两人还在继续，江澄阳说："我和夏藤说好了，让她在教室里等我。"

田波说："这教室都空了，哪里还有人？肯定下楼了，赶紧的，升旗仪式要开始了。"

谢天谢地，眼看两人就要走了，夏藤刚要缓口气，祁正不放过她任何一个表情变化，看她放松，一脚踹翻他的凳子。

"咚"的一声，除了他，三人俱是一惊。夏藤眼睛倏地一下瞪大，满眼惊恐，呼吸都停了。祁正一脸恶作剧得逞的表情，眼睛眯成一条缝，他快笑死了。

田波被这声音牵住脚步，莫名其妙："什么动静啊？"

这回换江澄阳催他："楼下在吵吧？哎哟，赶紧下楼吧，田哥。"教室门关上，两人念念叨叨地走了。

没有人知道，教室最后一排，桌子下面藏着两个人。夏藤神经紧绷过了头，还保持着捂住他嘴巴的动作。

祁正也不说。直到手心一阵湿热，她触电般放开他，整个人弹了一下。

这个流氓！夏藤脸爆红，她要站起来，胳膊刚撑到桌面上，领口被人一拽，重新摔了回去。还没摔稳，腋下被人一架，祁正把她按在桌腿上，她支起身，就被一把按回去。

这姿势太诡异了，他整个人都压着她，夏藤受不了这个距离，偏偏祁正不松一点儿力。

"江澄阳胆儿挺肥啊，敢泡你？"

夏藤挣扎："你起来。"

"以为你多清高，这么好追。"

夏藤侧开脸，红晕已经蔓延到脖子，她调整呼吸："我最后说一遍，你起来。"

"不起，怎么？"

他总算和她在一个对话频道上了，手绕过她的脖子，一点一点伸进她的发丝里。他手掌足够大，可以把她的脑袋硬扳回来，夏藤抵不过这力道，不得不正脸面对他。

他哼笑一声："看都不敢看我，你横什么？"

"我横什么了？"

"骂我流氓，江澄阳泡你就不是？"

这人……夏藤没辙了，只好败下阵来："你到底想怎么样？"

"夏藤。"他捏着她，意味不明的语气，"你给我老实点儿，别让什么人都往你身上凑。"

夏藤没听懂祁正那句"往你身上凑"是什么意思，她说："江澄阳不是那种人。"

"那种人是哪种人？"

夏藤小声道："反正不是你这种。"

"他是好人。那昨天怎么还要我这种烂人救？"

夏藤说不过他，祁正也没多的心思闹，临走前，他把自己的校服脱了盖她头上。夏藤刚从校服里冒出头，他已经出了班级门。

此刻，她正穿着他的校服站在队伍里，拉链一拉到头，领子高高立着，挡住脖子上的伤痕——她被祁正一把拽到桌下的时候，擦过他校服上的拉链条，蹭出了一道口子。

斜后方，祁正和秦凡那几个男生站在队伍末端，秦凡是一分钟前刚赶到的，背后还背着书包，一路猫着腰鬼鬼祟祟地溜过来，惹得其他班学生都在笑。

江澄阳站她右边，趁田波不注意，小声问她："你刚去哪儿了？怎么没等我？"

夏藤还没想好怎么说，他眼睛往她身上一扫："哇，你买到校服了？"

一问一个雷，她在心里把祁正千刀万剐。

江澄阳属于自己跟自己都能聊起来的类型，夏藤一言不发，他继续往下说:"幸亏你买了,我跟你讲,我们学校平时不管,周一严查,还是教导主任亲自检查,谁都不敢往枪口上撞。"

"……"

"江澄阳!少拉着人家夏藤说话,没看人家都不想理你吗?"田波走过来,训了他两句。

江澄阳马上闭嘴,乖乖站好。

夏藤心里还想着他刚才的话,祁正把校服给她了,那他怎么办?

就这么想着,一队气势汹汹别着红袖标的检查小组停在六班的方队旁边,队伍最后传来一道严厉的女声:"祁正,又是你!"

这种事儿向来最吸引关注,周围几个班的学生全部齐刷刷地探出脑袋,目光争先恐后地涌过来。夏藤肩膀一僵,她小心翼翼地回头,混在众多视线中。

女人板着脸问:"你的校服呢?"

看得出来,这个教导主任不怎么好惹。卷发,无框眼镜,一身教师工装,年龄接近四十五岁,稀疏的眉毛无时无刻不紧皱在一起,窄薄的嘴仿佛一张口就要训话。教导主任的经典形象,可以做到全国统一。

祁正头也不抬:"丢了。"

"丢了?学生能把校服丢了?你上战场能不能把枪丢了?"

祁正别过脸,他最不想听这类废话。关键是,这些人总自以为比喻得很恰当。

"丢了为什么不重新买?"

"开学一星期了,卖校服的人连个影子都见不着,上哪儿买?"祁正挑起眉,斜眼看她,"我自己做?"

夏藤眼皮颤了颤,买校服这件事,她确实跑过好几趟了,每次去都说第二周就会来负责人,但一直没通知具体日期,她也就一直没买到。

教导主任眼睛一瞪,声音提上去:"你这是在怪学校?"

眼看着祁正要发火,秦凡抢在他说话之前开口:"不是不是,老师,这事儿真不能怪祁正,咱们班转过来一个新同学,到现在都没……"

"校服"两个字还没说出来,秦凡就被祁正猛地勒住脖子压下去,他"嘶"了一声,低骂:"你嘴欠?"

秦凡没防备,直接飙出来一句脏话。

"祁正!你这是在干什么!升旗仪式打架,你在公然挑衅全校师生吗!"教导主任气得嘴唇发抖,指着他俩,"一人给我写三千字检讨!

明天就交！下星期站台上给全校念！"

"老师，我是挨打的那个啊！我冤枉！"

秦凡哭丧着脸为自己鸣不平，周围看戏的同学一阵笑，场面乱成一锅粥，教导主任血压直飙，指着秦凡的手抖抖抖："你，五千字！"

祁正那么一闹，高三六班在大会上被"光荣"点名批评，不仅如此，祁正和秦凡还被罚扫高三楼楼道一个星期，如果突袭检查时发现一片垃圾，就要多加一个星期。

底下的不良团体顿时炸开了锅。祁正是头儿，头儿被针对，就是他们全体被针对，吵闹场面还挺壮观。

周一例行大会开成了菜市场，直到散会，学生们都还一脸兴奋，叽叽喳喳个不停。

大会占据了早读课的时间，还有十分钟开始第一节课。散会后，夏藤让江澄阳先回教室别等她，她要去一趟小卖部。

找到创可贴，准备去付钱时，夏藤眼睛瞟到冰柜里那天祁正喝的水。她目不斜视地走过去，两秒后，又折了回去。

付完钱，她拎着袋子走出小卖部。

江挽月在台阶的最后一层站着。她也拿着一瓶水，和夏藤塑料袋里的一样。

这是在等她？可是以她俩的关系，好像也没什么悄悄话要单独说。

"校服是祁正的吧？"江挽月在这时候抬头，目光一片清冷，她看过来的时候，周身的空气都变凉了。

"……"

夏藤没有回答，停了一瞬，继续往台阶下走。路过江挽月身边，她拽住夏藤的校服袖子："怎么不说话？"

江挽月扎着一束高马尾，额头光洁，五官清丽。她总是微抬着下巴，颈部线条很美，像玉砌的天鹅。

她是天生带着冷感的人，神情冷漠，拒人于千里之外。

感情倒是浓烈。

"周一韩主任大检查，全校都知道，从来没人在周一给自己找事。韩主任最不喜欢祁正，抓住点儿把柄就没完没了，祁正很少主动惹她。"

江挽月很少一次说这么多话，她慢慢转过脸，直视夏藤："他为什么把校服借给你？"夏藤把塑料袋背在身后，抠着上面的褶皱，不知道怎么开口。

"他因为你,得受那些莫名其妙的罚。"夏藤想说话,江挽月却根本不给她说话的机会,江挽月的语气像在质问,一轮比一轮来得猛烈,"你喜欢他?"

总算有个能回答的了,夏藤想都没想就摇头。

于她而言,喜欢就是一个驯服的过程。先不说她从来都是被喜欢的那一个,祁正这种人,碰了就别想全身而退,他永远不会折服于谁,却对其他人充满致命的吸引力。和他扯上的关系,绝不会平等。

夏藤有自知之明,不该惹的她不惹。她问:"你是不是希望我离他远点儿?"好像这样比较符合"情敌"的剧情走向,不然她实在想不出江挽月拦住她噼里啪啦说了这么一堆之后,目的是什么。江挽月冷笑一声,不屑道:"我不需要你让着我。"

夏藤觉得无语:"我也没有要和你争。"

江挽月盯了她好一会儿,丢下一句"随便你"。既没威胁,也没恶语相向。

她的背影高挑而凌厉,好像能裁出一条自己的路,马尾在她身后一摆一摆,仿佛一颗波动起伏的心,也在那样摇晃着。

夏藤好像懂了。这是一个高傲的爱慕者,她喜欢他,也爱惜着自己。

回到教室,田波双手叉腰站在讲台上,正在批祁正和秦凡刚才在升旗仪式上的"大好表现"。

夏藤踩着上课铃声坐回座位,她已经把校服脱了,一直拿在手里,脖子上那一道伤痕拿创可贴贴住了。

祁正肩膀靠着旁边的窗台,一只手支着下巴,一只手转着笔,扫了她一眼。

田波批得差不多了,让同学们把书拿出来读课文,夏藤猫下腰把脸藏书后边,悄悄回过头:"你的校服,我带回去洗一洗再还你吧。"

祁正还在转笔,转的是上星期她给他的那支。

他不说话,夏藤也不知道这是同意还是不同意,又问:"那个检讨,用我帮你写吗?"怎么说他也是因为她受罚挨批,夏藤心里不舒服,感觉像欠了个人情。她不喜欢欠人情。

祁正笔一停,开口了:"轮不到你帮。"

他这种人,检讨随便拉个人来写,值日随便拉个人来做,反正挨罚了也不是他被罚。

她的感谢，他不领情。夏藤顿时不知道桌洞里那瓶给他买的水要怎么给他。

"那……"她还没说完，下巴被那支笔抵住，往回一推。

"转过去，别吵我。"他拨开她的脸就松了手，然后趴下睡觉。

前两节课补觉是他的惯例，谁的课都打不破他的规矩。看他的状态，丝毫没受早上那些事的影响。

夏藤转过身，把下巴贴在冰凉的书页上，等着温度降下去。

看来沟通不是完全没用，她今天道歉的态度挺诚恳，他对她的态度似乎也转变了些。

第三节课，英语老师抱着一沓卷子进了教室，上课铃还没响，班里不约而同地安静下来。英语老师的脸色并无异常，但这是属于学生的特殊技能，对这种即将有人要挨骂的气息的敏锐直觉。

"今天讲上周的考试卷，我先念一下分数，上120分的一个，江挽月126分，第一。大家鼓个掌吧。"

这是欲抑先扬，夸的放前面，骂的留到最后，同学们格外珍惜此刻的风平浪静，铆足了劲儿拍手，掌声从未如此响亮过。

江挽月神态自若而平静，笑也没笑，接过试卷就坐回座位，丝毫没有那种得了第一、扬扬得意的飘劲儿。

按名次往下念，前十名同学们都毫不吝啬地给予了相同程度的掌声，名字念一个少一个，等全部念完，教室里陷入了沉默。

该来的总会来。全班只有两个人没上台领卷子。

夏藤低下头。英语老师手撑着讲台，目光扫了一圈："没念到的，自个儿站起来吧。"

夏藤捏住桌角，慢慢离开凳面。这种公开处刑的场面，她没什么经验，紧张到手心黏糊糊的。

身后一阵响，是凳子刮过地面的声音，祁正先站起来了。

底下响起唏嘘的声音。

"坐着吧。"他踢了她凳子一脚，"没你事儿。"

夏藤当然不敢坐。

"祁正啊祁正，我带你三年，我还认不出你的字了？你把老师当傻子？"张惠拿起最后那两张卷子，左手一份右手一份，抖得"哗啦哗啦"

响,"我一看卷子,心想:哟呵,头一回见祁正的试卷写满了。结果呢?结果呢?!"

张惠怒斥一声:"你竟然调换人家夏藤的试卷!

"不想好好写也把态度给我摆正,调换试卷,你糊弄谁呢?你知不知道,如果算上作文分,夏藤的分数可以上130?人家辛辛苦苦的成绩,是这样被糟蹋的吗?"

这话一出,底下议论声四起。从来不关心群众焦点的江挽月甚至回头看了她一眼。

夏藤自己也没想到能考这么高,有点儿惊,头稍微抬高了点儿。但她这感觉没持续太久,一方面,她清楚这个高分是因为周边学生质量的普遍降低,另一方面,她说过不再追究这件事。

张惠又训了几句,把讲台拍得"啪啪"响,个子不高中气倒是十足,说话句句响亮,回荡在教室上空。

全班跟着被批了将近二十分钟,末了,张惠收尾道:"不要耽误上课时间,你们俩上来拿试卷。"

批斗大会终于要结束了,底下的同学都松了一口气。夏藤没有耽搁,马上侧身出了座位走向讲台。祁正也走了过去。

最后一排,右桌的人碰碰秦凡的胳膊,道:"阿正今天犯冲啊,早上被韩主任骂,这会儿又撑上张惠,一直挨批。"

秦凡靠着墙没说话,他早就感觉不对劲了,按祁正那个脾气,前面张惠让他站起来他都不可能照做,怎么可能一直一声不吭到现在。

讲台前,夏藤接过自己那张写满的试卷,张惠说:"你记住,如果以后再发生这种事情,一定要第一时间过来跟老师反应,成绩是你自己的,高三可禁不起折腾。"

夏藤点头。

祁正走到一旁,人往第一排的桌子边一靠,一点儿正形都没,与立正站好、垂着脑袋的夏藤形成鲜明对比。

张惠看他那副样子气就不打一处来,对夏藤说:"你不要怕他!他威胁你还是怎么样,跟老师说,听到没有?"

"怕"这个字就挺妙的,夏藤想,在张惠眼中,祁正应该就是那种不学无术、最难管教的校霸,让人闻风丧胆,而她这种"乖乖女",自然会受这种人的欺负。

不过,事实也确实如此。夏藤再次点头,郑重地说了声"好"。

轮到祁正,张惠的态度就没那么温和了:"你拿上卷子,在门口站着听。"

话说完,人没动,卷子也没接,张惠给卷子的胳膊在空中晾了半分钟,全班眼睁睁地看着这一幕。

在门口站着听课,是张惠的英语课上的常态,既能罚站还不影响课程,班上几个经常不交作业的,插科打诨的都被这么罚过。

但是,这些人里好像没有祁正。

英语课他永远是睡过去的,而且他属于除了田波,各科老师都摇头放弃的学生。

如果不是这次牵扯夏藤的高分试卷,事件性质太过恶劣,就算他连名字都不写交张白卷上去,张惠也不会管他。

话一落下去,张惠也有点儿后悔。有些学生可以收拾,有些学生不行,比如眼下这个出了名的问题学生,浑身的毛都是刺着的,顺着捋逆着捋都不行。然而就在死一样的安静之中,祁正的反应,让她血压不断升高。他看都没看卷子,直起身就往门口走。

张惠惊住,大声道:"你干什么?"

祁正拉开教室门,头也不回地往外走。

"现在是上课时间,祁正!"

"砰"的一声,祁正摔门而出。

夏藤知道事儿闹大了,是在第四节课课间的时候。一个男生飞奔进来,兴奋得把垃圾桶都踢飞一截:"我的天!你们猜怎么了!"

这几声咆哮,立刻吸引几个人围过去,夏藤也被这动静弄得抬头看过去一眼。

"我刚在办公室,看到了一个人。"男生提高声音说。

"你神经吧,办公室哪个不是人?"

有人反驳他,还有人懒得等,直接拉着同伴奔向目的地自个儿去看。

"重点是!"那男生清清嗓子,说,"如果我没听错,那个人好像是祁正他爸。"

平地一声雷。听见的同学都跟被那雷劈中了似的。

祁正他爸。

关于祁正身上那些个事儿,是秘密也不是秘密,当年全昭县闹得轰轰烈烈,广为流传几个版本,明面上没人敢说,私下里舌根都快嚼烂了。

昭县总共就这么大,学生听家里头讲两句,就算了解不深,也多少知道一些。这要是换成别人,早就被万人诟病了,但祁正本身实属人间阎王,街上那些小混混看见他都能撒腿跑,学校就更没人敢招惹他了。那些事迹反而让他看起来更不好惹,浑身散发出一种没人养没人教的蛮横劲儿。

总的来说,高中三年里,家长会就像街坊邻居开村口大会,来的家长基本互相认识,凑一块儿能聊一宿的那种。但祁正他爸从来没出现过,仿佛祁正上学与他无关。再结合传闻,他爸的形象只会比祁正更恐怖。

也不知道今天怎么了,学校竟然"请"来了这一位。众人还在八卦,田波突然出现在门口,他轰散门口那一群人,然后环视教室一圈,目光落在夏藤那儿。

他冲她摆了下手,示意她过去。夏藤有点儿蒙。在全班的注视下,她迈着僵硬的步伐走到田波旁边:"老师。"

田波脸色凝重,揽着她的肩往办公室走,一边走一边叮嘱:"祁正的爸爸来了,现在要见你,你等会儿进去少说话,看我的眼色行事。"

田波很少这么严肃,夏藤点头答应。

办公室门口挤了一堆人,姿态各异,耳朵贴着墙贴着门的都有,门关着,只能从门缝里偷看,几个人撅着屁股眯着眼睛挤成一团,你推我我揉你。

见这阵仗,夏藤心里莫名有点儿堵。似乎听到田波微不可闻地叹了一口气,然后低斥一声:"都干什么呢!全部回去上课!"

一群学生立刻作鸟兽散,但夏藤知道,只要门重新关上,他们就会马上黏回来。

一进去,夏藤就感觉到了氛围的窒息。她马上知道为什么事情会闹到请家长的地步,因为韩主任铁青着脸站在里面。

她抓住了逃课的祁正,加上今天早晨升旗仪式上的事儿,无疑是火上浇油。再了解到他逃课的原因,这家长是不请不行。

中层领导一向是最难搞的。小层说不上话,高层没空说话,中层手握点儿权力,时间又多,给底下的人施压也没人敢反抗,便要时不时摆摆威风。

韩主任要请,田波不得不请。

打电话的时候,田波压根没指望祁正的爸爸能来,电话能不能接通都是个问题。祁正身上,所有问题学生的坏毛病齐活了,家长早都该请一万次。早在高一时,田波就试图联系过,三年来没有一次成功。

结果今天,神了。不但电话接了,还说能来。

田波甚至有种申请专利终于被批准的感觉。韩主任不了解祁正的家庭状况,但张惠作为英语老师是知道的,她和田波对视,彼此的眼睛里都透着三个大字:不容易。

祁正是办公室的常客,一进来,谁都没看,先给自个儿拉了个凳子坐下,跟做客似的。听完田波打电话,他往身后的柜子上一靠,合上眼,满不在乎地说了一句:"来了叫我。"

韩主任一听,气得两眼一黑。

办公室人不多,只有电风扇在头顶"呼啦呼啦"地转着。为了"迎接"这位家长,别的位置上的老师暂停了手头的工作,视线止不住地往这边瞟。

田波站在夏藤旁边,说:"这是夏藤同学。"然后指了指对面的男人:"这是祁正的家长。"

夏藤一靠近,就蹙了下眉头。他喝了酒。带着一身酒气儿来学校,这已是出格的行为。

江澄阳说祁正的父亲是城里人。眼下,这个"城里人"胡子拉碴,头发留长扎个小辫,穿得还算干净,但已有啤酒肚微显出来,容貌虽能看出年轻时的帅气英挺,但禁不住岁月与恶习摧残,显尽沧桑之感。

还有一点,祁正身上的那股"亡命徒"气息和他如出一辙,简直活脱脱一个老了的浪子。怪不得,这样的人在昭县,怎么会不引起众人的口舌。

"叔叔好。"礼貌起见,夏藤还是打了招呼。

祁檀点了点头。办公室门又被敲响,这次进来的是英语课代表,她手上拿着两份卷子,递给一旁的张惠。递交完,她眼睛滴溜滴溜迅速从祁正的爸爸身上扫过,把目视能扒到的信息全部扒完,然后出了门。

合上门的那一秒,夏藤看到了,门口仍然围了一堆人。

张惠把两张答题卡抖开,走过去给祁檀看:"祁正爸爸,这是夏藤的卷子,这是祁正的。写'祁正'名字的这一张,上面的字迹明显不是祁正的,夏藤的这张白卷,'夏藤'这两个字倒是像你儿子的笔迹。"

韩主任是教英语的,也走过去,把夏藤的答题卡拿过来正反看了两眼:"如果作文写完,可以拿高分。"

张惠跟着说:"考130分没有问题,而且写完的这一半作文里用了高级句式,也没有明显的语法错误,全部写完完全可以当范文讲。"

夏藤知道,她们想用她这张卷子本来能考多高的分数让祁正他爸知道这件事的严重性,从头到尾,她都没说一句话,全让张惠和韩主任说完了。

她这个当事人还没追究,好像也没人关心她到底追不追究。

韩主任板着脸道:"今天早晨升旗仪式就不穿校服搞特殊,闹得全校不可开交,现在又偷换同学的卷子,还正大光明地逃课!你再问问班主任,好好听听祁正平时的光荣事迹,什么风气都往学校带!这都高三了还没个学生样子,将来怎么考大学!"

韩主任的目光突然转向一直安静地站着,没有发言权的田波身上,在她一脸"你赶紧控诉祁正的种种恶行"的表情下,田波"呵呵"干笑了两声:"这个,一码事归一码事嘛……"

"你!"田波没有趁机告状,韩主任怒不可遏,"你怎么当班主任的!"

田波道:"今天的事确实是祁正不对,这不也把夏藤喊来了,该怎么解决还是需要两个孩子沟通的,光指责也不是办法……"

"祁正。"祁檀开口喊了一声,打断了田波的温良发言,"你过来。"

声音哑而粗,是被烟草重重熏过的嗓子,带着怒气。

夏藤看过去一眼,从她进来到现在,祁正一直坐在那边,动也不动,听也没在听。他爸喊他,他还是不动。空气逐渐凝固,大家都看着他,祁檀的脸色开始降温。

田波见状,赶紧喊道:"祁正,你先过来,听话。"

韩主任在一旁冷笑着道:"家长的话不听,班主任的话也不听,我看真是没大没小无法无天!"

"腾"的一下,祁正站起来,大步走到韩主任面前。他步子太快,浑身恶气,韩主任嘴里念叨着"你干什么你干什么"一个劲往后退,结果撞到桌角,"哎哟"一声,五官皱成一团疙瘩。

"反了反了!全反了!"她扶着腰叫唤。

祁正面无表情地掠过她,停在夏藤的右边,面对着祁檀。

祁正他爸不矮,但祁正比他爸还高出半个头。夏藤感觉得到祁正现在也烧着火,他今天被劈头盖脸骂了一上午,但不知道什么原因,一直忍着没发作。

这不是他的作风。

夏藤刚想到这儿,办公室里惊呼声四起。祁檀二话没说,重重扇了祁正一耳光。

这是成年男人的力道,光看祁檀挥过去的胳膊,都知道这一记耳光载着多大的力,扇到祁正的头部侧偏,脸和耳朵立刻红了起来。他身子被打歪,没站稳,往旁边倒了两步。

不止夏藤,办公室里所有人都被吓到了,没人见过祁正被打的样子。

祁檀气得满面涨红:"你平时那些臭毛病,我懒得管,在外面跟人狂,打架,死不了是你的本事。祁正,你考试作弊,还欺负一个女生,我问你,干这些下三烂的事,你还要不要脸?"

办公室里回荡着祁檀怒意满满的声音,一时间,大家连呼吸都是屏住的,没人敢发出一丁点儿动静。祁正保持着被扇过去的姿势,侧着脸没动,但脖颈上的青筋已经一条一条爆出来,胸腔猛烈地起伏着。

祁檀怒吼:"给她道歉!"

夏藤觉得够了,往前走了一步:"叔叔,这个事我不想追究了。"

祁檀充耳不闻:"我让你给她道歉!你听不见是不是!"

不知道是酒劲上头,还是祁檀就没清醒过,见祁正还梗着脖子不动,他又要上手去打,夏藤赶紧拦他:"叔叔,你别……"

话还没说完,她被祁檀一胳膊挥开。她人瘦,挨不住祁檀的力量,摔倒在地,撞出"咚"的一声。

祁正是在这一刻动的,他上前一步一把揪住男人的衣领,手骨全显,经络根根凸出来。语气狠戾到声带都在颤动,几乎是从齿缝里磨出来的一句:"祁檀,你再给我犯病试试?!"

"祁正,祁正!"场面似乎有些不可控,田波扶起夏藤后赶紧去拦,可惜此时此刻,祁正像一头发狂的野兽,听不进任何声音。

"我下三烂?你打我妈的时候怎么不说你下三烂?"

祁檀使劲挣脱:"现在是我教训你!"

祁正一把掐住祁檀的脖子,眼睛里遏制不住的火几乎要喷出来,太阳穴的青色凸出一大块:"教训我?下辈子都轮不到你。"

祁檀被刺激得面部一阵抽搐,一把推开他:"你怎么跟我说话的?!我是你老子!"

祁正脸色阴沉到恐怖,一字一句地回道:"我是你老子。"

接下来的局面，估计是昭县一中全高三最难忘的一天。

在茶余饭后闲谈起祁家长短时，又多了一个精彩绝伦让人"拍案叫绝"的情节。一对发了疯的父子扭打在一起，凳子、椅子，办公室里的花瓶、暖瓶、茶壶，能抢的全往身上抢，大部分是祁正他爸砸祁正，祁正挥拳头。

夏藤眼睁睁地看着祁正被一盆花砸中额角，深深一道口子，血当时就流了半边脸。

两个人从办公室扭打到走廊，整个一层班级的学生都扒在窗户上看。架势之凶猛，没人敢上去劝架，咆哮声响彻整栋高三楼，全是祁正他爸的脏话，要多难听有多难听。

脏话和辱骂从大人的嘴里说出来，攻击力总是翻倍的。

"你怪老子，这么多年了，你还怪老子！"

祁檀声嘶力竭地吼着："你妈不要命我要命！她疯了我没疯！你是跟我姓的，就这么恨我？！你回回看我的眼神都恨不得把我杀了！来！把我杀了啊！没有老子，这世界上能有你祁正？！"

他戳到了祁正最痛的地方。祁正暴怒，愤怒到全身战栗，从嗓子里发出一声痛苦的闷吼："你以为我愿意这样活着？"

他狠狠推了祁檀一把。场面彻底失控。

祁檀从楼梯上滚了下去。

祁檀是被秦凡和田波送去医院的，张惠代田波去维持班上的秩序，办公室里一片狼藉，像被土匪洗劫过，只剩下老师们面面相觑。

韩主任少见地没吭声，靠在墙上发愣，眼镜歪了，头发乱了，模样有点儿狼狈。

仿佛鸡飞狗跳、混乱不堪的画面突然被按下暂停键，只有夏藤在动，她把田波办公桌底下的花盆碎片扫进簸箕里，在垃圾桶"哐哐"磕了两下倒进去。

她把办公室收拾干净，然后把扫帚和簸箕放回原位，走出办公室时，路过韩主任身边，她犹豫了一下，停住了。

那是她第一次用这种语气和老师说话，说不上为什么。

"今天这个结果，老师满意吗？"

韩主任缓了会儿神，扶起眼镜喃喃道："这是学生和家长的问题。"

是吗？

夏藤突然有一种前所未有的无力。

或许吧。

从那天起，夏藤就没见过祁正了。仔细想想，似乎是从祁檀摔下楼梯的那一刻起就不见的，人人陷入被那个混乱场面轰炸的刺激之中，大脑都来不及接收信息了，没有人在意祁正的去向。

田波回班上后，闭口不提那天的事儿，只让大家好好学习。学校下了规定，老师不准在班上谈论那天的事，抓到会给处分。但是管得住老师，管不住学生，私底下，议论声从未停止。

关于祁正会不会被劝退，也成了热议话题之一。这是大家第一次敢如此明目张胆地议论祁正，又担惊受怕，又耐不住八卦的欲望，一边觉得有愧于良心，一边又忍不住再多嘴几句。

反正他听不见，说说怎么了。反正人人都在说，我说一句也没事。校霸的八卦，谁不想多聊几句。

于是越传越离谱。

只不过，不管学生怎么七嘴八舌，怎么争论，最后一排的那个位置，再也没有人坐过。之前那些盯着她的人有了新的八卦目标，没时间管她了，夏藤的日子安静下来。

卖校服的负责人终于"如期而至"，她买到了新校服，练习册和复习卷也终于买齐，可以不用每天放学去复印作业，省去了很多麻烦。

她渐渐养成了一个习惯，每天进教室，先看最后一排一眼。

谈不上期待或是什么，她已经习惯后座是个空位，甚至她已经在心中预感，他不会再来了。

第三章
争锋

关于祁正的家事，夏藤是听沈繁说的。

她不是有意打听，只是她总会想起祁正半边脸流着血的样子，他咆哮着质问的样子，他被一件又一件物品砸到身上的样子……他们只看到他在还手，他把他爸推下楼梯，他在发疯发狂，可是没人看到他的绝望。

那年昭县来了一队下乡考察的城里人，队伍中便有祁檀，风华正茂，一副好皮囊，天生忧郁气息，不少年轻姑娘对他芳心暗许。

苏家是昭县大户人家，和昭县政府互相成就，负责接待这次的客人。苏家两个女儿，大女儿苏池在城中读书，小女儿苏禾养在身边。

小女儿天真烂漫，娇俏可爱，似一朵开在山谷的雏菊，沐浴最纯净的阳光与细雨长大，她什么样儿，美好便是什么样儿。

这配置搁到现在，就是标准的新型乡村爱情，忧郁的城市男孩，淳朴的田间女孩，传出一段为人称赞的绝美佳话，歌尽爱情的欢喜与忧愁。

故事的前半段确实如此，郎才女貌，天生一对，一个眼神就决定了一生的心动只为眼前这个人。可是苏家不同意，门不当户不对不说，苏禾还不到二十岁，家里人舍不得。

其实打从苏禾出生，苏家便没打算送她去城里，更别说远嫁，她是最小的女儿，他们要她无忧无虑，快快乐乐地过一辈子。

苏禾为此与苏家闹得翻天覆地，爱情使人强大，也使人自私而盲目。她认定了祁檀，在那个年代，"非他不嫁"还算一句海誓山盟。

方法用尽，就差以死相逼，苏家妥协了，同意他俩的婚事，不过有条件，只一个，不能离开昭县。

祁檀为了她，选择了留下。

沈蘩说，当年的婚礼热闹了好些天，盛大得很，满街都是红鞭炮，家家户户都跟逢喜事似的，全县目睹了那场婚礼，祝他们百年好合，长长久久。

按理说，故事到这儿就该结束了，二人终于不顾万般阻挠走到一起，步入幸福的婚姻殿堂，虽说过程艰难了点儿，好在结局是圆满的。

从古至今，人们都好皆大欢喜的局面，正如那句话所说，没人关心婚后的一地鸡毛。

祁檀的劣根性是在第二个儿子出生后显现出来的。苏家的钱养出了他一身毛病，不工作，不养家，身处乡间，没有城市生活的压力，钱也花不完。他沾上了烟酒，赌博，成天不着家，在外面结识了一帮混子。

起初只在昭县，后来他偷跑去周边的县城，一消失就是一个星期。

穷能使人疯魔，突如其来的富贵亦是如此。

祁檀才华枯萎，忧郁不再，当年的形象面目全非，人变好要十年，变坏却只要一天。

祁檀在外面挥金如土，再大的金山银山也抵不住这样的挥霍。很快，苏禾瞒不住了，苏家知道后，坚决要求她离婚。

苏禾不肯。苏禾涉世未深便结识了祁檀，她被苏家呵护成了浪漫的理想主义，她把全部的爱情给了一个人，如果祁檀幻灭了，她的精神世界就崩塌了。

这一回争执，苏家下了狠心，不离婚就别再和家里联系。当年断绝关系的消息一出，传得沸沸扬扬。苏禾没有反抗，她甚至认为那是为爱情做出的必要牺牲，她相信祁檀会重新回头，这些挫折都是暂时的。

所以说女人最怕的是什么？活在过去，自我感动，认不清现实。

她开始求着祁檀回家，祁檀不愿意，她就让人去逮他。祁檀强行被人从赌桌上扒下来带回家，颜面丢尽，那天晚上，是祁檀第一次动手打人。

有了第一次，就会有无数次。祁檀酗酒，染上一身恶习，回家的时候常常神志不清，稍有不对，对着苏禾就是一阵拳打脚踢。

那时候，祁正十二岁，弟弟祁诚八岁，外面爸妈打架，祁诚会哭，祁正就拿被子盖住他，然后捂住他的耳朵。

祁诚常常流着泪在他怀里睡着，祁正就一直给他捂着耳朵，什么时候外面安静了，他什么时候松手。

第二天，阳光照射大地，房间外面一片狼藉，苏禾给他做早饭，鼻青脸肿的。祁正问她为什么不还手,苏禾说,他是你爸,他是我丈夫。祁正气得摔东西,苏禾又会抱着他号啕大哭。

后来,苏禾给不出钱,祁檀让她问家里要,苏禾不肯,她想以彻底的贫穷逼祁檀改邪归正。但是一条已经腐烂的臭虫,只会爬向更脏的臭水沟。

祁檀开始借款,四处借,多少都借。昭县本地的,念在苏家面上,催得不狠,周边县城的,更远一点儿的,可就没这份好心了。祁檀欠了几十万,跑了,要债的人找不到他,最后找到了昭县的西梁,那幢气派的三层小楼。

那天晚上祁正不在家,他有了进入叛逆期的苗头,开始夜不归宿。院子被人踏得东倒西歪,家里只有苏禾和祁诚。祁诚吓坏了,趁乱跑出去,想找派出所报警。可是那天下大雨,天又黑,那时候西梁河边没有护栏,没有路灯,祁诚滑倒了,掉进湍急的河里,就剩一只鞋在岸上。

两天后,苏禾跳河自杀,怀里抱着那只鞋。没有人知道,在那个鸡飞狗跳又混乱不堪的夜晚,苏禾身上又发生过什么。

而那个时候,祁檀仍然没有下落。

再之后,两具遗体都被打捞上来,曾经会笑会哭的、活生生的人,如今没了呼吸,闭着眼睛,躺在地上让祁正去认。

一个是他妈,一个是他弟。

那一年,祁正十三岁。失去了最亲的亲人,生活中从此多了一群隔岸观火、七嘴八舌的"闲人"。在他长大的日子里,流言蜚语从未有一刻放过他。

苏家不要祁正,祁正也不跟。他谁也不跟。

他成天在街上混,有上顿没下顿,衣服破破烂烂的,随便哪儿都能凑合一晚。街区和街区都是有帮派划分的,有规矩摆着,他不管,想睡哪儿睡哪儿,想混哪片混哪片,谁看不惯他,他就跟谁打,打到他们服他为止。

刚开始也不是他总赢,次数多了,输的时候越来越少。他不讲规矩,他就是规矩。

那是祁正最浑噩的几年,他喜欢在墙角靠着看来往的过路人,有人多看他一眼,他就吼人家,下一秒就要扑上去咬似的。

渐渐地,人们都知道昭县街头有条特别凶的"野狗",不能看,不能惹。

祁正的名号混响了，没爹没娘没教养，一个疯子，能远离就远离。

直到苏禾的姐姐苏池回来，才把他从街上的垃圾堆里捡出来，硬塞进学校。十几岁的年纪，不上学怎么行？刚开始祁正十分抗拒，大事小事闹得没完没了，苏池办法用尽，他才慢慢安稳下来。

西梁的房子苏家不要，丢给了祁正，祁正只偶尔回去住一晚上。

祁檀戒了赌，但酗酒成瘾，没办法戒。他找了家工厂上班，平时就在工厂凑合着睡，工人放假才会回西梁。

他没钱，没地儿去，只能厚着脸皮回西梁。和祁正碰不上则罢，碰上了，免不了一场腥风血雨。经常是三更半夜，拳脚相见，无休无止。

久而久之，那幢三层楼成了西梁最避讳的地方，人人避而远之。远远望去，那幢房子像座牢房，散发出阴森的霉气，稍微靠近点儿就会沾染上。毕竟里面住过的人死的死，颓的颓，没一点儿活气儿的。

可惜了。

遥想当年，红妆十里，男婚女嫁，西梁来了对天仙儿似的新人，人人贺喜。那爱赌的老酒鬼曾是下乡队伍里最英俊的一位，城里人，一身文艺才气，不知俘获过多少姑娘的心。跳了河的疯女人，是最西边苏家的幺女，他们万般呵护她，不过希望她无忧无虑，快快乐乐过一辈子。

谁知道，如今听来，闻者哀叹，只得对那一段沉痛的过往，道一句"世事无常"。

命而已。

沈蘩说到最后都会垂泪："阿正命苦，你说这都是造的什么孽？父母辈的错，全部要孩子来承担。我回回上街看见这孩子，心里头都堵得慌。"

夏藤沉沉地呼出一口气，她终于知道了为什么那天江澄阳欲言又止，这故事太沉重了，沉重得不像现实世界会发生的，但它又确确实实发生过。

夏藤抽了张纸给沈蘩，沈蘩擦擦眼泪，又道："我知道他们都说他浑，你隔壁吴奶奶骂得那叫一个狠，说阿正学坏了，跟个二流子似的，成天不干好事。我就跟她说，这小崽子见了我倒还算客气，还知道叫声'奶奶好'，他就叫我，不叫你吴奶奶，你说这孩子能不知道事儿吗？他能坏到哪去？他不过就是谁对他好，他对谁好，就这一点，强过那些说三道四的！"

沈蘩越说越激动，咳嗽了两声，夏藤赶紧倒水又顺气儿的给她拍着背："您慢点儿。"

"你这丫头，今天问这干什么？"

夏藤想了想，说："我和他同班。"

"同班哪！"沈蘩感叹一声，算了算年份，"也是，你们俩年纪差不多。"她喝口水润润嗓子，情绪也平复些："祁正这小崽子，你们学校的人都挺怕他的吧。"

夏藤问："您怎么知道？"

"我怎么不知道？昭县有些人渣子都怕他，以前有个贼老偷我院子里的花和菜，就他给逮住的。"沈蘩放下杯子，抚抚夏藤的肩，"唉，你们好好相处，这孩子不容易。"

好好相处。夏藤默念着这四个字。

她倒是想。

可是祁正已经消失了。

夏藤知道这事儿不会就这么过去，就算捂住所有人的嘴，禁止所有人延续这个话题，时间也不会因此停滞不前。

所有的事，总会有一个结果。只是没想到，第一个爆发的是江挽月。

距离上次的事儿已经过去一星期，新的周一到来，夏藤走进教室，依旧是习惯性地往最后一排看一眼，然后愣住了。

可能是空了太久，那张桌子今天被"资源利用"了一下，堆上了杂物。考过的试卷、复习资料、几本字典，还有高一时候用的教材。

夏藤瞬间说不出话来，看来不止她一个人认为祁正不会来上学了。

夏藤坐进座位，想着最近应该给田波提一下换座的事了，再坐下去，也没什么意义。

这时，江挽月走进教室，一眼就看到最后那个座位的异样。她径直走到最后一排，把桌上的东西一样一样看过一遍，然后转身，面对着全班："谁放的？"

第一遍没什么人听见，大家各忙各的事，只有少数人诧异她的反应。跟在她后面走进教室的江澄阳一脸茫然："江挽月，你干什么？"

"我问你们，谁放的？"她陡然提声。这是江挽月第一次在全班面前暴露情绪，她的高冷形象深入人心，突然一下这样，众人都没反应过来。

一个女生说："大家的东西都有放……高三要用的东西太多了，桌洞塞不下啊，估计阿正也不来了，不是就多一张空桌子吗？"

"他亲口告诉你的？"

女生没懂："什么？"

江挽月一字一字重复："他亲口告诉你，他不来了？"

女生皱眉："你什么意思啊，这不是很明显的事吗？"

"哪里明显？是老师说了，学校通知了，还是祁正本人亲口告诉你了？"江挽月冷冷地盯着她，把桌子上的书拿起来重重地扔在地上，"这才几天？你们又是议论又是占他桌子，我看你们是当他死了！"

"你够了没有！"秦凡猛地一拍桌子，从座位里站起来，"大清早的，你发什么疯？"秦凡发火，战况升级，刚才说话的女生赶紧缩起脖子坐下，害怕被误伤。

江挽月视线笔直地瞪向他，没有一丝畏惧："你不是号称他最好的兄弟吗？他到现在都没有消息，你不去找他，在这儿跟我发脾气？"

"江挽月，你好好说，谁在跟谁发脾气？"

"歪门邪道的事儿传得满天都是，也不见你替他说一句。祁正平时怎么对你的？"江挽月狠狠骂了一句，"白眼狼！"

"人说错了吗？怎么就歪门邪道了？"秦凡也在气头上，吼了回去，"阿正就是不来了，她没说错！"憋了这么多天了，他也生气，他也不好受，可是他没办法。

江挽月明显身体僵了一下，仍不肯相信："你说他不来他就不来？连人都见不到你怎么确定？你倒戈得够快啊。"

秦凡说："你见不到，我能。"

夏藤扭过头，话都到嗓子眼里了，她忍住没说。江挽月替她问出来了，声线颤抖："那他到底在哪儿啊？！"

秦凡盯她半晌，往后一靠，背抵着墙说："你这么想见他？行啊，我带你去。"

他扯出一抹讽刺的笑："你本事这么大，你去让他回来，反正我这个'最好的兄弟'是没那个本事。"

放学之后，夏藤不知道自己为什么也会出现在"见祁正"的这个队伍里，一块儿来的还有江澄阳。江澄阳担心他妹，那她呢？

夏藤在心底叹了一口气。

秦凡带着他们直奔目的地，是一家台球厅，招牌在逐渐加深的夜色里闪着颓靡的幽光。门口蹲着几个混混模样的人扯皮抽烟,见他们走近,全部看了过来。

他们认识秦凡,往他身后扫了一眼,看见夏藤穿着校服,打趣道:"凡子带同学们过来聚会呢?来错地儿了吧?"

秦凡过去踢了那人一脚,问:"阿正在里面吧?"

"在,还有阿虎他们,晴姐也在。"光听这几个流里流气的称呼,夏藤已经想象到里面是个什么景象了。

像个狼窝。

他们几个,除了秦凡,都和这里格格不入。看江挽月的神情,她也怯场,但是义无反顾。

夏藤又叹了口气。

秦凡带着他们进去,门推开,是一道通往地下的台阶,看样子台球厅在地下室。台阶两边的墙壁上布满各种涂鸦,骂脏话的,画鬼脸的,咒前任的,表白现任的,乱七八糟的什么都有,诡异夸张,充满了叛逆气息。

走到台阶下面,就是大厅。底下的人更多,烟雾缭绕的,空气里满是尼古丁的味道,熏得灯光昏昏暗暗,蒙着一层又一层的青烟。

几张绿色的台球桌架在大厅里,桌子周围都站着人,男男女女,年轻又颓废,来往的女孩子大多化着浓妆,穿吊带和露脐装的比比皆是。

桌子上谁进了球,那一片就发出欢呼,不打的人都聚在休息区的沙发上,打牌聊天的,喝酒睡觉的,干什么的都有。这里像另一个世界,住着一群被正统世界抛弃的妖魔鬼怪。

"阿正,喝饮料吗?"有人喊了一声。

马上,休息区那群嘻嘻哈哈的声音里传回一道女声,替他回答了。

"他不喝,你给我拿杯橙汁。"

"行,晴姐,你等会儿啊。"

夏藤顺着女声的方向看过去。很好找,她一眼就看到了祁正。一片花里胡哨的打扮里,他是颜色最深,身形最凌厉的那个。黑衣服,头上扣着帽子,眼睛被旁人的烟熏得微微眯着,一只手抓着一副扑克牌,另一只手码牌。

他肩上有一抹亮色,应该是那个被叫"晴姐"的女孩。她留长卷发,染着张扬的红色,只能看到半截的身材已经满足了"前凸"。她戴了很多首饰,脖子上还有一根挂着金属六芒星的chocker,打扮得很成熟,也很漂亮，这扮相搁在城市里都挺前卫。她下巴搁在祁正的肩上，胳膊挎着他，刚才要的橙汁恰好送到，她抿了一口，把杯口递去祁正唇边。

祁正侧了一下脸，没要。她也不恼，紧靠着他自己喝。

有人在他身后站着看牌，笑着给对面放话："阿正这把虐翻你们！"对面的人反击："谁虐翻谁还不一定呢。"

祁正听见，扯了下嘴角，笑得又冷漠又不屑。

他有哪里不一样了。

瘦了，脸上的棱角更分明，整个人也更锋利。曾经他虽然凶，但是没有这么重的戾气，现在光是远远看一眼，都能感觉到刺痛。

夏藤现在明白为什么秦凡说他不会回来了。在地上待了太久，他回到了地下。她仿佛看到了他们口中那个曾经混在街头巷尾的祁正。

夏藤偏过脸，看旁边两个人的表情就知道，他们受的惊吓不亚于她。江澄阳张着嘴，江挽月眼睛一眨不眨，似乎不能接受此情此景，眉头紧紧皱在一起。秦凡早就料到是这样，在后面推了她一把："去啊，乖乖女，去问问他还回不回来上课。"

怎么过去的，夏藤不知道。总之一路走过去不少人打量他们三个，还有人笑话她身上的校服。这种走错片场的尴尬与无措，让夏藤耳朵烧起来好几次。她不喜欢这种感觉。

祁正坐在沙发上打牌，周围还围了一圈人，秦凡驾轻就熟地挤进去，一屁股坐进沙发里，从桌上端了杯果汁喝起来。他们三个被晾在最外边，一直站着等祁正打完那把牌，才稍微得到了点儿关注度。

人群稍微给他们让开了点儿，江挽月走进去，站在最前面，江澄阳护在她旁边。乔子晴正在洗牌，漫不经心地瞥了一眼，然后问："凡子，这是你同学？"

夏藤站在原地没动，人群合并，她被挡在最外面。她没打算进去，在最后安静地看着。秦凡点头："她有话跟阿正说，我就带她过来了。"

"说吧，听着呢。"乔子晴轻笑着看江挽月，在细长上挑的眼线和睫毛的粉饰下，她的眼睛更艳丽，也更具攻击力。

不知道秦凡是不是故意给江挽月难堪，反正在这样的场子里，他们三个是这些人最看不上的那类"正常人"。不管他们说什么，做什么，都会被这群人当成乐子，然后被无情地耻笑。

夏藤辨得清形势。

江挽月的手紧紧捏成拳,不知道鼓了多大的勇气才开口,向着沙发上的人:"你还回去吗?"

祁正姿态闲散地坐着,眼睛没落她身上一秒。乔子晴一边给他们发牌,一边好奇心满满:"回哪儿啊?"

秦凡说:"学校。"在这种场合,"学校"二字竟透出些天真的可笑来,就像江挽月此时的行为。

"哦,阿正想回吗?"乔子晴扭头问,"听说你闹得挺大的啊,没被开?"她说得轻描淡写。

"你管老子?"

这是今晚听祁正开口说的第一句话,声音沙哑得厉害,这些天他没少折磨嗓子。他如此让乔子晴下不来台,她也不恼,笑着打了他一下:"谁管得住你。"

江挽月深吸一口气,依旧不肯放弃:"祁正,你回来吧,高三不能耽误太多课。"

秦凡原本是纯看笑话的姿态,这会儿也收敛了些,他头一回见江挽月姿态放这么低地跟人讲话。但是祁正无动于衷。

江挽月又说:"大家都很担心你,都希望……"

话说一半,祁正扯着她的衣服把她拽下来,江挽月没站稳,毫无防备地摔在他腿上。祁正问她:"是大家担心我,还是你担心我?"

"……"

直接的言语,野蛮的行为,他信手拈来。离得有多近,江挽月就有多清晰地看到他眼中的不耐烦。

他感觉到她疯狂加速的心跳,笑了一声,然后松开她,去看手里的牌,再没有多余的眼神。那声笑很轻,但杀伤力十足,江挽月的魂丢了半个世纪。良久,她自己站起来,眼睛红了。

乔子晴看完全程,面不改色:"谢谢这位同学的关心哦,不过你也看出来了,阿正不想回去,你就别白费力气了。"

语气里的得意难以抑制,还有些刻意为之的同情,以及优越。江挽月回了魂,她何其聪明,祁正什么意思,她领会得清清楚楚,包括她的心意。她敛起情绪,昂起下巴冷眼看着乔子晴:"用不着你说,我有眼睛。"

乔子晴眉毛一挑:"你再说一遍?"

江挽月不再看她,转过身拨开人群就走。江澄阳赶紧跟过去。

乔子晴"哟呵"一声,笑道:"这女的耍脾气耍我头上来了?"

秦凡出声:"行了,人是我们班女神,第一次这么丢面子,别生她气。"

乔子晴翻了个白眼:"前面把她往火坑里推,现在又护上了?你变得够快啊。"

秦凡也觉得自己没意思,不再说话。江挽月能这么豁得出去他是真没想到,他以为她会知难而退。

乔子晴眼尖,这个白眼一翻,头一偏,看见了人群外那一道也准备转身离开的校服身影。

乔子晴气笑了,盯着她的方向道:"秦凡,你到底带了几个女神过来?"这话一说,目光齐刷刷地跟着乔子晴汇集过去。

夏藤脚步一顿。她回头,十几双眼睛落在她身上,还有……那谁的。

他看了她一眼,眼睛漆黑一片。他什么也没说,看起来风平浪静,但是熟悉的人知道,那是他发作的前兆。

乔子晴很快意识到不对劲,叫了他一声:"阿正?"

他没应。一秒,两秒——祁正手里的牌往桌子上一摔,扑克牌炸开,飞得满地都是。他脸沉得吓人,冲着秦凡:"谁让你带她来的?"

秦凡没料到他会突然发火,一下愣住了。休息区这边都安静下来,这几天祁正天天跟他们在一块儿混,开点儿玩笑说点儿浑话他都不生气,以往的距离感消减了不少。这脾气一发,他还是他。

夏藤紧了下手心,缓声说:"是我自己跟过来的,你不用冲着别人发火。"祁正不说话,冷着面孔,下颌收紧,绷成一条凌厉的线。

"这位同学,你也是来劝阿正回去的吗?"乔子晴回过神,从祁正身侧冒出头来,视线在夏藤的脸上停了一会儿,道,"刚才那个女生已经气跑了哦,你还要继续吗?"乔子晴"友好"地对她眨眨眼。

夏藤:"我……"她刚蹦出来一个字,就被祁正打断。

"谁让你来的?"他还没走近,她已经感受到了风暴的力量。

夏藤退了一步:"我准备走了。"

"你来干什么?"

她又退了一步:"再见。"一转身,她腿还没迈出去,头发就被人拽住,他一捆一捆往手腕上缠,夏藤疼得倒吸冷气,不得不打着趔趄倒退回去。

她磕在他身上,疼得龇牙咧嘴,祁正的声音咬住她的耳朵,阴沉沉的:"你要我玩呢?"

谁敢要你。夏藤去扶马尾："我就想过来看看你现在怎么样了，行了吗？"她刚说完，人就被他一把推开，往前跟跄了好几步。

祁正："看完了？滚吧。"

这时过来两个男的，祁正随手一拦，抬了抬下巴："把她弄出去。"

"不是，祁正你有病？"夏藤再收敛着脾气也要炸了，"我又没逼你回学校，你冲我发什么火？"她本来是真没打算怎么样的，今天见到他的第一眼她就看明白了，他状态很差，心情很差，堕落得人形都没了，任何人的话对他来说都是废话，所以她一直站在最后看，不准备参与。

她什么都没做，他的坏脾气照样能发在她身上。

"江挽月好心劝你，你什么态度？你不需要别人的关心，也别糟蹋，行吗？"她睁着一双黑白分明的眼，说话就算带着火，也细声细气的。

祁正"嗤"了一声："这么喜欢装好人？"

"……"夏藤闭上眼，努力把火压下去。她觉得欠他人情，知道了他以前的事之后，心情一直很复杂。她想重新审视他们之间的关系，今天才会跟着过来。如果能帮上忙，她会尽力。但是现在她懂了，就不该跟他浪费时间。

"你没救了。"她睁开眼，眼里的失望和冷淡让祁正没来由地冒火。

他本来早就对各种各样的眼神麻木了，别人怎么看他，他不在乎，反正都害怕他。但是夏藤这样看他，就这么一眼，他受不了。她凭什么？祁正克制得头皮都发麻了，喉结艰难地滚动，沉着嗓子警告她："赶紧滚，我不想看见你。"

球桌那边有人看见乔子晴的眼色，过来圆场子，搭上祁正的肩："正哥别生气了，过来打一局。"

乔子晴又看一眼秦凡："让你同学回去吧，别来烦阿正了。"

夏藤呼出一口气，大脑传来的信息告诉她，她应该现在，立刻，马上，转身离开。可是身体没有动。不是这样的，不能这样。

夏藤迈开步子，一路走到球桌旁边。刚才那人正摆好一局，夏藤从他手里夺过球杆，看向祁正："我跟你打。"

祁正低着头，脸都没抬一下。

"你赢了，我马上滚蛋。你输了，为你的不礼貌道歉。"

旁边有人嗤笑一声。乔子晴走过来就听见这一句，双手抱起胳膊，睨着她："你到底想做什么？"

夏藤不理她，直视着祁正，眼睛不躲不闪。

"问你话，敢不敢？"

敢不敢？没人问过他这个问题。从小到大，只有他想不想，要不要，乐不乐意，没有敢不敢。

祁正往她脸上扫了一眼，夏藤一双眼睛不躲不闪地迎上他，她在紧张，在害怕，但是她不会躲开。

她讲这些话，其实一点儿威胁力都没有。但是没人跟他讲过这些话，所以他觉得新鲜。他没发现，夏藤还有这一面。自信，掌握主动权，漂亮而危险。

这是她从前的样子？

乔子晴觉得好笑，往前走了一步，刚要说话，祁正说："你别打岔。"她一愣。

祁正的球杆在手里换了个方向，直直挑向夏藤的衣服。她今天穿了一中全套校服，完完全全的学生样子，他第一次见。还行，不丑。干干净净，和他这种乌烟瘴气的人，是两个世界。

夏藤被他放肆的行为弄得皱了下眉，但是忍住了，没说话。杆子一路上移，最后挑住她的下巴。他单手架着球杆，臂力大，球杆在空中晃都不晃。

"我让你走，你不走。"他声音很淡，球杆在她下巴一颠一颠的，"等会儿走不了别跟我哭。"

他们俩打，桌边顿时围了满满一圈人。乔子晴站在最里边，眼睛一直打量着夏藤。

刚那扎高马尾的长得还行，但祁正没多看一眼，她也没放在心上。这个吧，漂亮归漂亮，来这儿还穿身校服，故意装纯呢？乔子晴胳膊搭秦凡肩上，把他脑袋按下来，凑他耳朵旁问："这姑娘谁啊？"

"我们班新生，这学期才转过来的。"秦凡看着那边两个人，"阿正跟她不对盘，两人掐过好几回了。"

"不对盘？"乔子晴"呵呵"一声，慢慢眯起眼，"我怎么觉得阿正对她挺不一般呢？"

秦凡"呃"了半天，也没"呃"出个所以然来。心说你们女的真可怕，一眼就能看出来，可惜祁正这人别扭得很，他就会找人碴儿挑人刺，小姑娘一直被欺负得挺惨。

091

那边认真看"比赛"的发出一阵惊呼。夏藤第一杆下去，就有人看出来了，她会打，很有可能还打得不错。

握杆姿势蛮标准，击打位置和进球路线也都是有计划的，她俯在桌面上，压着杆儿瞄准，半眯一只眼睛，睫毛轻轻颤着。又纯，又野。两种极致。

夏藤的台球是许潮生教的，消遣时间的娱乐项目许潮生样样精通，她之前打台球总是被丁遥嘲笑，看她实在气不过，许潮生就带她打了几次，教了些技巧给她。

后来她拿去跟丁遥显摆，慢慢能跟她对打了，偶尔运气好发挥不错，赢一局也不是不行。她是跟着两个高手练出来的，水平放在这个场子里绰绰有余。

在祁正断了第二球之后，夏藤就更坚定这个想法了。她肯定会赢。

场外的秦凡看不懂，夏藤明明打得还可以，阿正为什么还给她放水？

夏藤集中全部精力打了一场，发挥可以说超常，她的花球全部进洞，压杆对准最后一颗黑八，只要把这颗打进去，她就赢了。

她一副胜券在握的表情，祁正看见，冷笑了一下。这不是小绵羊，这是头蠢羊，蠢得天真。

也是从这会儿开始，他稍微提起点儿精神，把注意力放在球桌上。

第一次打黑八，没成功。夏藤心里安慰自己，没事，还有机会。然而，几个回合下来，夏藤的额前急出细细一层汗。

祁正瞄了半天，就打一杆，不为进球，只为挡她的那颗黑八。她不傻，他的意图明显得就差写脸上了，要不是故意堵她，她把头敲爆。怪不得她今天打得这么顺，前面几杆，他根本就没认真打。

祁正打球很果断，似乎早就想好下一杆怎么打，压杆姿势帅得没边，领口往下敞，两排锁骨一览无余。除了露出过一丝嘲讽意味十足的冷笑，全程没说一句话。乔子晴在旁边拿手机拍得飞起。

夏藤心里没了底，她提着球杆围着桌子绕圈，再这么耗下去对她很不利。长眼睛的都能看出来，她现在被祁正耍得团团转。

找准一个位置，她再次俯下身，头发先前被那么一拽，松垮垮地搭在背上，掉下来好几缕碎头发，在她脸侧轻轻地荡着。

她一张脸绷得紧紧的，紧张又严肃，趴在桌边躬着身体，校服往上缩起一截，要露不露的。

几个围观的男生视线时不时往她腰上瞟，祁正看了一会儿，走过去。

夏藤认认真真眯着眼瞄位置，突然从身后传来声音："绕了半天，就找到这么个角度？"

她一个激灵，回头，覆下来一道黑压压的影子。他两条胳膊压在桌边，把她拢进两臂之间，身上烟酒的味道掺进呼吸里，夏藤心一紧，不敢吸气了。

"你干什么……"他今天一直摆出一副"生人勿近"的样子，多一个眼神都懒得给，现在突然靠这么近，夏藤的心跳"嗖"地就提上来了。

他一垂眼就能看到她额边细小的汗，身子往下一压，手盖住她的，引导着她手里的球杆。

"着急了？"他平静地问。

夏藤咬了咬唇："没有。"

"那就是紧张。"

"没有。"

"我听见你心跳了。"

"……"

"咚，咚，咚。"他在她耳边学，全是气音，偏偏声音没有一丝起伏，冷冰冰的，反差太大，撩拨得人耳根痒。

夏藤觉得自己要死了："你到底想干什么？"

他问："这么想赢？"

夏藤："废话。"再这么耗下去，她看不到希望了，是她挑起的比赛，她可不想输。

她刚说完，他带着她对准那颗黑八，精准发力。夏藤承受着那道突然涌上来的力量，还没反应过来，清脆一声，黑八进洞。而且是，母球击中另一颗球，那颗球将黑八弹进洞。这是她现在这个水平做不到的。

旁边的人一下炸开锅，有人吹口哨，有人说"牛"，更多的人是意味深长地"哎哟"。

闹哄哄的一片，夏藤却只能听见自己的心跳声。

"咚，咚，咚……"

她浑身的毛孔都张开了。

最后一颗球是他带她进的，这一搅和，赢也让她赢得不彻底。这个浑蛋。

夏藤还保持着进球的姿势，她没动，紧紧捏着球杆："你什么意思？"

祁正也没起身，附在她耳边："你赢还是你输，都是我让你的意思。"

夏藤的血凝住了。脸发烫，烫得厉害。不是害羞，是羞辱。

她还是没动，定住了似的。他把她手里紧握的球杆一把抽出来，说："你走吧，这种地方你不该来。"

夏藤从球桌上爬起来，站直身子。

乔子晴走过来，同情地瞥了夏藤一眼，而后挽上祁正的胳膊，笑吟吟的："去吃饭吧？阿虎他们先过去了，刚打电话喊我们快点儿。"

祁正把球杆放回架子上，"嗯"了一声。

夏藤用力咬住下唇。她想，这一刻，她和刚才的江挽月没什么区别。明知道结果，还非要试图去改变什么，以为自己做得到。

真是自取其辱。

秦凡看她那样，有点儿于心不忍，过去扯了下她的袖子："走吧？我送你出去。"

夏藤躲开他，就站在原地，叫了一声"祁正"。

祁正没停，也没回头。她不管他，继续说："我不喜欢欠别人，那天的事儿……我有责任。所以这两句话我必须亲自说，对不起。还有，谢谢你。

"今天我确实不该来，不过能做的我都做了。

"这次，我们算扯平了吧？

"以后就当不认识吧，你……好自为之。"她轻轻说完最后一句，没有看他，也没有说再见，掠过他，他们，消失在大厅门口。

夜市上，祁正大敞着衣服，黑外套里边什么都没穿，若隐若现的身材线条有力且漂亮。长了张帅得过分的脸，行为举止却野蛮又放肆，惹得不少姑娘偷偷打量他。

她们想上前搭讪，又不敢，因为他旁边坐着个更张扬的红发女孩，她笑容甜腻地倚着他，但是完全没有小女生的感觉，更像是为了他敛起本性，故意放柔了姿态去讨好。

乔子晴瞪走第三个想过来打招呼的女孩后，忍不住翻了个白眼。秦凡在旁边幸灾乐祸："我们阿正真招小姑娘啊，晴姐气不气？"

乔子晴拿手机对着祁正拍了一张，灯泡发出暗黄的光，人声喧嚣的大排档，黏腻的饭桌和东倒西歪的啤酒瓶，四处乱飞的蚊虫，男生蹲在凳子上跟人划拳，侧脸线条优越极了。

脏乱廉价的背景，透出一种俗到极致的诡异美感。

乔子晴左右滑动着欣赏照片："有什么可气的？这证明我眼光好。"

翻到在台球厅照的那几张，乔子晴指尖停住了，画面里是夏藤伏在球桌上的样子，姿态娴熟，不符合她穿校服的好学生模样。

乔子晴不禁往前回想了点儿。她对祁正说完那些莫名其妙的话后就走了，小姑娘清高得很，走的时候谁也不看，更不可能回头。

所以她不知道，祁正盯着她离去的背影，眼神有多么用力，用力到浑身的肌肉都绷得那么硬。

这个半路冒出来的小姑娘，不简单。

乔子晴放大夏藤的脸，缩小，又放大，看了好几遍。秦凡见她在手机屏幕上一戳一戳的，凑上去瞧了一眼，一看是夏藤："你盯着人照片下咒呢？"

"滚蛋。"乔子晴把画面放大，截在夏藤五官比例极佳且禁得起各种角度去拍的脸上，若有所思地问，"你不觉得她有点儿眼熟吗？"

秦凡："哪里眼熟？这种美女要眼熟，那还不早就眼熟了？她这学期才转过来。"

"我说不上来，我总觉得我在哪里见过她。"

秦凡嗤她："晴姐，你对每个情敌都这么上心，累不累？"

乔子晴被他这么一说，也觉得自己有点儿敏感，踢他一脚："一边儿去，对你女神我就不上心。"

祁正今天被灌了不少，经常是别人脚底不稳头塞在垃圾桶里吐，他在旁边看戏，今天轮到他。他们那群人，年纪轻轻沉迷于恶习带来的短暂快乐，伤害自己的身体是家常便饭。他混在里面，早已模糊是非。

错和对，没有人管他。

这么多年，他还没到过今天这个程度，头晕眼花，眼前都是重影，世界一会儿正一会儿反，脚底下像在踩棉花。他撑着路边的电线杆子，使劲甩脑袋。他感觉今天自己大概是，过了限了。

他没忍住，骂了一句。

乔子晴贴过来，把他胳膊抬起来搁在自己肩膀上，一边把他支起来，一边状似无意地问："今天晚上上我那儿住吧？"

上我那儿住吧，饱含深意的一番邀请。做朋友这些年，她知道他对那些女孩不感兴趣，对谈恋爱不感兴趣，就一直没提过。反正不是她的，也轮不到别人，他谁都看不上。

可是今天，那个小姑娘的出现，让她心中警铃大作。还搞暧昧呢，她再不发力，祁正就要跟着别人跑了。

乔子晴要揽着他走，没成功，祁正就算头晕得厉害还是劲大，他一只手撑着电线杆，一只手把她胳膊打下去，下巴高高抬着，半耷拉着眼皮，痞里痞气地看她。

乔子晴叫他："祁正？"

"今天我给足你面子了。"他伸手，手盖住她的脑门，不轻不重地按着，慢慢俯下身，眼睛一直没离开过她的脸，威胁感也越发浓烈，"你别得寸进尺。"

乔子晴就那么站着，在一片目瞪口呆中站着。她被大伙叫一声"晴姐"五六年了，因为她比他们都年龄大些。她一直搞不懂，为什么在祁正面前，她一点儿气场都捡不回来。

或许人到了一定高度，总是格外在意那个不把自己当回事儿的人。

乔子晴没躲开他没规矩的手："你喝多了。"

"那又怎样？"

"我送你回去。"

"用你送？"祁正直起身，身上的气息也随之离去，他胳膊一伸，揪过来两个小弟模样的人，指着人家，"把乔子晴安安全全送回去，听见没有？"

那指头就快戳进人眼睛里了。两人吓得浑身汗毛战栗，一个劲点头："行行行，正哥。"

乔子晴在旁边看着他。看他跟个恶棍似的吓唬别人，喝成这样仍然记得让人把她安全送回家，也仍然记得拒绝她。她"扑哧"一声，笑了出来。然后扭过头，眼泪跟着掉下来。

夏藤回家之后洗了个澡就睡下了，她带过来一台电子秤，睡之前上去称了一下，虽然没有专门进行身材管理，但她还是瘦了。来昭县的日子没有几天是太平的，她的下巴比以前更尖，脸颊两侧的肉少得可怜。

她躺在床上，心里装的全是事，一直没睡着，脑袋里乱哄哄的。

今晚注定要失眠。按开手机一看，已经夜里一点多，她还没有睡意。手机屏幕的光骤然熄灭，她听到一阵窸窸窣窣的声响，似乎是外面的树叶发出来的声音。

起风了？夏藤翻身，犹豫着要不要掀开窗帘看一眼，"咚"的一声，不轻不重，有什么砸在她的窗台上。夏藤不敢动了，屏住呼吸，紧接着，"咚"，又一声，石子被弹开，磕磕碰碰掉下去。

夏藤顿时吓得手脚冰凉——这总不能是风刮的吧？她几乎是立刻就想到了一个可能：外面有人拿石子砸她的窗户。大半夜的，小偷？变态？还是什么色魔？

夏藤悄无声息地从床上爬起来，赤脚走到立柜旁拉开抽屉，拿出一把剪刀，然后一只手调出报警的电话，踮着脚无声地走过去。

她一把掀开窗帘，准备拿手电筒照他个猝不及防，嘴里刚凶巴巴地喊出："什么——""人"字一个急刹车，哽在喉咙里，硬是没发出来。

她眼珠子要掉出来了。这人疯了吗？

虽说沈蘩家的小二楼也没多高，院子里还有一棵粗壮的老树，太过繁茂，树枝都快戳进她房间了……那他也不能大半夜的爬树吧？不是，怎么爬上来的？！

今晚云层稀薄，月亮特别亮，照得这间四方小院一片清晰。夏藤睁大眼睛，一脸难以置信。

祁正踩着树干，对她说了三个字。

"开窗户。"

"……"夏藤从一片惊愕中回神，赶快把窗帘卷起来，窗户拉开，冷风一下就涌了进来。季节变化，天气也凉了，晚上温度不高，夏藤赤着脚站在窗口，身上就穿着一件白色吊带裙，裙摆跟着风舞动，黑发也在飘，她被月光照着，露出来的皮肤呈银白色，像雪。除去她仍然一脸惊愕的表情，这画面还是挺美的。

她拉开窗户探出身来的时候，有那么一秒钟，祁正觉得自己在梦里，因为美得不真实。

不过他清楚，不是梦，也不是别的，他喝多了，喝得神志不清，后来酒被冷风吹醒了点儿，恢复行动能力后，他什么也没想，撇下那帮狐朋狗友就过来了。

其实到这会儿，他也不确定自己到底是醒着还是晕着，反正想找她，就来了。管那么多呢。

"你你你……"夏藤不知道要怎么说，她怕祁正稍微一动就掉下去。

比起她，祁正淡定得很，扶着纹理粗糙的树干，头顶着树叶，看了她一眼："让开。"

"啊？"夏藤没听懂，看他那个准备动作好像是要跳进来的时候，魂都要吓飞了，一边手忙脚乱地给他把窗口的位置让出来，一边声音都在抖，"你小心点儿啊，摔了怎么办？要不然你下去吧，我去给你开门……"

好端端的有门不走，为什么翻窗户啊！

夏藤还在参毛，那边祁正纵身一跳，两只手稳稳抓住窗户外的一截阳台栏杆。那儿放着几盆花，他脚抵着外墙，一个引体向上，整个人撑上来，然后腿一抬，跨进阳台，人踩稳之后，两只手撑住她的窗户沿，轻轻松松翻了进来。

动作一气呵成，全程丝毫没有犹豫，想起她曾经翻个狗窝都差点儿要了半条命，而祁正上树跳房子翻窗户一系列高危行为做完，气儿都没怎么喘。这就是差距吗？

她刚刚眼睛都不敢眨一下，生怕下一秒人就没了。她知道他力气大、身体灵活，那也不能……疯成这样吧？

夏藤一阵头晕目眩，惊吓过度，一屁股跌进床里。祁正瞥她一眼："吓成这样？"见她手里还摇摇欲坠地握着剪刀，一把夺了过去。

夏藤的声音不太稳，还有点儿喘不上气，惊魂未定的："……你不要命啊。"

祁正把剪刀搁远了点儿，西梁这一片，哪家房顶他没上过，哪棵树他没爬过，又不是城市，房子再高也高不到哪去，瞎操什么心。但他没说，夏藤在缓神，房间里就这么安静下来了。一安静，氛围就要变。

夏藤知道，祁正不会被氛围驱使着做点儿什么缓解气氛，因为他完全不在意场面尴不尴尬，也不考虑那些暗自涌动的东西，他只做他想做的。那么承受这一切的，只有夏藤。

不过这会儿，尴尬倒是不尴尬，因为她闻到一股浓郁的味道，正在房间里蔓延。

这么折腾都没散掉，他是喝了多少？

窗户没关，窗帘重新垂下来，房间里光线很暗，到处是一团黑影。夏藤站起来，摸索着去开灯，还没摸到开关，手腕就被一只手截住了。

滚烫的，炽热的，像团火在烧着她。

夏藤清了一下嗓子："我开灯。"

"别。"他说。

一个字的威力有多大，夏藤算是见识到了。

"可是我看不清。"

"看清干什么？"他没松手，越捏越紧，"不认识我吗？"

夏藤觉得，有些事儿好像不能总这么顺着他发展。他只管他乐意，从没问过她什么心情。

"祁正，话我说过了。"她没挣开他的手，语气尽量平淡，"这次我们扯平，以后就当不认识。"

两人不知道在较量什么，仿佛谁先堵得对方说不出话来谁就赢。

"你以为，我三更半夜翻你窗户，就为了听你说这个？"

他平时用这种语气说话的时候，已经要拉响十级警报了。但是今天晚上，夏藤懒得管他是不是要发火，她也有脾气。

四周太黑，她不知道该盯着哪儿看，手腕被制着，唯有呼吸声，此消彼长，拉扯着神经。惊吓退去，先前在台球厅里的回忆马上占满脑袋，她没忘记他今天是怎么对她的。

"那你想听我说什么？"她这态度和往日差得有点儿多。

印象里，她好欺负惯了，爱面子，脸皮薄，不高兴了也只敢第一句声音大点儿，一凶她就缩回去了。今天三番五次地挑衅他，他的耐心也没了。祁正捏住她的手腕猛地翻过身，摁在墙上，"咚"的一声响："你闹什么脾气？今天还没把老子的笑话看够？"

夏藤被这一下子弄得浑身紧绷："……我没看你的笑话。"

"我不去学校你不高兴？跟着秦凡过来抽什么风？"

她就知道他在气这个："我……"

他不给她说话的机会："还和我比，让我给你道歉？你那个垃圾打球水平也配？"

"……"

祁正的语气又凶又急，夏藤的腰顶在柜角，很痛，她想站起来，但是祁正跟座山似的重重压着她，她动不了。

"张嘴闭嘴就是扯平扯平扯平，你这张嘴除了放这些屁，还会不会干别的？"

他越说越粗俗，夏藤听不下去了，一把推在他身上："你讲话能不能不要这么难听？"

"这就不爽了？我就借你一件校服扯出来这么多破事，我找谁不爽去？"

"你……"

"祁檀打我,你开不开心?我妈死了,我爸是个疯子,你开不开心?想不想笑?"

夏藤扬起来想打他的手瞬间停在半空中。

祁正却像陷进自己的世界里,情绪越发激动:"你以为祁檀真的在乎张惠和姓韩的告的那些状?他不过是终于逮住一个可以名正言顺打我的机会。那是我的学校,你看他长眼了吗?把我当人了吗?当着那么多人的面,他骂我,骂我妈,说我恨他,放他的屁,明明是他巴不得我去死!"

夏藤不知道,这些天多少人问他到底出了什么事,他一个字都不想说。可是看见她,他那些压着的怨气全上来了。他讨厌她那副置身事外的样子,逮住机会就跟他极力撇清关系,所有人不管真心还是假意,都愿意关心他两句,她呢?连句好话都懒得说,划分起界限倒是快得很。

他偏不让她如愿。

祁正那股劲儿上头,神智早就飞得无影无踪,他生气,她也别想好过,他在外面喝得跟狗一样,她凭什么在家睡大觉?

夏藤"嘶"了一声,倒吸一口冷气,祁正钳住她手腕的手用了极大的力,捏成拳头抵住墙。痛感袭遍全身,夏藤冒了一层汗,裙身紧紧黏住后背。她觉得自己胳膊快断了。

想骂人,又不敢太大动作,生怕把这人惹急了吵醒楼下的沈蘩。

良久,祁正整个人身子一垮,埋进她颈窝里,可能是太生气了,他大喘着气,肩膀一抬一抬的。房间没有开灯,只有深夜的风撩起窗帘,放了几丝冷白的月光进来,她目之所及的,只有他躬下去的背。这是个极度脆弱的姿势。

他鼻息间的热气如数袭在她的皮肤上,然后,她感觉到了肩头的湿润,冰凉冰凉的。

他哭了。

……

祁正这种人,怎么会哭?他应该是断胳膊断腿都不会掉一滴眼泪的冷血动物,那么强硬的一个人,怎么可能轻易在外人面前展示脆弱,更何况是在她面前。

但是,这件事确实发生了。被父亲憎恨,被扒开伤疤任人观赏,家丑成为人人口中的谈资,这足够打碎一个人的骨头。夏藤做了万千遍思想斗争,才决定把打他的动作改成拍拍他的背以做安慰。

结果，耳边传来了均匀的呼吸声。

"……"折腾了半天，他竟然就这么靠着她睡着了？

夏藤瞬间说不出话来。如果祁正第二天醒来，发现他发了一通疯，她还看见过他哭，她会不会被灭口？

夏藤摇了摇脑袋，被自己还有空想这些问题折服了，怕不是离得太近，她也被他传染了。

眼下的问题是，她要怎么处理他？

怎么来的怎么扔下去？

夏藤又甩了下脑袋。喝醉的人身体都很沉，尤其祁正这人看着瘦，身上的肌肉却是不少，被他靠了一会儿，半个肩都血液不流通了，她肯定扛不动他。夏藤憋了一股劲，强行把他支起来，他站直不到一秒，就朝后倒了过去。

倒之前，他的胳膊还挂在她身上，夏藤被连带着一同倒下去，两人重重摔进床里。好在是床，不是地板。如果她磕破了相，她真的可以把他扔出去。

祁正的身体像块烧烫的铁，她的脸扑在他外套上，夏藤等那个晕劲过了，手摁在他身上把自己撑起来半截，往上爬了点儿，停在他的脸侧。

细细观摩他的睡颜是爱慕者才会做的事情，她没有那个心情。夏藤毫不犹豫地，对着他的脸扇起来。力道虽然不大，但是十分解恨。

祁正被她"扇"醒了两秒，眉毛皱成一团，夏藤估计他都没看清她是谁，张口就是一句："你有病？"

真是符合他的恶霸形象。

面对这个局面，夏藤表现得非常冷静，手掌冲他张开："你手机呢？那个红头发电话多少，让她来接你。"

祁正已经被浓重的困意支配了大脑，再多一个字都懒得说，倒头就要睡。夏藤眼疾手快，手卡住他就要挨到床单上的脑袋："给我起来，不准睡。"祁正眼睛像被胶水黏住，睁都睁不开，嘴巴里不知道在嘀咕什么，但十有八九是骂人的。

夏藤毫无同情心："起来，给红头发打电话。"

祁正不理她，再次睡去。

行，你不打我打。

夏藤直接上手，摸完他的上衣口袋摸裤子口袋。任谁被这么一双手摸来摸去都会受不住，祁正再一次不得已醒来，这次是带着火的，一把攥住她的手腕把她反压在身下，嗓子都哑了："你找死？"

夏藤长发铺开，声音平静："我找你手机，给红头发打电话。"

"乔子晴？关她屁事。"

夏藤问："她不是你女朋友？"

"我没女朋友。"

"……"夏藤不知道说什么了，这个距离，这个话题，有点儿危险，她不想引火烧身。好在祁正应该是真的困到没力气了，说完头又低下去，眼睛沉沉闭在一起。

夏藤还在做最后的挣扎："如果传出去，有人乱说怎么办……"

"我把他嘴撕了。"他在她身侧说。这是这一晚，祁正跟她说的最后一句话，之后就睡死了，任夏藤再怎么喊也无济于事。折腾到最后，夏藤也没力气了，长长呼出一口气，放弃。

算了，随便他吧。

夏藤一宿没睡好。她是不可能让自己和祁正睡在同一张床上的，费了半天劲儿才从他胳膊底下爬出来，终于获得人身自由踩在地上的那一刻，她如释重负。

她去书桌前拧开台灯，调到亮度最低的一档。拿了面镜子过来，她的脸红扑扑的，头发乱得跟爆炸了似的。

再往下，上回被祁正的校服拉链蹭破皮的地方只剩淡淡一点儿印记，但手腕上的是新添的，几道深红的指痕绕了一圈。她皮肤白，颜色一对比，很是触目惊心。

她不想再看，丢开镜子，趴下睡觉。虽然趴着睡很不舒服，但就剩半个晚上了，她只能这么凑合着睡。

中途醒了好几次，噩梦做得乱七八糟，终于在五点半的时候忍不住了，不睡了，睡个屁。夏藤抱着衣服去卫生间换，一门之隔，外面的祁正还在蒙头大睡。

微光从窗口照进来几寸，夏藤换好衣服往脸上拍爽肤水，觉得自己要郁闷死了。

洗漱完毕，夏藤打开门，床上那人的姿势都没换过。腿搭在床沿一晚上，身上哪件衣服她都没帮他脱。

他竟然也不难受，看来是四处睡惯了。想到这儿，夏藤不自觉想起来沈蘩说的那些话，祁正在外面睡过几年，哪儿都睡，就是不肯回西梁的房子。她轻叹一声，没叫醒他，写了张字条压在他胳膊底下，然后小声关上门走了。

——怎么来的怎么走，别摔死，不许吓到我姥姥。

沈蘩没有听见昨天晚上的动静，她的卧室在楼下，耳朵也不大好，不但给夏藤做了早餐，还问她为什么气色这么差。

夏藤喝粥喝得差点儿呛住，有那么精彩绝伦的一晚上，她气色能不差吗，况且罪魁祸首现在就在头顶。夏藤只能说自己失眠了没睡好，然后顶着黑眼圈和阵痛的脑袋去学校。

是了，她还得去学校。她从没这么羡慕过祁正，她也想不管不顾继续躺在床上睡，而不是去面对未知的学校生活。

第二节课课间，江挽月从后门拦住要和一帮人出去玩的秦凡。

"田老师让我带话，你再不交语文作业，以后每天就抄课文，抄完再回家。"

秦凡左耳朵进右耳朵出，敷衍地点了下头就要撇开她出去，江挽月又挡住他："你听见了没有？"

见她存心要找事儿的样子，秦凡也不走了，往门上一靠："我这组好像不归你管吧。"

收他们这组语文作业的课代表早就被他打过招呼，实在查得严可以拿他的名字给老师交差，平时就睁一只眼闭一只眼，他不交也不会上报名单。每个班，课代表手里都有那么些小特权，而总有这样能搞定课代表的学生，去享受这些"特权"。

秦凡就是其中的一个。

"我是最后统计人数的，你哪天没交，几次没交，我都知道，以前是我懒得管你，现在，"江挽月没什么表情地看着他，"我让你交，你就得交。"

得。秦凡看她那张写满"公报私仇"的脸就知道怎么回事了："你有气别拿我撒行不行？"

江挽月倒是承认得大大方方："谁让你这么容易就让我找到撒气的机会？"

他故意呛她："阿正看不上你，又不是我让他看不上你。你冲我撒气也没用。"

"你敢说昨天你不是故意看我出丑？"不提还好，提起来江挽月就想瞪他，"你明明知道他昨天那个样子，根本听不进去别人劝。"

秦凡听见，扯着嘴角笑起来，看来她昨天回去没少分析局势。

他笑里藏着话，江挽月听出来了："你想说什么？"

不得不说，女神不愧为女神，反应快，智商高，够聪明，连找碴都找得这么让人没脾气。秦凡还笑着："不是不听劝，是不听你的劝。别瞪我，他也不听我的。"

江挽月看他一脸幸灾乐祸，隐约觉得他要说什么她不想听的话。

"知道阿正昨天喝醉之后去找谁了吗？"秦凡笑得可开心了，他看着江挽月强装镇定的脸，觉得好玩。

江挽月不想问，秦凡就偏要告诉她，下巴冲那个方向扬了扬："看见没？"江挽月没忍住，顺着方向看过去，夏藤趴在桌子上睡觉，她今天好像特别困，一直在座位上打瞌睡。

夏藤漂亮吗？漂亮。但祁正绝不仅仅看到了她的漂亮。

夏藤很容易让人产生征服欲。她对这里的一切充满高高在上的不屑。似乎每次因她而起的纠纷，都不是她的本意，而是她不得不被卷入其中。

江挽月想，那一刻她其实没有多难过，因为她早就有了预感。祁正和夏藤之间的牵扯只会越来越深，她既然没有在萌芽时去介入、掐断，自然也没办法在势头猛烈时招架，或是改变什么。只是，她放下自己的高傲往前迈了那么多步，还不如夏藤的原地不动。

"祁正喜欢她？"她听见自己这么问。

"谁知道。他又没喜欢过人，他只会欺负人。"

秦凡闲闲说完风凉话，又以一副"好心人"的姿态劝她："所以你别倒贴了，好在昨天那些事儿还没几个人知道，及时止损，见好就收，你还能继续做你的女神。"

江挽月面无表情地收回目光，看向秦凡，在他无限放大的笑容里，狠狠踩了他一脚："不用你管。"

在学校困了一天，终于熬到放学。夏藤背着书包回家，走在路上步子都是飘的。作业晚点儿再写，她要先好好睡一觉。

进门前，她是这样想的。然而，走进客厅的那一刻，夏藤感觉到了些许的不对劲。客厅里灯光大亮，半空满是菜香，饭桌上已经摆上两道菜，沈蘩端出来第三个菜盘，听见动静，笑着抬起头："阿藤回来啦？"

夏藤还没应，厨房里传来叫声，一阵骂骂咧咧，以"烫死了"为开头，紧跟一串脏话。沈蘩一听，"哎哟"着一路跑进去，马上传出念叨声："你这傻小子！谁让你直接掀锅盖的！不烫你烫谁！"

再然后，是"行了，端出去吧，我来盛米饭"，这一句过后，人出来了。

他换了身衣服，有点儿眼熟，好像是第一次见他那天夜里，那套让人印象深刻的种田穿搭，大马褂黑中裤，脚踩一双人字拖，走路"吧嗒吧嗒"响。他端着一盆鱼汤冲出来，用"摔"的力道扔饭桌上，溅出几滴来，然后嘴里"嘶"地吸着气，两只手赶紧摸耳垂降温。

夏藤像被雷劈过，完全僵住了。他，为什么，还在，这里？

祁正见她一脸见鬼的表情，笑得蔫坏蔫坏的，还学起沈蘩那一句："阿藤回来啦？"

他叫一声"阿藤"，少年音十足，且玩味。夏藤弥漫一整天的睡意瞬间消失得无影无踪。

"你怎么回事？"她压低声音问他，"我给你的字条你没看见？"

"你说这个？"祁正从兜里掏出那张字条，两指一夹，在她面前轻飘飘地晃，"我怎么来就怎么走的，回家洗了个澡，刚出门就碰着你姥姥了。"

沈蘩在这时端着米饭从厨房走出来："准备准备吃饭了啊，你们俩站这儿说什么呢？"

祁正转过身，字条正大光明直对着沈蘩："她说……"

"我说，我来帮您。"夏藤一个箭步冲上去，把沈蘩手上的两个碗接过来，然后瞪了祁正一眼，"你的饭你自己去端。"

祁正笑着把字条收起来，一面往厨房走，一面装模作样地感叹："沈奶奶，您宝贝外孙女好像看我不顺眼得很哪。"

夏藤听了很窒息，他这个村口大妈式挑拨离间的腔调是哪来的！

谁知道沈蘩成功被"挑拨"了，拉了下夏藤的胳膊："阿正今天好歹算客，你怎么能让他自己去端饭呢！"

夏藤惊了，他算哪门子的客？

"沈奶奶，您给她解释吧，省得您外孙女以为是我赖着不走，指不定这会儿在心里骂我不要脸呢。"

祁正自个儿端着米饭出来，一脚踢开她对面的椅子坐进去，在沈蘩面前依旧口无遮拦。夏藤被他那些要脏不脏的话弄得心一跳一跳的。

"我今儿买完菜回来的路上，正好碰上阿正出门，一问，这小子一

105

天都没吃饭,我一想那哪儿行啊?就叫来一块儿吃晚饭,多添一副筷子而已。"沈蘩给他俩各夹一筷子菜,看着心情很好,笑容满面,"今天这饭,阿正帮了一半忙呢,菜都是他洗的。"

昨晚的事没暴露,夏藤心里松下一口气,听到后半段,咀嚼的动作一顿,看了眼坐在对面的祁正:"……你洗干净了吗?"

他眉毛一挑:"我,还是菜?"

一秒钟反应过来,夏藤脸爆红:"你这人怎么这样……"

她姥姥还坐在跟前呢!这人能不能稍微收敛一点儿啊!沈蘩没听出祁正话里的不正经,皱皱眉:"怎么老挤对阿正?他惹你了啊?"

夏藤使劲捏着筷子,简直有苦说不出,到底谁挤对谁?祁正还特配合,摆出一副"被挤对"的委屈模样闷头吃饭,但是夏藤看到了,他在笑,憋得肩膀一直抖。

"不能不礼貌,阿藤,给人盛碗汤。"沈蘩拿过一个空碗,搁在夏藤面前。

"姥姥。"她不情愿地叫了一声。

祁正叼起筷子,两根筷子在他牙间劈着叉,他一脸看戏的表情:"好为难哟。"又是那个挑拨离间的腔调,沈蘩果然再次上钩,催她:"阿藤!快点儿。"

"还有你。"沈蘩转向祁正,"把筷子拿下来,这样叼着像什么样子。"

祁正今天吃错药,乖得要死,居然说:"行。"

夏藤佩服,心里骂了一句,人模狗样。

她极不情愿地拿起空碗,又极不情愿地舀了一勺汤,准备再次极不情愿地扔他面前,祁正伸手接了。他手碰到她的手背,然后把碗端过去,喝了一口汤,露出一抹十级灿烂的笑。

"谢谢阿藤。"

你装,继续装。夏藤为了忍住不翻白眼,忍得相当辛苦。

沈蘩面对此番"其乐融融"的场景,满意又欣慰:"就是嘛,听阿藤说你们俩一个班,就应该这样好好相处。"

祁正顿了一下,侧头:"她还跟您提过我呢?都说我什么了?"

夏藤:"说你十恶不赦行不行?赶紧吃饭吧。"

祁正目光一转,悠悠地落她身上,非要看出来点儿什么似的。

沈蘩说:"阿正,别对学习没心思,这高三多重要啊!考个好大学才是正事,不能成天在街上晃,这个年纪还是得在学校上学才行。学习上不会的,可以问阿藤,她成绩不赖的。"

沈蘩这话是好意,她待人向来和和气气,能帮则帮,西梁的街坊邻里皆知她面善心更善,他们面对她,总是多带几分善意与尊重。

但是,搁在往常,这话无论谁说祁正都一个字不会听,弄不好还会直接翻脸掀桌子。

沈蘩不知道祁正在学校闹的那些事儿,只以为他是单纯的逃学不上课,夏藤有点儿紧张地停筷,盯着对面的人,她怕他做出什么出格的事,又隐约希望他能回答些什么。

安静了半晌,夏藤的心都快从嗓子眼里跳出来了,祁正终于动了,没发火,没黑脸,重新夹起一口米饭塞进嘴里,低低地"嗯"了一声。

难得。

晚饭过后,夏藤帮忙把碗筷收到厨房,祁正准备走了。

沈蘩把夏藤从厨房推出去:"哎呀,洗洁精没有了,你出去买一瓶吧,顺便送送阿正,散散步,消消食,回来写作业也轻松。"

好一个顺便送送。夏藤看向祁正,眼神暗示他可以客套一下,拒绝这份好意。祁正直接无视,蹲门口看花看草。夏藤无语两秒,也懒得反抗了:"那我上楼换件衣服。"

这回他有反应了,头也不回:"换快点儿。"

夏藤闭上眼深呼吸,忍忍,忍忍,再忍忍。

从楼上下来,客厅里没人。夏藤走出去,他在院子里给沈蘩修前两天被风雨吹倒的花架。本来东倒西歪的花架,此刻立得稳稳当当。

"这就修好了?咱们阿正真厉害呀。"沈蘩都快把人夸天上去了。祁正笑得非常好意思,把重新立起来的花架敲得"铛铛"响:"要是还坏了,就让夏藤跟我说。"

"好嘞,那我就给你们做好吃的……"

夏藤站在一旁,听不下去了:"还走不走?"

那边两人齐齐回头,祁正眼神沉了一下。她把头发散下来了,长长的顺在肩头,乌黑而柔软,水蓝色的外衫,里边是一件黑色内搭,紧身的,挺短,露出一节细白的腰肢,两道腰线沿进牛仔短裤里,流苏下两条细腿,他那天见过,又直又白。

夏藤的腿很好看,线条纤长,走起路来没有凸起的小腿肌,也没有跟着晃动的赘肉,她穿黑色马丁靴,不仅不会因为盖住脚踝而显腿粗,反而在视觉上拉长腿型。总之,是一双让人移不开视线的好腿。

祁正："你买瓶洗洁精，穿成这样？"

县城里没有这样的女孩，或者说，有，也不会比她穿得好看。一天到晚在学校里穿那么素，不是长袖长裤就是丑不拉几的校服，挡得严严实实，他只知道她瘦，没发现过她身材这么好。

"我穿哪样？"夏藤看了自己一圈，也没看出什么不妥，"不好看吗？"

祁正却不回答，移开视线，走到院子大门，也不等她，说了句"沈奶奶再见"，直接拉开门走了。

夏藤一脸莫名其妙，回头跟沈繫说再见，沈繫笑眯眯地冲她挥着手："阿藤穿得可好看了，去吧去吧。"

祁正走路从来不管同伴的速度，只走他自己的。夜晚的西梁很安静，能听到树丛里的虫鸣。两人一前一后走了半天，没有任何交流。

祁正从不没话找话，但是夏藤有一肚子话要问。她加快两步跟上他，问："你不解释一下今天怎么回事吗？"

他两只手放兜里，脚步慢了些，话就没那么客气了："你姥姥给你解释说的不是人话？"

果然，一和她单独在一块儿，这人的恶劣本性就全暴露了。

"你就不能态度好点儿？"刚刚装得那么像回事。

祁正扯了下嘴角："要求还挺多。"

"那换一个解释，你昨天晚上为什么来找我？"夏藤不扭捏，问得直接。看谁撑死谁。

晚风轻轻吹，祁正有一阵儿没回话。

良久，传来他的回答："不知道。"他说："喝多了。"

他是真不知道，对他而言，有想法就付出行动，想找就去找，哪来那么多为什么，他也没工夫思考到底为什么。

他抹了一把脸，整个人还有点儿宿醉后的疲态，眼皮特双，声音有点儿哑："我昨天都跟你说什么了？"

夏藤抬头："你没印象了？"

"嗯。"

"你骂了我一通，很难听。"

祁正笑了一声。

"你笑什么？"

"没。还说什么？"

"说你爱死乔子晴了,你要和她睡觉。"夏藤面无表情地编。

祁正眼皮一掀,目光微讽:"是你有病还是我有病?"

夏藤一本正经:"真的,不然我怎么知道她叫什么?"

"行。"祁正也不跟她计较,揉着肌肉酸痛的脖子,"还有什么?"

还有就是……夏藤脑海里闪过一些画面,刺痛的,温热的,潮湿的。那或许是他并不愿意想起的画面。算了。她摇头:"没了。"

走过一盏路灯,眼前便暗下来。西梁的路灯间隔很远,路灯只能照亮灯下一小块。

他们走进一片灯光黯淡里。祁正脚步停了,按住她的肩往旁边的围墙上一推,夏藤还未反应过来,他已经抓住她的手摁在砖墙上,几道明显的指痕,暗红色,围着细瘦的手腕一圈。她的外衫掉下去,露了半个肩出来。

夏藤惊呼:"你干什么!"

祁正压着她不让动,仔细看了一会儿,道:"不是没了吗?"

她脸红,红晕迅速蔓延,刚还一片雪白的肌肤,这会儿已经覆上一层淡淡的粉。夏藤背抵着冰凉的墙:"昨天晚上我房间进了只疯狗。"

祁正要笑不笑的:"你骂谁呢。"

"你不是没印象吗?没印象你记这么清楚?"她一生气,眼睛就水亮水亮的,像撒了星星进去。

祁正看了她一会儿:"逗你玩的。"

逗她玩的?夏藤压着气,抬头:"那你记不记得你哭了?"

果然,祁正表情一顿,脸色以光速变化。先前的顾虑都被她打消,夏藤很来劲儿:"就在这儿。"她脸朝自己的颈窝侧了侧:"你趴在我这儿哭的,记不记得?"

祁正不说话。昨晚他喝断片儿了,有些记得,有些不记得。她说的,他不信。打他懂得些这个世上的道理起,他就没让自己哭过,怎么可能在她面前哭?

"放屁。"他骂。

夏藤也不急,耸耸肩:"你不想承认就不承认呗。"她学聪明了,知道怎样能让他不爽。

祁正果然不乐意了,冷笑:"我有什么可哭的?"

"谁知道?可能是良心受到谴责,觉得自己太过分,流了两滴鳄鱼眼泪。"

"夏藤。"祁正语气一降,手往下滑,徒手拢住她的脖子,"我把你惯出毛病了?"

夏藤看出他眼底藏了火,她也不知道自己怎么了,在他面前胆子越来越大,意识到这人以前是怎么对她的,她的气焰瞬间消了大半。

"没。"她慢慢垂下眼,乖了。

祁正满意了,放开她,眼睛往她肩头一扫,拉上她的衣服。

"手,疼不疼?"他问。

夏藤看了眼自己的手腕,她的皮肤很容易显疤,常常一觉睡醒不知怎么就会多出一块瘀青,而她一点儿感觉都没有。她说:"疼死了。"

祁正把自己的手腕伸她面前。

夏藤不明所以:"干吗?"

"掐回来。"

"……"她实在理解不了祁正的大脑构造。

出了西梁往前走,桥头有个小型集市,商店、菜铺、水果店、五金杂货,什么都有。

夜幕之下,各家商户亮着灯,照亮了西梁的桥头,充满生活气息。夏藤走进一家商店,找洗洁精,祁正跟在她后面进来。

她找了一会儿,在最后面的货架上看见,随便挑了瓶,还没拿稳,被人从后边抽走,她回头,祁正站在她身后:"还要别的吗?"

夏藤摇头。他拿去前面,又让老板拿了瓶水,一块儿付了钱。

夏藤跟在他身后走出商店:"多少钱?我给你吧。"

祁正懒得理她。手机响了,他掏出来看都没看就接通放耳边。

那边声音挺大,大到夏藤都听见了:"赶紧过来啊正哥,都快结束了,不是下午说好了八点就过来?"

他又要去那些局?不要命啊。夏藤想说什么,话到嘴巴又咽回去了,横竖她没必要多管闲事,省得又被他笑话。她冲他摆摆手:"你要有事儿就先走吧,再见。"

她说完正要转身,祁正出声了:"你不回?"

"啊?"夏藤回头看他一眼,他好像是在问她,她道,"我想去买点儿水果。"

身后的灯把她的水蓝色衬衫照得五彩斑斓,那双细腿儿笔直笔直的,一路上没少惹人注目。

祁正跟那头说了句"我还有事",那边回得咋咋呼呼:"什么事儿啊?刚刚我可听见姑娘的声音了,带过来一块儿认识下?"祁正直接把电话挂了。他往水果铺走了两步,回头,夏藤还站在原地。

"愣着干什么?"

夏藤犹豫了一下:"你朋友不是在等你吗?"

祁正无所谓:"让他等着。"

走两步,她还没动,他不耐烦地回头催:"走啊!"

凶得要死,夏藤缩了下脖子赶紧跟上。

几家水果铺连在一起,一靠近,果香扑鼻而来,飞虫也多,围着大棚下的灯泡嗡嗡转,各种水果堆成堆,色泽鲜艳而诱人。

夏藤自己没买过水果,站摊子前左看看右摸摸。商贩是个大娘,跟她说葡萄都是今天摘的,可甜了,让她称点儿回去。

夏藤"哦"了一声。大娘扯下个塑料袋就开始给她装,一串一串往里塞,夏藤眼看越装越多,出声阻止:"阿姨,阿姨,太多了。"

大娘眼睛瞪大:"多?不多啊。这可好吃了。"

夏藤本来想让她去掉些,一听这话,也不好意思说了:"那……行吧,要这些。"

她刚说完,祁正突然走过去,一把抢过大娘手里的塑料袋,把口子撑开,问夏藤:"去多少?"

大娘被这蛮横的行为吓一跳,刚准备张嘴说人,定睛一看,这不西梁那头祁家的混账儿子吗?嘴巴闭上了,眼睛却"噌"地亮起八卦之光,一遍遍往他身上扫。

祁正全然无视,又问夏藤一遍:"去多少?"

夏藤刚要说话,他又没耐心听了,直接把塑料袋翻过来,倒出去半袋子再翻回来:"这些够了?"

夏藤这回回答得很快:"够了。"

"还要什么?"

夏藤眼睛往旁边扫了一下:"苹果吧。"

祁正动作很快,又给她扯了个塑料袋下来,没让她挑,也没让大娘动手,他亲力亲为,一边往袋子里扔苹果一边嘲讽她:"也就你这种没脑子的晚上买水果,买的全是人家挑剩下的。"

夏藤想反驳,倒是大娘先忍不住了,白眼一翻:"祁正,你不买也别阻止人家姑娘买啊,这话说得谁心头舒服?"

祁正把两个袋子丢过去："我掏钱就是我买。"

大娘憋着火把两个袋子一拎，搁秤上称："头回见追姑娘这么凶的。"

"不是，您误会了。"夏藤真是第一次见祁正这种人，跟谁都能杠起来，"我自己买，你别……"

"就让他掏！什么态度啊真是。"大娘报了价，把塑料袋递给夏藤，"姑娘，我要是你，我就擦亮眼睛，坚决不跟这种人！也不出去打听打听……"

夏藤不想被这种商贩误会，被这种跟谁都能唠两句的人误会，谣言基本上可以病毒式传播，她解释："没有，阿姨，我们就是普通同学。"

"她跟不跟，关你屁事？"

她和祁正同时开的口。后者听见她说的话，脸一沉，把两张零钱往铺子上一甩，转身就走。

脾气发得猝不及防，也不大礼貌。大娘眼尾看人一路离开，嗤笑道："就他还能有同学？厉害咯，混子上学还是混子。"

夏藤看她一眼，没说话，接过找的零钱，又拎上袋子，在商贩们一片探究又惊奇的目光中追了过去。

"祁正，祁正！"她在他身后喊。

祁正走得快，没一会儿就已经出了集市，走到外边的马路上。夏藤提着袋子跑，跑得上气不接下气。

"祁正！"她又喊，他还是不回头，背影凌厉，冒着寒气，仿佛能割破深重的夜色。夏藤跑不动了，叉着腰冲他喊，"你再不理我，我回去了！"

他仍然没回头，走得不近人情。发狠这方面，他一直比任何人都决绝，谁威胁都没用。

夏藤想，她也是被逼出来的。

她从袋子里拿了个苹果，扬起胳膊，直接对着那道背影砸了过去，命中率挺高，砸中祁正的背，他往前踉跄了一步。

这下他肯回头了，眼冒寒光盯住夏藤，把苹果捡起来狠狠砸回去。他比她狠多了，"嗖"的一道风声，夏藤尖叫，苹果在她脚边炸开花，溅得满地都是。

祁正脸色黑得可怕，几乎是在低吼："不想跟老子扯上关系就滚。"

结合那个大娘各种嫌弃又憎恶的反应，夏藤知道他在发什么火了。他们看不起他，他们讨厌他。他就以为她也是，害怕被波及，才那样急切地澄清。

"我只是不想让她误会，那个阿姨以为我们是一对。"夏藤顺过点儿气了，站直腰身，"了解清楚再发火行不行……你怎么脾气这么坏，跟谁都吵，不是每个人都愿意追着你解释的。"

确实不是每个人都愿意跟他解释。但也不是每个人解释，他都愿意在暴怒状态下回头听。

"你有乔子晴，我也有我自己的生活，这种谣言最没必要，传起来反而是负担，我早解释清楚不好吗？"夏藤慢慢走到他面前，把大娘找的零钱递给他，他不接，她就卷成捆儿往他衣服胸前的兜里一塞。

祁正一直不说话，她抬头望他："还气吗？"

气，她拎得清清楚楚，他比刚才更气。夏藤语气柔下来，再次劝道："你别总这么跟人说话，人和人都是相互的，你先拿仇视的目光看别人，别人肯定不会对你抱有善意，你……"

"真把自己当回事了？"他突然打断，居高临下地看着她，眼神冷漠，话比眼睛更冷，"你算什么东西？"

夏藤嘴巴还张着，声音却发不出来了。她没反应过来，眼神还是柔软的，昏黄的灯光照进去，无辜又无害。越是这样，他就越想欺负她，想看那双眼睛有了受伤的情绪，因为他布满泪水。就算是恨，也只看得到他。

所有美好的东西，他都想撕碎。

除非只绽放给他一个人。

直到祁正转身走出去很远，他都没忘记最后一刻夏藤的眼神。

让人兴奋。

又让人心碎。

第四章
低头

从那天之后,夏藤的生活彻底变成两点一线,学校,家,再没有去过别的地方。

班上有了些变化,比如秦凡和江挽月,两人呛的次数越来越频繁,三天一小吵,五天一大吵。从前她在女神的高度,如今被秦凡这种痞子拉下来,成天被外班几个男生打趣。

但是说来奇怪,江挽月似乎接受了这个局面,丢掉了一些曾经的包袱,和同学之间的距离感消失不少。请教她问题的同学越来越多,她身边也有了偶尔能结伴的朋友。

总之不再独来独往,她变柔和了许多。

开学就找过夏藤事儿的赵意晗,依旧和她的小团体招摇过市,自从有祁正替她针对夏藤,她就不出手了,每天研究涂什么色的指甲油、画什么眉毛、烫什么发型,像只花孔雀立在六班。

最近她好像新认识了一个什么厉害人物,逢人就要提两句,眉梢之间的得意难以平敛。

唯一没变的只有江澄阳,对谁都是一张笑脸,干净如名,澄澈的太阳,远远看见人就跳起来大声打招呼。

教室最后一排始终是空着的,班上座位换了几轮都没人敢坐,也还是会有人提起他,毕竟曾经坐在那里的人,足够深刻地印在每个人的学生时代里。

他或许会忘记他们,但他们不会忘记他。夏藤没有要求换座。她和这个班仍然保持着相对距离,不进不退,不融入任何一个团体。

她从商店要了几个大纸箱过来,把原本堆在那张桌子上的东西全部归整好,罗列在箱子里,摆在桌子底下。

她做这些的时候，班里没有一个人问，但是打那之后，大家有实在放不下的东西都会放箱子里，而不是扔在那张桌子上。

几个大箱子沉沉置在他的桌子下，好像这样就可以封存在那里发生过的一段回忆。

关于祁正，夏藤知道他从未消失，他只是回到了他原来的生活。秦凡一直和他保持着联系，年级里那帮男生的嘴里也没停过他的消息，连江挽月和江澄阳都能在放学路上碰到他。

只有她一次都没碰上。也不奇怪，她有意避开，碰不上对她来说是好事。她不想看见他。

夏藤渐渐喜欢上了靠窗的位置，从窗户看出去，她可以躲在暗处，静静观察外面的世界。因为永远不会知道，下一秒会出现什么景色。是阴是晴，是风是雨，都逐渐成为影响她喜忧的一部分。

日子就这样过着，看似归于平淡，实则驶向未知。但风暴仍未来，以为一场雨，就只是一场雨。

一场秋雨一场寒，转眼间，窗外茂盛的绿叶变黄，枯萎，凋谢。

开学两个多月了。距离最后一次见到祁正，也是将近一个月之前的事儿了。

新一周，昭县一中迎来一位客人。

夏藤早上来上学就看见校门口停着一辆宝马，平时门口也停私家车，但大多是她没见过的品牌，款式老旧，车前玻璃上总是蒙着一层土，还有雨刷器硬生生刮出来的半弧印记。

这辆车放城市里也不会多引人注目，但开在昭县，还停在校门口，就有点儿让人好奇了。

来领导也不敢这么大张旗鼓吧。还是哪位学生家长的？

夏藤是今天的室外值日生，她没上楼，先去了趟清洁区。

天儿冷，她想早早扫完早早上去，懒得上去再下来的跑趟了。头天晚上放学，她就把室外值日用的垃圾桶拎下来锁在他们班的工具房里了，现在夏藤拿着钥匙过去，拿出把大扫帚，垃圾桶也提出来，然后去清洁区扫地。

大清早的，还没太多外界的噪音，所以那道女人的声音和高跟鞋声就非常明显。

夏藤往声源地看过去一眼，一个女人正和两位老师从楼里走出来，没看错的话，楼是校长办公室所在的那栋楼，两位老师，一位是校长，一位是……韩主任？

女人黑发紧紧低盘在脑后，黑色长大衣，高跟靴，手里拎的包，夏藤眯眼看了会儿，是个有名的奢侈品牌。

天还没大亮，五官看不太清，但气场逼人。

这应该不是领导吧……

夏藤还撑着个大扫帚发愣，那边已经交谈完毕，校长回到楼里，韩主任带着女人走下台阶。

夏藤赶紧转身，怕被人发现自己在偷看。高跟鞋的声音由远及近，再由近及远，最后不知道去哪儿了。

天气缘故，逗留在外的学生变少了，清洁区垃圾不是很多，夏藤扫得差不多的时候，其他值日生也差不多到齐了。

大家都背着书包过来打扫，一个想法，扫完直接回教室，省得回到暖烘烘的教室就不想下楼。

夏藤把自己负责的那一块清理干净，然后提着桶去把垃圾倒了，回来的时候另一个女生说："垃圾桶留着吧，我待会儿倒完拎上去。"

夏藤点点头，把垃圾桶给她搁下，然后拖着大扫帚去了工具房。全部收拾完，她的手已经冻木了，夏藤把手藏进袖子里跑进教学楼，暖气扑面而来，她呼出一口气，活过来了。

而此时此刻，她并不知道，楼上的高三六班正在经历着什么。

夏藤上到自己班的楼层，往常大敞着门热闹如菜市场的办公室，今天竟然是关着的。

夏藤没多好奇，背着书包往自己班走。四班，五班，六班。前两个班都在早读，只有他们班静悄悄的。

今天是田波的语文早读课，按理说都应该在背课文。夏藤推开教室门——今天教室门怎么也是关着的？

她一进去，视线随后，脚步猛地停住。最后一排的桌子上，坐着一个人。

一个消失在这个班许久的，人物。他穿了一整套校服，坐在桌子上，之前放在他课桌底下的纸箱，一个倒在地上，东西撒了一地，另一个搁在他腿边，纸板已经被撕裂，东倒西歪的。祁正随手拿了一本书出来，往第一页一翻，照着上面的名字念："高雅歌。"

116

一个字一个字，念得人直打寒战。

高雅歌就是之前江挽月发飙那天说"祁正不来刚好多出一张空桌"的女生，此刻被这么一点名，整个人都蔫了。

祁正又从箱子里拿出一本，翻开第一页，念："高雅歌。"

再拿一本，再念。一连五本，都是叫高雅歌的女生的，她从座位里颤颤巍巍地站起来，人已经快哭了。

祁正"哗啦哗啦"翻完，然后捏在手里，胳膊肘往窗户边一搭，眼皮半耷拉着："书还要不要？"

"要……要。"高雅歌说话都开始磕磕巴巴。

"要，为什么放我这儿？"祁正很不解，歪着头，"当我不来了？"

"不是……"

"那是什么？"

高雅歌吓得不敢抬头，脖子缩进肩膀里。

祁正嘴角一扬，扯出抹笑："这么多东西，还拿两个纸箱装好，挺会利用空间啊。我刚才凳子一拉，人都坐不进去。"下一秒，他瞬间变脸，书往地上一甩，声音狠戾至极："老子的位置是给你们收破烂的？"

跟着一阵巨响。

高雅歌直接哭出声来："不是我放的箱子……"

祁正甩了下胳膊："那是谁？"

女生转着泪汪汪的眼找人，最后，和全班的目光一起，聚集在门口的人身上。

夏藤听到高雅歌说那句话时，就已经意识到会发生什么了。可笑吗？有点儿，反正人性向来是这么一回事。让人自私，让人丑恶，让人不假思索地抛弃良知。

夏藤没有为自己辩解，她还没接受祁正回来这件事。

祁正看到她了。

不知道该怎么形容那一刻的目光，他看人，更像用一把剑对准心脏，一把枪抵住胸膛，会让人陷入无限的窒息和恐慌。他的眼睛就像武器。

但是夏藤习惯了，她被那样看过无数回。

她习惯了。

夏藤往自己的位置上走，边走边把书包肩带摘下来，走到跟前，她将书包放进桌洞里，人在他面前蹲下去。

她把箱子扶起来，把一地的书列成一摞，重新把它们放进箱子里。

收拾另一摊时，祁正从桌子上跳下来，一脚踢翻箱子，刚刚放进去的书又散落出来，场面恢复狼藉。

有人惊呼一声，又赶紧捂住嘴噤声，害怕惹祸。夏藤动作停了，她扭头看了箱子一会儿，挪过去，扶起来，继续收拾。

她当他不存在，甚至没看一眼。快要收拾好时，箱子再一次被踢飞。情况变得有些惨烈，箱子被踢变形了，书撒了一走廊。

靠边有个同学看不下去，想帮忙捡起来一本，祁正在后面开口："谁敢捡？"同学听见，哆嗦了一下，马上收回手。

秦凡觉得不劝不行了，祁正这是刚回来就要炸学校啊，他出声："阿正……我的天！阿正！"

后面这声"我的天"，是被夏藤的举动吓的。

她几步过去捡起地上那本书，直接冲着祁正的脸甩过去。书页在半空中张牙舞爪地飞，然后重重砸过他的脸，纸张太锋利，脸颊瞬时被割破一道口子。

夏藤瞪着他，眼睛里仿佛烧着火。祁正侧着脸，舌尖顶起脸颊那道伤口的位置，抬手一摸，流血了。

然后再抬眸，眼里只剩下黑色。

"你想死？"

夏藤毫不畏惧："你来。"她气得眼睛都红了，那股子藏在身体里的，陌生又熟悉的劲儿又上来了。

这么多次，她忍够了。

"弄不死我你就一头碰死吧，畜生。"平静的语气，致命的杀伤力。夏藤不知道自己怎么了，看到祁正和从前相比没有丝毫改变，她也被气到失去理智。

哪怕这些纸箱是她放的，哪怕她拿书砸烂他的脸，她别这样看他，别这样骂他，他都不会像对高雅歌那样对她，可是她不领情，这么久没见，她还是那么讨厌他。

祁正几乎被激得发了狂，冲上前掐住她的脖子，单手就把她拎了起来。夏藤越来越喘不上气，缺氧，大脑一片眩晕，汗也流进眼睛里，在祁正几近疯狂的眼神里，她也跟着绷断了一切。

她没有求饶，用尽全身的力气，不为挣扎，只为挤出破碎的一句："你今天弄不死我，就等着被我弄死吧。"

最后，是冲进来的田波和从后排飞奔过来的秦凡、江澄阳制住了祁正，江挽月和其他女生接住夏藤，她双腿一软，坠向地面，半晕了过去。

醒来，是在医院的病房里。

夏藤想动，脖子上一阵刺痛，她摸了下，上面裹了层纱布，等了一会儿，再慢慢扭动，比刚才好多了，就是脖子上的皮肤拉扯着疼，应该是软组织挫伤。

夏藤想下床，这时从外面的走廊上传来声音——

"我费了多大力气才让校长同意再放你进来？留校察看，好歹保留个学籍。你倒好，回来第一天就惹事，把人家掐成什么样儿了你看见没？疯也不是你这么疯的！你要是跟祁檀一个德行，趁早别认我这个姨！"

女人已经在尽量压低声音了，无奈隔音效果不好，夏藤躺在床上一字不落地听完了。

她在想祁正面对这种劈头盖脸的数落会是什么更加暴躁的反应，结果好半天过去，都没人说话。

又过了一会儿，他的声音才响起："她惹的我。"

夏藤听见都要跳床而起了。

"人家惹你你就能动手了？再说你这个脾气，没干什么过分的事谁会主动招惹你？"女人没好气道，"你再闯祸，我这下半年就腾出时间给你重新找学校吧。"

祁正跟女人不在一个频道："她怎么还没醒？"

"……我跟你说话你就没听是吧？"女人微微冷笑，"我看你挺紧张人家的啊，怎么下得去手？"

祁正没再回声。

"行了，我进去看看。"女人说完，推门而入，祁正跟在她后面进来。夏藤坐在病床上，静静地看着他们进来。

她没看祁正，目光只落在女人身上。

但是她知道，祁正一直盯着她。她没猜错，这个女人正是她今天早晨在校长办公室楼下看到的黑风衣高跟靴，眉眼和祁正有三分像。

这是个漂亮女人，苏家的大女儿，被送去城里上学的苏池。她面对夏藤，已经完全敛起多余的情绪，面上滴水不漏："什么时候醒的？"

夏藤没装："有一会儿了。"

祁正忍不住："醒了不知道叫人？"

夏藤没什么起伏:"脖子疼,刚醒发不出声音。"

她这么一说,他就不说话了。苏池瞪他一眼:"你出去。"

祁正没动。苏池:"舍不得走?"

祁正动了,往门口走了两步,又回头:"你别威胁她。"

苏池和苏禾不一样,年纪轻轻从小县城出去闯,大城市里比她家境好的到处是,没点儿本事怎么一路到今天,她最会干颠倒黑白反过来威胁人的事。

苏池以为祁正对任何人都漠不关心,也不了解苏家的人,但是今天,就这一句话她,听出来了,祁正什么都知道,他只是懒得说。

苏池没点头也没摇头:"把门带上。"

祁正出去后,房间里安静下来。

"喝点儿水吗?"苏池说着,已经走过去给她倒了一杯。

夏藤轻声说了句"谢谢",接过纸杯抿了一口,温度刚刚好。

从她醒来,发现一个学校的老师都不在的时候,她已经知道这个女人处理事情的手段和能力,也明白她是什么意思了。这事儿准备私了,也只能私了,而且她没有选择。否则,那个重新找学校的人,是她。

"是叫夏藤吗?"女人坐在她床边,"名字很好听。"

夏藤低头看着纸杯:"我姥姥取的,跟她名字一样。"

女人侧头:"是姥姥带大的?"

"算是。"

"那你看,需不需要请你的家人过来一趟?我们好好聊聊。"

"不用。"夏藤把纸杯捏瘪,再一点一点按回去,"跟我说就可以。"

苏池目光从她的动作移到脸上,然后点点头:"好。是这样的,可能我的诉求对你来说有点儿无理,但祁正的情况你应该也知道,他差点儿被开除,我这次回来,也是专门来处理这件事的。"

夏藤"嗯"了一声。

"据我所知,他这次的事,和你也有些关系,我当然不是说怪你,昨天我给祁正重新买了一套校服,了解到一些情况……"

"您直说吧。"夏藤也不想这么绕弯子了,把纸杯往床头柜上一放,"希望我不追究,也别出去发散,也别上报学校,对吗?"

她这么直接,省了苏池不少力气。苏池表情未变,回答:"对,除此之外,你有什么要求,我尽量满足。"

夏藤没有很快说话。她一直有种预感,她和祁正迟早得有这么一天,她和他都发飙的一天。眼前的女人为祁正做到这个份上，已是尽职尽责。

"确实有一个要求。"夏藤偏过脸，看着病房外的蓝天，阳光正明媚，但是照不到她身上，"我要他向我道歉。"

苏池没多想："这个是必然……"

夏藤眼眶里的世界突然模糊，水雾漫上来，声音已经有点儿哽咽，她忍了又忍，平复下去，才继续说："我要他真心实意地向我道歉。"

苏池停住话语，看她。

夏藤转过头，憋着泪："如果您真的了解他，您就该知道他欠我多少句对不起。"

医生检查后说，脖子上的伤并无大碍，但各项指标显示中，她的突然晕倒还有精神压力过大的因素。医生问她原因，夏藤愣了许久，才借口说可能是高考压力。

但她自己清楚，她的精神早已处于一个随时崩溃的状态，她一直忍着，无视，忽略，没想到已经严重到了有身体反应的地步。苏池在一旁听着，没有多话。

检查结束后，苏池带着夏藤去买了些涂抹伤口的药，问她想回家休息还是回学校，夏藤说回学校。

她高高拉起衣领，挡住脖子上的纱布。从醒来起，她就没有闹没有吵，也没有掉一滴眼泪，自己面对一切，问题也全部解决，她的承受能力比苏池想象中的强出太多太多。

苏池开车送夏藤回学校，夏藤坐后座，祁正坐副驾驶座，他一直从后视镜里看她，她知道，不给予一点儿回应。

一个月没见，一见面就闹成这样。

到学校门口，夏藤自己开门下车。祁正也要下车，被苏池一把按住："你明天再去。"

"为什么？"

"夏藤提的。她说她暂时不想看见你。"

握在门把上的手一松，祁正往座位里一靠，沉下脸，但也没再下车。苏池从没见过这么听话的祁正，心里暗叹，果真是一物降一物。

她转头，降下车窗，和夏藤说再见，让夏藤有什么事随时联系她。

夏藤没出声，只是点了点头，然后折身走进学校大门，扎低的黑马尾在身后轻轻荡着。身体瘦而单薄，却藏满了不屈的力量。

苏池一直望着夏藤，直到夏藤的背影消失在校园里，她才把头转回来，语气里的温柔也全部散去。她目视着前方，指尖在方向盘上敲打着，一下一下的。

"阿正，提醒你一句，诚心诚意给人道个歉，以后离她远一点儿，这姑娘你招不得。"换成别人，她不会多事，但夏藤不是普通姑娘。她身处的世界，离他们太远了。

娱乐圈里的纷纷扰扰她管不着，她只想护住阿正，这是她对妹妹唯一的念想。在错误的人身上栽跟头，一个苏禾就够了，祁正不能跟着。

苏池点到为止，她以为祁正能明白。但是她忘了，除非祁正自己愿意，否则不管是谁，说的话他一概不听。

夏藤和祁正正面刚被弄进医院的事儿，一天之间疯狂流传，各种版本，版版刺激。其中最刺激的，当属夏藤是怎么从地上捡起那本书砸到祁正的脸上，而祁正又是如何让夏藤进医院的部分。

当然，六班的人只要眉飞色舞地跟外班同学讲起这件事，必定要在适当的时候加上夏藤那两句无人不惊的狠话。一句"畜生"，一句"等着被我弄死"。谁都没想到，这两句话从夏藤嘴里说出来，能让祁正当场失控。

今年的高三是够精彩的。当晚年级那帮人组局吃饭，庆祝祁正回归，包了个最大的包厢，将近二十人坐一桌，乍呼得天花板都要掀掉。外边有顾客抗议，老板敲门进去好几次，都没敢让他们声音小点儿。

谁敢说？一群二流子，有些嫌热直接光着膀子，个个儿凶神恶煞的，说话一个比一个粗俗，骂这个打那个。整个包厢唯一一个话少些，模样看着也正常些的男生，还都被这帮痞子叫一声"正哥"，这还能行吗？这意见还敢提吗？

老板吞了口口水，在那"正哥"瞥过来之前赶紧又把门关上了。

今晚的话题，自然逃不了白天发生的事。

"夏藤是真牛啊，这么跟阿正叫板的我真是头一回见，瞅阿正脸上那伤，破相了这是。"

"不是还说要弄死阿正吗？正哥听见这话没点儿反应？"

众人一阵笑，话说着说着就没腔没调，祁正的心头一阵躁，捞了条菜根，叼在嘴里细细碎碎地咬着。秦凡坐他旁边，祁正斜着看他一眼，把筷子往桌上一搁，声音放低问："夏藤怎么样了？"

祁正叼着菜根，手里卷着一次性筷子的包装皮，不吭声。他今天晚上兴致不高，也是不想扫大家伙儿的兴，才在这儿一直坐着。

秦凡说："她今天提前走了，晚自习没上。"

祁正手里的动作停了一下，又继续。

"不是我说，你今天真的过了。那纸箱确实是夏藤放的，问题是你知道为啥吗？因为之前高雅歌他们那几个爱学习的，堆了一堆乱七八糟的复习资料在你桌子上，简直乱得没眼看，江挽月还为这事儿跟我吵过一架。"秦凡说，"那会儿江挽月还对你有意思呢，你桌子乱了，反过来把我骂得狗血淋头。"

旁边有人听见，凑过来插了一句嘴："哟，凡子这话说的，女神现在是对你有意思了？"

"滚一边儿去，反正不可能对你有。"秦凡踹过去一脚，又转回来，道，"然后夏藤就找了两个箱子，把那些破烂整理好全放箱子里了，你桌子收拾得可整齐了。其实人家干的是好事。"

祁正沉默，抿着唇不说话，过了好一会儿，他把那咬得稀碎的菜根吐了："那她怎么不跟我说？"

"你今天那样，一副要吃人的表情知不知道？我看着都发怵，你让她怎么说？她哪有机会跟你说？"

秦凡看他一晚上都吊着脸，猜到肯定跟这事儿有关："我要是夏藤我都委屈死了，一走进教室，一口大锅朝自己飞来，背了个黑锅还进了趟医院。"

秦凡没怎么帮夏藤说过话，今天能说到这个程度，证明确实有隐情。祁正心里躁得慌，筷子包装皮也扔了。

桌上其他人听了个大概，刚还议论迭起，现在都你看我我看你。要是别人，冤枉就冤枉了，第二天去好好聊聊解解误会，兴许还能成朋友。但这人是夏藤，再迟钝的人也能看出来祁正对她不一般。

能跟她聊吗？不能。也做不成朋友。

安静一会儿后，这些个满脑子刀光剑影的男生凑一块儿给祁正想办法，有人提议："要不然，现在给她打个电话？"

立马有人觉得可行："能早点儿说清楚就早点儿说，女生这生物太恐怖了，等仇过了夜，绝对难哄。"

"能挽救一点儿是一点儿。"

"她要是愿意，叫过来一块儿吃个饭，以后我喊她姐！"

"你少占便宜,阿正把你腿卸了信不信?"

一阵插科打诨后,众人齐刷刷地看向祁正。

台阶给足了,理由也帮他想充分了,几个人的表情都隐隐透着期待。祁正没哄过人,从来没有,更不要说低头认错给人道歉,那些跟他连边儿都不沾。什么事儿到他这儿,都是别人先妥协。他乐不乐意,永远摆在第一位。乐意了,万事好商量;不乐意,天王老子给台阶他也能拆了。

如果今天,夏藤能让他跨出这一步,世纪的一步,那他们以后绝对服她。祁正欠收拾吗?欠。但能收拾得住他的人从来没出现过。

时间掰成一秒一秒,每一帧都走得那么慢,包厢里只剩彼此的呼吸声。就在大家差不多准备放弃,认为祁正还是那个祁正时,他把手机掏出来,"吧嗒"一声,扔桌子上。

"我没她手机号。"他说。

众人大惊。这是什么意思?赶紧给人搞手机号的意思。

一秒空当都没有,秦凡马上接话,拿出手机飞速操作:"我问田哥要,等我五分钟。"

不用五分钟,田波被秦凡一番感人肺腑的忏悔之言弄得心情很是激动,不但马上把夏藤的电话号码发过来了,还叮嘱他一定要做好祁正和夏藤的思想工作,不能让他们俩之间生出仇恨。

秦凡一边把号码转发给祁正,一边回复田波:"放心田哥,我在旁边监督他。"

祁正盯着屏幕上的那串号码,第一次感觉到紧张。紧张了两秒,他又觉得自己像个傻子,打个电话都能这么神经。他拨过去,要放耳朵旁边,秦凡拦住,放下他的胳膊给他摁了个免提:"你让哥几个教教你,如何友善地与人沟通。"

祁正皱了下眉,要说话,电话通了。地址显示海市,秦凡眼睛一低,看见了:"哎,这么远?"一桌人的心脏都跟着手机里的"嘟嘟"声跳着,"嘟"一声,跳一个回合,最后提上去,停住,半天没下来。

那边接了。

"你好,哪位?"夏藤的声音轻轻的。

祁正发誓,他真的头一回知道什么叫舌头打结,说不出话。

其他人都跟着祁正张着嘴,一个个表情扭曲,恨不得替他说。安静的时间有点儿久了,秦凡张牙舞爪地做手势,让他赶紧出个声,出个声。

祁正烦他一直在那边催,话在嗓子眼里堵了半天,终于出来一个字:"我。"

你?你什么你!秦凡愁死了,恨不得把头撞菜盆里,祁正诚不欺各位,回了个最自我最差的版本。秦凡让祁正继续说,说名字,名字,不要让她猜,不要冷场。

可是祁正不想说了,他知道夏藤听得出来。事实也确实如此,夏藤什么也没说,直接把电话挂了。近二十个人,四十只眼睛,亲眼看见祁正第一次主动给姑娘打电话,也亲眼看见祁正被姑娘挂电话。

场面陷入死寂。电话被挂断的"嘟嘟"声也很牵扯心跳,每"嘟"一声,大家就觉得祁正的火往上蹿一节,再"嘟"一声,大家就觉得祁正的脸更沉一点儿。

但是没人敢说这姑娘不识好歹。连夏藤那样没脾气的,都能被气成这样,可见祁正这次过分了。

"说真的。"秦凡叹气地总结,"你自找的。"

祁正的脸色已经沉到看不出好坏,唇抿成一条线,眼睛一直盯着手机屏幕。就在众人以为,它的下场就是摔到墙角摔成稀巴烂时,祁正在上面点了两下,又把电话拨过去了。

众人:"……"

明天真的要看看,太阳是不是从西边升起来了。

夏藤没让人失望,祁正打过去,没响三秒就被挂断,他再打,她再挂。

就这么来来回回有十几下,祁正再打过去的时候,关机了。紧张的氛围过去,已经开始有人想笑。秦凡看明白了:"她是真的不想理你。"

"你手机给我。"祁正伸手。

秦凡把自个儿手机递过去:"做什么,她不都关机了吗?"

话还没说完,电话就通了。祁正冷笑一声。秦凡反应过来:"我去,她是把你拉黑了!"

但夏藤显然也是有脑子的,猜都猜得出来这是祁正拿别人的手机给她打电话,挂断,删记录,拉黑,一套动作下来,世界清净。祁正打电话就跟入魔了似的,让他们把手机全交出来,拉黑一个他换一个。

换到第四个手机时,夏藤终于接通:"你烦不烦?"

祁正打得她手机烫得快爆炸,她刚拉黑完上一个电话,还没来得及关机,他的下一通电话就打进来了。反反复复,他不累她累。

"你挂什么?"

"我不想和你说话。"

祁正吐出去一口气:"好。"

夏藤就道:"你别打了,我要关机了。"

"今天不说,那就明天说。"

"明天我也不想说。"

"有种你躲一辈子。"

三句离不开威胁人。

"……"电话再次被挂断。祁正没再往回拨,他想通了,隔着电话说有屁用,他要见人。等他见到她,看她怎么躲。

夏藤一晚上都不踏实,总感觉下一秒拉开窗帘祁正就在外面。

她从回家到进房间一直立着衣领,躲避着沈蘩的视线。洗过澡之后,夏藤对着镜子给印痕涂药,疼是没那么疼了,但她皮肤本就白,脖子上这么一圈紫红色,视觉上很可怕。

不久之前,她脖子上的印痕才褪去,旧的刚去新的就来。祁正不止给她带来强烈的感官记忆,还有强烈的身体印记。好在她现在不用上镜。

等着伤口自己愈合吧。她拧上药膏盖子,从卫生间走出去。天越发凉了,她不再在家里穿吊带裙,换上了棉质的睡衣睡裤。

手机关机,被她压在枕头底下,眼不见为净。她重新翻开复习卷,写了两笔,又想起今天田波在课间说的,一个月之后要举办跨年晚会,希望大家踊跃报名。

这是最后一次给他们放松的机会,也是他们在一起共同度过的最后一个跨年。夏藤对这个班的同学倒是没有那么深的感情,或者说就没有感情,但是她对晚会这种东西有。

从上学开始,她就没有缺席过学校的各大晚会。她的长相在那里摆着,唱歌跳舞都是能上电视的水平,演个什么则更轻松,当初她就是演话剧走红的。

学校但凡有活动,她都是被点名上台表演的那个,让她坐台下看别人站在聚光灯之下,她做不到。她不喜欢头顶只会在落幕时亮起光的观众席。

可是,她也不是曾经那个毫无顾虑,肆意散发光芒的夏藤了。她身上背负骂名,再上台,把自己抛进大众的眼睛,她不是散发光芒,她是招摇过市,不知廉耻。

两个月了,她都快忘了自己的身份。

她渴望着舞台,又深深恐惧着。

夏藤第二天依然拉高领子去学校。经过一天一夜的发酵,该知道的都知道了,该听说的都听说了,从校门口到教室,各种目光在她身上翻转,停留,要一探究竟。

夏藤低头走路,一走进教室,有种恍然间时间倒退的感觉——最后排的位置趴着睡觉的人。其他同学各做各事,但上空笼着一股小心翼翼的氛围。这个班又回到了她初来时的模样。

坐镇的人回来了,高三六班的名号重新响起来,各路妖魔鬼怪不敢再肆意横行,先前那些乱七八糟的猜测全部咽进肚子里,首领的位置走时是谁的,现在还是谁的。

夏藤放东西的声音不轻不重。她没刻意敛着,也没故意加重,该怎么样就怎么样,但足够吵醒后面的人。他没怎么睡,他在等她来。祁正慢慢坐直,眼睛眯了一会儿,睁开了。

他等她收拾完,"喂"了一声。

夏藤无视,把各科作业整理好,要起身出去。

"喂。"他又叫了一声,拉住她的校服,"你乱跑什么?"

夏藤挣了两下没挣开:"我要去交作业。"

"课代表是死的?"

听见这话,夏藤笑了一声。

"你忘了吗?"她抬起头,目光平静又冷淡,"因为你,没人敢收我的作业。"

这辈子干过多少欺负人的事,祁正记不清了。他不会回想,他对世界是抱着仇恨的,因为世界没有善待他。他不相信有好人,有也轮不到他头上,从他开始认识这个世界起,从未有一个好人来到过他身边。

支离破碎的家庭,遭人诟病的身世,在乌烟瘴气中长大,被抛弃,被讨厌,被羞辱,这个过程可不怎么美好。好在他也未曾尝过美好是什么滋味,以为生活本就充满苦痛和仇恨,日子将就着过,死不了,也就这么长大了。

他只觉得所有人都欠他的。就算他们什么都没做,他也觉得欠他的。

为什么?因为他也什么都没做,但是所有人都看不起他。认识他的骂他讨厌他也就算了,道听途说的凭什么骂他讨厌他?他反击,吼两嗓子回去，他们就变本加厉，指指点点的手越靠越近，恨不得戳死他，唾沫淹死他。

他那时候还小，走在路上，有小孩拿石头砸他，砸到他脑门流血，嘴里还振振有词："没爹没娘没教养。"他砸回去，小孩使劲哭，小孩他妈就冲上来扯着他的头发扇他耳光，骂声尖锐，重复的话也不外乎那几句，没爹没娘，不是个东西，你怎么不去死……这样。

小孩哭得撕心裂肺，好像受了天大的委屈，越大声他妈抽得越来劲，祁正双手抱头蹲在地上挨打，他那时候就在想，他到底做错了什么？

别人打他，他只是打回去，这也错了吗？后来他明白了，还击没有错，弱者还击，有错。谁家丢东西了，就说是他偷的；谁家娃哭了，就说是他欺负的；东家西家但凡出点儿破事儿没人认，这锅就扣他身上了。他声嘶力竭地为自己辩解，没人听啊，说你没良心，说你脸皮怎么这么厚，干了还不承认。别的小孩哭，人家有爹娘疼，他哭算什么，只会讨嫌，挨骂，招打。祁檀在外面苟延残喘，根本不管他的死活。

大概是从那会儿起，他的善意、天真、良知，就这么被人一点一点从身体里打了出去。往后的几年里，被暴力充斥，黑暗里行走，与豺狼虎豹为友，又恶又狠，再也没有人欺到他头上，谁再敢瞪他，打他，骂他，他就去挖他的眼珠，卸他的胳膊，撕他的嘴。

说来可笑，以暴制暴对他来说竟是最有用的方法，要讲究文明那一套，也得看有没有人愿意。世上的可怜人多了去了，太阳照常升起，旁人只道新的一天又到来，可看不到还有多少人在哀号。

多的是人，苟活在光照不到的地方。

祁正不愿做那种人，所以他要靠自己，拼出去。为了让恶落不到他头上，他就先成为恶。

扯远了。

夏藤这么问他，他就往前回想了一下。他干过的事儿太多了，他不记得什么时候不让课代表收她的作业了。

夏藤看他的表情就知道他什么意思，说："你们这种人，总是忘得很快。"

随口说的话，做过的事，实施者很快就忘了，承受者却要一直记着。

谁会记得自己给别人带去的伤害呢？等有一天能轻描淡写直面那些痛苦时，对方早就忘了，一句不记得，让所有难挨的日子变得那么荒唐而可悲。

夏藤不想再理他。

祁正把她手里那几本册子一抽，甩给秦凡："给她交了。"

秦凡本想在旁边时刻关注局面，被祁正这么一指挥，不情不愿地抱着册子挪开了。有人交更好，夏藤坐进位置里翻开书，刚要看，祁正给她一把合上。

"啪"的一声，风一起，撩起她额前的刘海。

他干脆拉了个板凳坐她旁边，两腿左右一搭，踩桌腿儿上，把她堵在座位里。她扭头，看向窗外，拒绝和他有接触。

祁正目光跟着她："不说话？"

夏藤没有把头转回去："我不想跟你说话。"

祁正也不急，把她的笔袋拿起来看了看，里边的笔都是一个颜色。

"什么时候想跟我说？"

"永远都不想。"

他放下她的笔袋："你现在不就在跟我说话吗？"

夏藤下意识紧紧抿住嘴，就听到他在旁边低笑了一声，她发现自己无形之中又被他牵着鼻子走了。夏藤忍无可忍，转回来，桌面摆得整整齐齐的东西被他弄得东一个西一个，她火气上来："你到底想干什么？"

可能是做足了思想准备，祁正今天耐心格外足。

"解开误会。"他用了这么一个毫不符合他蛮不讲理形象的词。

这其实是秦凡昨天教给他的。

夏藤差点儿冷笑出声："没什么可解开的，你不信我，我不信你。"她早就想通了，她和祁正就这么乱着吧，算也算不清，他不听，说了也白搭。

祁正又生硬地蹦出来一句："得沟通。"

夏藤只觉得这些话从他嘴里冒出来，比被雷劈还可怕。

秦凡交完作业回来就一直站在后面立着耳朵听，听到祁正艰难地说到"沟通"二字，马上装作不经意地插话进来："是、是，得沟通，沟通很重要，是解决问题的第一步。你们应该好好聊聊。"

夏藤本来要说话，秦凡这么一说，她闭嘴了。

祁正看见，一脚就踹过去："你滚。"

秦凡捂着腿龇牙咧嘴地后退。

祁正看向她："你刚要说什么？"

129

夏藤:"很勉强吧。"

祁正没懂。

"解开误会,沟通,好好聊聊。"她很平淡,"这些事你会做吗?"

她的眼睛有力量,无声的,平静的。她就这么看着他,不像以前烧着怒火,气哼哼地瞪他。他知道怎么让她更气,也知道怎么让她软下来。她现在带着距离,竖着刺,再近一点儿,就会出现一种"随便你怎么样"的冷漠。

这双眼睛被他欺负得充满泪水过,亮闪闪过,怒不可遏过,但现在,冷冰冰的,没有一丝起伏。

他知道,都是他弄的。他不知道"后悔"是什么样的,至少现在,他心里堵得慌。

祁正把秦凡昨天在饭桌上千叮咛万嘱咐的话全部抛诸脑后,实话实说:"不会。"

他是不会好好和人沟通。从小,所有事在他这儿都没有沟通的余地,他张嘴想解释,人们就要他闭嘴,他只有被下定论的份。

所以他长大后,也懒得听别人说,在他的世界里,沟通等于放屁,就算说一万遍,误会还是误会,捂住耳朵的人听不见别人讲话。但是现在,他在试着学。学着不要那么冷硬地对待别人,学着用友善的态度与人讲话。

夏藤并不领情:"我之前找你沟通,你是怎么对我的?我说的话你一句不听,又是买水又是泼我一身,不都是你干的吗?"

她本意不是跟他翻旧账,可谁让他做过的坏事太多,随便拎出来一件,都能跟今时今日对上。祁正觉得寸步难行,说一句错一句,秦凡出的都是什么破主意。

他不说话,夏藤冷眼看着他:"又忘了是吗?"

"……"说也不行,不说也不行,祁正要疯了。

夏藤太了解他的脾气了,见他黑着脸沉默:"哦,又要骂我了。"

祁正站起来,把凳子一脚踢回去,一把拉住她的胳膊往外扯。夏藤被扯得莫名其妙,抓着桌角挣扎:"你要干什么?!"

"买水,我让你泼我,想泼几瓶泼几瓶,行了吗?"

"你有病啊?"

祁正不管不顾就要往外冲:"等你泼开心了,我们再沟通。"

"喂……祁正!"夏藤声音拔高。秦凡听见,赶紧过来救场,拉开祁正的手把他往教室门外推:"跟你说了,别动手别动手!"

祁正不服:"我没动手。"

"都扯胳膊了还没动手,走走走,先出去,出去说。"

秦凡按住祁正,又扭头安抚夏藤:"你冷静冷静,坐下学习,别生气啊。"

夏藤整理桌子上的东西,不理他们,整理得"咣咣"响。

眼瞅着祁正脸色变了,一直假装耐心的形象出现裂痕,秦凡使了好大的劲儿才把他连推带搡地从后门推出去:"哥,是让你哄人,不是让你逼人,你凳子一拉腿一搭,就差贴她脸上了。"

秦凡回想起刚刚祁正的那副强盗样子就觉得无语:"她现在闹情绪很正常,不想和你说话你就慢慢来,别一上来就要结果。"

祁正这会儿还沉着脸:"女的都这样?乔子晴都没她这么作。"

能和祁正走得近的姑娘实在少之又少,他举不出第二个例子。秦凡乐呵出声:"你拉倒吧,乔子晴要这样闹,你哄人家吗?"

祁正不吭声了。秦凡昨天和今天都是一副看热闹不嫌事大的样子:"谁让你之前欺负人家欺负得那么狠,现在这叫报应。"

走廊里人渐渐少了,快到上课的点,秦凡说:"你先稳住,我再给你想办法。"

"你别管。"预备铃响了,祁正忍住心底涌上来的躁意,"我不信她能一直和我闹。"

体育课,高三照例跑两圈后解散,自由活动。

来昭县两个多月,夏藤差不多习惯了这边学校的氛围,高三的体育课没有老师强占,该下去活动就下去活动。学校没有修建专门的篮球馆,球场就在操场的两边,男生在那边打篮球,女生则扎着堆儿聊天。

夏藤以前的学校,就算全班下来上体育课,也会有人在袖子里偷偷藏一个单词本,逮着空儿就拿出来背两个单词。

在这边,学习和休闲不被混为一体。学的时候不知道有没有铆足了劲儿去学,但玩确实是大家敞开了玩。

夏藤以前心里暗自觉得体育课背单词不可思议,但是现在,她实在没事儿干。连江挽月都在跟几个女生一起踢毽子。班上学习好的那几个,运动神经都不错,起码不呆。

祁正那帮人就更不用说了,一进操场便直奔篮球场,牵引着操场上其他班女生的视线。

天蓝澄澄的，阳光很暖，耳边的嘈杂声细细听去，有嬉笑怒骂，有少女的小心思，有老师的口令，跑步的喘息，还有篮球进筐的叫喊……再一听，满是青春活力，是年轻的进行曲。

真好。除去一些不好的记忆，她在昭县还是感受到了不少她从未感受过的气息。夏藤听着听着，就坐在观礼台上犯起困。

"夏藤？"她听到有人在叫她。

"嗯？"夏藤迷糊中睁开眼，是江挽月。

她靠在观礼台的扶手上，抱着胳膊："体育课还这么困？"

是太无聊了。夏藤揉揉眼睛："有事吗？"

江挽月想了一下，没拐弯抹角："我们想报名跨年晚会的节目，现在要找几个会跳舞的女生，你来吗？"

夏藤的眼睛一点点睁大了。江挽月看她那表情，说："别跟我说你肢体不协调。"

那倒不是……她半天不说话，江挽月要转身："不想跳就算了。"

"想跳。"夏藤脱口而出。她当然想，可是她还没做好上台的准备，她曾经就是因为在校园舞台上演了话剧，视频被很多人传而走红……不过，这儿这么偏僻，一个小县城的舞台，应该没什么事。

就算迟早会有什么事发生，她也不想浪费每一个舞台。江挽月这么一问，她就管不上那些顾虑了，和担惊受怕比起来，想要上台表演的欲望更强烈。

"我和你们一起跳。"她又说了一遍。

答案在意料之中，江挽月"嗯"了一声："那到时候人员确定下来我通知……"话说一半，被迫中断，她停住，眼睛上移，定在来人身上。

夏藤感觉到头顶的光被遮住了。她仰头。他刚打完篮球，运动过后，人倒是不怎么喘，但看着比平时鲜活些，脸颊泛红，眼睛又黑又亮。

今天太阳好，也架不住温度越来越低，他身上就穿了件短袖，还嫌热，衣服下摆撩上来一截，在腰间半挂着。隐约露一截，少年好腰线，瘦而精壮，肌肉显出浅淡的轮廓。

他身后还陆陆续续地跟着打完球过来的大部队，他停在这儿不动了，他们就都不动了。夏藤看他一眼就收回了视线，等了一会儿，他还没走，也不说话，就在她旁边站着。

视线越聚越多，夏藤坐不住了，再次仰头，板着脸问："你有什么事吗……"

祁正就等着她问,直接截断她的话:"你坐到我衣服了。"

夏藤低头一看,她刚才坐的时候没看清旁边还放了一排外套,是他们打球前脱下来放在这儿的,有一件黑色的,此刻被她压住了一个角。后面走过来的大部队里有人"扑哧"一声笑了,夏藤能感觉到自己全身的血在往脸上冲。

她呆住了,还没做出反应,祁正拽住他的外套袖子,一扯,由于她浑身僵硬没有配合,衣服扯一半就卡住了,祁正一只手拿矿泉水瓶,一只手拽着衣服,挑了下眉:"同学,屁股抬一下。"

"……"夏藤僵硬地照做。

外套终于扯出来了,太过用力,出来后还往后面弹了一下。祁正把衣服搭肩上,淡淡地说了句:"挺沉啊。"

夏藤身高中等偏高,但人很瘦,不是干瘪的瘦,为了上镜好看,她一直被要求进行严格的身材管理、健身、塑型,每一个露出来的部位都要漂漂亮亮的。偶尔瘦过头,还需要反过来增重,和她合作过的演员也好,朋友也罢,从来没人说她沉。但是祁正说了,而且说得正大光明,一字不落地落进在场同学的耳朵里。

夏藤脸烧得火红,她闷着声,站起来就走。身后有脚步跟着。

"喂。"他声调懒洋洋的。

还有脸喊她?夏藤充耳不闻,越走越快,恨不得飞起来。校服衣领突然被人从后面拽住,夏藤往前一步,差点儿被勒死,脚底下倒退好几步,撞他身上。

头顶传来祁正的声音:"叫你呢,听不见?"

这话她好像也对他说过,在第一次遇见的那天晚上,她对他的性格一无所知。当时他是什么反应?脸冷得能掉冰碴,好像为她停下脚步已经耗尽所有的耐心。夏藤也想摆出那副脸,但是她没有祁正的坏脾气,她也不敢。把他惹毛了,受折磨的还是她自己。

他一时兴起的愧疚心,不值得相信。她在彼时心软,就一定会在某一刻再次受罪。这道理,在一个月前祁正对她说"你算什么东西"的时候,她就想明白了。夏藤站直了身体,理好头发:"你别跟着我。"

显然是废话,祁正抬脚就要跟,那边秦凡喊他:"阿正,等等!"

祁正回了个头,夏藤趁机就跑,躲鬼似的。

秦凡走过来,祁正沉着脸要踢他:"你叫我最好有事儿要说。"

秦凡躲开他的攻击，嘴上"啧"了一声："你真是毫无经验啊，你刚刚让人当众丢面儿了知不知道？现在就算追上去，她也不想搭理你。"

祁正心烦意乱："什么时候轮到她不想搭理我了？"

"认清现实吧你，现在就是人家不想搭理你。你再这么拉不下脸，真把她气走了咋办？"

祁正折腾一上午都没进度，夏藤来来去去就一句"我不想和你说话"，他这辈子的好脸色都快用完了。

"再作老子不哄了。"

秦凡想说哄人没你这么哄的，那哪儿是哄，那是逼人就范，老子给你台阶你就赶紧下，不下老子饶不了你。他教给他的那些"友善"的沟通方法，祁正切身实践起来，又诡异又惊悚，什么话到他那儿都带点儿威胁的意思，不像求和，像恐吓。

失策。但是见祁正一脸不爽的表情，秦凡憋住笑，胳膊搭上他的肩："行了，先吃饭。"

午休时间，学校很快空了。

昭县一中没有食堂，学生老师全是本地人，各家离得都不远。不回家吃饭也有去处，校门口马路两边全是小饭馆，从早餐到晚饭，应有尽有。打夏藤来这儿，沈繁天天给她做饭，一星期都不重样，她还没在学校附近的饭馆吃过饭。今天是头一回。

沈繁一大早就动身，去昭县东面看望老朋友，从西梁到最东面，路途算远，要早点儿出发，夏藤说不用给她准备午饭，她自己在学校附近解决一顿就行。

校门口小饭馆一排排到路尽头，夏藤左看右看，走出去好一截，最后挑中一家门面还算干净的店。中午这会儿学生多，离校门口最近的几家全部人满为患，她挑的这家虽然离得稍远些，但起码有空桌。

夏藤进店，墙上贴着一幅巨大的绿底白字菜单，她仰头看了一会儿，目光掠过各种肉类，停在最后一栏看名字就很寡淡无味的上面，然后过去跟老板说要一碗清汤砂锅。

老板让她先坐，撩起帘子进了后厨。付完钱，她找到一张空桌坐下，发现茶水是要自己倒的。她寻找一圈，过去拉开消毒柜门，里面的架子上铺着白毛巾，上面放了两排不锈钢碗，没有茶杯。

夏藤回头往别人的桌上看了看，大家好像都直接用碗盛水，她扭回头,也给自己拿了个碗。消毒柜旁边摆着几个茶壶,她拎了一个回到位子上。茶是浅褐色的砖茶,闻着浓,喝着更浓,苦中留香,夏藤喝惯了淡茶,这一口下去,眉头蹙成一团。

她琢磨着要不要出去买瓶矿泉水,这时门口传来一阵打闹声:"再走都没饭馆了,还不如回溢香居吃。"

"天天在那儿吃腻不腻?换一家换一家。"

几个人话就这么说着,走在最前面的人一停,二话不说抬脚上台阶,进了一家饭店。秦凡"哎"了一声跟过去,进到店里眼睛一扫,懂了。

从感觉到他可能会出现到他真的出现,前后不过五秒钟。夏藤把头低得不能更低,恨不得全藏进衣服的立领里。祁正走过她旁边:"别藏了,我在门外就看见了。"

她脖子一顿,慢慢把脸露出来,然后在凳子上挪了挪,又动了动腿。

祁正看了一眼,对陆续进来的几个男生说:"你们坐门口,她想跑。"

夏藤:"……"

他什么时候这么有观察力了?刚才还有几张空桌的小饭馆,现在全坐满了,还都虎视眈眈地盯着门口。这个排场,他们去哪家吃饭得是哪家老板倒霉。

祁正轻车熟路地拿碗倒水,他喝这种浓茶倒是眼睛不眨一下,转眼就空了一碗。那件黑外套这会儿穿身上了,薄薄的一件。夏藤目光没地儿放,只能盯着自己的茶碗,祈祷饭能赶快上来。

祁正坐她对面,半边肩靠着墙:"怎么没回家?"

夏藤看着沉在碗底的茶叶渣,心里想着赶紧上饭,赶紧上饭。

她一直沉默,祁正问:"你和我说句话能死?"

她没抬头看他的脸,光听语气,她便可以判断出他不高兴了。这个人一点儿都没有变,好坏全随他意。千呼万唤,她的砂锅终于端上来了。

老板一看进来这么多人,就近问祁正:"吃点儿什么?"

祁正眼睛往她的碗一瞥:"跟她一样。"

其他人点完,一听他点了个清汤砂锅,都笑起来:"阿正要改吃素了啊。"明显话里有话,祁正也不解释,他靠着墙,看她忍。

夏藤都快把头埋进碗里去了,她确实在忍,忍到祁正没耐心的时候,她就解脱了。

祁正盯着她的头顶,突然叫了她一声。夏藤下意识抬头,他两条胳膊撑着桌子,半截身倾过来,离她的脸不过一指。夏藤瞬间屏住呼吸。

"你是不是以为,你一直这样装死,我就会没耐心,然后放过你?"夏藤攥紧筷子,没有移开视线。

"还挺了解我的。"他虽然在笑,夏藤却感觉不到一点儿笑意。

他笑完,嘴角一收:"你想耗,我就陪你耗,我时间多的是。"

语气越轻越严重。夏藤起了一身鸡皮疙瘩,放下筷子:"我吃好了,先走了。"她转身就走,门口的男生不知道拦还是不拦。

祁正摇了下头,还保持着那个姿势,看着她逃。

放学铃一响,一天要结束了。一下午,两个人相安无事。祁正、秦凡和隔壁班的几个逃了晚自习,他们今晚好像有活动,早已不知所终。夏藤长长地舒了一口气,装好书包准备回家,刚出班级门,身后有人叫住她。

"夏藤。"她回头,是个挺眼熟的女生。她想了下,好像是隔壁班那个黄毛的朋友。黄毛是祁正那一帮狐朋狗友中的一个,以前在校门口打趣过她和江澄阳。

思及此,夏藤问:"什么事?"

"你跟我过来一下。"女生冲她招招手。夏藤犹豫了一下,跟了上去。

女生把夏藤带到女厕,门口还站着两个放风的,看模样不像本年级的。里面几个女生,都是年级里叫得上名字的,名声都不怎么好,在年级里横行霸道也没人敢招惹。

夏藤能有印象,是因为她们当中有几个和祁正那帮狐朋狗友不清不楚,比如带她过来的这位,就和黄毛关系不一般。

夏藤没觉得自己惹到过她们,眼睛再一转,看到了门后面瑟瑟发抖的高雅歌。她有点儿明白是怎么回事了。

高雅歌整个人都在颤抖,头发乱了,缩在角落里头低着。

叫夏藤来的女生走过去揪住她的衣服,把她拉到夏藤面前:"你跟她道歉。"

高雅歌处在惊吓状态,突然被人这么一扯,马上就哭了出来。

夏藤只觉得大脑在"嗡嗡"响。这个场景,是她怎么也没想到的。

"让你道歉,你哭个屁啊!"一个女生不耐烦,推她一把。

高雅歌一推就倒,一跟头摔地上,眼镜也飞出去了。她在地上爬着,两只手摸索着找眼镜,那女生要上前踩,夏藤先一步捡起来。

她把高雅歌扶起来,眼镜塞回她手里。这一举动,让高雅歌在绝望之中如抓住了救命稻草一般,她紧紧攀住夏藤的胳膊,眼泪和鼻涕一起往下流,一个劲儿道歉:"对不起对不起,夏藤对不起,我那天不是故意的,我太害怕了,如果祁正知道是我先把东西乱放上去的,我就完了……"

真是个糟糕的道歉。她害怕死,所以就要推她出去替她挡枪。

"对不起……对不起夏藤……你让她们放我出去吧,好不好?我想回家……"

推她的女生大骂出声:"让你道歉你就道歉,废话再多,你今天别想走。"

高雅歌抖得更厉害了,眼泪全流在夏藤的校服上。夏藤想把胳膊抽出来,高雅歌紧紧攥着她不放手,随着她想摆脱的动作,高雅歌从嗓子里冒出一声重重的哭腔:"你别不管我……"

夏藤在心里叹了口气。固然她生气,但高雅歌罪不至此。她不需要逼迫来的道歉,这样即使她占理也会变成不讲理。

如果不是做错的人自己反省到错误,那这个道歉又有何意义。她更理解不了这群女生的行为,用错误的方式讨伐错误,或许她们并不是真的在讨伐,而是为了帮谁的忙,再借此展示自己的威风。

无聊透顶。

夏藤说:"行了,你走吧。"

高雅歌断断续续地哭着:"啊?"

叫她来的女生倏地看向她:"你没搞错吧,就这么让她走?"

夏藤没理她,拉着高雅歌走到门口:"你回家吧。"

高雅歌还不能相信自己脱险了。

女生问:"你想好了?"

夏藤:"嗯。"

"等等。"刚才骂人的女生走过去,替高雅歌理好她乱掉的碎发,"如果不想有下一次,回家以后管好自己的嘴巴,听懂了吗?"

"听懂了。"高雅歌颤颤巍巍地点头,一直后退,退到楼梯口,转身就跑。那女生不屑地嗤笑一声,转回来,上下打量夏藤:"没想到你还挺宽宏大量的啊。"

夏藤知道她这话是什么意思,但懒得解释,小小的空间充斥各种气味,她待不下去。女生又道:"怎么对阿正就那么不依不饶?你还看人下菜碟啊?"

137

夏藤离开的步子一顿,眼睛直直地看过去:"知道高雅歌为什么要给我道歉吗?"

女生无视这句话,跟那边的姐妹们调笑:"谁说白莲花没人喜欢?这不连阿正都沦陷了?没想到阿正喜欢这一款,姐妹们,我以后要转型了。"

夏藤不恼,还是问:"知道高雅歌为什么要给我道歉吗?"

女生听烦了,翻了个白眼:"我怎么知道?"

"既然不知道,你凭什么那么对她?你了解过事情的原委吗?你知道她错在哪儿吗?她欠一句道歉的人是我,不是你,既然你什么都不知道,就少说两句话,无知,而且蠢。"这么多年,也就一个脾气恶劣的祁正让她莫名其妙地害怕,其他人,夏藤从来不放在眼里。

女生被夏藤说得冷下脸:"你别不识好歹。"

"我放过她,是因为我讨厌这样的处理方式,你们逼着她说一句'对不起',也得看看我稀不稀罕。"

女生气得满脸涨红,要冲上来推她,其他人赶紧拦住:"你别,阿正知道怎么办!"女生气得骂骂咧咧。

夏藤别过脸,她真是烦透了这些人的自以为是。

她要走,黄毛的朋友叫住她:"夏藤。"

夏藤侧头。

她说:"这些话,你敢直接和阿正说吗?你也清楚的吧,我们不可能无缘无故帮你。"

夏藤:"你想说什么?"

女生卷着自己的发尾:"既然你觉得我们多管闲事,你就去和阿正说,如果阿正听你的,我们就自认倒霉,如果你不敢……"她笑笑:"我的姐们儿也不能白白被你讽刺一顿,是不是?"

夏藤听得懂她什么意思,她们不敢对她怎么样,但被她这么劈头盖脸地说一顿,她们又气不过,所以也要给她找点儿不痛快。本来今天这事儿就莫名其妙,她也打算找祁正问清楚,对方既然这么说,夏藤点头:"行。"

女生却不放她走:"别光行啊,我怎么知道你最后跟他说没说?"

夏藤停步:"那你想怎么样?"

"我们现在要去找他们。"女生面朝那几个女生指了指,斜靠着门框,看着她,"你跟我们一块儿去,当面说呗。"

夏藤目光随她扫过去，几个女生没一个穿校服，打扮得花里胡哨，看得出来都补了妆，浓眉红唇，粉底一股假面感，妆感粗糙。被她"骂"蠢的女生正恨恨地瞪着她。一眼扫过去，唯一正常点儿的，就算眼前这位黄毛的朋友了。夏藤平时不怎么和这种人接触，她知道哪儿都有这种人，她很抗拒与她们为伍。

"如果我不去呢？"

"那就立正站好，乖乖跟我姐们儿道歉。她开心了，你就可以走了。"

黄毛的朋友叫吴恬，声音清脆，长相也偏甜美，但神情姿态丝毫和甜美沾不上边。她和祁正身边那些人混得久，某些气息也跟着沾染不少，不用大呼小叫地骂脏话，知道怎么笑着威胁人。

夏藤知道这事儿是非得今天解决了，但她还是想纠正吴恬的话："我不觉得我做了什么需要跟你朋友道歉的错事。"

"可是我觉得你做了。"吴恬眨眨眼，"别跟我讲大道理，我说不过你。我只告诉你，在我们这儿，你惹了不该惹的人，就是错，但你有本事脱身，错的也是对的，明白吗？"

明白吗？她怎么会不明白。即便如此，她还是想较真，想为自己辩解一声，想试图讲些道理，所以那时候她跌得头破血流，最后发现，世界照样如此，世界一直如此。

那些灰暗面，其实渗透在每个细枝末节里，人们习以为常，默认着这一切的发生，旁观时冷漠，承受时沉默，于是这些明目张胆的恶意被冠上"这个社会就这样"的名号，肆意滋长，成为那些牢牢框死人们的，所谓的"规矩"。

原来不管在哪里，都是这样的。只有傻子在妄图改变。那她到底该说是这个世界活该，还是她活该？

加上夏藤，总共六个人。出租车打了两辆，吴恬拉着夏藤和她坐一辆。夏藤没有异议，面对一个总好过面对一车。

吴恬上了车就没管过夏藤，估计在和黄毛发信息，不知道什么牌子的手机，消息提示音巨吵不说，一来消息还会"哗啦哗啦"闪灯。

灯光忽闪了一路，夏藤只要一眨眼睛，眼前就全是花影，她干脆把视线挪向窗外，清净。

吴恬打字打累了，抽空看了她一眼，道："说实话，我要是你，我今天就听那个高什么的给我道歉，然后客客气气地道个谢，拍屁股走人，皆大欢喜，啥事没有。"

夏藤盯着车窗外的霓虹，没回头，淡淡道："你不是我。"

"啧。"吴恬咋舌她这个态度，直话直说，"你还真是让人喜欢不起来。"

夏藤无所谓，不想继续话题。吴恬像是问她，又像是感叹："阿正到底喜欢你什么呀？"

"他不是喜欢我。"夏藤垂着眼，睫毛下笼着浅浅一层阴影，"他只是想让我服他。"这是她第一次直面这个问题。

祁正对她的那些反常举动里，旁人看来，是在意，是特殊，只有她感受得到，里面更多的是征服欲，以及匪夷所思的占有欲。这二者，怎么听都比喜欢血腥得多。可惜无人体会。

吴恬说："那你服他不就好了？"

夏藤："我为什么要服他？"

吴恬完全褪去那副混子气息，摆出甜蜜中的女孩都会摆出的表情："没有为什么啊，你喜欢他，自然就会想听他的话。"说到这里，吴恬猛地顿住，坐直身子拉住夏藤的胳膊："所以你不喜欢阿正啊？"

吴恬眼睛本就大，这么一瞪圆，感觉整张脸只剩眼睛了。

夏藤想，终于有人从她的角度考虑问题了。

"我的天，你竟然不喜欢阿正。"吴恬觉得不可思议，"你为什么不喜欢他？阿正脾气是差了点儿，但是人很帅啊！而且他外公外婆家超有钱！对朋友又仗义，我好多朋友喜欢他。"

这都是些什么理由。在她们眼里，祁正身上竟然都是长处。

夏藤："……所以我也非得喜欢吗？"

"也是哦。你是从大城市来的，你肯定见过更帅的。"吴恬又往她那边凑了凑，"你不会有男朋友了吧？"

"没有。"

"没有就好，有的话阿正可要伤心了。"

吴恬坚信她必定会和祁正发生点儿什么，夏藤看她那样，也不想再做无意义的解释。

十几分钟的车程就被吴恬这么八卦过去，到达目的地，是一家KTV，叫不夜天。这KTV夏藤知道，全昭县仅此一家，开了好多年，估计是知道这种小地方也开不起来第二家，要想娱乐人总会来这儿。外观旧得像上个世纪的，也不装修，灯牌亮着光，雾秃秃的，应该是上面蒙的灰尘太厚了。

门口的安保更是睁一只眼闭一只眼，夏藤就这么穿着校服堂而皇之地夹在几个女生中间进去了。

里面修得华丽而俗气，大厅金碧辉煌，头顶是宫廷式吊灯，时不时传来其他包厢的歌声。黄毛和一个男生出来接人，眼睛一瞟，以为自己看错了。

他问吴恬："阿正他们班的那个？"

"嗯，有些事儿要解决。"吴恬靠着他，问，"阿正在吧？"

"在是在。"黄毛看看夏藤，又看看吴恬，"他今天喝得有点儿多。"

吴恬要看看时间："这才几点。"

"他心情不好，有点儿不受控制了这会儿，你要有什么事，我现在说话可能不管用。"

吴恬摆手："不是我的事，是她的。"她指了指夏藤："她说话管用就行。"

夏藤跟在他们身后，七拐八拐，最后停在一个包厢门口，她看了眼房号，V888，难以形容。

黄毛推开门，里面歌舞升平。女孩们到场，气氛更火热，一片欢呼声中，各自找到自己的位置。夏藤撇开视线，她对这派颓靡之景没有任何兴趣。约莫着是谁在过生日，茶几上立着一个蛋糕，刚插上蜡烛，还没点火。黄毛对着沙发中间坐着的一人耳语几句，然后往门口指了一下，那边的几个都看过来。

夏藤就立在门口，厚重的门压在她的脊背上，她不往里踏一步。黄毛过去跟吴恬说了两句，吴恬走过来拉她，夏藤被拉到沙发那边。

祁正靠在里面，一条腿蜷起踩着茶几，人懒散地斜着，手里拿着手机，屏幕照亮他的脸，在这一片昏暗里，他拥有惊艳黑夜的外表。

人模人样的人不走正道，总是让人倍感惋惜。他再如何浸泡在乌烟瘴气里，只要一抬头，就有欺骗人的效果。想当初，她就是被这副漂亮的皮囊骗了，才忽略了他眼底常有的，不同于旁人的戾气。

在他的场子，他更自在一些，学校里收敛的，在这里全部显露。

他没起身，头靠在沙发背上，下巴高高抬起，眼睛向下，仰躺着看她。从这个死亡角度看他，也只能感叹他的轮廓好，骨相好，这人的脸没有死角。

"找我什么事？"他问。

耳边全是透过麦克风无限放大的歌声和震得地板都在发颤的伴奏，还有那些人的嬉笑，夏藤皱着眉："能不能出去说？"

祁正侧了下耳朵，他没听清。

夏藤覆过去，在他耳边喊："能不能出去说？里面太吵了！"

祁正起身，夏藤以为他同意了，刚准备往门口走，包厢里的伴奏戛然而止，拿话筒的人还在扯着嗓子唱高音，伴奏这么一停，高音唱劈了，在包厢里尴尬地荡了个来回。

祁正在点歌台按了个"暂停"，然后拉过一个转椅坐下："安静了，说吧。"

夏藤摸不透他这是什么态度，但是谈话得继续。

"高雅歌的事，是不是你的意思？"

祁正坐在转椅上从左边转到右边，再从右边转到左边，问："她什么事？"

"她今天被堵在厕所里，有人让她给我道歉。"

祁正脚点地，停住："这不挺好的吗？"

"好在哪里？"夏藤看着他满不在乎的表情，"你解决问题的方式是不是只有威胁，恐吓，暴力？"

"你们怎么她了？"祁正椅子转向吴恬问话。

夏藤肯定是不能怎么着的，那这个"她"就是高雅歌。

吴恬说："没怎么啊，说两句那女的就哭了，能干吗。"

吴恬说的是实话，高雅歌这种人，只敢在自己班里横一点儿，在外面遇上真横的，稍微凶两句就缴械投降了。

祁正点点头，又转回去："我只占前两个。"

真好意思说。夏藤："你还觉得不够过分吗？"

祁正的表情一点一点地收起来："我只是让她给你道个歉，没干别的。"

"她为什么要给我道歉？"

"她诬陷你。"

"那你呢？"

夏藤看着他的眼睛："她诬陷我的时候，你不也问都不问就相信了吗？"

祁正不说话了。这事儿的细节他并不知情，这是秦凡想的另一个办法，女生之间的事他们不方便插手，黄毛就说让吴恬帮忙。至于吴恬怎么处理的,他不清楚,也没考虑那么多。他做这些,就是想让夏藤心里舒服点儿。高雅歌甩锅给她,那就让她为自己的行为负责。误会总得有人解开,但没想到是这么个结果。

她又生气了。又。

祁正这会儿头晕,情绪容易起伏,感觉到自己的心跳越来越快。他一直知道夏藤其实有股劲儿在心底憋着,她下定决心的时候,通常是她最大胆的时候。她和他说话,不再回避这个话题,也不躲他了,可是她端起了决裂的姿态。

祁正避开她的视线,低下头,额前的头发挡住脸:"你那天没跟我说。"

夏藤并没有察觉他的异常,说:"你听得进去我说话吗?"她不需要他回答,扬起嘴角:"你不会。"

"那你想让我怎么样?"他抬头,情绪原因,眼睛红了一圈。不是眼泪,是气的。

"我哄了你一天,你都不用正眼看我。"他呼吸声变得粗重,"我怎么样你都不满意。"

包厢里变得一片安静,没有人出声。祁正偶尔有这种不对劲的时候,心智会迅速退化,褪去平日里的凶神恶煞,高兴了大笑,不高兴就整个人自闭。

有埋怨的目光投向她,他的朋友不满意她的态度,好像在告诉她:不要不识抬举。

夏藤忽略心底涌上来的涩然,轻声说:"我只希望你能认真审视一次我们之间发生过的事。祁正,我不欠你的,是你一次一次招惹我。"

祁正瞪着她:"是你招惹我。"

夏藤还想说什么,可是太多话卡在了喉咙里,她慢慢合上嘴巴。

她忘了,祁正大多时候不讲道理。她何德何能,还奢望他给她道歉,在这个没有人待见她的鬼地方,她就算被他整死了,也是她活该。

她不说话,祁正那股不好的预感就越来越强烈。

"今天我朋友过生日,我不想跟你吵。"他从转椅上跳下来,往点歌台那边走,"既然来了就一块儿吧,你先别走。"

夏藤抓紧衣角,松开,又抓紧:"其实我不过是想要一句你的对不起。"

祁正捂上耳朵:"今天是我朋友生日,你别说了。"

她还是说:"你对我做的那么多事,我都能原谅。"她这个语气,祁正听得太阳穴紧绷,他把脑袋抱得紧紧的,死死捂着耳朵。

"但是现在,我不想要了。"她的声音无孔不入。

忍了无数次,这一次忍不住了。夏藤眼前回荡着一幕又一幕:"全部是我活该,我活该被你骂,活该被你欺负,活该差点儿被你掐死。

"祁正,就这样吧,我再也不想理你了。"

他耐心到达上限,怒火烧到脑门,暴怒而起,一脚踹翻面前的转椅,"砰"的一声,滑摔到门边。可是看清她的脸,他又从头到脚凉透了。他该得意吗?她当初那样轻蔑的语气,死也不肯为他掉一滴眼泪,她轻视他,看不起他,酿成他对她种种恶行的开端,他要让她狼狈,对他低头,让那双眼睛里的清高、自傲全部破碎掉。

今天,他如愿了。可是他开心不起来,他想把那些东西给她拼回去。

"……对不起。"

这三个字太陌生了,他横行霸道惯了,未曾发过这几个音,他不觉得自己错,也从不稀罕任何人的原谅。原来,是可以脱口而出的。没有那么难,没有掉块肉,没有让他浑身难受。

"对不起。"他又说了一遍。

夏藤颤得更厉害,她只想赶快离开这里。手机在口袋里振动起来,如同救星一般,她看都没看就接通了。然而命运中的安排,像刻意为之,又像天意如此。该来的东西,总是分秒不差。

她没想到,那边是一道久违的声音。

他听到她的换气声,沉默片刻,问:"你哭了?"

"你也太慢了吧。"

丁遥看着她从车上下来,见她顶着一头十分烦琐浮夸的发型,身上穿得严严实实,断眉嫌弃地挑起:"你这是什么造型?"

夏藤想撩一把头发,撩不动,定型喷雾喷太多,她的头发现在就算来十级海风都吹不乱:"我刚收工,明天没我的戏佩恩才放人的。"

佩恩是她的经纪人,清楚丁遥的家庭背景和人脉,才对她们私底下的见面睁一只眼闭一只眼。

夏藤和丁遥往里走,这家酒吧很出名,明星网红经常来玩儿,氛围好,安保工作到位,当然消费也高得离谱。她犹记得第一次被丁遥带进来那天,擦肩而过的全是前凸后翘脚踩十二厘米高跟鞋的美女,她弱得像只猫崽,紧张到浑身冒汗。如今虽然淡定了些,但她仍不是很喜欢这种场所。

"你急着叫我来干什么?"

丁遥走在她左侧,胳膊挡开一路上那些四处乱走的蹭卡座钓男人的莺莺燕燕,拉着她上了二楼。

"我一哥们儿回国,给他接风。"丁遥说着话,食指在她下巴上一勾,"你这张脸,不来浪费了。"丁遥戴着西太后的金属戒指,滑过她下巴,凉凉的一道。

夏藤知道她交友广泛,只当又是哪位家境殷实的公子哥儿,没细问。走到卡座,她想的确实没错,平日里都挺张狂的男男女女今儿都围着一个人敬酒,让夏藤惊讶的是,还有些叫得上名字的模特和几张同行的熟面孔,也一并混在其中。

看样子,公子哥儿来头不小。夏藤往人群中间看去,那人一脸的贵气,穿着打扮比起旁边的同伴来说极简无比,看着还算随和,但又带着显而易见的距离感。这局面,怎么看怎么不像丁遥口中的"需要叫几个人来撑场子"。丁遥胳膊搭她肩膀上,吊儿郎当地站着,道:"这位,夏藤,和我熟的都知道,不多介绍了。"

一帮打扮得花枝招展的明星、网红、模特的目光全部集中在夏藤的T恤和牛仔裤上,或挑剔或不屑,探头一般扫射完毕,然后到了相互假笑的环节。不是每个人都能被这样单独介绍的。今天在场的,有一半是过来攀关系的,这几个人里,谁有价值,谁没价值,都要会判断。

"那个一脸装样儿的,我哥们儿许潮生。"丁遥下巴冲公子哥儿抬了抬。

许潮生也算给了面子,"百忙之中"抬了下头,目光浅淡地往夏藤那儿扫了一眼,点了点头。夏藤怀疑他眼睛根本没聚焦。看这阵势,许潮生应该是个厉害人物,听丁遥的介绍,他俩关系应该不浅。

既然如此,夏藤也就没计较他刚刚的态度。

丁遥要拉着她往里边坐,夏藤说:"我去趟厕所。"

"我陪你去?"

夏藤摆手:"别折腾了,你坐着吧。"

厕所的镜子方正而宽敞,里边挤满弄头发或补妆的姑娘。夏藤洗了把手,简单补了下妆,重新涂了一只深色口红,最后对着镜子看了两眼,把T恤下摆绑起来,在腰上系了个结。有浓妆撑着,也不至于那么朴素。

早知道今天同行那么多,她不打扮够两个小时绝对不来。

重新回去,丁遥已经和人拼上酒了,夏藤没打扰她,在最靠边的位置上坐下。不知道是不是错觉,许潮生看过她一眼,他注意到她妆容服饰上的些许改变,表情似乎有一闪而过的……不屑。

虽然他不仅仅只对她是这种姿态,夏藤今天这气儿却越发不顺了。

旁边的女人碰碰夏藤的胳膊:"你和丁遥挺熟的吧?"

夏藤看她一眼,穿着抹胸裙,长卷发,眼影上的闪片盖满整个眼窝,近距离看,有整容痕迹,鼻梁又棱又翘。夏藤的同行早都挤到最里面去了,她还坐在最外边的位置,估计是哪个网红或者模特,寻找不到机会,无聊到从她这儿下手。

夏藤不答,反问她:"那公……许潮生是什么来头?"差点儿把公子哥儿叫出来。谁知她这一问,"抹胸裙"难以置信地盯着她:"你不知道许潮生?"

"啊。"她确实不怎么八卦,别人往她耳朵里灌她也能左耳朵进右耳朵出,她不喜欢听这些事。但是,许潮生,好像是有点儿耳熟。

"他不是刚从国外回来吗?"她问。

"是啊。""抹胸裙"还是一脸难以置信,"他爸是许乔,这你总知道吧?名导啊。他妈冯晓,封后好多年了。"

夏藤并非科班出身,是半路进的演艺圈,了解得不透彻也正常,但这二位的名字刻在神坛上,且不说冯晓被多少人传成神话,能参演许乔的电影,是很多演员的梦想。

怪不得。这背景确实牛,他们这群人拼一辈子追逐的,是人家生下来就得到的。估计今天这些人打的算盘便是,攀不上关系,想办法被拍到和他共同进出某场合也是可以拿出来提高曝光率的。难怪被人巴结成那样。

夏藤在心底下感叹,那边丁遥喊她过去。"抹胸裙"等人的目光瞬间变得复杂。夏藤跨过一排白花花的腿,挤到了丁遥的旁边。丁遥往她手里塞了一个杯子,眼神指了指:"跟他喝一杯。"

那边巴巴等着给许潮生敬酒的还有一堆,这是要给她重开一条道出来。夏藤说:"不太好吧……"

丁遥知道她顾虑多,很多时候傻兮兮的,干脆给她后门开到底。她拍了把许潮生的肩:"我朋友,她跟你喝一杯。"

许潮生"嗯"了一声。这话他听得耳朵都要起茧了,他真的想说每次喝一杯的时候他连对方的脸都不想看,还不如换一种介绍方式,但今天说这话的是丁遥,面子还是得给。

许潮生面子是给了,态度却是敷衍到不能再敷衍,脸就稍微转过来了点儿,手从桌子上拿起自己的酒杯,空的,他看也不看就往夏藤那边一推:"倒一下。"

"……"夏藤拿过调酒器,给他满上。懂事点儿的,应该亲自送回他手上,但是夏藤不想懂这个事儿,她原路给他推回去了。

他也没在意,端起来,架在半空,等着她主动碰杯。夏藤放低杯身,递过去。他往这边碰了一下。因为没怎么看,也没怎么走心,力度没控制住,酒洒出来一点儿在她的手背上。他没看见,或者看见了也无所谓,把酒喝完,杯子扔回桌子。

这一系列动作下来,夏藤那股堵着的气儿翻上来,冲到顶了。她僵着身子,微微弓下背,还是敬酒的姿势,酒是满的,她没喝。慢慢地,她坐直了,胳膊收回来,手腕一点一点翻转,杯子里的酒全部倒在地上。

这一动作,看得周围几个人眼睛都瞪直了。丁遥总说她这人怪得很,总是在该胆大的时候变傻,在该傻的时候胆大包天。

许潮生看见了,眼皮翻动,对上她微凉的目光:"什么意思?"

"你传递给我什么意思,我就回馈你什么意思。"夏藤把酒杯放桌子上,抽了张纸巾擦手,"我不是倒酒的,也不是陪酒的。请你自重。"

"你给我敬酒,你让我自重?"许潮生眼神很轻,但锐利,"这么清高,还来这儿干什么?"

夏藤手一顿。那是她头一回被人当众给了个难堪。她那时候也不知道,这句话,在不久之后,还会有人对她说,同样虚与委蛇的场子,同样在众目睽睽之下,只可惜那人没有许潮生的修养,没名气的小明星在资本家的眼里没有一丝光环,只有是否存在利用价值。伴随着那句话落下,一巴掌甩在她左脸上,以及此后铺天盖地的负面新闻。

"许潮生,你少拿腔作调,她是我叫过来的。"丁遥察觉不对劲,过来救场,把夏藤往自己身后拉了拉。

许潮生语气微讽:"你交朋友到我这儿是巅峰,往后眼光越来越差。"

丁遥听得手痒,跃跃欲试:"你找抽是吧?"

夏藤不想参与了,退到一边,自己抱着杯柠檬汁喝。

那天是她和许潮生第一次见面,陈非晚争强好胜一辈子,夏藤别的没学,就学会心气劲儿一定要高,逢人不露怯,自己要把自己往高了看。她不喜欢人人都屈于一些莫名其妙的规矩时,她也跟着沉默,服从。

丁遥和许潮生是从小玩到大的,他回国,又回到丁遥的圈子里,夏藤和他见面成了不可避免的事儿,有丁遥在,总能碰上。一见面就掐,互相看不顺眼,许潮生嫌弃夏藤嫌弃得不行。丁遥说他俩当初也是这么过来的,许潮生这人贱,不虐两把永远不会好好说话。

后来熟点儿了,他问夏藤拍过什么作品,让她拿给他看。许潮生是编导专业出身,目光挑剔嘴巴毒,夏藤拿给他的是自己出名的那部影片,也是她拍的第一部电影。文艺片,冷题材,但是完成度很好,剧情尚可,人物出彩,电影获过奖。

夏藤一直挺满意自己的这部作品,许潮生看完,只说凑合。对他这种人来说,没否定即是肯定。夏藤还没乐,许潮生就开始泼冷水:"你现在这个水平,离红还差得远呢。公司想让你走电影咖,就目前给你的定位,戏路会很窄,口碑竖不起来,不考虑尝试别的类型?"

那会儿夏藤年轻气盛,对许潮生所说的"别的类型"嗤之以鼻:"我不想拍。"

"文艺片吃不饱饭,小众也变不成大众。"许潮生说,"有多少走这种风格走不下去最后出来转型赚钱的?给你数数?"

夏藤知道许潮生什么意思,没背景没资源,就别把目光放那么高,或是那么窄,可是她对自己的想法很坚持:"我不想拍那些。"

"你不想拍?知名度都没有,谁找你拍?你拍给谁看?"

她和许潮生差点儿吵起来,互相看不对眼的情况却也是从那一天开始有所改变。她想不通一个艺术家庭里怎么出来这样现实的人,许潮生说她认不清这个圈子,你揣着热情进来,什么都没有,你的热情就是给人践踏的。

事实如此。

第一部影片的热度很快过去,演艺圈每天都有新人绽放,夏藤的名字昙花一现。她出演的影片大多题材敏感,偏小众化,禁播的禁播,撤档的撤档,还有一部悄悄地来悄悄地去,没翻出什么大水花儿。

她漂亮,有综艺节目找她,起码能刷个脸,她不愿意去。有许潮生这种神级朋友,佩恩打过他的主意,想炒炒话题,说了个开头,夏藤就坚决地拒绝。

没戏拍的时候,她就回去钻研话剧。她是享受那种如梦似幻的人生,可是她更在意那些荣誉是不是自己的能力挣来的,她要担得起。

演艺生涯的第二个小高峰,便是见到许潮生的那天正在拍的戏。

或许因为男主角是神隐多年重出江湖的前辈,带起一阵关注度。夏藤在影片中的角色与她的自身气质十分相符,演员与剧中人互相成就,长相独特,演技被肯定,她再一次在影视圈里抛头露面,凝聚起一批影迷。

他们研究过她拍的戏,接的角色,说她是个很有想法的年轻演员。

尽管放在整个大圈里,仍然没有她的一席之地,但是夏藤很满足,一步一个脚印,都靠她自己。网上有不少帖子黑她,说她自立实力型演员人设,许是想被夸敬业,让人觉得她有内涵,可惜就是不红。丁遥笑得不行:"连你都有人黑了,这才证明你要红了。"

她本来在生气,气着气着也跟着笑了。她跟许潮生说:"你看,我只要初心不变,好好提升我自己,总有角色找上门,犯不着我出去瞎演。"

许潮生由着她得意,又冷不丁从其他角度泼冷水:"你这个性格,以后不在上面栽跟头我跟你姓。"

夏藤:"我又什么性格了?"

"自视清高。这个圈子里,最不能要的就是脸。"

两次,许潮生一语成谶。第一次,她扳回来一点儿,以为一切都要向好的方向发展了。第二次,现实就彻底扇了她一巴掌。这是一条险路,没有人能顺风顺水。蛋糕就这么大,人人都想吃,你凭什么还想姿态优雅自以为是地去摘最上面的樱桃?

风暴来袭的一个星期,她把自己关在家一个星期。

从开始,发酵,爆发,高潮,再到商讨,回应,想到所有的后果,最差最坏的是她离开这个行业。那些时候,她没有掉一滴眼泪,冷静地接受一切审判。现在呢,风潮渐退,她却在相隔千里之外的地方哭了。

许潮生以为她的天塌了。

走廊上冷气开得很足,夏藤电话打得手脚冰凉。

"我和丁遥准备过去一趟。"快要结束时他才说。

"什么时候?"

"挑你放假的时间吧。"他还是那个讨打的腔调,"你缩头乌龟当上瘾,朋友也不准备要了。"

"……不是。"夏藤头贴向冰凉的金属墙壁,闭着眼,"我太乱了。"

许潮生能理解,淡淡地"嗯"了一声,语气一转:"所以你到底哭什么？"

"……"

他又把这话题捡回来，她就知道这人没那么好糊弄。

夏藤无从下口："没什么事。"

"你跟谁打电话？"背后突然传来一道声音，夏藤吓得一个激灵，差点儿一头栽过去。她抬头，金属壁堪比镜面，能照出走廊的景，她才看到他——走廊的大理石地板，他就那么坐着，支起一条腿，胳膊搭膝盖上，手里转着自己的手机，从金属壁里和她对视。

不知道坐那儿多久了，她完全没发现。

"十六分钟四十二秒。"祁正摁亮手机看了一眼，又放回兜里，"打不完了？"

"你那边有人？"许潮生能断断续续听到些，虽然不是特清楚，但对方什么语气他还是能听出来的，"这态度挺让人来火啊。"

夏藤心说：你要是当面听估计能喷火了。为避免纠纷，她说："挂了。"

"你先告诉我是谁，丁遥说你们那儿跟原始部落一样，我去不会有危险吧。"

"你有病就去治。"夏藤说完，在许潮生跳脚之前迅速挂断。

说来也是神奇，挂断电话的同时，她在许潮生面前放肆的胆子全没了。一通电话的时间，她的情绪稳定下来不少。夏藤转身看他。

祁正也不说话，他头靠后，微抬着下巴睨她。他是骨相好看的男生，无论怎么摆，棱角都分分明明。比如这会儿，下颌线漂亮，喉结形状也漂亮，衣服松垮垮地堆在他身上，展露出来的身体部位却都瘦而修长。

身上只有黑白两种色，衣服黑，头发黑，眼睛黑，皮肤白。白里透冷，整个人冷飕飕的。刚才在包厢里的那副可怜兮兮的样子不见了，他现在这样，是他疯劲逐渐下去，人又清醒过来的模样。

他不说话，她也不说话，这边走廊算安静，因为都是VIP包厢，大多空着。对看了将近一分钟，夏藤在他饱含各种深意的目光中先败下阵来。

他开口："问你话。"

"什么？"

"装。"

夏藤说:"跟朋友。"

祁正坐着不动,眼神凉得像水:"你哪来的朋友?"语言学是门神奇的学问,这句话就能表达出其他的意思,你怎么会有朋友。

她不回答。

"男的?"

夏藤分辨不出来他想表达什么。祁正手撑地从地上站起来,向着她走来:"要过来找你?"

夏藤下意识就往后退,但是无路可退,脚跟挪一步便到了头,她背靠在金属壁面:"你偷听我打电话?"

"你当我想听?"祁正人都快贴她身上了才停下,"我出来透会儿气,你就在这里接电话。"

她刚才情绪混乱,也不知道去哪儿,只想着先打完电话再说。

夏藤起身:"我现在走。"

祁正腿一伸,膝盖直接顶在她腿面上。夏藤吓一跳,"咚"地撞回去,惊呼:"你干什么!"

他堵着她:"话先给我说清楚。"

"说什么?我朋友跟你有什么关系?"

"我好奇。"祁正像是真好奇,还扳起指头算上了,"我给你打电话,你说两句就挂,他给你打电话,你能说十六分钟。"

祁正说完,"噢"了一声,自我纠正:"错了,是十六分钟不止。"

"……"

"什么人才能跟你做朋友?是不是得天天跪舔你?"

夏藤听不下去了,要强行起身,口袋里的电话又响起来。她不看都能猜到是许潮生打回来骂人的,这个人从不愿吃口头的亏。

祁正看她半天不动作:"怎么不接?"

夏藤掏出手机来要挂断,还没在手里拿稳,祁正一把抢了过去。

她扑上去:"你还给我!"

他举过头顶,眯眼看上面的来电显示:"许……潮生……"

他胳膊放下来,确定了:"男的。"

夏藤再次扑上去,两只手往前伸:"你还我!"

这两只手伸的,给祁正省事儿了,他单手一握,她手腕细,一只手就能制住,他把她两只手一折,摁住她左肩,然后另一只手在屏幕上一滑,给她把电话接通了。随着这个动作,夏藤的尖叫声硬生生卡在嗓子眼里。她瞪他,他对她无声说了两个字:说话。

手机放回她耳边,许潮生在那边说:"我怎么觉得不对劲,你是不是让人欺负了?"是是是,千真万确,她真是佩服许潮生的直觉。可惜他现在猜中了她也不能说。夏藤在脑海中疯狂地组织语言,她不知道祁正想干什么,又怕许潮生说什么不该说的暴露身份,只能想办法先让他挂电话。

"没有,你想多了,我这儿还有点儿事……"

"有你也不会承认。"许潮生在此时,与她的默契为零,甚至直逼负数,"是不是刚才说话的那个?那是什么人?你同学?还是你惹着什么地方霸主了?"

祁正离得近,许潮生说什么他都能一字不落地听见,夏藤要急死了:"你别乱猜,真没有。"

许潮生自信得很:"有也没事,我去了收拾他。"

祁正没绷住,举着手机的胳膊往她肩膀上一搭,他趴上面笑。

他做什么随心所欲惯了,笑也不知道收敛着笑,许潮生耳朵尖,这笑声听得真真切切。

"谁?"

夏藤要疯了:"不是……"

"你闭嘴。"许潮生总算逮住不对劲的源头了,话锋一转,"笑什么笑?你是谁?"

祁正凑过去,嘴巴一张一合:"你大爷。"

夏藤疯了。

这一语双关,关得许潮生"嗖"地蹿起火:"你再说一遍?"

祁正:"我说,我是你大爷。"

夏藤胳膊挣不开,腿也动不了,她恨得牙痒痒:"你到底要干什么!"

祁正满脸无辜:"他让我说的。"

许潮生在电话那边发火:"夏藤,你敢让别人听我的电话?你也欠收拾?"

祁正这回直接把电话拿走,搁自己耳边:"你收拾一个试试。"

夏藤手脚摆脱禁锢,张牙舞爪地扑过来,他反应快,比她灵活得多,她抢不到手机,实在气不过,扒着他的肩一口咬了上去。原来人被逼急了,真的会咬人。祁正没躲,反而胳膊环住她的后脑勺,把她的长发一圈一圈缠手上。

电话那边，正面交锋。许潮生听出些猫腻："你们俩什么关系？"

祁正卷着她的头发："来了自己看啊。"

两人直接对话，祁正的气势更为嚣张，个性强烈，充满攻击性。

许潮生很久没遇过这么张扬的人了："你别跟我狂。"

"我跟谁都这样。"

"是吗？我喜欢当面看笑话，希望你到时候能让我见识一下。"

祁正手下猛地收力，夏藤头发连着脑袋被他拽起来，他问她："你说话阴阳怪气是跟他学的？"

"你说话才阴阳怪气！"

电话两头的人同时反击，还一模一样，祁正不高兴了，对着电话那边说了句"爷爷等你"，许潮生骂人的声儿还没发出来，电话就被挂断了。

"手机还给……"她没说完，他就扔了过来。态度相当恶劣，几乎是砸她身上。

夏藤拿回自己的手机，先迅速调了静音。祁正挑开自己衣领看了两眼，她咬的是他锁骨下面的位置，她也只够得着这儿，细细的两排牙印。

"敢咬我了。"他指腹抹过去，"不怕我还给你？"

夏藤一听，刚才的火还未平息，又烧起来一股，她抬手拉开校服拉链，脖子扬给他看："行啊，看看还能不能挑一块好皮。"

她的脖子上全是各种痕迹，两天过去，颜色淡了一些，微微泛紫，痕迹变得星星点点。她拿书给他脸上留的那一道痕迹已经很淡了，他留下的却还是触目惊心。祁正看了好一会儿，安静下来，什么也没说。

夏藤也不要他什么反应，他说了对不起，她收到了，就行了。

她重新把拉链拉上去，遮住脖子。祁正眼前突然闪过那天，她非要找他谈谈，他不想听，她就一路追着他，给他七七八八分析了一大堆，还因为泼他的事向他道了歉，虽然态度不怎么样。

他是怎么回应的？他从头顶浇了她一身水，然后告诉她，这才叫扯平。

时间回到今天。夏藤说，只要他道歉，她就原谅。

直到看见她脖子上的伤，他才突然意识过来，这事儿还没完，不能完。

V888的包厢门再一次被撞开，祁正拽着夏藤的胳膊进来，脸寒得像结了霜。大家伙儿还没反应过来，就听"咣"的一声，祁正拎起桌上一个空酒瓶，直接对着茶几敲碎了。他捡起一块碎片塞进夏藤手里，抓着她的手腕往自个儿脖子上凑："划完，我们扯平。"

"阿正！"秦凡第一个反应过来，从沙发上跳起来往这边冲。

夏藤吓得发根立起来："你发什么神经？不要命吗？！"

"没让你往死了划。"祁正说，"你脖子上那伤是我的错。一句道歉就原谅，轻了。"

"我说了我原谅你就是原谅。"夏藤手心全是汗，"以牙还牙是你的扯平方式，不是我的。"

"我不想欠你。"

"你没欠我。"

她还想说什么，他不听："别一脸要死的样子，让你划我不是划你自己。"

祁正力气太大，夏藤抵不过，眼看玻璃片的尖角已经把他的皮肤戳进去一个窝，夏藤咬紧牙，用拇指按住玻璃片，借着汗把碎片一点一点推回自己的手心。她能感觉到手心被划烂了，但动作仍然没停。她怕真的划伤他。

"阿正，你先松开，夏藤手流血了！"秦凡大喊一声。祁正听到后半句立马松了手，夏藤迅速把玻璃片扔了出去。祁正夺过她的手，扳开，血顺着她的手掌纹路细细流了一道。伤口其实不深，换个皮脂厚一点儿的可能都划不破，但她皮肤薄，平时稍微磕碰一下就会有痕迹，这也是为什么祁正一下手，她身上就留印。

疼，是有一点儿的。她松了一口气，好在有惊无险。但在同一时刻，她能感觉到，祁正正被什么情绪一点一点淹没。

女厕的洗手台边，伤口简单处理过后，吴恬用纸巾和皮筋给她包扎了一下，避免碰到灰尘。折腾了一晚上，夏藤的头发乱了，几根飘下来，脸白扑扑的。吴恬看她两眼，不禁感叹："你和阿正……真是恩恩怨怨啊。"

夏藤看着包扎好的手，说了声"谢谢"。

"没事，我朋友经常受伤，我都处理习惯了，你这两天先别沾水，过两天应该就好了。"

"嗯。"

"刚才的事儿，你别怪阿正哦，他做事有时候是有些极端……"

"我没怪他。"夏藤说。

祁正做事单刀直入，一是一二是二，怎么来的怎么还。他太分明了，为人处世里满是棱角，没有一处被磨平过。他觉得是他让她伤成那样，他就用同样的方式让她还回去，在他的世界里，这样才算平等。这人真是不会转一点儿弯。

夏藤和吴恬出去，秦凡和黄毛在门口等着，见她出来，秦凡上前问："手没事儿吧？用不用去医院？"

"没事，就一个浅口。"夏藤摇头，这种伤去医院太夸张了。

"那就行，阿正。"秦凡冲那边蹲在地上的人喊，"夏藤没事。"

从她出来，他就一直蹲在那边，头埋在两臂间，溢出的情绪很低很低。

秦凡喊他一嗓子，他抬头了，背抵着墙站起来，然后走到她面前。夏藤难得主动说了一次话："……你们不用这么紧张，真的只是一个很浅的伤口。"

她自己都没担心，他们全部当回事的样子反而让她七上八下的。

祁正没说别的："我让秦凡送你回去。"

他看了秦凡一眼，秦凡点头。然后他好像放心了，笼在身上的情绪却更重了，转身朝走廊的另一边走去。

夏藤犹豫再三，终究没开口。

KTV门外，秦凡站路边给她拦车。

晚风吹得猛，夏藤裹紧身上的衣服，跟秦凡说："打到车你就进去吧，我觉得他不太对劲。"

"他一般这样的时候我们都不管用。"

秦凡跟他熟，他了解些情况，换成黄毛他们可能只会单纯地以为祁正就是心情不好。

夏藤问："哪样？"

"这个叫什么，我专门查过。"秦凡就穿了一件衣服，冷得吸了吸鼻子，"噢，自我厌弃。他有时候跟他爸吵完架会这样，或者有人提以前那些事也是这样。"

冷风中，夏藤想起来他爸大闹学校之后，祁正的那段颓废日子。他那个时候的状态，好像就是把自己完全放弃了。

一辆空车向他们驶来，夏藤说："你回去看着他点儿。"

秦凡招了招手："嗯，我知道。"

出租车在他们面前停下，秦凡替她打开门："路上注意安全，有什么事儿就把我们的电话从黑名单里拉出来。"

这一晚上，夏藤终于难得地笑了一下："嗯。"

"夏藤。"秦凡手拉着车门，表情认真了些，"不管怎么样，今天的事儿谢谢你。阿正这人，有些想法和行为，是挺让人提心吊胆的。"

这是今晚第二个替他说话的人。吴恬是，秦凡也是。她发现祁正在他们心中的分量不是虚高，是真的高占一方。

夏藤点头："我知道。"

秦凡看她的表情，见她好像确实没生气，轻松了些，把车门给她关上："拜拜。"

夏藤挥了下手。她好像可以有一点点理解，为什么他的朋友们明明怕他，又如此护着他了。祁正强大，狂妄，冷硬，也可怜，敏感，易碎。褪去那层外壳，他像一个浑身伤痕的少年，从未长大过，永远被抛弃在黑暗而遥远的那一年。

回家后，一切收拾妥当，夏藤才把手机拿出来看，她没猜错，果然是一番信息轰炸。丁遥拉了个微信讨论组，想必是许潮生强行要求的，因为只有她同时拥有他的号和夏藤的新号。她一点开，里面全是许潮生愤怒的嘶吼，无一例外，都是骂祁正的。

许潮生刺激受得不浅，把祁正上上下下里里外外鞭挞了个遍。最新发来的一句：你让他给我等着，你让他给我好好等着。@夏藤

夏藤回了一串省略号。以她的了解，许潮生身上那股家底优越所带出来的贵气与底气，在祁正眼里会一文不值，不仅如此，他那张嘴还会冒出多难听的话，她不敢想。

许潮生从没吃过口头上的亏，一是因为很少有人说得过他，二是大多数人忌惮他的身份。

祁正两样都不占。到时再加一个丁遥，三个炮筒放一块儿炸，最惨的只能是她。夏藤看着屏幕那头的许潮生噼里啪啦地放狠话，做了一个决定。

千万不能让他们碰上。

第五章
荒野

隔天上学，后座是空的。夏藤放书包的时候顺便问秦凡："他人呢？"

有过昨天晚上的经历，秦凡对她的询问也没特惊讶："他感冒，请假了。"

感冒真不真不知道，"请假"二字搁在他身上，还挺稀奇。

夏藤点了下头，没再多问。她脑海中闪过祁正最后蹲在走廊里的样子。他侧过头来看她的那一眼，充满了很多她看不懂的东西。

夏藤摇摇头，甩开那些片段。安稳的日子对她来说是奢侈品，祁正不在，她得珍惜。一天无风无浪，临放学，江挽月过来找她。

自从那次一起去完台球厅，回来后江挽月对她的敌意就减少了些。夏藤自顾不暇，没时间分析江挽月的改变为何意，但江挽月是聪明人，想通便放下，不犹豫，她看上去轻松了很多。

人是应该干脆利落地斩断一些不利于自己的情感，包括单向的喜欢，无望的等待。江挽月说："人差不多确定了，周末你有空吗，我们排练一下，讨论跳什么舞。"

夏藤想了想，周末没什么事，就答应了。

"那就周六下午四点，市中心体育馆门口集合。"

夏藤已经很少见到这种线下约见面的方式了："你可以拉一个群，有什么事儿在里面通知，这样方便点儿。"

江挽月皱眉："什么群？"

"微……"夏藤顿了顿，她想起赵意晗偷拍她那次，以及吴恬和黄毛用的聊天软件，改口道，"或者，QQ群。"

"高考之前，我不用手机。"江挽月说。

也是。在手机未普及的年代，大家都喜欢当面约定好，然后早早腾出时间，开始期待见面。

"脖子。"江挽月谈完正事儿，目光下移，"好点儿了吗？"

夏藤拢了拢领口："嗯，好多了。"

江挽月点了点头，她不善此类言辞，为避免继续聊下去气氛尴尬，简单道别之后就走了。本想问问她和祁正怎么样了，想想还是作罢。自她打算放下的那一刻起，她就该踏上自己选择的路，而不是频频回头。

夏藤出了校门，今天准备走回家。周五不上晚自习，校门口很热闹，天还没黑，夕阳西斜，光辉落满身，眼见之处皆是一片灿然暖色。

转眼已是十一月份，昭县还未落雪，但树都秃了，平日里走到街上，多出一份苍凉之感。今儿难得太阳好，光这么照着，看起来也温暖些。夏藤走两步，在路口转弯，感觉有什么砸在身上。她以为是自己的错觉，就没停，继续走。

紧接着，又一下。这回有实感了，因为有什么东西砸到她后背，然后掉在地上。她低头看，一根棒棒糖。她蹲下去捡起来，想到了什么。

回头，祁正站在她身后不远处，身上只有一件薄外套，她猜他冬天最冷的时候也是这么穿。他手里拎个塑料袋，上面印着药店名字。他嗤她："跟你半天，砸两下才有反应。"

夏藤站起来，手里拿着棒棒糖："你跟着我干什么？"

"谁跟着你？我出来买药。"他脸色不好，透着病态的白，说完这句还咳嗽了两声，看来是真感冒了。

"那再见。"夏藤转身。

她听到祁正在身后低骂了一声。他在那儿矛盾半天，她看不见。

"喂。"末了，还是情感战胜理智，他追过来挡在她面前，"陪我去个地方。"

离得近，她看到他面颊泛着不正常的红晕，总不可能是害羞。他应该在发烧。夏藤道："你好像病得挺严重的。"

"死不了。"他无所谓，又问，"你去不去？"

周六要排练的话，周天用来复习，她最好今晚就把学校布置的作业写完。但是，稍微推后一点儿，好像也没什么问题。她脑海中总是浮现他昨天的样子，她原本以为，他又要消失一段时间。

她没问去哪儿，只说："陪你去，我有什么好处？"

祁正看一眼她手中："糖送你，行不行？"

昭县总共三条公交车线路,一条走城区,一条走农村,还有一条走得偏远些,快要出县城。夏藤一直以为西梁桥在昭县的最西面,她总觉得昭县走到西梁便到头了,在公交站台上看了线路图才知道,西梁只是靠近西面,再往西,还有很多她不知道的地方。夏藤正想问他们要去哪儿,一侧脸,对上他的视线。

他拎着药,斜靠在站台上,一直在看她。

最后几缕夕阳余晖从天尽头照过来,照得他半边脸如火光般明亮,半边沉在阴影里。正如他这个人,完完全全的矛盾体。

对视中,谁都没说话。

矮矮胖胖、灰白相间的公交车驶入站台,其他等车的人向车门围过去。

她还没找出自己答应他的理由。

祁正先收回视线,起身:"走了。"

车上人不多,最后一排空着。夏藤上去才发现,这不是传统意义上的公交车,更类似于一种乡镇大巴,但体型又算不上大巴。

座位上都套着布套,印着妇科医院的广告。

有人在走道里放着大包小包,还有买菜的兜,夏藤小心翼翼地一步一步跨进去,走到最后一排,她想问他要不要坐靠窗户的位置,还没扭头,被他一把推了进去。夏藤坐里边的位置,刚坐正,校服下摆被人压住,他挨着她坐下了。本就狭窄的空间瞬间变得更挤。夏藤怎么调整都不对,只能把注意力挪向窗外。

窗外景色在转变,一路西行,大多是些村子,越往后越空旷,车上的人都下得差不多了。夏藤不禁转头问:"……不会出县城吧,我晚上要回家。"

祁正不知道什么时候把帽子拉起来扣头上的,下巴藏进衣领里,他半醒着:"不会,终点站下车。"

鼻音很重,头也昏,他说完,脑袋一歪,又睡过去了。

祁正每回坐这趟车都会睡着。目的地是终点站,他不用担心睡过站。他回回睡着,回回做梦,越往西,有些回忆闹得越凶,搅得他在梦里也不安生。他明明知道结局,还得看着那些事儿一遍遍上演,梦里他发不出声音,也改变不了任何,但有些画面又是幸福的。那些和他有血缘关系的人都在的时候,他舍不得醒来。醒来即是一场空。面对空荡荡的车厢,他不止一次在下车后想,他这人,无非两种下场:被回忆逼疯,被孤独折磨死。不会有人难过,因为不会有人记得他。

他拼命留下的那么多痕迹,都成为不了他存在的意义。

一场雨,一场雪,甚至随便刮起的一阵风,他都可以被彻底地抹去。

祁正醒来的时候,车厢里空空荡荡的,一片安静。和他无数次醒来时一样,他等待着孤独翻涌上来把他淹没的那一刻。

他该下车了,直到衣服袖子被人扯了扯。他回头。夏藤也是刚醒,眼神迷蒙,头发有点儿乱,正看着他:"我们该下车了。"

原来身边有一个人啊。那是祁正鲜少的,感觉到"陪伴"的时刻。

车子将近晃了半个多小时,夏藤没想到她也跟着睡着了。

这一路都很安静。她的生活中已经很少有这样安静的时刻,可以远离尘嚣,静听自然的声音。天快黑了,眼前是一片旷野,杂草乱生,野蛮生长,快到半膝处,只是大多数是枯萎的,生命痕迹衰败。放眼望去,一片颓废之景,很是荒凉。脚踩在上面,皆是枯枝落叶断裂之声。

"可惜了。"她小声感叹一句,"如果冬天下了雪,这里肯定很美。"

"美?"祁正走在前面,听见这句话停住了,"这些破草全是死的,有什么可美的?"

夏藤皱起眉:"你这种人,就算见到了,也不会夸它美。"

"我这种人,见到了,只会把你丢雪里。"

"到底要去哪儿?再不到我走了。"她停止和他没营养的对话。

祁正却在这会儿露出得逞的笑:"刚才那是最后一班,没车了。"

夏藤瞪他:"那我怎么回去?这里荒郊野岭的!"

"你现在应该担心,这里荒郊野岭的,我会把你怎么样。"

"……"生了病的祁正也比健康的她战斗力强,夏藤转身就走。

祁正几步追上她:"喂。"

夏藤绕开他。祁正胳膊一伸,把她拦腰抱起,直接扛上肩头。

"啊啊啊——"夏藤头朝下,屁股撅着,两腿在空中乱蹬,"你放我下来,你个神经病!"

她没被人这么扛麻袋似的扛过,祁正有多大劲她算是清楚了,走路一颠一颠的,硌得她难受。

"祁正!"她即将要爆发,他停下了,从兜里掏了串钥匙出来。

她这才发现,眼前景换了,是比刚才更宽阔的一片旷野。旷野之中盘绕一条小溪,目光能看到的最远处,与暮色连接。

太阳已经西落,残留几寸余晖在天边。这儿没有遮挡物,风刮得生猛,气温也比城区更冷。打量间,他打开门,把她扛了进去。这儿竟然有一排房子,还带庭院,建筑看上去应该有些年代了。

祁正插上插销,把她放下来,径自进了里屋,到了这儿,她也跑不了了。

院中的晾衣绳上晾着洗干净的衣服,灰的,黑的,她见过这几件外套。风这么吹,即使洗干净也能给吹脏。夏藤过去摸了把,已经干了,她收下来搭在臂弯里。她跟着进去,是寻常平房的构造,又有点儿不一样,一间大客厅,一间卧室,屋外一条走廊,连接到这一排的其他房间。

祁正拉开灯后就直接倒进沙发里,腿搭在靠背上,买回来的药就那么扔在地上。地板是木质的,里面的家具也大多是木质的,她环顾一圈,房子是好的,但没人打理,陈设很是简陋,四周了无生机。

她目前能看到的,唯一的电器是头顶上的灯。就一个灯泡,上面罩了个灯罩。窗户外便是那片旷野,冷风呜咽,像是谁在哭。

祁正进来就一直趴着,脸朝下,背对着她。沙发旁边摆一张低茶几,一把茶壶,一个杯子,还有些泡面盒。她目光一转,茶几旁放着几个纸箱,她蹲下去看,里面全是……书?她把几个箱子里的书一一看过来,天文地理,政治历史,一堆仅书名她就看不懂的书,还有几本哲学书。

她能看得懂的文学类图书,也大多是严肃文学。这些书都被他翻过,堆得乱七八糟。书很旧,不像是他买的,应该是什么人留下来的。

这和祁正的画风完全不相符。她看向沙发上闷着脑袋的人。

"这儿……是哪里?"

他没说话,她以为他睡着了。她起身,把手里的那两件衣服搭在沙发边,想去其他房间看看。

"这是我妈留给我的房子。"他突然回答,声音从臂弯里发出来,"我爸不知道,知道他能卖了继续赌。"

夏藤脚步一顿:"你平时住这里吗?"

"有时候。"

她猜测,这里应该没有别人来过。这里像是他的秘密,他躲避外界的地方。只是……有些冷清。

"你叫我来这干什么?"她问。

他还是那么趴着,看不见脸,也就藏住了情绪:"太安静了。"

早晨在这里醒来的时候，他嗓子哑得说不出话，发不出声音，那时候他就在想：只有我一个人，太安静了。

天彻底黑下来时，旷野上只剩这间屋子亮起的灯光，小小一隅。

屋内，灶上架着铁锅，祁正掌勺，在锅里翻炒。

十分钟前，他要喝药，夏藤顺口说了句最好不要空腹喝药，她猜他都没吃。他看她一会儿，扔掉药盒做饭去了。

夏藤从没做过饭，家里有保姆，家务她也很少做。厨房在院子里，单独一间，没有抽油烟机，小房里有根跟管子连着外面的烟囱，她左晃晃右转转，帮不上忙。主要是她什么都不会，还被油烟呛得直咳嗽。

祁正听见："什么都不会，在这儿晃什么？"他举着锅铲朝门口指了指，"你出去。"

夏藤没争辩，继续装模作样地待下去，她也炒不出菜来，于是放下手中的西红柿就出去了。重回客厅，她不好意思什么都不做就等着吃，于是帮他把沙发那一片整理了一下，茶几上收拾干净，还找了两张小板凳摆在旁边。因为等会儿要坐，她想了想，又摆成面对面的。

祁正这间屋子不算太乱，可能是东西少的缘故，碰到点儿什么还会有回音，显得房间空荡荡的。她收拾完，围着房子转了一圈，停在一间卧室模样的房间门口。她没进去，就站在门口大概往里扫了一眼，比客厅的设备还简陋，一个衣柜，一张床，一个床头柜，没了。

唯一让她目光停留住的，是床头柜上的插座，上面连着一部正在充电的手机。那或许是这整排屋子里最现代化的设备了。手机背朝上，苹果的标志有点儿反光。

她想，现在的盗版都这么猖獗吗……赵意晗就拿着一部盗版苹果，粗制滥造到她看一眼就能看出是个假的，祁正这个，稍微像样些，但是她离得远，具体细节看不真切。

她知道越是偏僻的地方，盗版就越多，这一点她已经在昭县的商场里领略过了。这里的人大多听都没听过原品牌是什么，只图个能用。

她在这边伫立，祁正从那头进来，手上各端一盘菜，菜盘上放两双木筷，两臂夹着两碗饭。这高难度动作看得夏藤心头一跳，她跑过去要接碗，祁正已经稳稳当当放在桌子上了。他没坐板凳，直接盘腿坐在木地板上。夏藤挪过小板凳，双腿并拢，坐下。

两盘菜，一盘番茄炒蛋，一盘炒茄子，用那种以前的红边铁盘装着，

162

米饭盛在小铁碗里,筷子则是顶部裹一层碎花贴纸的细长木头筷子。

这是她和祁正第三次坐在一起吃饭。说来也是奇怪,明明此前发生过那么多事儿,他们现在还能心平气和面对面地坐下来。很多事情,寻求原因,没人说得清。

说实话她饿了,放学到现在,走了那么多路,早已过了她平常吃晚饭的时间。

祁正做的菜味道还不错,这一点比她强。她那些同学朋友大多娇生惯养,进厨房的少之又少,对家务一无所知。

祁正今天话很少,一直安静着,她扒拉掉半碗饭,抬头,发现他基本没怎么动筷子。

夏藤这才反应过来,他还发着烧。他这顿饭,十有八九是给她做的。

"你是不是没胃口?"她这一问,自己吃饭的动作也慢下来。

祁正知道她这人顾虑多,夹了一口菜搁嘴里:"吃你的,别瞎操心。"

夏藤低头把饭咽进去,问:"我等会儿怎么回去?"

"没车了。"

夏藤放下碗筷:"我没跟你开玩笑,我得回家。"

"我也没跟你开玩笑。"祁正三下五除二把自己碗里的饭解决完,倾过身,往她脸跟前一凑。

"认清点儿现实,你被我拐了。"

……

祁正端着空碗出去,夏藤赶紧把最后几口吃完,也跟着出去。

她想洗碗,祁正看她挽袖子的动作就猜出来她想干什么:"手好了吗,你就沾水?"

"就两个碗,我单手洗。"

祁正眯起眼。夏藤很自然地接下去:"洗完碗我就走了。"

祁正提起她的衣领就往回拽。进门,关门,上锁,普通的锁也就算了,这门挂的是最原始的铁挂锁,得用钥匙捅进去拧开的那种。

夏藤的心跟着铁锁一块儿锁死了。客厅的灯瓦数不高,照什么东西都有重重的黑影。

祁正丢下她,过去倒水:"急着回去干什么?"

"写作业。"

"在这儿写。"

夏藤找借口:"灯太暗了,看不清。"

祁正看她一眼，放下水杯，去卧室翻箱倒柜一通，竟然拿出一盏折叠台灯来。他搁茶几上捣鼓一会儿，把卧室那插座拽出来，台灯的插头往上一插，灯亮了。

屋子比刚才不知道亮堂了多少。

祁正弄好台灯，抬起头看她："行了吧。"

不知道是不是光照的缘故，他的眼睛亮晶晶的，她从未看到过他眼里亮起光。

她放弃挣扎，转身去拿书包："你总不能困我一晚上吧？"

祁正笑了："真困你一晚上，我还让你写什么作业？"

夏藤在台灯下翻开复习卷。拿起笔的那一刻，她觉得自己也跟着他发烧了，她竟然真的要在他这里写作业。可是现在不写，他也不可能放她走。祁正脑回路和正常人不一样，和他好好商量，永远行不通，那是最没用的解决办法。得随着他来，他高兴了，乐意了，问题就迎刃而解了。

她写两笔，又忍不住看他。他坐她对面，把药盒撕得乱七八糟，抠了几个胶囊和药片出来，扔进嘴里，动作十分生猛。

吃完，他问她："我脸上有题？"

夏藤倒也没急着移开目光："怎么突然感冒了？"

祁正把药板一股脑丢进塑料袋里，没回答。

昨晚她走之后，他又在KTV待了一会儿。心情不好时他就会来这边住，撑着最后一丝力气撞进门，倒在沙发上就睡着了。窗户没关紧，一晚上都有冷风往里钻，他被冻醒好几次，但是身体太沉了，他起不来。这么睡很容易晕过去，而他第二天醒来只是感冒发烧，也不知是该庆幸，还是说连阎王也不收他。

他既然不说，夏藤就没再问，重新把注意力放回卷子上。祁正把药袋提远，不知从哪儿拿来纸笔，坐她对面发出窸窸窣窣的声响，她没再抬过头。

过一阵，他靠近她，不知在端详什么，看两眼又远离。再过一阵，他又凑近，她不用抬头，也知道他没干好事。

他第三次准备凑过来时，夏藤来脾气了，他这么干扰，题还怎么写，笔一摔，皱着眉瞪他："你要干什么？"

祁正看到她这个表情，抱着手中的厚书本笑起来。

夏藤莫名其妙："你笑什么？"

祁正把放在书本上的纸拿给她看:"你。"

纸上,一个女孩手里握着笔,胳膊压着复习卷,她抬头,五官紧皱在一起,眉毛打结,眼神含怒,嘴唇报着,一脸的不高兴和嫌弃。

他刚才窸窸窣窣半天,就是在画她。画中的她头顶长角,还写着三个字:老巫婆。

夏藤不想去探究他哪来的绘画功底:"你在画鬼?"

"我在画你。"

"我不是鬼。"

祁正不服,拿着画纸几步跨到她这边,他在她面前"咚"的一声坐下,那画几乎要贴她脸上。

"你看,一模一样。"他说,"喜不喜欢?"

夏藤不出声,他就捏着她的下巴晃:"问你话呢,喜不喜欢?"

夏藤:"你把我画成巫婆,你问我喜不喜欢?"

"你不是吗?只有老巫婆一天到晚发脾气。"

她反驳:"你不惹我,我不会发脾气。"

祁正纠正:"是你惹我。"

夏藤不知道他为什么如此执着这个问题,拨开他的手。祁正顺势松开她的下巴,直接去扯她的领子。他想到一出是一出:"我看看你脖子好了没。"

夏藤来不及捂,他已经扯开了,她第一反应不是骂他,而是先快速扫视周围有没有利器,她笔袋里有一把圆规,她想都没想,抓起笔袋一把扔出去。祁正听见动静,看过去。笔袋摔在角落,东西撒了一地,圆规也掉了出来。

夏藤扯他衣服,分散他的视线:"别看了。"

但是祁正察觉到了。他看着那把掉出来的圆规,没回头:"你怕什么?"

被看出来,夏藤也没遮掩:"我怕你又犯神经。"

祁正盯着笔袋所在的角落,半天没出声。他在想什么,她一无所知。夏藤有点儿紧张,今天这里没别人,祁正如果再像昨天那样发疯,她可拦不住。半晌,他转过头,眼睛直直地看她:"你不会是喜欢我吧?"

夏藤以为自己听错了:"啊?"

"你扔圆规,不就是害怕我划伤自己吗?"语气有点儿讽刺,还有点儿得意,"这么担心我,不是喜欢我?"

别的她都可以不争论,这个不行,误会大了。她慢慢回望他,眼神平静,语气平静:"我们之间,好像更像你喜欢我。"

祁正安静地听完她轻描淡写地说出这句话之后,表情就有些变了,似乎有些恼羞成怒。他站起来,恨恨地把那张画扔她身上。

明明有那么多反驳的方式,他只想得到最幼稚的一句。

"谁喜欢你谁有毛病,你少自以为是。"

最后回家,是祁正的朋友开车送的。他接送过祁正好几次,每次都把车停公交站台附近等他出来就行了。虽然这一片前不着村后不着店,但昭县最西面是谁家的地盘,大家心里都有数。

祁正每次回这儿,走时气压都很低。今天也是。不过有一点不同,他带了个姑娘一起。

车是辆最普通的大众,瘦瘦长长的,驾驶位的人见他们走过来,打了下双闪。祁正出来这一路都没说一句话,不知道气什么,夏藤懒得问。走到车前,他没管夏藤,径直上了副驾驶座。夏藤也没多话,自己拉开后座的门坐进去。能回家就行。

驾驶位的人转过身,看了夏藤两眼,好奇变成了然:"哟。"

夏藤抬头,这人有点儿眼熟。男生笑了笑:"不记得了?那天吃烧烤,我坐你旁边。"

她来昭县总共就吃过一次烧烤,拜祁正所赐,那天之后她看见烧烤就有阴影。他这么一说,她想起来了。她被江澄阳带去夜市的那天,和他们拼桌,他就坐在她旁边。他们说过两句话,一句提醒她别端着,阿正不喜欢这一套;一句是给她使眼色,让她赶紧走。现在想来,当时她对祁正一无所知,他其实两次都是在帮她。

夏藤也对他笑了笑。祁正坐在副驾驶座,腿跷着,胳膊搭车窗上,手有一下没一下地撕着嘴上的破皮。他在后视镜看到了她那一笑,龇牙咧嘴的,丑死了。他对着镜子狠狠瞪她一眼,夏藤没发现。

车驶上马路,男生下巴朝后面抬了抬,问:"你女朋友?"

祁正反呛得很没水平:"你女朋友。"

男生侧头,问夏藤:"考虑一下当我女朋友?"

夏藤还没出声,祁正面无表情地开口:"不好好开车,你就滚下去。"

男生扶着方向盘哈哈哈大笑。来的时候半个多小时,开车回去也得一会儿。男生道:"今晚他们在和城,你去不去?"

和城离昭县不远，二十多公里，但比昭县大，好歹算个城，娱乐项目也多。祁正兴致不高，但他无聊，不如出去玩："几天？"

"周末两天呗，周一上学的上学，工作的工作。"

夏藤一直看着窗外，降低存在感。驾驶座的人却把她拉进话题里："你周末干什么？要不要一块儿去玩？"

夏藤赶紧摇头："不了，周末和同学有事。"

男生显然不信："什么事儿啊？你上次吃饭也说有事。"

"真有事。报了学校的跨年晚会，明天去体育馆排练。"

"学校就是活动多啊。"男生感慨，又问，"唱歌还是跳舞？"

"跳舞。"

男生感叹："厉害，没看出来。"

祁正冷不丁地开口："再开就得掉头了。"

不知不觉间已经行驶到昭县城区内，不过走的另一条路，还差个路口才到西梁，哪里用得上掉头。夏藤看不出来，他可以，不过他没揭穿。祁正这是要他闭嘴。他问祁正："给个准话啊，去不去和城？"

祁正："不去，不熟，没意思。"

男生笑得意味深长："行吧，是不如昭县的熟人有意思。"

车从另一边拐进西梁，里面进不去，只能停在住户区入口。夏藤在车上道了谢，看祁正一眼，他只留给她一个冷漠的后脑勺，不说再见，完全无视她。

夏藤移开视线，开门下车。走出去好一截，祁正的目光还没从后视镜挪开。男生感叹："她敢当那么多人面泼你一脸酒，那会儿我就觉得她不一般。"

祁正冷笑："她那是不知死活。"

"那我看你也没把她怎么着啊。"

直到夏藤的身影消失不见，祁正才回过头："我再怎么着，她就受不住了。"

"得了吧。"男生心里跟明镜似的，"人家不就是上车时冲我笑了下吗，你看看你这一路飞醋吃成什么样了。她能忍你那是她脾气好，你再作，小心把人作跑了。"

体育馆位于市中心，是一座饱经风雨的老楼，外墙一格一格的，类似于砖墙的样式，成块儿地脱落，露出里面灰黄的墙砖，远远看去，像

167

失了水分的果皮。

　　说是体育馆，其实更像群艺馆，没多少人在里面搞体育训练，训练房被拿来用作教小孩唱歌跳舞的培训班，其余的空房可以外借。为了方便跳舞，夏藤今天里边穿得宽松休闲，短袖配黑色运动裤，外面裹一件牛仔外套，头发高高地束起。她很少扎这么紧的高马尾，她头小脸小，全脸这么一露，优势尽显，漂亮又有朝气。

　　三点五十分，到达体育馆门口，江挽月已经到了。其余几个都是班上的女同学，夏藤大概都能对得上号，而且看得出来，她们应该一起参加过几次活动，彼此之间已经形成了默契度。

　　对于夏藤的到来，她们略感惊讶。

　　目光扫到一人脸上，两人都顿了一下，那女生是赵意晗在班上的跟班之一。不过除了刚开学那阵子她们互相看不对眼，后面倒也没针锋相对。女生目光在她身上停留片刻，又平平移走，她没打招呼，夏藤自然也不会主动说什么。

　　总共六个女生，到齐之后，江挽月带着她们去借来的训练房。

　　训练房一般大，整整一面墙的大镜子，能照到房间各个角落，还配了音响，除去有些灰尘，整体来说不错。女生们一进去，全部叽叽喳喳地拥过去照镜子。夏藤找到门边的开关，习惯性一进舞房先开灯，三排大灯一亮，她的心也跟着亮起来。

　　那是一种久违的表演欲。江挽月拉过一个海绵长垫铺地上，让大家坐一起："先讨论一下跳什么吧，有什么想法都可以提。"

　　女孩们又叽叽喳喳地围过来。

　　一个女生说："今年跳点不一样的吧，每年都是那种舞，跟春晚似的。"

　　"那不都是跳给校领导看的吗？他们就喜欢那种正规的。"

　　另个一女生说："我其实想跳街舞，肯定特别酷。"

　　"我也想！"马上有人附和，"要不然咱们这次跳街舞吧？同学们也爱看，再说这是最后一次登台了。"

　　左一个"街舞"右一个"街舞"，呼声似乎很高，夏藤问："你们想跳什么舞种？"

　　女生转过来："就街舞啊。"

　　夏藤无声片刻，道："街舞也是分种类的。"

　　"反正要那种很炸、很好看的。"

夏藤抿了抿唇。她们并不精通什么舞种，甚至对此都不了解，只是想要那种风格独特的"感觉"，把那些舞统称为"街舞"。

一伙人热烈地讨论起跳些什么的时候，江挽月走到她身边："你会吗？"

夏藤看她："什么？"

"街舞。"江挽月说，"我也挺想跳点儿不一样的。每年都是我们自己编排，或者请外面的舞蹈老师来教，高一高二都是这样，没新意。"

"如果你会的话，今年你来教也可以。"江挽月又道。

夏藤没教过舞，她在城市里学舞的工作室很出名，随便拉出来一个都是高手，她只是个学徒。但转念一想，如果是教眼前这群女生，其实以她的水平来说是可以试试的。

夏藤刚想说什么，训练房的门被推开，赵意晗不知道从哪儿来的，走进来"哟"了一声："你们还真在这儿呢。"

前一秒闹哄哄的训练房瞬间安静下来，大家你看我、我看你，最后都看向江挽月。江挽月没看赵意晗，问她们："谁告诉她的？"

赵意晗的跟班慢腾腾地举了下手："我。"举完又赶紧补充，"她问我的。"

赵意晗走过来，一听这话，眉毛斜上去："我还不能问你了？你们跳舞为什么不跟我说？"

跟班一脸委屈："不是你先说你要和吴恬她们跳吗？我就没喊你。"

"她们班人数够了。"赵意晗白眼一翻，"再说了，这是我们班最后一次参加晚会，能没有我？"

女生们都不说话了，赵意晗有舞蹈基础，她们是知道的，高一高二她都是跟着年级那群比较有名声的女生跳。认识她们的人遍布各个年级，每次她们上台，底下的观众反响都很热烈。如果这次赵意晗要加入，她们自然没话说。

前后不到三分钟，赵意晗反客为主："你们选好舞了吗？"

女生们道："还在商量……"

"别商量了，我给你们看个视频，咱们今年就跳这个，绝对嗨翻全场。"赵意晗自信满满，调出一个舞蹈视频。一打开，训练房上空响彻那首令人闻风丧胆的歌曲："社，社，社，社，社社社社会摇！社，社，社，社，社社社社会摇！Hello, Mr.DJ, 这节奏不要停！我脑袋里在开Party, 不晃都不行！"

夏藤:"……"

赵意晗找的视频是一个舞蹈串烧,前半段《社会摇》,后半段是几个很火的手势舞,歌曲传唱度甚广,男女老少都会哼两句,这确实可以嗨翻全场。晚会经常有这种形式的表演来调动气氛,她原本的学校不是没有过,但是,这不代表她可以过得去自己心里那关,让自己成为其中的一分子。

更让夏藤绝望的,是女生们的反应,她们看上去都挺乐意的。

"这个好!我觉得可以跳这个!"

"对,大家还可以互动!我们可以搞一个互动环节!"

夏藤心中掀起巨浪。互动,竟然还要互动。是要全场一起摇吗?几乎跳过了"商量"这个阶段,大伙儿直接敲定。

夏藤把最后的希望寄托在江挽月身上。好在江挽月这回接收到她的眼神后没有无动于衷,她试图打断她们的对话:"我刚才问过夏藤,她可以教她会的舞。"

赵意晗立马不乐意:"她会教什么舞啊她,为什么让她教,我来教。"她抱起胳膊,转向那群女生:"你们想跟谁学?"

结果显而易见。跟班这会儿早已"胳膊肘往里拐",向着赵意晗说话:"我们又没和夏藤一起跳过舞,这是最后一次了,跟赵意晗学保险一点儿。而且这几个舞又不难。"

其他人多少忌惮赵意晗,跟着点头。她满意了,眼睛斜向夏藤:"不是我故意针对你,都要上台了,你还摆谱呢?大家都行就你不行,跳什么舞不是跳?"

夏藤吸一口气,想反驳,江挽月拉了她一把,对赵意晗说:"行了,你教吧。"

"本来就是我教。"赵意晗再次取胜,得意得不行,拿着手机过去放音乐。

夏藤忍不住问江挽月:"你想跳吗?"

"不想。"江挽月回答得很干脆,"但是就像她们说的,这舞同学们喜欢,最后一年了,豁出去一次也没什么不行。"

夏藤心情相当复杂,话是没错,但想引得全场欢呼,不是只有这一种方式。练舞过程中,夏藤觉得自己的胳膊腿仿佛失去了控制。跳舞最忌讳放不开,缩手缩脚,怎么样都不会好看,她知道这个理,可她就是手脚不自然。尤其音乐一响,再配上那激情澎湃的歌词,夏藤感觉自己就差一双豆豆鞋了。

反观赵意晗，本色出演，跳得忘我。从镜子里看，夏藤像个提线木偶，处处透着僵硬。江挽月也没多好，尽管她在努力配合，但身体的抗拒没办法隐藏。一曲完毕，赵意晗叉着腰开始了："夏藤、江挽月，你们俩跳的什么东西？这么为难，干脆你们俩组个组合自个儿跳算了！"

跳得不好是事实，夏藤转过身喘气儿，没说话。江挽月却是最听不得别人说自己不行的人，抬手抹了把汗，一遍又一遍地对着镜子练动作。

……

两个小时后，今日的排练结束，舞差不多教完了。

赵意晗新交的"厉害人物"朋友一直打电话催，她一边回电话一边冲她们摆手，端着"老师"的架子："今天就到这儿，你们回去好好练，歌也要多听几遍。"

歌还要多听几遍。夏藤浑身僵硬，这简直是酷刑。

女生们一一应答，赵意晗眼睛一转，瞪向夏藤的方向："尤其是你们俩！"不等江挽月回话，她挽上跟班的胳膊，一脸娇嗔地打着电话走了。剩下的人互相道过别之后，相继离开。

夏藤穿好外套，和江挽月最后走出训练房。江挽月给她一张纸擦汗，然后去登记处还钥匙，夏藤在旁边等她。登记处的女人收过钥匙，又推出来几张零钱："两个小时哈，收你一百找你六十，钱拿好。"

夏藤把纸团扔进垃圾桶，然后问："你怎么不跟我们说要收费？"

江挽月把钱装起来，额前汗涔涔的："没多少，主要是有地方排练。"

是够上心的。可惜，她现在没多少信心。夏藤心底轻叹，实话实说："这个舞，我不知道自己能不能坚持下来。"

江挽月说："我觉得赵意晗说得挺对。"

夏藤点头："我确实跳得不好。"

"我是指，我们俩组合，自己跳。"江挽月推开大门，说了这么一句。

冷风灌满怀，身上本就是湿的，这么一吹，夏藤打了个冷战。她和江挽月一块儿下楼梯，没走两步，从天而降一本书，落在江挽月的脑袋上。

江挽月回头瞪，来人是秦凡，他没穿校服，再加板寸，身上一点儿学生气都没："你要的高一语文书，我找人借到了。"

江挽月要去接，秦凡一收手，背到身后，嘴角挂起笑："先叫声哥哥听听。"

"……"氛围有变，夏藤往旁边退了一步。

然后，她看到了他。他站得离他们有一截距离，盯着马路，不看他们。身上不是黑色系的外套了，换了件，然而不外乎一个字：薄。不知道在跟她别扭什么，他从昨晚开始就这样，不跟她说话。

夏藤想了想，走过去。横竖她现在不能夹在江挽月和秦凡中间。

"你们怎么来了？"她站他身边，额头大约在他肩膀的位置，跟他说话得稍微仰起头。

祁正不看她，眼睛盯着别处："秦凡要来。"意思就是——不是他要来的。

他还有点儿鼻音。夏藤问："感冒好点儿了吗？"

"没。"他态度冷淡，让人完全没法把天往下聊。夏藤想，和他说话打发时间，还不如夹在江挽月和秦凡中间。

她有想走的意思，祁正眼角瞥到，咳嗽一声："你等会儿去哪儿？"

"回家。"

不知道哪里又惹到他了，他安静了一会儿："哦。"

夏藤搞不懂他什么意思。

"哦什么哦？来的时候你可不是这反应。"秦凡逗完江挽月，走过来就开始拆台，"大周末的，你这么早回什么家？阿正可是为了你，抛弃了一群人。"

秦凡话音刚落，人就被祁正勒住脖子按下去，他大呼小叫："你要不乐意，你让人家回家啊。"

祁正上去就是一脚："你给我闭嘴。"

夏藤看笑了，声音刚发出个前兆，她赶紧憋住。但是祁正反应惊人，眼睛移到她身上："你笑我？"

"没。"她赶紧低头，把嘴角绷紧。

他丢开秦凡，嗤道："装模作样。"也不知道这句在说谁。

夏藤敛住表情："我回家了，你们玩吧。"

说罢，她转身。祁正不动，秦凡摸着脖子站直，悠闲地看戏。

这是第二次了，她走得干脆，多留一秒的意思都没有，在祁正眼里干脆得刺眼。他上前一大步，扯住她的衣服。今天她的高马尾很漂亮，他没弄坏她的头发。夏藤往回倒了几步，对上他面无表情的脸。

"没听见吗？我抛弃了一群人来找你，你还走？"

游戏厅里，各种电玩闪烁着乱七八糟的彩灯，机器里发出"噔噔噔"

的电子音乐，欢快无比。江挽月留下纯粹是为了跟夏藤再商量商量跳舞的事儿，结果被秦凡一顿坑蒙拐骗，骗到了游戏厅。

"你们学霸干什么都这么认真吗？不就是跳个舞，非得弄得跟考试一样。"秦凡堵着门，不让她出去，"学会适当的娱乐，懂不懂？"

江挽月说："我不喜欢打没准备的仗。"

"你这叫得失心太重，凡事儿都想争第一，活得累不累？"

这话把江挽月问住了，她一个全班第一，竟然被全班倒数第一质问"活得累不累"。

她为自己辩解："累也是我自愿的。"

"累也是我自愿的。"秦凡一眼看穿，捏着嗓子学了一遍，"你好厉害哟。"

江挽月没忍住，白了他一眼。另一边，祁正和夏藤在换游戏币。

夏藤来游戏厅的次数不多，他们那儿的商城里都有，一般开在电影院旁边，有时候趁电影入场前的空当可以进去溜达一圈。不过，她出名前还算能去，出名后就很少有时间和机会了。她以前玩，花个四五十块钱已是极限，祁正上来就扔了张一百块的，他长得帅，收银小姑娘眼睛忽闪忽闪的。

"换多少呀？"

"都换。"

夏藤一听，想上前阻止："太多了吧。"

祁正倚着柜台，眼睛半斜着盯在她身上。她撇了一下嘴，退回去。

机器"哗啦哗啦"往下倒游戏币，很快倒满一整个儿小黄筐。小姑娘眨巴着眼睛递过来，他没接，下巴冲她抬了抬，起身就走了。

夏藤伸手接，小姑娘的眼睛滴溜一转，挪到她身上。接到手里，夏藤才反应过来，祁正真是大爷当惯了，使唤起人手到擒来。关键她每次都会下意识照做。

他俩回去，秦凡看见一整筐游戏币，眼睛一亮，从里边抓了一把，对江挽月说："今天爷给你露一手。"

江挽月嘴角微勾，冷笑一声。四人走到里面，赛车的位置刚好空出来一个，秦凡推着夏藤上去，让她先试一把。夏藤玩赛车向来看不懂提示界面，瞎选一通，莫名其妙就进入了游戏。

座位是带感应的，摩擦或是撞到障碍物都会跟着震动，游戏里的车被她开得东倒西歪直冒青烟，车一撞，她跟着叫，座位震了一整局，尖叫声没停过。

一局结束，夏藤的手被手柄震麻了。秦凡抱着肚子笑："你是我见过的第一个有赛车道不走，非要自己劈出来一条的人。"

她揉着发红的掌心，自觉相当丢脸，走到座位后缩着脑袋。再不玩了，什么破游戏。旁边的位置空出来，秦凡又去挑衅江挽月跟他比。

秦凡引以为傲的赛车水平，虽然超不过祁正，但虐一个江挽月绰绰有余。结果，江挽月用车撑了他一路，秦凡走哪儿她撞哪儿，两人互相摩擦到终点，双双取得倒数第一和倒数第二。

江挽月倒数第二，他倒数第一。这成绩简直是奇耻大辱，秦凡愤怒："你老挤我干什么？见不得我赢？"

江挽月手持方向盘，冷酷无比："我得失心重。"

结算界面消失后，底下跳出来一个排行榜，那是本台机器的前十纪录保持者。

第一名，名字的第一个字母，Z。

祁正之前无聊，血洗排行榜分数。第三名就很搞笑了，qinfan520。

秦凡指着排行榜："看见没，第三名是我。"

江挽月："你也只能从这里面找存在感了。"

秦凡两眼一黑，深吸一口气，让祁正上去："阿正，虐她。"

祁正坐上座位，兴致不高。江挽月余光瞥到他坐进旁边的位置，转身下来，看向夏藤："你去吧。"

夏藤头摇得像拨浪鼓。

"币已经投了。"江挽月轻轻推了她一把。

夏藤沉默两秒，神情像要上刑场一样。祁正在旁边支着下巴，单手搭着方向盘，看她坐稳，他按了开始。始发一段路脱离自动行驶后，夏藤的车再次失去控制，在赛道上扭起来。

扭了一会儿，她发现祁正好像一直跟着她，她扭他也扭，她撞飞路障他也撞。她控制不住方向一头飞出赛道，"死"了一条命，他不跟了，把着方向盘，往回一打，轻而易举地行上正轨。

祁正全程单手控制方向盘，还陪着她横冲直撞了半局，他压根没在玩，敷衍成这样，最后还是第三。夏藤连倒一都不是。她"死"太多次，直接失去游戏资格，屏幕灰蒙蒙的。

一局结束，祁正从座位上下来："我就想看看你能菜成什么样。"

他扫了一眼她的游戏大屏,"还真没让我失望。"

游戏厅里的项目,本就是会的特别会,不会的特别不会。祁正和夏藤各占一前一后。

她嘀咕:"得意什么……"

他回头:"你说什么?"

她摇摇头:"没。"

接下来,不管玩什么,有夏藤拖后腿,祁正尝遍了失败的味道。

隔壁两个,一个秦凡,一个不服输的江挽月,成对家的时候腥风血雨,联合起来所向披靡。两队一起玩投篮,他俩已经打到终极第四关,夏藤和祁正还卡在第三关。能撑到第三关,还是祁正一个人力挽狂澜的结果。

没过,祁正把最后一颗球投进去,游戏结束,这是他第一次"死"得这么早。夏藤累得瘫倒在机器上:"不行了,不行了,胳膊太酸了。"

祁正看向旁边投球投得飞起的江挽月,道:"她也是女的。"

夏藤不理会他的冷嘲热讽:"都是女的,体能也有差别。"

"你也知道你体能垃圾。"他老这样。

夏藤吸一口气,抬头:"你回回呛我有意思吗?"

她蹲着,他站着,她看他就得仰视。他很享受这种居高临下的感觉:"怎么没意思?"

夏藤移开视线:"恶趣味。"

祁正问:"知道什么是真的恶趣味吗?"

"……"夏藤想到什么,安静了,祁正说话向来没个底线,如果她顺着他的话往下说,肯定不是对手。

秦凡和江挽月这才打完一局,神清气爽。秦凡整个人都活络了,舒展着双臂走过来:"你俩干什么呢?结束得这么快?"

祁正靠着机器,不冷不热地开口:"队友太厉害,不能不快。"

夏藤忍不住瞪他一眼。

秦凡笑了下:"得了,走吧,也玩儿差不多了。"

祁正头也没回就走了。夏藤想起身,起一半又跌回去:"腿麻了,妈呀。"

她是条件反射地叫了一声,女生声音总归细软了些,祁正听见,回头:"你再娇气一点儿?"

……真麻了啊。夏藤不想和他说话,自己撑着地想站起来,祁正见

175

她那费劲儿样，折身走回来，胳膊伸到她面前，也不捞她。

"扶着，自己起来。"

她努了下嘴唇，不动。

"不起你就蹲着。"他要收手，夏藤一把抓上去。他反手握住她，一提，她就被提起来了，轻飘飘的。

祁正手松得很快，他没耐心的时候，多碰她一下都嫌烦："就你这样，跳什么舞。"

这话就说的让人不爱听了。夏藤揉腿，小声反击："你又没看过我跳舞。"

"我不想看。"

"你爱看不看，又不是跳给你看的。"

"跳给我看，我也不想看。"

秦凡都出去了，发现两人还没出来，折回来找人就听见这样一段对话，顿时感到头疼。"咱不看，咱不看，两位能赶紧走了不？"

出去后，秦凡说楼上有家电影院，可以去看电影。电影，夏藤心底抖了一下。她很久没以观众的身份去过电影院了，又害怕，又有点儿向往。她没吭声，江挽月经过游戏厅的洗礼，人放松了，难得休息一回也没异议，说了句"随你"。

秦凡问夏藤："你呢？"

没等夏藤点头，祁正直接道："没吭声就是愿意，还不了解我们夏同学吗？不想去早都找借口说'有事'了。"

夏藤被说得一阵脸红："你……"

"我，怎么着？"他望向她，"说错了？"

"你再说我就不去了。"说完她就想咬舌头，这威胁完全是自取其辱。

"别。"祁正淡淡的，"难得你愿意给面子，我做梦都能笑醒。"

知道他是在逗她，夏藤还是耳根子烧了起来。这人真是……

电影院很小，看着也不怎么正规，更像个播放厅，墙壁上贴的都是老电影和不知名电影的海报，估计是没钱正儿八经地引进片源。

夏藤扫一圈下来，饶是她处在电影圈里，也没看见几个熟悉名字。

人不是很多，来的尽是些小年轻、小情侣，秦凡自作主张去前台买了四张票,买回来一人发一张,夏藤一看名字就觉得窒息,恐怖片,还是泰国的,她最害怕的一类。她一看恐怖片就紧张,自己能把自己吓个半死,经纪人还曾要她克服这个问题,不然此类戏本与她无缘。

秦凡问江挽月:"你害不害怕?"

江挽月反问:"有什么可害怕的?"

夏藤想起祁正说的那句:"她也是女的。"她正了正色,硬着头皮跟他们走进去。

秦凡买的票,他和江挽月在前,夏藤和祁正在后,不是同一排,都靠后。江挽月知道他什么用意,没多话,自然落座,坐下后眼神警告秦凡离她远点儿。

夏藤就没那么淡然了。影厅又小又闷,没给人喘息的机会,他们一行人刚坐下,大屏就闪出来血红色的标题。

阴森的配乐开始,夏藤的心瞬间被揪住。她能神经到什么程度,小的时候睡觉,一定要在床头摆满玩具,被子要盖住双手双脚,最后要拉个玩具熊的胳膊挡住眼睛才敢入睡。要是不小心看见什么黑影,那真是能脑补出千百种故事。

很快,影片中尖叫声响起,虽然只是虚惊一场,但夏藤知道,一般恐怖片的套路都是如此,循序渐进,假象变成真相,最后全员恶人。

从进来起,祁正就看出她状态不大对,他猜到她可能害怕,没想到这会儿直接眼睛都不睁了。

"你闭着眼睛看电影?"

夏藤一个激灵,眼睛睁开,盯向屏幕。刚好一个血糊糊的东西冒出来,直直撞进视线,夏藤"嘭"地偏过头,咬牙:"……你真会挑时间。"

祁正无辜:"我怎么知道它什么时候冒出来?"

她别着脑袋不肯转回去。祁正瞥一眼屏幕:"好了,没了。"

她半信半疑地扭回去。血糊糊的某物体正安静地在大屏中央挂着,画面清晰。夏藤成功叫出了观众席的第一声。

祁正倒在座位里乐不可支,她生气的样子比电影好看。夏藤吓得眼泛泪花,她是真的被吓到了,这下好了,这一个星期她晚上别想睡好觉。

"什么胆子。"他还不忘笑话她。

夏藤也不装了,紧紧闭上眼睛,手捂住耳朵。

祁正看她缩成一团的样儿,想起乔子晴也拉着他一块儿看过电影。她目的性很明显,也选了部恐怖片,选了最角落的位置,黑灯瞎火的,提供各种便利条件,一有恐怖镜头,她就想着法子往他身上贴。

那会儿他只嫌她烦。今天他倒觉得,这电影选得挺好的。

夏藤感觉肩膀上多了一只胳膊,他从她脖后环过,手心覆上她的眼睛,干燥而冰凉。

"现在别看。"他说,"能看了我松手。"

"……"

夏藤没注意到,她孤立无援的窒息感瞬间淡下去,惶恐的心缓缓归于平静。她不知道他想干什么,或是又想到什么办法整她,此时此刻,她只想抓住点儿什么东西来缓解情绪。

"你别骗我。"她一点一点揪住他的衣服袖子。

"嗯。"

刚开始夏藤还腼腆着,只敢揪住他袖口的一角,到了后半段,她躲在祁正掌心后,自己捂着耳朵,不看不听。所谓"花钱找罪受",不过如此。

夏藤全程紧张到冒汗,熬到头顶大灯亮起时,她长长舒出一口气,心想总算完了。她这才意识到,直到电影散场,祁正都维持着这一个姿势。她不敢看,他还真就没放手。

他向来不是个有耐心的人。祁正把胳膊收回去,似乎有些血液不通,甩了两下,夏藤抿了抿唇,小声道:"谢谢。"

"你看个电影真够费劲的。"

夏藤随他说,毕竟让他出了那么多力。出了影厅,江挽月一点儿反应都没有,似乎还对剧情有点儿不满,说哪里不合理。夏藤佩服,她觉得自己和她不是一个物种。

冷风吹上身,天也黑透了,再不放人就说不过去了。夏藤和江挽月同路,两人在路边打车。出租车停靠路边,江挽月拉开门,说了句再见,先上去了,夏藤扶住车门,犹豫两下,对着身后也说了句再见。

祁正出来后就没吭过声,两手插兜,站旁边看着,看着她说再见,看着她上车。秦凡冲她们挥手:"拜拜。"

车开走了,行进暮色之中。秦凡终于得空,肩膀碰碰祁正,调侃:"我可看见了,你俩都搂上了。"

祁正:"那是她害怕,不敢看。"

秦凡一顿"啧啧啧",抱着胳膊抖:"正正,我也害怕,不敢看。"

祁正要笑不笑的："你可以戳瞎眼睛。"

新一周开始，天儿更冷了。走路时，人人头顶冒着白汽。

夏藤这周轮到做室内值日生，不用一大早就赶去学校交作业了。自从上次祁正让秦凡替她交过一回作业，课代表们集体苏醒，不再把她当透明人，该收什么收什么。

她的校园生活，历尽万苦，总算勉强归于正常。

她把书桌整理好，拿着簸箕和扫帚去扫楼道。垃圾不多，她扫完就去水房洗拖把。班级分配的拖把是最老式的木杆拖把，没有拖把桶，被水洗完后只能用手拧干，夏藤在家都不曾做过这些活。

她深呼吸，忍住不适，徒手拧干滴水的拖把头。天冷，水更是凉得刺骨，夏藤十指浸过凉水，立马冻得关节发红。

楼道三扇窗户全开，通风透气，冷风呼呼地往里吹，她拖了一会儿，受不了了，停下暖了会儿手。

她拖到楼梯口时，底下传来一阵嬉戏打闹的声音，有男有女。年级里从大清早就敢这么旁若无人的，估计只有那一群了。第一个男生冒出头时，一抬头，看到楼梯口扶着拖把的夏藤，"哎哟"一声。再往后，冒出来的头越来越多，一片"哎哟"声此起彼伏。

夏藤拿着拖把退回走廊，靠墙根站，给他们让位。

"早上好啊，夏藤。"有人路过她，嬉笑着说了一句。

夏藤出于礼貌，僵硬着回复一句："早上好。"

最后上来的人，夏藤不用看，也知道是谁。她又往墙根缩了缩，就差脚尖顶地，生怕挡着这位爷的路。头低得不能再低，她等着他过去。他没像其他人那样，打量她两眼才往前走，他径直路过，当她不存在。

男生们起着哄走了。刚拖过的地还泛着光，一行人走过，覆上一层密密麻麻的脚印。她摆过拖把，心底叹了一口气，准备重新拖一遍。

走过去的人突然停住，她假装没看见。她拖哪儿，他走到哪儿，一来二去，拖了等于白拖。

她抬头，无语地看着他。祁正今天又穿了校服，他以前是搞特殊的那一类，学校规定往东他往西，重新返校后，身上套着校服的次数越来越多了。

"没看见我？"他开口。

夏藤沉默两秒，不知道这又是什么清奇的找碴儿方式。

"看见了。"

"看见为什么不打招呼?"

他们以前有打过招呼吗?夏藤为避免跟他起冲突:"我应该说什么?"

"你刚才跟他们说什么?"

她照做:"早上好。"

他没表情:"不好。"

这不是存心找碴儿是什么?

前天在电影院里帮她挡恐怖画面的人仿佛是假的,一天没见,他立马原形毕露。夏藤看透了,不要指望祁正能一直"善心大发",他的"正常"是以偶尔为单位出现的。

她不想跟他较真,打算掠过他从头拖起,楼道走过一个男生,是隔壁班的尖子生,估计是急着走进教室,和夏藤相撞,手里的早饭打翻了。豆浆洒了一地,纸杯和吸管滚在一边,男生把空杯子拾起来,看看地上的那一摊,又看看夏藤手里的拖把,没有要帮忙的意思。

"不好意思,麻烦你拖干净了,同学。"他欠欠身,想走,祁正上前一把抓住他的衣领,拽到夏藤面前。

"知道麻烦,就自己拖干净,你使唤谁呢?"按理说男生和女生比,力气总归要大些,但夏藤被祁正这么拎着挣扎不了,眼前的男生被拎着,也挣扎不了。

男生认得祁正,脸憋得通红,但不肯认怂。他是年级里的优秀学生,向来瞧不起祁正这种混子。夏藤上去拨祁正的手:"你别这么拽人家。"

祁正被她那道软绵绵的力气拉扯,不松手,夏藤眉毛蹙起:"祁正!"

她生气的声音比拽他有效果,祁正一脸不屑地丢开他,脸朝着另一边,不想看。

夏藤对男生说:"你走吧。"

男生理好衣服,却没领她这份情,恨恨地瞪他们一眼,走了。在他眼里,夏藤和祁正属于一丘之貉,都不是好东西。

搁在以前,她会因为这个眼神找男生好好理论一番,但现在,眼前还有一个待爆的炸药桶,她没工夫和他计较。有过一次前车之鉴,夏藤其实不想纠正祁正恶霸式的与人相处方式,但他若是一直这样,旁人对他的印象只会越来越差,长此以往,恶性循环。

思考再三,她还是忍不住劝他:"你和人说话时能不能不要那么冲？"

祁正脸转过来，不服："我哪冲了？"

"还有动不动就动手。"夏藤说，"明明有更好的解决方式，不是你跟我说的吗？学会沟通，你就不能好好跟人沟通？"

祁正想都没想："他又不是你，我沟通个屁。"

夏藤一愣。祁正眼睛往下一瞥："手怎么了？"

她回过神，低头看，可能是冷风一直在吹，指关节红了一片，比刚才看着面积更大。她不甚在意："应该是前面拧拖把弄的，水有点儿凉。"

这里的女生没有娇生惯养的，大多会干家务活，手上的皮肤远没有她的细，他没见过洗个拖把手能红成这样的。

"服了。"祁正嘴上嫌弃，夺过她手里的拖把，过去几下把地上的豆浆拖了，然后一路拎进水房。

夏藤"哎"了一声跟着进去："你做什么？"

他扶着拖把杆在水池里一顿戳戳捣捣，刚才沾上的豆浆和水一块儿往下淌，混成白汁儿。祁正说："这么恶心，你愿意洗？"

夏藤往里看了一眼，没说话。她不愿意。洗到拖把流出来的水恢复正常颜色，祁正关了水龙头，人跳上水池台。他把拖把杆扔给夏藤："跟我往反方向拧。"

夏藤似懂非懂地抓住木杆。祁正把底下那些棉绳旋成厚厚一股，麻花似的，他往左边拧，夏藤赶紧往右边使劲儿。第一回合勉强撑住了，到第二次，夏藤开始东倒西歪，等拧到第三回，祁正刚用了点儿力，拖把杆直接从她手里飞出去了。

夏藤力气比不过他。祁正火大："你身上到底有没有点儿劲儿？胳膊是棉花做的吗？"

夏藤委屈地站在一边，她那点儿劲儿能跟他比吗……

祁正让她站远点儿，自己架着拖把杆拧，然后拿出来，转着圈甩了一通，干了。

他扔给她。夏藤接过洗干净的拖把，发现自己总是被他气，又总得跟他说谢谢。祁正洗完手，要出水房，她还立在那儿，他手上的水冲她一弹，溅她一脸："还不走？"

夏藤跟上去。她一边走一边把楼道走廊多出来的几个脚印拖掉，早晨这会儿来来去去的人多，刚拖掉一个又添一个。

夏藤盯着地面发愁。

"你这样拖到明年也拖不完。"祁正靠着门框,"水干了就看不出印子了,没拖过地?"

她还真没有拖过教学楼的地。以前的班级给她分配的任务简单得不能再简单,擦擦黑板,擦擦讲台是极限。两人在门口站着,田波夹着课本走过来:"干什么呢?怎么不进教室?"

"田老师好。"

"田哥。"

两人同时出声,称呼和语调却截然不同。田波先关心了下祁正:"感冒好了?"

他直起身子:"嗯。"

"好了就行,天凉了多穿点儿,可别仗着年轻不注意保暖,老了落一身病。"

祁正笑了下。田波转向夏藤,招招手:"行了,行了,地都拖反光了,赶快进教室吧。"夏藤点头,把拖把放回门后,和祁正一前一后往座位上走。

早读课上,田波先说了两件事。第一件就是跨年晚会:"听说我们班有女生报名了啊,赵意晗负责是不是?好好准备,到时候我跟大家一块儿去给你们加油!"田波向来该夸得夸,不差别对待,大家掌声四起,赵意晗坐在位子上笑成一朵花。

夏藤脑海中立马响起那首惊心动魄的"社会摇",她的视线挪向江挽月,江挽月也在同一时刻回头,她们对视一眼,彼此了然。

江澄阳探过半截身子:"听我妹说你也跳?你们跳什么啊?"

夏藤张了张嘴,道:"暂时保密。"

"哇,你不说,江挽月也不说,你俩商量好的吧?"

秦凡踢他凳子:"提前说了有什么意思吗?能不能按捺住你的好奇心?"

"行,我不问,反正都要去看的。"

夏藤弯起嘴角,刚想笑,马尾被人挑起一缕,一点一点往下拽。她不敢笑了。

第二件事,关于未来。田波给每人发了一张心形的彩纸:"可以写写想去的地方,想考的学校,想要的东西,这不马上新年了吗?就当许个愿。写完了交上来,我替你们保管,高考结束还给你们,看看实现了几个。"

夏藤发了一会儿蒙,看向窗外。外面灰蒙蒙的,不知不觉,这一年竟接近尾声了。上半年的风暴,仿佛离她远去,又仿佛只是暂且平息,在某一个她无所防备的时刻,掀起更多的惊涛骇浪。

夏藤在纸上写下"平静",想了想,又划去,重新写上两个字:"真相。"

对于真相,她其实早已不抱希望。这或许是个不可能实现的愿望。

祁正转着笔,不知道写什么。右边的秦凡装模作样,就那么大点儿纸硬是写出了三页的气势。要说田波总喜欢搞这种无聊的活动,秦凡就是总喜欢配合这种无聊活动的人,以至于给了田波某种错觉,让他觉得这活动一点儿也不无聊,时不时地来一出。

祁正不喜欢许愿,甚至讨厌。

他期盼的事,从来都是反着来,没有一件如愿过。

想去的地方?没有。

想考的学校?不想考。

想要的东西?他抬头,看见前座的夏藤,她似乎在对着自己写的东西发呆。她总这样,喜欢瞎想。至于她写了什么,他不想知道。

夏藤背后"啪"的一声,挨了一掌,有什么东西贴了上来。力度不大,但足够中断她的思绪。大家都在低头认真写,只有祁正在捣乱。

她没回头,胳膊伸到后面,把那张贴在自己后背的东西扯下来。

祁正贴的。他的彩色心形纸上贴了一截透明胶带,写了三个字——

老巫婆。

第六章
心跳

　　夏藤和江挽月最终决定以两人组合的形式参加跨年晚会，赵意晗和班上其他女生的"经典串烧"烧完，接着是她们俩的舞。

　　江挽月把这个提议和赵意晗说完，赵意晗上上下下地把她俩打量了个遍："舞台那么大，你确定你们俩能撑得起来？别到时候我们刚把气氛搞起来，你俩上场又浇灭了。"

　　赵意晗姿态傲慢，口气不小，江挽月不卑不亢地开口："所以你负责你的，我们负责我们的，跳得好与坏，都和你没关系。"

　　赵意晗翻起白眼："我还不想有关系呢，要丢也是丢你们的脸。"

　　夏藤想，真让她上去摇，才是丢她的脸。

　　赵意晗走之前，一副"才想起来什么"的样子："哦，跟你们说一声，节目时长有限，每个班差不多四分钟。我们的舞要跳三分钟，你们注意你们的时间。"

　　这还能是什么意思，只给她们一分钟左右的时间。

　　江挽月想理论，夏藤摇了摇头。赵意晗权当她俩敢怒不敢言，甩着辫子走了。她一点儿都不想和夏藤、江挽月同台，那会抢她的风头。至于她们俩单独组合，能翻出什么水花来？让人看笑话罢了。

　　江挽月对赵意晗分给她们的时长很不满意："一分钟，能跳什么？还没怎么着呢就结束了。"

　　夏藤道："如果我们练得够好，一分钟足够了。"

　　夏藤选了一个很炸的舞，原版是新西兰一个著名舞团所编，当年被女团翻跳后在网络热传，而后被更多人所知，很多舞者都练过这个舞。歌曲节奏强烈，舞步卡点，爆发力强，听觉效果、视觉效果都极佳，很适合在晚会上表演。

夏藤给江挽月看的是剪辑过的版本，也是被人翻跳最多的版本。歌曲经过后期混音，更适合编舞，舞蹈截取了最炸的几部分，总共一分钟零五秒，不多不少，满是爆点。

江挽月第一次看这样的舞。小县城消息闭塞，网络对他们的影响并不大，自然不知道现今各种各样的舞种。她此前所了解的"街舞"，也不过是头顶着地板转圈儿。歌曲戛然而止，舞蹈停在最后的结束动作，江挽月的耳边还回荡着方才激烈的舞曲。她理解夏藤那句话的意思了——只要练得够好，时间长短不是问题。

江挽月眼睛亮亮的："这个舞，你会吗？"

夏藤点头："会。"看着越炸的舞，就要求对力度的控制越强，她当初为跳好这个舞，每天都要疯狂练体能。

祁正说她没力气，那她就跳一个最有力度的舞。

"可能会很累。"夏藤问她，"你行吗？"

其实心中已有答案。江挽月说："没什么不行的。"

江挽月确实是一个合格，甚至优秀的合作者。

夏藤要怎么练，她尽力配合。短时间内达到高水平肯定是不行的，但是她有舞蹈基础，教动作不难，重要的是力度、控制和感觉。

夏藤教了几个练体能的动作给她，每次跳之前，她们都会先练一个小时的体能，回家也练，然后再学舞。

力量和幅度展现出来了，再去学动作的控制和收回。舞蹈是有框架的，也就是所谓的平衡点。太放会显得用力过猛，太收则会束手束脚，看着有气无力。

为了找感觉，夏藤带来一个小型音响，放几首节奏强的歌，音量开到最大。她带着江挽月练基本功，然后随着音乐放松身体，即兴发挥，想跳什么跳什么，要的就是肆意张扬的氛围。

第一次在体育馆的训练房里配合上完整的音乐，出来的效果出人意料，又在意料之中。

舞蹈很多动作要双人配合，一上一下，一静一动，踩点，卡节拍。令人惊讶的是，时间虽然短，但她们俩默契度很高，完成度比想象中要好很多。两人一节一节地抠细节动作，练到汗流浃背腿打战，瘫在地上看着天花板大喘气儿。

江挽月从未有过这样酣畅淋漓的感觉。

在这些时刻，她见识到了另一个夏藤——自信，强大，游刃有余。

她跳起舞的时候，浑身充满感染力，是全部投入的状态。

有些人，似乎天生就是为舞台而生的。

同样，江挽月有了一种前所未有的体验。她感觉到了，在昭县之外的地方，有一个更广阔，更精彩的大世界。

学校的舞蹈房只有一个，也算不上舞蹈房，是个活动室，比较简陋。随着晚会即将来临，抢舞蹈房的人越来越多，轮到她们班用，总会被赵意晗抢先。

夏藤和江挽月透过后门玻璃悄悄打量过她们的进度，《社会摇》响满舞房，赵意晗煞有介事地喊着拍子："手！腰！屁股！摇起来！"

她们俩不约而同地对视，都没忍住，笑出声。到底还是小女生，总有些心思藏不住。

赵意晗似乎发现外面有人，打开门出来看，夏藤和江挽月眼瞅着不对，飞速离开，一路跑出楼，不敢回头。

跑了好一段距离才停下来，她俩扶着学校路边的树干笑得上气不接下气。

头顶的树"哗啦哗啦"地跟她们一起笑，在旁的学生满脸疑惑。

江挽月额前的发丝被吹得乱糟糟的，她敛住气息，胸脯还一起一伏的："你跑什么，尿了？"

夏藤吸了一口气："你不是也跑了吗？"

江挽月别过脸，过一阵儿，又"扑哧"一声笑出来。

在那之后的很久，回想起昭县，夏藤总能记起很多画面。那些画面是彩色的，有声的，能让她迅速陷入回忆，拥有和那时候同样的心跳。

比如那个雨后的夜，空气闷而潮，湿漉漉的街，祁正眼睛漆黑，他狂妄，傲慢，离经叛道，可人人觉得天经地义。

他对她说："老子是你的救世主。"大概从那一刻起，昭县里的一切，她就不会再忘记了。

比如那节体育课，她在观礼台上坐着打哈欠，头顶是蓝天，暖阳，包裹她的，是洋溢在整个操场的，属于青春的气息。

再比如此刻。她笑得轻松，有点儿放肆，有点儿小得意，又有点儿和眼前女生的惺惺相惜，像个普通平凡的高中生，不必承受过度的压力与痛苦，她可以为学校活动而努力，为即将展示自己而期待。

那是真真切切的，活在这美好世上的感受。

风自由，云自由，喜欢也自由。

如果一早就知道，生活还有这种纯真的样子，她或许，会放弃那种万众瞩目的人生。

十二月悄然而至，转眼就过了半。昭县还未落雪，风却是刺骨又凛冽。昼短夜长，天黑时间变早了，这天放学，外边已经黑透了。有人套上了羽绒服，夏藤不喜欢那种厚重的衣服，在校服外加了一件浅驼色的羊绒外套，能御寒就行。

快到校门，门口路灯大亮，在冷空气里孤零零地立着。路灯下，几个流里流气的青年聚在一起，眼睛时不时地扫过从学校出来的身影，似在等人。

说实话，有祁正在前，夏藤如今对这种"地痞流氓"式人物有了一定的免疫力，抛开别的不说，单指他们年级那群人，好些个都是表象流里流气，一张嘴一做事儿，高中生的幼稚就暴露出来了。

到底是还上着学，没从井底跳出来，也没经过社会的荼毒，年少无知，气焰嚣张，不懂得天高地厚。

祁正是例外，遭遇特殊，性格有缺陷，他横行霸道惯了，又长着一张不好惹的脸，身上过于缺少年轻男孩的气息。但相处之后，他是不是个心坏的人，不难辨认。

他们，和一些真正的社会渣滓，有着本质区别。

那种人活在乌烟瘴气的地方，大多没有文化，没有正常的荣辱与三观，不务正业，游手好闲，以低俗的趣味为乐，放大且沉迷于各种欲望，不加掩饰，肮脏而颓靡。

他们时常不怀好意，也不计后果。讲难听点儿，被他们缠上，就像踩到了屎，难以抹除，还会沾一身臭味。

夏藤知道在学校之外，祁正也有一帮那样的"朋友"，他名声在外，容易与人结识，也容易与人结仇。

校门口那一帮，显然不是祁正的"朋友"，他们以前没有在这里出现过，路过的学生都不由自主地打量他们。有个人呼出嘴里的一口烟，跩得跟二五八万似的，凶巴巴地嚷了一句："看什么看！"学生们马上低下头走开。直到一抹身影奔向他们，夏藤扫了一眼，是赵意晗。她这段时间在班上，乃至于在年级里，都不由自主地流露出一股狂妄自大之气，忘了是谁说过，她谈了一个"厉害"的朋友。

想必眼前那群人，就是能让她这段时间挺直腰杆的资本。

夏藤背着书包走过来，路过他们的时候，她似乎看到赵意晗指了她这个方向一下。

希望是错觉。她加快步伐，没走两步，有人出声叫住她。不用回头，那人和自己两个朋友一同走上前，挡住她的去路。看清脸后，夏藤的鸡皮疙瘩在同一瞬间起满身。

是他，那个小巷子里的瘦猴。

"你认识她？"赵意晗挽着自己的男朋友走过来，夏藤僵硬地扭了一下脖子，看到了她挽住胳膊的那个人。他有一双阴森暗沉的眼睛，呈三角形，目露凶光，深深陷在眼窝之中。眉低而乱，颧骨凸出，嘴唇薄。

她记得他，他们叫他"彬哥"。

她第一次听见这个名字，是在祁正脸上挂伤来学校的那天。他似乎是为兄弟扛事，和他们有些恩怨，结局是祁正占上风。

第二次，是在那个雨夜，他眼睁睁地看着祁正揍趴了瘦猴，他没有阻止，没有发怒，还放走了她。

第三次，是今天。不论之前他和祁正有什么过节，就夏藤知道的两次，都是他输。事不过三，这些人只讲这些道理。他们没有找过祁正，或是忌惮于他这个人，或是时机不对，于暗处伺机而动。

放学她走的时候，祁正还没走，他和年级那群人每天放学后都"活动"一堆，要么走得特别早，要么回家时校园已是空荡荡。

陈彬认出了她是谁，看她外套里边的校服，又看一眼她身后："你在这个学校？"

夏藤抿了抿唇，这暴露得一干二净，让她怎么回答。赵意晗明显看得出她的紧张和恐惧，却是"热心"得很："她还和我一个班呢。"

夏藤目光扫过她。赵意晗捕捉到，下巴一抬："你刚刚瞪我？"

陈彬侧过脸，让赵意晗闭嘴，别吵吵。他转头问她："你叫什么？"

夏藤不愿意张嘴。她不说，他自有办法，她的校牌别在里面的校服胸前，露出一个角。陈彬伸手，拨开她的羊绒外套，挑起她校牌的一端。

"夏……"还没看清后面的字，一道比刺骨的风还冷上三分的声音插进来："陈彬，我数三秒，把你的手拿开。"

祁正的警告，一般不会轻易发出。大家知道他哪些点不能碰，都会有意避开，用得着他亲自张嘴说，这人就已经惹到他了。

夏藤闭了闭眼，她最不想看到的事情还是发生了。这是校门口，他们再胆大包天,也不会对她怎么样,但祁正如果发了火,可不会顾及这里是哪里。

陈彬手一松,校牌是被他松开了,夏藤整个人却被毫无防备地拉到一旁。祁正看着陈彬抓在夏藤胳膊上的手,太阳穴猛跳:"再碰一下,我给你剁了。"

"这么紧张?你上次可不是这个态度。"陈彬来了兴趣,"阿正,你也有喜欢的姑娘了。"

祁正懒得跟他说,眼睛直直地盯向夏藤,冒着寒光:"你给我过来。"

她也想过去啊!夏藤走了两步,又被陈彬拽了回去,这一下,显然是激怒了祁正。他什么也没说,提起拳头就挥过去,秦凡眼明手快地拉住他:"阿正,别!"

祁正才犯过事儿,他不能再闯祸了。

陈彬不躲不闪,与曾经处于被动地位的模样完全不同:"祁正,后面就是你的学校,你在这儿打我,我走两步就能告你。"

他笑容讽刺:"既然进了学校,就做个乖乖仔,老师让你干什么,你就干什么。别像以前那样逢人就咬。现在我和你,已经不一样了。"

又是这样的语气。他不上学,一群人嘲笑他;他上学,还有一群人嘲笑他。他动手,一群人骂他;他不动手,还有一群人骂他。

祁正突然笑了,越笑越大声,笑得连腰都直不起,周围人全部看精神病一样看他。陈彬被他弄得面上挂不住,脸色铁青:"你笑什么?"

祁正抱着肚子笑,直起身,抬起头,同一秒钟,表情瞬间变得阴狠,接着一脚踹到陈彬的腹部,看着他跌跌撞撞退出去好几步,紧逼上去,揪住他的领子。

"别说后面是我学校,今天就是你祖宗在后面,老子也照样揍你。"

陈彬毕竟是大哥辈的人,反应快,挨了一脚后迅速起身,和祁正扭打在一起。

周围的人尖叫着去拉他们,场面混乱不堪。动静闹太大,引来了学校的保安和老师,一行人呵斥着"都干什么呢",人群迅速让出一条道,他们走进去,一眼看到中间的祁正踩在别人身上揍人。

祁正是熟面孔,他的行事作风,全校师生都有所闻,他闹过的事儿太多了,前段时间和家长在办公室大打出手被停课,这才回来没多久,又在校门口惹起了是非。

几个保安费了好大劲才把祁正拉开,陈彬被小弟们从地上扶起来,脸破了相，肿得很快，对方被老师们轰走，走之前，一双三角眼死死盯着祁正。

那是"这事儿没完"的意思。

几个老师相信"眼见为实"，不去追问原因，直接找到田波说明了情况。

祁正在校门口与社会闲散人士斗殴，恶意滋事，有失学生品行，有损校方名誉。

当时天黑，看到的学生不多，事情目前没被学校领导知道，老师们不想多事，把选择权留给田波，这是他班上的学生，上不上报由他决定。话是这样说，但他若知情不报，就是有包庇的嫌疑，免不了要遭遇一番是非。毕竟祁正这样的学生，没有几个老师喜欢。

田波是了解祁正家庭背景的，他至今记得祁正被他姨妈强行带来学校的那一天，死也不肯开口叫一声"老师"。

明明看上去是个孩子，眼睛里却充满了仇恨。让他坐，不坐，让他自我介绍，不说，破坏力倒是极强，来班上一星期，门上的玻璃碎了，窗台上花盆摔了两个。

但也有好处。田波发现，自从他到来，学校里那些个成天耀武扬威的问题学生集体收敛起来，乖了不少。

一开始，田波发过愁，他是从周边小城市调过来的老师，县里的孩子大多淳朴，好管，祁正这种学生，任谁遇上都得头疼。

直到有一次，放学时分，田波绕去小卖部给女儿买果冻。他蹲在货架后找那些小零嘴，货架对面几个学生挑饮料，嘴里叽叽喳喳的，不知怎么就说到了新转来的祁正。

你一言我一语，议论起祁正身上的各种传闻，想必家中大人就是这么个腔调，有些词句，一听就来自成年人的口中。

听来的也当真事儿说，语气还要再夸大三分，越说越离谱。到底是自己班的学生，田波听不下去了，故意咳嗽两声，学生们察觉到，立马没了声音，屏住呼吸溜没影儿了。

田波稍微放下的心，一转头又提到嗓子眼了。没想到，货架后还站着一个人，正是他们口中的祁正。

回去的路上，田波第一次有机会和这个新同学交流几句，之前的祁正一直不给任何人跟他说话的机会。田波不知怎么安慰，祁正身上问题很大不假，但不代表他就要如此受人非议。然而，话到嘴边田波也只能无奈地说一句"别往心里去"。

"也怨我，没看清他们是哪个班的。"田波说，"如果下次还有这种情况，你可以来找我……"

"我看清了。"祁正打断他，"每一个，我都知道是哪个班的。"

"……"田波沉默地看着他。

祁正也看着他。那目光不该来自一个孩子，冰冷，直接，尖锐，充满赤裸裸的讽刺。

他似乎猜到了田波接下来要说的那些冠冕堂皇的话，他选择撕破这份无用的善意，眼神刺得田波脸上火辣辣的。

为什么所有人都喜欢说"如果有下次，一定怎么样"这种话。有些伤害，凭什么要再承受一次才有资格去责怪。谁规定的？

田波无言片刻，说："好，明天我去联系他们的班主任。"

田波平时是个"老好人"形象，在学生中间是，在老师中间也是。他不轻易跟人红脸，啥事儿都想和和气气地解决，说出这句话，已是下了很大的决心。

第二天，田波确实找到了那几个学生的班主任，反映了这个情况。

学生之间，私底下谁还没传过几句闲话，几个老师嘴上说着"知道了"，脸上表情都不大好，似乎嫌他小题大做。

这些，祁正全看在眼里。那是他第一次受到陌生人的维护。

后来想想，祁正最初能在这个学校待下去，有很大一部分原因，是他碰到了一个称得上"老师"的老师。田波身上的闪光点，旁人再不屑，也给过祁正一丝温暖。

所以这一次，祁正没为难田波，主动走人。

田波还没上报，学生中间已经有人传开，既然传开，校领导也就知道了。就在田波想，这一次或许真的无能为力时，夏藤主动出来替祁正解释。她道出了事情的来龙去脉，还放出一段手机录音。证据确凿，是校外人员先恶言恶语地挑衅祁正，并且对夏藤动手动脚的。

祁正确实动手了，但对方不是校内人士，而且以当时的处境来看，事出有因。夏藤对着田波说，对着主任说，对着各位领导说，然而，结局并非她想象中的真相大白，鉴于祁正"前科"太多，对于他的处分决定，学校还有待商议。

从办公室出来回班的路上，赵意晗把她堵在楼梯口，质问她有没有把自己扯进去。夏藤那段录音简单处理过别人的声音，包括赵意晗的，她不想让事情变得更复杂。

听到想要的答案后,赵意晗心满意足,放松地笑起来:"算你识相。"

这一笑,让夏藤极为不舒服。

仿佛祁正的死与活跟她无关。如果不是赵意晗,那群人怎么会找来这个学校,如果不是她挑拨,那群人又怎么会看到她,堵着她不让她回家。

夏藤的怒火一点一点攀升。

"你别高兴得太早。"她冷冰冰道,"如果祁正回不来,我不会就这么算了的。"

饶是赵意晗,也被她的表情吓到了:"你想干什么?"

夏藤头也不回地离开。

距离晚会开始,还有一周的时间。

天气预报说本周会降雪,可惜不知是哪一天,沈鳌说昭县的天气预报都不准,只能信个一半。

学校专门为晚会印了入场券,虽然只是一张粗制滥造的粉色纸片,上面印着昭县一中,但仪式感十足,薄薄的一张纸,让拿到的人多了份期待。

夏藤作为参与者,多分到一张入场券,她留了一张给自己做纪念,另一张夹进书里。祁正没来上课也整整一周了。如果说上一次被停课,她只是一小部分原因,那么这一次,就是彻彻底底地因她而起。

夏藤不想欠他的。可是不知不觉中,她越欠越多,还也还不清。

秦凡带夏藤见了一次祁正。小网吧里乌烟瘴气的,混杂着泡面味,到处是网游格斗厮杀的声音。小隔间里,祁正踩在椅子上玩"斗地主",键盘旁堆着空掉的饮料罐,还有吃一半的炒饭。他这状态,不比上次好多少。

秦凡过去拍拍他的肩膀,往他身后指了指。

祁正回头,看到夏藤怀里抱着一本书,校服外套着大衣,人在不远处站着。

四目相对,祁正没有像上次那样,因为被窥探而暴跳如雷,夏藤也没有眼含轻视,看不起他的生活。二人都很平静。目光里,也多了些意味更深的东西。

夏藤轻声道:"出去说吧。"

祁正安静片刻,起身,捞过椅背上的外套。

网吧外的小巷子，祁正靠墙上，下巴微抬，看着头顶狭窄的夜空。夏藤把那张入场券从书里拿出来，没皱没折，保存完好，她递给他。

祁正低头看了一眼，没接。

"你来吗？"夏藤问。

"又开始了。"祁正笑了一声，她的态度变化他都能察觉到，并且很快猜到原因。

"我发现你这人够矫情的，每次不往自己身上扣点儿锅就不舒服。"

夏藤："……我怎么了？"

"我和陈彬有仇，无论有你没你，他都欠打。"

"我知道。"她只是一个导火索，她知道，"我没自作多情。"

"所以别干多余的事。"祁正听秦凡说了她在学校的所作所为，他根本不在乎那些人怎么想，怎么看，也不想跟任何一个人解释，"我用不着你替我求情。"

"那你来吗？"她没继续这个话题，重新问了一遍，手一直伸着，纸片轻轻抖着。

"我邀请你。"

她这样，祁正有气也撒不出来了。他别过脸："我不想看老巫婆跳舞。"

夏藤慢慢呼出一口气："好吧。"她收回手，"那提前跟你说一句新年快乐。"风吹过，捎来冬夜的凉。不知道以后还能不能见到他了，她有一股说不上来的难过。

很淡，淡到冷风一吹，就散去了。她把脸埋进衣领里，转身要走，手中突然一松，粉色的纸片被祁正一把抽走。

他嫌弃地看了一眼："丑死了。"

夏藤的心又慢慢跳起来："又不是我做的。"

"你做的更丑。"

夏藤不接这一茬："晚会是周六晚上七点开始，周末学校应该可以进来吧？"

"我说我一定去了？"

夏藤停步，认真地看了他一眼："祁正，你知不知道你有时候很烦？你的态度能不能稍微……好一点儿？"

祁正听见，嘴角一扬，两指夹着入场券，抵上她精致的下巴，一点一点往高抬："夏藤，你在我这儿的作劲，全部是我惯出来的，还不够？"

这一年的最后一天，晚会如期举行。

会场闹哄哄的。夏藤她们从中午一点开始就候在后台，晚会彩排了两遍，每个班的彩排时间有规定，赵意晗的《社会摇》占了大头，轮到夏藤和江挽月就没剩多少时间了，只能简单过一遍，走一下位置，没怎么跳，也没放音乐。

底下的人都以为她们没排练好，赵意晗抱着胳膊，一副"我就知道"的得意表情。

五点半，放演员去吃饭补妆。夏藤带了一堆化妆品，舞蹈房已经被霸占，她们凑合着在女厕化完妆，换上了跳舞的衣服。她头发披着，要的是头发甩起来的效果，江挽月则将长发高高束起，她脸型好，禁得住头皮紧绷的高马尾。

夏藤化妆技术过关，舞台妆多为夸张，她化了来昭县以来最浓的妆，粘上长长的假睫毛。而江挽月，夏藤替她勾了上挑的眉形，整个妆容偏欧美，五官深邃了不止一个度。

二人再次进入会场，虽然身上裹着厚厚的大衣，但与往常气质截然不同的妆发惊艳了来往的人。这儿的女孩们，化妆还追求着粉底与脖子不同的色度，粗重的眉毛，几乎飞到太阳穴的黑眼线和极重且不自然的鼻侧阴影，效果和她们显然不是同一个等级。

没有对比就没有伤害，赵意晗看见，表情变得不太好看："又跳不好，化成那样干什么。"有没有风格，她们没有这个概念，但好不好看，她们分辨得出来。

夏藤不予理会。离正式开场还有半个小时，她们坐在舞台下方左侧的演员席，她们班的节目比较靠后，暂且不用急着去后台。

观众手拿入场券陆陆续续进场，座位很快就被占了一大半。

还有十分钟，夏藤看到了江澄阳和秦凡那几个班上的同学。他们找到座位，隔着人群冲她们这边挥挥手。夏藤打完招呼，看了好几遍，又注意着后来每个进场的人。

主持人上台念开场白的那一刻，她终于意识到一个事实——

祁正没来。

第一棍打下来的时候，脊梁骨一阵钝痛，第二棍直击腿部，他面朝下摔地上，第三下，第四下，雨点似的密密麻麻地降落在身上。

祁正知道，这不止一根棍子，也丝毫没收着力度。

他心思不在走路上，警惕性是平时的十分之一，这群人出来得毫无征兆，他来不及反应，眼前就黑了。

他被拖进路旁的小道里。蹲守他的地方就那么几个，很容易就能找到他。这些地儿随便一个拐角就是小街小巷，正常人都不走，祁正摔下去后，一记一记重棍落在他身上，不知道有多少人，此起彼伏，没有停过。

他撑地，想爬起来。

那群人惊了下，被这么打还能起身的人不多。他刚起到一半，一只脚踩到背上，把他重重踏回去。

祁正眼睛红了，他低吼一声，整个人要翻起来，几根棍子死死抵住他。

"祁正，今儿你当一回孙子，给哥几个出口气，咱们以前的事儿算完。"陈彬的声音在耳边响起，他踩着祁正蹲下来。

祁正浑身紧绷，血液倒流，嗓子里发出沉沉的怒吼。陈彬和几个兄弟几乎快要摁不住他。真是条疯狗，蛮劲这么大。

陈彬知道怎么戳他软肋："那姓夏的姑娘，我就不去找她了。让她好好读书。"空气静止了一秒，祁正不动了。他出门的时候六点半，死要面子半天，还是没控制住双腿。

她说过，晚会七点开始。可能这会儿她已经上台了吧。

她跳舞什么样儿，他想象不出来，成天软了吧唧的，能跳出什么花样来。

可她又是那么耀眼的姑娘，她不站在舞台灯光下，谁站？他不能独享，想想就来火。

不过，就让她永远那么耀眼吧，这个鬼地方的黑暗、肮脏，由他来承受。

祁正真的没再反抗，任他们打。陈彬先是惊愕，而后觉得眼前这一幕太过讽刺，大笑出声："祁正啊祁正，你也有今天。"

祁正多牛啊，名字传出去，他们这群街头巷尾的混子谁不怕上三分。可惜，就是这么个人物，此刻烂泥似的匍匐在地上，脊梁骨再硬有什么用，他的心软了，就会变得不堪一击。

棍棒没轻重。一开始似是不敢相信祁正就这么任他们揍，试探了几下，一群人胆子变大，拳脚也上来了。

他结下的仇太多太多，讨厌他的人更数不清。

收手还算干脆，陈彬气他处处压制自己，又见不得他半死不活的样子，骂了两声，喊停。

一群人情绪激动，还没尽兴，机会难得，个个儿兴奋得像犯了瘾一样，平时没见这么牛气过，今天倒是争着出头泄愤了。

陈彬气不打一处来，抬高声音："走！"他动怒，八个人才堪堪停手。

临走前，祁正半边脸从地上摩擦着转过来，叫住他："喂。"

陈彬回头，被一双眼盯住。那里面没有一丝光，漆黑而阴寒，好似恶鬼。

"记住你的话，敢找她，我一样一样还给你。"

他今天是手下败将，明明该落魄，该万念俱灰，可是尽管脸上身上全是伤，姿态狼狈地趴在地上，陈彬却就是找不到他的颓然之气。他似乎忘了，挨打对曾经的祁正来说是家常便饭，没什么是他咽不下去的。

陈彬不想记住，祁正逼他记住了。

这事儿会怎么往外传，祁正懒得管。他松开全程紧握的拳头，太用力了，手掌被指甲抠破一道口子，血流了一手。

手心那张粉色的入场券被弄脏了，沾湿了一半，"入场"两个字看不清。

早知道就把它放口袋里了。

祁正爬起来，身子一动，扯得到处疼，他又跌了回去，摸了下，骨头没断。没断就没事。嗓子里一股铁锈味，糊着喉咙，难受得紧，他咳了一下，吐出去一口，全是血水。

有什么冰凉冰凉的东西落在脸上，与他滚烫的皮肤相贴，化成细小的一颗。祁正抬头，昏黄的路灯，照亮夜空中轻飘而纷乱的白。他背靠脏乱的地，躺在地上，由着雪花落下来。

满眼都是雪花，纯洁、干净，很容易想起一个人。

他慢慢合上眼睛，笑了一声。

昭县今年的第一场雪，总算下了。

晚会已经进行到后期，还有三个节目就结束了，气氛正值最热闹的时候，尖叫声、鼓掌声交织在一起，会场里热得像夏天。里面的人还不知道，外面下了第一场雪。

轮到高三六班的节目，台下的男男女女很给赵意晗面子，大声喊她的名字，这种时刻，不管是台上认识台下的，还是台下大喊台上的，都是成为焦点的好时刻,好机会。

台上站正中间的赵意晗自信满满,比了个"OK"的手势,激情澎湃的音乐声随之响起,来势汹汹,震响整个会场大厅。

在很久很久以前,有一群传说中的社会青年
每当月圆之夜,他们都会举行一种古老而神秘的仪式
奥特曼奥特曼
打怪兽打怪兽
……

说摇就摇。赵意晗带领着一帮女生,身穿黑色露脐短袖、黑色紧腿裤,脚踩亮闪闪的鞋,以三角为队形,向舞台两边散开,墨镜一戴,谁都不爱。

比起前面的一些传统晚会的舞蹈来说,这样的节目确实更具吸引力。台下学生们欢呼声一片,更有甚者,和她们一起摇起来。反应越热烈,赵意晗等人摇得越起劲儿。夏藤和江挽月已经在一旁的幕布后等着了,说实话,赵意晗确实把气氛推向了高潮。

台下的老师一会儿互相耳语几句,一会儿笑笑,看得津津有味的样子。江挽月把马尾紧了紧,道:"还挺热闹。"

夏藤没有说话。上过那么多次台,夏藤以为自己早已对舞台和视线麻木。但是在这一刻,她清楚地感觉到自己猛烈的心跳和逐渐急促的呼吸。她抛开了曾经那个夏藤的光环,这一秒,她是昭县一中,高三六班的学生。

学习成绩不错,住在姥姥家。在学校里,有一两个同伴,有看不惯她的人,还有对她而言很特殊的人。

这群人,让她从零开始,她是什么样的,得到的回应就是什么样的。

曾经,她表演,为了那些喜爱的目光,也为了得到更多那样的目光。

现在,她是为了成为她自己。

会场大厅的右后侧,有一扇小门,入口不好找,得从连接着大楼的二层进入,所以从这儿进出的人不多。

台上正在放《社会摇》,全场跟着摇头晃脑,没人注意到角落里的小门开了。

祁正带着一身风雪走进来,暖气扑了一脸。

最后一排有人认出是他,要给他让座,祁正摇了下头,靠着门坐地上了。

后面光线暗,没人注意到他脸上的伤。他眯着眼看了台上一会,确定夏藤还没出来,松了一口气。赶得上,就行。

赵意晗摇摆完完美谢幕,她退场,夏藤上场。肩膀擦肩膀,夏藤没有躲,她知道赵意晗是故意的,直接撞了上去。

赵意晗受到那道力,难以置信地回头。她看到那一抹细瘦高挑的身影,一步一步走向舞台中央。夏藤脱掉最外面的大衣,扔在地上,里面一件黑色无袖上衣,露一截细腰,黑色短裤,黑色马丁靴。露出来的地方全部纤细紧致,没有松垮垮的赘肉,她注重塑形,身材比普通的瘦看着线条更好一些。她和江挽月一前一后,立于舞台中央。大胆的服装与风格,在这里很少见,台下讨论声四起。

大厅暗下去,舞台上只有两道黑影。

"砰——"上空回荡一声枪响。头顶灯光乍亮,夏藤跟着那声枪响抬头。微挑起的黑眉,浓重深邃的大地色眼影,最惹人注意的,是一张夺目的红唇和耳垂上两个银色大圈。

暗黑而性感,张扬又冷艳。上一个节目耳熟能详的大热曲曲风突变,几乎没有前奏,充满力度的欧美嗓音响起。

Don't act like you forgot, I call the shots, shots, shots.

Like brap, brap, brap.

Pay me what you owe me.

枪声配合打枪动作,夏藤弯腰低头,江挽月胳膊后拉打枪,两人一前一后,提拉收放,都是对称的,配合度高,练过无数遍的动作,早已有身体记忆。夏藤把胳膊重重砸在每个节奏点上,腰肢发力,每一根发丝都在飞舞,看似柔软,却充满力度。动作完美卡点,一分多钟,没有一秒是空闲的,全是爆发点。

舞蹈到最后,她换到江挽月斜后方,音乐由激烈转为妖冶,这动作需要两脚分开站立宽过肩,由腰部发力随着音乐扭胯,手掌举过头顶,再一点一点沿着身体下来,台下的欢呼声爆发。

随着最后一声,她们高高扬起头,定在了结束动作。

大约半秒后,台下响起惊天动地的尖叫声,那是被此种前所未有的力量型舞蹈震撼而发出的。夏藤喘着气儿,耳环飞出去一只,额前的汗流进眼睛里,视线是模糊的,但是她听到了。她享受过无数次掌声,没有一次像今天这样让她兴奋，让她满足。

最后一排的同学都快憋坏了，想喊不敢喊，祁正坐在地上，从夏藤上台起就没换过动作。这是他作为观众，最安守本分的一次，没捅娄子没捣乱。他没跟着喊她的名字，没给她加油，也没鼓掌，从头到尾都是一个表情。他没想到她那副总是柔柔弱弱的身体蕴藏着如此强烈的力量，她撑得起这样的场合，配得上人们为她呐喊。

也是在这一刻，他相信了，她就是那个夏藤。不只是名字一样。

良久，他缓缓抬起胳膊，按住心脏的位置，按得越重，跳得越快，快到不受控制。他浑身都发烫。过了会儿，他低下头，把帽子拉上去，盖住耳朵，脸埋进衣领里。

幸好光够暗，没人发现祁正红透的耳朵。

跳完舞，短短一分钟，却堪比连着跑两个八百米。夏藤下了台人就软了，衣服来不及披，她瘫倒在会场外的台阶上，大口大口调整着呼吸，嗓子生疼，一吸气就疼。

身上全是汗，快湿透了，又遇冷风，她打了个哆嗦。

江挽月扶着扶手站起来："这么吹会感冒，我回去拿衣服。"

"好。"夏藤艰难地点头。

江挽月前脚刚离开，后脚就过来一个男生，满脸通红地走近。

"同……同学。"他是鼓足勇气跟出来的，再加上同伴一怂恿，豁出去了，"你叫夏藤对吗？"

夏藤今日妆容够性感，黑发，红唇，她那么瞥过去一眼，男生说话更结巴了："能、能、能、能不能交个朋友？同学，你跳舞好厉害。"

夏藤这会儿心情本就飘着，是打从心底的开心想笑，她刚要开口，另一边一道冷冰冰的声音挤进来："同学？谁跟你是同学？跳舞厉害你学跳舞去，跟她交哪门子朋友？"

男生与夏藤齐齐向声源看去，祁正在台阶之下，目光凉飕飕地望着他们。男生认识祁正，应该说昭县一中无人不识祁正。阎王谁敢惹？他的勇气被兜头浇灭，泄气跑了。

祁正没往男生离开的方向看一眼，他不关心，对着夏藤道："下来。"

直到上台前她都没看见他，说不失望是假的，这一刻他又这么出现，她之前的那点儿小期待全部发酵成埋怨。她坐着没动："你什么时候来的？我没看见你。"

祁正："让你下来，听不懂？"看完她跳舞，还是这副死德行，想来想去也只有祁正一人会这样。

夏藤站起身，抓着扶手一阶一阶走下去，腿还有点儿抖。她到他跟前，他抓住她的胳膊，扶她站稳，然后就丢开了。

夏藤被他丢得肩膀往后斜了斜："你这么凶干什么？"

"我看那男的不爽。"

"……那你冲我发什么火？"

"他不是你招来的？"祁正嘴角笑得凉薄，"就知道瞎招摇。"

夏藤说："那你也是我招来的。"大量的运动过后，她的眼睛亮闪闪的，神采奕奕。祁正伸手掐她的脸，掐得那张漂亮的脸都变形了。

"很得意？"

她"哝"的一声，吸一口凉气："疼！"

他不心软："就是让你疼。"

夏藤气不过，打他一下，她只是稍微用了点儿力，他却闷哼一声，直接倒她身上。夏藤吓了一跳。祁正捂着腹部倒在她肩头，缓了一会儿，微微侧头，嘴唇靠近她的耳垂。

"要死啊。"他在她耳边沉着嗓子说。

夏藤不敢偏脑袋，他离她太近了，呼吸都洒在她脖侧的肌肤上。

他撑着她的肩起来，这个距离，夏藤看清了他的脸。

伤了好几处，几道擦破的口子，眼睛充血，半边脸颊淤青，还有干掉的泥水污迹。这比她见他任何一次负伤都严重。

"你又跟人打架了？"她几乎立刻就联想到前段时间校门口的那群人，再加上他今天迟迟不出现，眼下又受伤成这样，夏藤猜到了一点儿，在心中无限扩大。她小心地试探，"你是不是……被打了？"

"被打"两个字伤不到祁正的自尊，他无所谓地说："刚被你打了。"

"我没跟你开玩笑。"夏藤心里闷住一口气，他脸上的伤昭示着他此前经历了何种的打击，"是不是他们？"

祁正还没说话，江挽月出来了，唤她一声："夏藤。"

她已经裹上棉衣，手里拿着夏藤的大衣，身后跟着不知道从哪儿冒出来的秦凡。秦凡一歪头，看到祁正："阿正？啥时候来的？"

祁正手覆在夏藤背上，低声说了句"别让他们过来"，然后把她推了过去。夏藤猜他不想被秦凡看见脸上的伤。她接过自己的大衣，跟江挽月说了声"谢谢"："我们还有事，先走了。"

秦凡的表情立马变得意味深长："哟，什么事啊？"

他要往祁正那边走，夏藤脚步一动，挡住他，一副不乐意的样子，声音又娇又怨："你有点儿眼色行不行啊？"

她很少露出这种表情，秦凡一怔，"哎哟"了一声。她都这样了，他再不识好歹地凑上去，祁正得揍死他。秦凡和江挽月走后，夏藤穿好大衣走回他旁边。祁正还沉浸在她刚刚一反常态的表现里："真能演。"

夏藤拉他胳膊："去医院吧。"

"不去。"

"伤成这样还不去？"

"这样是哪样？我这样也能单手把你拎起来，信不信？"

夏藤理解男人的那点儿自尊心，看见前方树下一张长椅："在那坐会儿总行吧？"

祁正不爽她这个语气："你是觉得我现在特别弱还是怎么着？"

"没有。"夏藤说，"我弱，我需要休息。"

祁正眼一眯，脸色沉了。夏藤知道他生气了，不管，顶风作案，扶着他的胳膊往长椅那儿走。祁正受得了棍棒没轻重，受不了她看轻他。他甩开她："用不着你扶我。"这一甩，拉扯到筋骨，他疼得冒一身汗。

夏藤无语："你听话点儿吧。"

她和他并排坐下，右边有一棵树，只不过枝丫枯了，光秃秃的一树干枝条。祁正摸出烟盒，抽出一根烟刚放进嘴里，夏藤忍不住道："别抽了。"

"我疼。"祁正睨她，"不然你和我干点儿什么分散注意力？"

他又开始不正经。夏藤本想说他，可是他顶着这么一脸伤看着她，她又开不了口了。祁正不需要同情，她明白，所以她尽量不让自己表现出来。

"是不是他们？"他刚还没回答。

祁正没有在她面前隐瞒，低低一声："嗯。"

他态度平淡，看不出挨了打之后的怨恨和戾气，这点儿挺出乎意料的，她以为祁正是受不得一点儿羞辱的人。他比她想象中的能屈能伸。

"你们这样……到底为什么？"

虽说祁正这种人，没点儿结过梁子的死对头说不过去，但照这样下去，日子还能好好过吗？

"陈彬那几个不是昭县人，旁边县里什么村子过来工地上干活的，欺负了我不少朋友。"祁正说,"在我的地方,动我的人,我警告过他,他不听,那他不是找死是什么?"

他说这些话的时候,眉眼之间一股狠厉之气,夏藤可以想象得到他曾经混在街头巷尾时是什么模样了。

"然后呢?"

"我跟他单挑,他输了,我让他当着他那些兄弟的面儿叫我一声爷爷,他叫了。"说到这儿,祁正笑了声,"他估计之后一直不服,有事没事出来作一下死。"

夏藤没想到还有这么多前因,听得心惊胆战:"你以后别乱和那种人打架了。"

祁正听笑了:"那种人是哪种人?"

夏藤想到陈彬阴森森的脸就心里发寒:"他们太坏了,心都是坏的。"

她说话总是这样毫无攻击力,透着自身的文明素质气息,骂人也不会骂得多难听。她越正正经经,他越想逗她。祁正歪着脑袋看她:"我不坏?"

坏。有时候简直就是个浑蛋。但是,夏藤说:"你和他们不一样。"

她眼睛很亮,什么都写在里面,让人可以一眼望到底。她没有骗他。

祁正盯着她看了会儿,又去掐她的脸,他不喜欢她今天的妆,太浓艳了,漂亮得让人有危机感。

"看来是我欺负得还不够。"

夏藤不高兴他这么掐,想打开他的手:"我的妆要花了。"

"你以为你化得多好看?鬼一样。"祁正手握住她的下巴,大拇指蹭上她两瓣柔软的唇,使劲儿抹,把她的口红擦出界,跟小丑的大嘴巴似的,他满意了。

"祁正!"夏藤挣不过,大喊一声,她想骂他,视线突然被一抹白吸引了去。

天空又飘雪了,绵延的灯光下,片片雪花无声降落。

她马上兴奋起来,身子转过去:"下雪了!"

祁正没看,视线仍落在她脸上:"嗯。"

她不知道已经飘过一场了,虽然只有一小会儿。那个时候,她应该在会场里准备登台表演。

"这是今年的第一场雪吧?初雪是可以许愿的!"夏藤满脸抑制不住的兴奋,此刻的她和寻常小姑娘没有差别。

祁正漠不关心，又"嗯"了一声。他在想，为什么把口红弄花了，她还是没变丑？

夏藤闭上眼，心底默念了一句。她再睁开，祁正正一动不动地看着她。

夏藤问："你不许愿吗？"

"许什么？"

"许什么都可以啊，你没有愿望吗？"

"没。"

"想做的事呢？"夏藤眨了眨眼，看得出来，下雪了，她心情很好。

"比如？"

夏藤说："什么都可以啊。"

"哦。"祁正就这么看着她，然后说了一句话。

话落，呼吸交织在一起。冷风也变得炙热。

夏藤反应过来时，耳根红透："你……"

"是你把秦凡支走的。"

"明明是你让我……"

"不是我，是你。"祁正说，"是你招惹我，我上钩了而已。"

那一天，昭县下了一场纷纷扬扬的大雪，漫天的银白色飞花，装饰了每一片房顶，每一条光秃秃的枝丫。

回去的路上，夏藤蹦蹦跳跳了一路。她想过无数次，在飘雪的日子，在大街上肆无忌惮地淋着雪走一次，终于在这一年的尾声实现了。

回家后，她舒舒服服洗了个热水澡。沈繁高高兴兴到隔壁家串门唠嗑去了，说是吴奶奶的儿子回来了，让夏藤洗完澡也过去玩会儿，她在楼上应声好。

夜晚十二点的钟声响起时，昭县点起了鞭炮，响起了噼里啪啦的声音，远远近近都是，炸得野猫四处逃窜，躲进角落里。夏藤头顶盖着毛巾出来，手机亮了，来自今天自己把自己从黑名单里拖出来的祁正。他发来一条短信："开窗户。"

夏藤顾不上湿头发，跑过去拉开窗帘，窗户推开，她探出半截身子。

雪从她跳完舞那会儿一直下到现在还没停，庭院积了层薄雪，积雪上有两行字。

"新年快乐。"

"老巫婆。"

字旁是一根断裂的粗树枝,还有一行走向大门的脚印,没看见他的人。夏藤飞速回身,拿过手机回到窗边给他打电话,响了好几声他才接。

他那边也是鞭炮声。

"你什么时候走的?"

"刚才。"

"为什么不等我出来?"

祁正抖掉身上的雪:"不想见你。"

他在楼下时间太久,头发丝里、身上、眼睫毛上都是雪,为了写那两行破字,手都快冻麻了。脸上的伤都没知觉了,他现在连表情都做不出来。

不想见就不想见。夏藤又问:"那你干什么去?"

祁正走进一家尚未打烊的面馆,老板一个人,经常开到凌晨两三点,他们这群无处可去的人最常光顾。

今儿跨年夜,店里面还有那么一两个人,都是自己一个人过来闷头吃饭,平常倒没觉得多冷清,逢上佳节,气氛就不一样了。

祁正挑了个位子坐下,自己给自己倒热茶,说:"找我朋友。"

一碗热茶下去,终于回了点儿温。

他狐朋狗友多,总归有地方去的,夏藤"哦"了一声:"你玩吧。"

祁正看着门外呼啸的飞雪,心想不知道这是第几个无所事事的跨年夜了。

每到这一天,他没心情去参加任何一个局,烟酒无用,游戏更无聊。也是在这一天,他知道不管他平时看起来多么一呼百应,他终究是被世界抛弃的。

如果没有她,他本可以继续忍受这样的日子,年复一年。

祁正不想影响她的好心情,"嗯"了一声要挂断。

"谢谢你的祝福,我收到了。"在最后一刻,夏藤盯着那两行字又开了口。

"祝你新年快乐,阿正。"

时光飞速流淌,旧的一年成为过去,好与不好,都会随着这场大雪永远消失。新的一年,会发生什么,谁又知道呢?但总要抱有期待的,人生嘛,不就是一个麻烦接着一个麻烦,学会苦中作乐,才能享受人间百态。

老板端着面上来,见到祁正挂了电话,脸红红的,不知是冻的还是怎的,打趣道:"跟谁打电话呢,女朋友啊?"

祁正拿筷子,不回答。

"有空带过来呗。"

祁正板起脸:"太漂亮了,不给看。"

第七章
风暴

　　元旦学校放三天假，高三也不例外。
　　夏藤好不容易能睡个懒觉，却被一大早震耳欲聋的鞭炮声吵醒。吵醒后再入眠就相当困难了，她迷迷糊糊地摸到手机拿起来看，不看不要紧，这一看，屏幕上正闪烁着"丁遥"二字。
　　她刚要接，电话由于长时间未接通，自动挂断了，一看来电记录，这才发现电话快要被丁遥和许潮生打爆，微信上也是一堆未读消息，就这会儿，消息栏还在不断往外弹。
　　她昨晚怎么睡着的她都不知道，但是她睡前事先调好了静音，以防今天睡懒觉有人吵到她。
　　来不及多看，她赶紧回拨过去，响一声那边就接了，丁遥一副吃人的语气："你干什么呢！啊！打这么多电话听不见啊！"
　　"我手机没开声音……"夏藤清了清嗓子，"怎么了？"
　　"你还睡？你给我起来穿衣服化妆来车站接我们，老子和许潮生要挤晕了！"
　　夏藤从床上惊坐起："你们怎么来了？"
　　"不是说了来看你吗？你们这儿是什么鬼地方？没高铁没动车，我和许潮生下飞机查了半天路线，竟然要再坐一次火车才能到最近的城市。"丁遥声音巨大，比鞭炮还响，"许潮生这种矫情货你又不是不知道，坐了会儿火车脸都绿了，跟我找了一路碴。"
　　许潮生此刻浑身不适，火车上的气味难以形容，他不肯和人一起面对面挤在车厢，也不愿意去吸烟区，就直挺挺地立在接热水的地方，手里按着他的 LV 行李箱。
　　他没工夫理会丁遥的冷嘲热讽，极其不耐烦地挥了下手："你让她赶紧发路线过来，下了火车怎么走，还要坐什么奇怪的交通工具，一并发过来。"

丁遥懒得重复："听见没？"

"听见了。"夏藤按开免提，"你发位置和车次给我，我给你们写路线。"

丁遥把位置和车次信息一股脑全发过去，然后一脸嘲讽地对许潮生说："我就说应该提前告诉她，好歹有个准备，你非要搞得神神秘秘的。这下好了，路都不知道怎么走。"

许潮生非常郁闷，一人一箱散发出"我很贵也很烦"的气息，冷冷道："闭嘴。"

夏藤把路线标得十分详细，他们坐这列绿皮车到达终点站，即容城，下车去坐大巴就行，和她当初的路线一样。

许潮生听见还要挤大巴的时候，呼吸几度停止："要我挤大巴？她疯了吗？"

丁遥毫不掩饰幸灾乐祸的表情："她没有，她当初也是这么去的。"

许潮生深吸一口气，冷静："给我叫顺风车。"

"夏藤说他们这儿不能叫车。"丁遥笑得不行，"你说神不神奇？"

许潮生脸色要由绿转黑了，跟腌坏的黄瓜似的。

"再事儿多你就回去。"丁遥才不管他是什么脸色，走进吸烟区，她打火机过机场安检时被收了，侧头问旁边的大汉借了个火，然后两人有一搭没一搭地胡侃上了。

许潮生在后面翻了个白眼。

夏藤收拾好，和沈蘩大概说明了下有朋友要来，就火急火燎地出门了。沈蘩在身后喊让她把朋友带回来，夏藤说不用，丁遥那条花臂，正常人接受不了，被街坊邻里看到指不定怎么说。

网上订酒店在这边行不通，夏藤先去了趟新区那边。新区是快出昭县的那一带，这两年周边大点儿的县城慢慢有一些自驾游或是其他专门来这边体验农家生活的旅客，昭县政府看准了这一块，就开发了这个地方，建了几家饭店和宾馆。

本地人不怎么来这边，这儿招待的都是途经此地的游客和有时候派下来考察的领导。

夏藤过来，也是因为这里的宾馆算是全县最好的，她总不能让许潮生和丁遥住那种街边小旅馆。丁遥还好，许潮生可能会当场翻脸。

订了两间房，夏藤收到丁遥的消息，他们快就到了。她又匆匆忙忙打车去车站。

又来到那个破破烂烂的昭县汽车站，白天看起来更加老旧，阳光一照，空气中浮尘清晰，"汽车站"三个字被风吹日晒褪了色，干瘪又粗糙地立在最上面。

大门敞开，拥出来一拨到站的乘客。

许潮生和丁遥便在其中，走在人群中，相当扎眼。许潮生穿一件浅咖色大衣，走起路来衣服下摆张牙舞爪，渔夫帽、墨镜、口罩一应俱全，把脸遮得严严实实；丁遥则一身黑，及肩的松散头发，染回纯正的黑色，她这回没戴那些七七八八的首饰，走近才发现，她殷红的唇上多了枚细小的银色唇钉。

她和许潮生远远地走来，浑身散发着强烈的气场，周围的人只敢用余光打量。丁遥见到她，行李箱一甩，张开双臂拥住她，这一抱，陌生又熟悉，夏藤眼泪差点掉下来。

她怎么可能不想回到他们中间去。

丁遥抱完，顺手在她腰上掐了一把："瘦了，骨头硌人。"

夏藤眼睛水汪汪的，吸了吸鼻子，丁遥稀奇地挑眉："哟呵，还哭上了。"

许潮生隔着墨镜打量她。夏藤变了，曾经的光鲜亮丽与倨傲清高褪去，多了些小女孩儿的娇态和生动。

等她和丁遥煽情完，他揪起她衣服的一角："你穿的这是什么，入乡随俗？"

夏藤看了眼自己身上的衣服，她坚决不穿棉衣的后果就是扛不住北方的寒风，加上昨儿在外面逗留的时间太久，回来后直打喷嚏，于是今天出门前沈蘩拿出了自己的大棉袄，坚决地要求她套上。

如今夏藤是没那些个偶像包袱了，昭县又没人认得她，穿什么不是穿。

"这是我姥姥的衣服，天这么冷，你穿一件大衣肯定受不住。"夏藤看着他的大衣。

许潮生说："我穿你这种大花袄会更受不住。"

旁边出来的人陆续坐上了三轮，车夫用力一踏脚踏板，车子慢腾腾地向前挪动。许潮生瞄到，表情瞬间变得难以置信："这什么玩意儿？

我们不会也要坐吧？"

"白天可以打到出租车。"夏藤帮丁遥拿过一个包，"我到的那天太晚了，打不到车，就坐了这个三轮。"

许潮生："你这不是人过的日子。"

"我过得挺好的。"夏藤一边招手打车一边说，"还有一辈子在这儿生活的人呢，不都过得好好的吗？"

许潮生的反应，和她初来乍到那天一样，那时候的她也是处处嫌弃。可是习惯之后，除了偶尔会觉得不方便，她已经渐渐喜欢上了这种简单的生活方式。没有智能，没有快捷方式，自然也没有城市中的快节奏。

许多事情需要亲自去做，日子充实又轻易满足，不必日日重复，不会觉得麻木，一点点小事就能让人快乐起来。

回归生活最本真的样子，才会发现世界从未变过，变的从来是人。冷冰冰的智能时代，生活越发便捷，人却更忙碌，没人愿意再花时间去获得那些微不足道的快乐。

宾馆是这两年新修的，设施一般，但胜在新，房间里看着还是蛮干净的。看来路上的街边建设，许潮生本已做了最坏的打算，标准降低到"能住就行"，现在再见到眼前还算宽敞的房间，脸色稍微好了点儿。

三个人先进了一间房，丁遥进门就把行李箱丢床边，过去拉窗帘开窗户。

夏藤道："你怎么烟瘾越来越重了。"

"死不了。"丁遥满不在乎。

"还是多注意点儿吧。"夏藤劝不动她，去洗烧水壶，"你们俩过来为什么不提前跟我说？"

"许潮生要给你惊喜。"丁遥斜着眼看检查床单被套的许潮生，笑道，"艺术家嘛，喜欢戏剧人生。"

听了一路的风凉话，许潮生抄起一个枕头砸过去，丁遥稳稳接住，扔回床上："德行。"

夏藤："别动手，弄坏了要赔钱。"

许潮生嗤了一声，摘掉帽子口罩。几个月未见，他蓄了些头发，脑袋后面扎了个短短的小髻，再配一张贵公子的脸，艺术气息浓郁得不行。

他从包里翻出一包茶叶扔到桌子上："泡我的茶。"

夏藤认命地拿起来。

"丁遥这种闲人什么时候走都行，平常我也没空，正好趁元旦多请了几天假，就过来陪你过新年了。"许潮生把大衣挂衣柜里，说，"我俩可是起了个大早赶飞机，挤火车挤大巴，诚意够足吧？"

"够。"夏藤只敢点头。

"你那同学呢？"许潮生话题转得没有丝毫停顿。

夏藤一愣："啊？"

许潮生走到她身旁，自然地端走她手里刚泡好的茶："别装聋作哑。"

"……"

夏藤想起了点儿什么。她和祁正那一下，她没问原因，他也没解释。是出于冲动，还是别的，没人知道，她不敢一探究竟。她不知道祁正怎么想的，就像她也不清楚自己怎么想的。

这种事儿，她想得再明白都没有用，从一开始，他们之间就全由祁正主导，他想怎么着，她就得怎么着，他这人太霸道了，由不得她去经营这段关系。

从昨晚那通电话之后，他没再发过一个消息，也没打电话，夏藤估计着是他又通宵去疯了，不知道现在醉生梦死在哪个角落。

由不得她管，她就不管了。夏藤说："他不上学了，我也不知道他在哪儿。"

许潮生掀起眼皮睨她。夏藤又说："盯着我也没用，昭县说大不大、说小不小，我总不能上街给你逮去。"

丁遥在旁边听，乐出声："许潮生，你今年开门不利啊。"

太久没见，聊了会儿天，转眼外边天就黑了。叫不了外卖，他们准备下楼吃饭。宾馆附近都是比较正式的饭店，丁遥不想吃这种的，既然出来了，干脆去个热闹些的地方，顺便逛逛昭县。

许潮生勉强同意，这回出门没戴遮面物，估计是看懂了这个地方不会有人认识他们。

能无所顾忌地走在街上，于他们来说都很难得。

夏藤所知道的热闹些的地方，就是曾经江澄阳带她去过的夜市，那一片属于昭县的小吃街。

挑了一家人不算太多的店进去，夏藤问有没有包厢，老板指了指两间紧闭的门："一大一小都有人，坐大厅吧，大厅这么多位子。"

夏藤想问许潮生愿不愿意，丁遥已经答应上了："行，菜单拿来看看。"

"好嘞。"

一行人落座,点好菜,刚说两句话,旁边大包厢里传来一阵大笑,隔着门都能听到。

丁遥顿了顿,没当回事儿,继续说话,结果没说两句,那包厢里又吵起来,直接干扰了她的思路,她皱了下眉。

许潮生叫过老板:"那边包厢里面怎么回事?"

老板会看人,许潮生一身贵气,立马赔着笑脸:"他们人多,就有些闹腾了,都是一群老顾客,我也不好说。你们别生气,我待会儿进去提醒一声,再多送您一道菜。"

所谓"伸手不打笑脸人",许潮生摆手:"算了。"而就在此刻,包厢里出来一人,跟老板要了包抽纸,人又进去了。那人看着就一身流氓气,许潮生皱眉:"这都什么人。"

夏藤却有些恍惚。

包厢里。刚刚进来的人问祁正:"正哥,我刚进来在外面瞅见一人,像夏藤,又好像不是。"

他们这一帮便是祁正在学校外的朋友,大多只见过夏藤一两面。

祁正撑着脑袋看手机,听着没什么反应:"这个点儿,她不在外面。"

"反正我没看仔细,她旁边还有一男的,感觉没见过。"

那人想了想,夏藤还能上哪儿去认识其他男生?他又道:"那应该不是她。"

旁边还有一男的。

祁正听到,动作一停,一瞬后:"哦。"

那间大包厢里再次传出大笑声打断丁遥说话时,她筷子一扔,拉开椅子就去了。

"哎——"夏藤还没来得及拦她,丁遥已经推开那扇包厢门,靠在边上:"各位逢上什么喜事了,笑个没完没了的?"

包厢里的都不是善茬,安静一瞬,有人回话:"关你屁事?"

丁遥笑了笑,笑意却透着飕飕的凉意:"吵着我吃饭了,就关我事。"

一大块头出声:"过来找碴的?"

丁遥要说话,席间一个男生打断:"阿虎。"他叫住大块头,继而道,"我让他们安静点儿,你出去吧。"

男生头都没抬一下,一直看着手机发话,完全没把门口的人放在眼里。

丁遥最不爽跟人说话时对方不当一回事,看他半晌,冷哼一声,直起身,胳膊带过门重重一摔,"砰"的一声。

丁遥前脚出来,那门后脚就被打开,大块头冲出来,提着一个酒瓶:"你给谁摔门呢!"

店里其他客人吓得一阵惊呼,丁遥还没走到夏藤他们那一桌,听见这声,直接扭身:"怎么着?摔你脸上了?"

老板怕闹事,赶紧跑过来,看这剑拔弩张的气氛又不敢上前,急得直跺脚:"哎哟,哎哟,你们可别动手呀!"

包厢里又出来几个人,拉了大块头一把:"阿正说别闹。"

丁遥一头短发、黑西装,配上烟熏妆和唇钉,怎么看怎么不好惹。大块头不服她一个女生气势这么强烈,拿酒瓶晃晃悠悠地对着她:"我警告你……"

丁遥懒得听:"少拿酒瓶指着我。"

"你!"大块头正要发作,酒瓶被人从手中拿掉。祁正将酒瓶放在一旁的桌子上,手拍上他的肩,把他往包厢里推。

"别给老板找麻烦。"

大块头还气呼呼的。

"丁遥,回来。"后面也传来一道声音,许潮生不想和这群人有染,"走了。"

按道理说,祁正没心思去管这莫名其妙的女生还有什么同伴。

但是,他回头了。

第一眼先看到夏藤。

第二眼看到刚才说话的男的,面生,很高,身上散发出的气息与夏藤出奇地一致,他已经穿好大衣,准备离开。

第三眼,是他抓在夏藤手腕上的手。

祁正目光一点一点下移,再一寸一寸挪回去。许潮生不喜欢他的眼神,充满了几近野蛮的掠夺性。这样年轻的面孔,一张脸却让人看不到朝气。

他把夏藤拉到自己身后。这种下意识的保护动作,让祁正太阳穴跳了一下。夏藤怕他闹事,更怕他们俩互相认出来,这比大块头发作更恐怖。她在许潮生背后轻轻对祁正摇了摇头,目光有一丝恳求,她希望祁正能给她一回面子，听话一回。

但显然，祁正做不到，他没有那个忍耐力。他说："你摇什么头？想让我装不认识你？"

夏藤呼吸一滞。这个语气，一听就是生气了。

许潮生眉头蹙起，回头："你们认识？"

还能怎么办，装也没得装，夏藤低头："嗯。"

"还有你，松手。"祁正看着他俩抓在一起的手极为碍眼，"还没拉够？"

这个语气，让许潮生想起了点儿什么。

他转过去打量对方："你在和我说话？"

"不然呢？"祁正冷笑，"你们城里人都喜欢明知故问吗？"

许潮生立刻确定，他就是出现在夏藤电话里的人。

和他想象中的有点儿出入，那天这人恶声恶气的，他以为对方是个地方恶霸，类似于大块头那种凶神恶煞的长相。然而，不是。眼前是一位身形高瘦的少年，过分狂妄而已。

许潮生见过俊男美女无数，能让他留下印象的少之又少，但是，这位要算一个。

他有地方特性，在偏远之地自由生长，身上的气息是这里的水土造就的。比起皮相，更令人注意的是他几乎不去掩盖的张狂之气。

人人逐渐趋于同化，在越发逼仄的城市空间里，有强烈的个人色彩是件很难得的事。但是，他再怎么有个性，也是跟着一群地痞流氓混在一起。

许潮生心底思量完，已经给祁正下了定论。可惜了一副好长相，但也不能怪他，毕竟生在这种偏僻地方，接触不到外面的世界。

他不屑于和这些人计较什么，问夏藤："你走不走？"他问得自然而带着催促，因为他笃定夏藤会跟着他走，祁正却不能问"你能不能不走"，他没把握让她留下。

这种差距，让他无比烦躁。丁遥不多话，率先走出饭店。夏藤看了祁正一眼，说："我送他们回去。"

她不能为了祁正，撇下她的朋友不管。

祁正没说话。许潮生拉起她往外走。位置很挤，路过祁正身边，得他让路才能继续往前走。

祁正就那么看着他们，慢慢后退一步，拉开一把椅子坐下去，给他们俩留出走过去的地方。

这动作，既是故意的，又不是。他一直盯着她，盯到她出门。他没有闹，但安静的祁正比发火的祁正更吓人，她琢磨不出来他想干什么。

走到外面的街道上，夏藤的手心出了一层薄汗。

许潮生松开她："就是他？"

夏藤知道他问的什么，点头，心里想的是就不该来这边吃饭。

"狂妄自大。"许潮生回想起那人刚刚的样子，哼笑一声，"一看就是没经历过大风大浪，现在还张狂得很。"

许潮生在气头上，夏藤便没出声反驳。她想，祁正应该是过早地经历了风浪，才造就如今乖张的性格。

"你不是让他给你等着吗？"丁遥一副看热闹的表情，"怎么这就完了？"

"那都是些什么人，你让我跟他理论？"许潮生脸色不好，手一挥，"赶紧回，这饭吃得我窝火。"

能不起争执就是不幸中的万幸，夏藤乖乖去路边拦车。他们还算运气好，出来就搭上了一辆出租车。许潮生上了副驾驶座，夏藤和丁遥并排坐进后排。

他俩说什么，夏藤都回应得心不在焉，没办法，她一半的魂儿还留在那家饭店。

就这么想着，她的手机震动了一声。夏藤按开看。她没给祁正的手机号打备注，看尾号就知道是他。那是一条短信，只有三个字。

"你厉害。"

有点儿咬牙切齿的意思，她能想象到祁正打这三个字时的神态。他刚才勉强算是没让她为难，放她走了，她知道他不可能就此打住。

夏藤关掉屏幕，按开，再关掉。说什么都不对劲，不如不说。

回到宾馆，夏藤和丁遥进了今天开的另一间房，她准备给沈繁说一声今天不回去了，手机又亮一下。祁正又发来一条："装死？"

夏藤打了串省略号回过去。她频繁地看手机，丁遥勾住她的脖子，问："看什么呢？一路都心不在焉的。"

她一瞟就瞟到了屏幕上的那条短信，不由得"哟"了一声。

夏藤也没遮遮掩掩，丁遥起身，在她背上拍了一把："这是要你哄呢。"

哄？夏藤："你知道他是谁吗？"

丁遥都不用想:"饭店里的那个。"

她调高房间温度,把衣服脱了,换上一件宽松的背心,小臂上的文身图案露出来,慢慢延上大臂。

夏藤惊了:"你怎么知道?"

"我瞎啊?"丁遥丢开空调遥控器,一只手端起烟灰缸摆在沙发扶手上,"他眼睛都没从你身上离开过。"

有吗?夏藤压根没注意到。"还有,你当许潮生那个人精看不出来?他拉你手都是故意的。"丁遥笑了,"你听他说什么不想跟这种人理论,其实他心里也没底。"

混乱之中,丁遥一声未吭,在旁看戏,看得明明白白。

"你这同学,挺有意思。"她总结。

手机抖了一下,然后开始持续性震动,夏藤一看,抬头,眼睛亮晶晶的。

"他打电话了。"多让人少女心泛滥的一句话。

夏藤还真是变了不少。丁遥看在眼里,心里暗自为许潮生哀叹了一秒,然后手一伸:"拿来。"

夏藤扔烫手山芋一样把电话扔过去,丁遥接起,"喂"了一声。

一个字,那边马上听出来:"电话给她。"

"给她干什么?听你骂她?"

祁正没有耐心:"你少管闲事。"

"你再狂。"丁遥悠悠道,"我把她带走,你找也找不到。"

电话那边,安静片刻,一声冷笑:"不就是海市吗?我找不到?"没人听得出他说这句话是什么意思。

"不就是?"丁遥一口气呛住,"你真敢说。"

祁正没心情再和她扯东扯西:"二十分钟,让她回来。"

丁遥笑眯眯的:"十五分钟,你过来接。"说完,她直接挂断。

祁正还真没再打过来,只发来一条短信,简单明了的两个字:"地址。"

看完全程,夏藤佩服得不行:"你是我见过的唯一一个斗赢他的。"

丁遥笑得像只狐狸,捏住她的下巴晃了晃:"那是因为我手上有你,傻样儿。"

祁正看着眼前的宾馆,在门口停了好一阵儿才进去。

215

他看到地址的时候就猜到了，新区是块肥肉，可不是人人吃得下的，能在这边把酒店、宾馆开得风生水起的，昭县里除了苏家没别人。

前台是跟着苏家做事好多年的阿姨的女儿，祁正进去，另一个前台不认识他，公事公办道："外来人员都要登记。"

苏家的人认出他，拦了拦前台："算了。"

祁正脚步一顿，折回去，身份证扔柜台上，没"享受"那份特权。

前台看了祁正一眼，又看了同事一眼，后者道："那就登吧。"

她望向祁正，听这位小爷的名字比见过的次数多，祁正在苏家是个相当敏感的人物，能提，又不能提。

每回提起，都不免叫人想起那段伤心的过往，说着说着就要引起争吵，为苏家不让祁正进门这事儿，苏家大女儿不知道和家里吵过多少回。但不提吧，留这么个孩子在外边吃那些苦，又让人不忍。

所以苏禾留给祁正的房子，苏家没收回，苏池时常看他、帮他，家里面也都"睁一只眼闭一只眼"。

没想到，这孩子如今这么大了。

登记完毕，前台把身份证退回给他，祁正拿过揣兜里，一言不发地走了。

房间在四楼。祁正敲门，等了好半天，门才打开。丁遥立在门口，随意搭着把手，背心黑裤，胳膊上文身令人瞩目。

祁正面无表情地要往里走，丁遥腿一伸，抵在门框上："十五分钟，你迟了两分钟。"

"所以？"

"所以她决定睡了，今儿不回去了。"丁遥说，"你回吧。"

祁正嘴角一勾，皮笑肉不笑，后退一步，然后抬腿，把她挡在门口的腿别开，径直往里走。丁遥没拦，他要是没点硬闯的胆量，就不用追姑娘了。

夏藤在里面看电视，说是看电视，耳朵竖得老高，听着门口的动静，祁正突然走进来，她跟受惊的猫似的从沙发上弹起来，双手背后，站着看他。

"厌样。"丁遥没眼看，捞过外套，转身出门，"我去许潮生那儿，你们聊。"丁遥变脸变得飞快，房间门一关，转眼就没影了。

房间内瞬间安静下来，只有电视机还不知死活地响着。

祁正问："许潮生？"

这名字从他嘴里念出来,很是让人惊悚。

她不知道怎么说。他往前走一步:"你行啊,夏藤。"

夏藤往后退。

"惹我生气,还让我倒追过来,你是第一个。"

夏藤微弱地出声道:"他们俩是我朋友……"

"闭嘴。"祁正把她按进沙发里,"让你说话了?"

夏藤紧紧抿住唇。

"一整天没找我,都跟他在一起?"

"你也没找我啊……"

祁正坐她旁边,一只手捞过她,不轻不重地覆上她的后脖:"问你什么说什么。"

夏藤浑身僵硬,感觉答不好的话,脖子随时都能被掐断:"他们过来没提前告诉我,早上才到的。"

祁正撩起她一撮头发,问:"什么时候走?"

人家才刚来……"两三天吧。"

"两三天,你都要陪吃陪住?"

"陪吃陪住"这几个字让夏藤皱了下眉,但是脖子在人手里,她敢怒不敢言:"嗯。"

"那个许潮生跟你什么关系?"

"朋友。"

祁正玩她头发的手一顿,目光讥讽:"可以随便拉手的朋友?"

夏藤:"……"她不知道还能怎么解释。

祁正看她想生气又不敢的样子,缓了缓语气,但威胁没停:"我最多忍两天。"他满脑子都是许潮生拉着她的手离开的画面,好像他们才是一个世界的,他只能做一个旁观者。

他讨厌那种无力感。

房间门突然被"砰砰砰"敲响,外面还有丁遥的声音:"许潮生,你有点儿眼色,少进去添乱!"

"我有眼色?"许潮生极其恼火这个说法,"你让他俩独处,你心够大的。"

夏藤从祁正身边弹开,要去开门,祁正不满她这个快速躲避的动作,拉住她,把她按回去:"你坐着。"

他走过去猛地拉开门,许潮生扬起的手直直砸下来,祁正一把截住,扔回去。一来一往，还没直接对话就动上手了，气氛一下绷到最紧。许潮生收回手，冷冷地看他："你在这儿，合适吗？"

照往常，祁正不可能就这么算了，但夏藤不想他惹事，他答应她忍两天。祁正没跟他说话，开了门就折身进去，拿起外套准备走人。

许潮生看不惯对方目中无人的样子。祁正路过他身边，他顾及着里面的人，低声说："早点儿清醒，是谁都不可能是你。"

他指什么，祁正清楚，本来要走，听见这句，一步一步后退，退到许潮生面前："你珍惜点儿我的耐心，行不行？"

古往今来，情敌见面，分外眼红。许潮生却面不改色，他似乎可以展望到他们的结局，不是一个世界的人，何必纠结？多的话不想说，也没必要说。

许潮生像在陈述事实："她以后都不会记得你是谁。"

祁正眼一弯，突然就邪里邪气地笑起来："你是我吗？"

许潮生："嗯？"

"知道我跟她到哪一步了吗？"

这话有无限的含义，许潮生脸一黑："你……"

"谁管以后？"祁正倒着向后走，语气轻佻，一副无赖的样子，"老子现在爽就行了。"

许潮生"你"了半天，没说出来别的话。

祁正看他表情不好，舒服了，冲他挥挥手，转身去电梯间。

就算他在乎得要死，也不可能让许潮生看出来一丝一毫。

祁正极度不负责的"渣男"言论，遭殃的是夏藤。许潮生坚决地认为她和祁正一定发生了什么事，才让他那么自信，自信到许潮生被堵得哑口无言。

夏藤发誓发到口干舌燥，许潮生才算勉勉强强相信了她的话，末了，语气恶毒道："你敢和那个臭小子有什么，你这辈子都洗不白。"

"……"连着被两个人这么逼，是个人都受不了。

丁遥悠悠开口："我劝你放弃吧，你不是那小子的对手。"

许潮生不理她，对着夏藤恨铁不成钢："都自身难保了，还有心情搞这些，他要是知道你的身份，有你哭的时候。"

"喜欢这玩意儿是能控制的吗？身份？什么身份，你哪个世纪的人？"丁遥和许潮生一左一右，夏藤夹在中间，耳朵两边，言论完全相反。

丁遥："你别管他，及时行乐。"

许潮生炮火一转："你还嫌她形象不够负面？"

"也不能都跟你一样闷着骚吧。"丁遥一挑眉，"许公子，你不憋得慌吗？"

"……"又吵了。吵起来就没夏藤的事儿了，她往后缩，远离纷争。

祁正从宾馆出来，在街上漫无目的地走了好一会儿，今天事事糟心，尤其碰上苏家的人，即使欺负夏藤也没让他心情好转。

夜晚温度极低，他冷透了，头发昏。恰好路边停一辆空车，司机开着窗抽烟。昭县客流量不大，这种节日晚上司机一般不拉客，早早收工回家，像祁正这种大晚上在街上晃悠的闲人更是少之又少。两人对视一眼，有种"同是天涯沦落人"的感觉。

祁正钻了进去，车内冷冰冰的，没比外面暖和多少，他哈着手："师傅，你别抠门行不行，开暖气。"

司机呼出一口浓烟："开暖气不要钱啊？"

祁正从口袋里摸了张百元钞票，扔副驾驶座上。

司机瞥了一眼，烟扔了，把那张红色的票子放进一摞零钱里，用夹子夹住，丢进车内的抽屉里，然后拧开了空调。

祁正也不知道自己为什么报了西梁的地址。估计是暖烘烘的风吹出来，把他脑子吹糊涂了。他觉得自己跟这抠门司机才不一样，他可以回家，他有家。

或是说，有过。

上回来这房子，还是他喝多了那次。他死皮赖脸在夏藤那儿硬凑合了一晚上，第二天回来洗了次澡。他怎么也想不通为什么非得找她，看她脸色、受她的气，睡哪儿不是睡。

现在还是没想通。其实他知道为什么，只是不愿意承认而已。

就这一路，想她的次数太多，祁正摇摇脑袋。想什么想，她现在跟那个姓许的在一块儿，指不定乐成什么样了。

不想了，改成在心里骂她两句，招蜂引蝶，没心没肺。这样舒坦多了。

祁正掏出钥匙，门一打开，他愣了一下——里面灯亮着。

祁檀坐在桌前吃面条，手里握着遥控器给电视换台。他们家的有线电视早就没交过钱了，换来换去都是那几个频道，屏幕还老闪，无论啥都能放成鬼片。

祁檀听见门响，回头看，也愣住了。

"你……回来了？"他本来想问"你咋回来了"，话到嘴边，吞掉一个字。

祁正没料到他在，不过转念一想，大过节的，祁檀不回这儿还能去哪儿？祁正"嗯"了一声。上次见面已经是很久之前的事了，祁正把他一把从楼梯上推下去，他的腿瘸了两个月才能正常走路，那期间不少工人咋舌："你儿子真不是个东西。"

那些时候，他跟着骂。

时间一过，再碰面竟是新年了。这会儿，倒也没人提起那件事了。他们之间总是如此，一边鲜血淋漓，一边得过且过。祁檀站起身，两手在裤腿上擦了下，说："吃了没？我再给你盛一碗？"

祁正其实挺饱的，但他又"嗯"了一声。

祁檀做的面条，实在算不上好吃。祁正凑合咽着，不搭话，祁檀也不说，一顿饭，二人各吃各的，安安静静，只有汤汁的声音。

说尴尬不尴尬，但又着实诡异得很。他们很少相处时是静态的。

吃完面条，祁檀把碗筷收拾了，走之前，他犹豫了一下，问："晚上住不住？"

祁正没回答，走进了自己曾经的房间，关上门。在那个年代，孩子能有属于自己的房间是一件奢侈的事。他也曾叫人羡慕过。

吃过面条，浑身热乎了，他侧卧在床上，身上没盖被子，眼睛打量着四方。房子没大变，离开时什么样，回来时仍是什么样。还有一张床，空荡荡地立在另一边，那里曾经是属于他弟弟的。

祁正看了一会儿，背过身去，手机里是苏池发来的一条消息："元旦后回去上课，这是我最后一次给你收拾烂摊子，再怎么不愿意，学给我上完。"

估计是生气了，电话都不愿意打一通。

间隔几分钟，又发来一条。

"保护她没有错，但要先有能力。靠打打杀杀，你能撑得到几时？"

祁正视线在"能力"上停了很久，才缓缓打出四个字："我知道了。"

第二天，夏藤带着两人回了趟西梁。

每逢各种节日，商店就会在门口摆出一摞又一摞礼品盒、水果篮以及各式各样平日里压根没人买的补品，给登门拜访的客人买来相送。

回西梁是临时决定的，既然来昭县了，不看望一下老人家似乎说不过去。许潮生这人不能空手，在商店瞎买一通，他家逢年过节都是等着被拜访的那个，没这方面的经验，瞧着哪个都想买。

他晃悠一圈，手里拎着五六个礼盒，花了一千多。丁遥和他都对此很是稀奇，一人一半。一大早就迎来出手阔绰的顾客，老板笑得嘴都合不上了。夏藤拦不住，干脆不拦了，临走时，路过旁边的水果市场，她往里看了一眼，没作声。

元旦佳节，她不知道他和谁过。他家在这边，可是没见他回过几次，也不见他的父亲。看昨天饭店里那个情况，估计他又是醉生梦死的三天。

三人踏雪而去，停在大红铁门前。夏藤从外边旋开锁扣，打开门，冲里面喊了声"姥姥"。沈蘩昨儿接到她电话，以为她要明天晚上才回来，还抱怨几句说她元旦也不回来，不过又想着好不容易大老远有朋友来看她，答应不把这事儿告诉她妈，没想到隔天就见着人了。

许潮生生得清秀，丁遥五官立体明艳，二人搁小院一站，景都亮了。沈蘩赞不绝口，看着他们手里大包小包的，又去唠叨夏藤："怎么让人买东西呀！我哪里用得上。"

沈蘩张罗着给他们做饭，夏藤让他们先坐，自己去厨房烧水泡茶，突然门外一阵嬉闹，"噼里啪啦"的鞭炮就放响了。

城市禁放这些玩意儿，丁遥被这鞭炮声轰得玩心四起，出去看热闹，门一开，头一探，"哟"了一声。她喊夏藤过去。

夏藤不明所以，走过去一并探出头，街道上，一群东家姨西家婶的小孩儿，中间混着三个大的。

这三个，她都认识。江澄阳、江挽月，还有一个祁正。

祁正蹲地上，摁着打火机点燃一根，小孩们捂住耳朵"哎呀呀"地尖叫着散开。他不慌不忙地往后退两步，那串红鞭炮在雪地上打起挺来。

烟雾弥漫，震得街道都在晃。江挽月死死捂着耳朵躲在一边，祁正一脸看笑话的样子。雪地一片白银，衬得他黑发更醒目，鼻头冻得通红。

"夏藤？"江澄阳最先看到她，喊了一声。尽管被鞭炮声盖去了大半，祁正还是捕捉到了这个人名。他抬头，看到她扶着红铁门，半探出来的脑袋。

饭还没做好，沈蘩轰他们出去玩。在沈蘩眼里，他们都还是一群孩子，孩子就该出去玩，到点了回来吃饭，不要在家里闷着。

她给许潮生和丁遥各找了一件棉袄，要他们套上。许潮生每根头发丝都在抗拒，但是面对老人家的好意，他不能拒绝。

丁遥笑得差点儿背过气去。于是，三人裹着同款棉袄，犹如三只肿起来的胖企鹅，被沈蘩推到门外。

祁正上下瞥完许潮生不伦不类的穿搭，嘲笑写在脸上。夏藤猜得不错，祁正过冬，果然也只穿一件外套，他跟永远不会冷似的。

莫名其妙凑了六个人，其中却有四台"制冷机"，祁正、许潮生、丁遥、江挽月。四个人直挺挺地站在一旁，互不搭理，独自美丽。

于是江澄阳发挥了前所未有的热场功能，提议打雪仗。夏藤被逼出了社交能力，点头附议。

许潮生扭头："我不打。"

祁正看着他臃肿的胳膊："你是抬不动手吧。"

许潮生立马黑着脸走进雪地："怎么打？"

分成两组，夏藤的海市代表队与祁正的昭县代表队。怎么开始的，不知道，反正莫名其妙开始一场混战，双方目标都很明确，祁正专打许潮生，许潮生专攻祁正。

城市里上哪儿打雪仗，自然是毫无章法，许潮生脸上挨了一雪球，两眼一瞪，只顾着在原地瞪了，活靶子似的，又挨了一下。

他头发被打乱，乱糟糟扑了一肩，祁正手里又捏好一个雪球，嗤笑出声："垃圾。"

他扬手，正要把手里那个雪球砸过去，许潮生来不及躲，愤怒地闭上眼睛，心想死就死吧，谁知道夏藤冲过来拉他。她只是看见许潮生摔倒了，想着好歹把他拉起来，结果脚底下一绊，整个人扑他身上，祁正的雪球正好飞过去，砸在她肩头。

从他的角度看，夏藤像是主动牺牲，替许潮生挨了那一下。

祁正笑不出来了。从昨天到今天，够多了。这样说不清、道不明的动作，够多了。

这是她朋友，他不能怎么着。

许潮生撑起来，拉过夏藤看了看，满脸关心："你没事吧。"什么叫虽败犹荣，他现在就是，赢比赛有什么意思。这小子真是太年轻。

夏藤说没事，祁正转身就走。

"阿正。"江澄阳喊他一声，祁正头也不回，脚底生风，走得极快。

夏藤停住两秒，丁遥过来把她从地上拽起来，往那边推了一把。

"愣什么,追去啊。"

夏藤往前踉跄了一步。踉跄到第二步,她向着那道背影跑起来。

他越走越快,夏藤在雪地上跑,"嘎吱嘎吱"的。她喊他,他听见了,没停,走到身后那群碍眼的人看不见的地方,他转过身,二话没有,抓住她的胳膊,把她放倒在雪地里。

夏藤一点儿防备都没有,重心全失,"啊"了一声,四脚朝天摔进雪里。

她挣扎着坐起来,棉袄又厚又重,起得很费力。祁正不扶她,居高临下地看着她,他不高兴就这样,半分情面都不给。

"你喜欢的就那样的?弱得老子下重手都怕他哭。"

得亏离得远,许潮生听不见这话,但夏藤仍听着不舒服,她知道他毛病又犯了:"你别这么讲话。"

"我怎么了?说他两句你还不乐意了?"祁正嘴角噙着冷笑,"打个雪仗还护着,知道你像什么吗?老母鸡护崽。你当养儿子呢?什么癖好?"

他嘴上越说越没个把门儿的,夏藤听不下去了:"祁正!"

"哦,生气了。"他笑,往后退了一步,"你是不是搞错了,追上来等着我哄你呢?"

夏藤气得脸红一阵白一阵。她从地上爬起来,拍掉身上的雪,原本想好好解释的心情也没了。

"那是我的朋友,他们大老远过来看我,不是来被你这么说的。"夏藤说,"我只想好好招待他们两天。"

"招待到吃饭手拉手,晚上一块儿睡?"祁正笑容讽刺,"你挺会交朋友啊,也和我交朋友行不行?"

夏藤安静两秒,祁正已经很久没有用这样的眼神看过她了,冷漠,带着攻击性,一下一下刺在她身上。以前的时候,她承受得住,可是现在,她觉得疼。

她以为经历过这么多事,他们会不一样的。可是在这一刻,她发现就算追上来,还是有很多东西没法解释,他们中间隔了太多,她所处的世界不是三言两语能形容的,所以他不会明白,她和许潮生之间保持一个平衡状态。对许潮生而言,她是朋友,还是恋人,他早已做出了选择。

夏藤呼吸很轻,声线轻颤:"你一定要这样吗?"

"少来。"祁正说,"次次摆委屈,我看腻了。"

"那就离她远点儿。"许潮生走近就听见这么一句,瞬间来了火。在他们的圈子里,夏藤虽不至于人人喜欢,但也没被人这么劈头盖脸、不留情面地说过。

祁正眼皮一掀,冷嗤一声:"速度够快啊,闻着味来的?"

许潮生听他说过的话里,几乎就没几句是能听的。

"你懂不懂怎么尊重人?"

"你们这些人怎么总喜欢提尊重?你配吗?"祁正没忘记在饭店那天,许潮生落在他和他旁边那帮人身上的眼神,像在看一堆垃圾。从这方面来说,许潮生和夏藤最初让他感受到的浓烈的不屑与轻视,是一样的。

明明都先端着高姿态,打从心底看不起他,还喜欢做些虚伪的表面功夫,说些冠冕堂皇的话。打着"尊重"的幌子,可轻而易举就露出的鄙夷神色骗不了人。

夏藤低着头,不曾抬起过。许潮生说:"你看不出来她在难过吗?"

"她看到过我吗?"

许潮生从没觉得有人这么难沟通:"你记好,你……"

"记不住,不想记。"祁正懒得听,下巴冲夏藤抬了抬,眼睛看着许潮生,"你不是喜欢吗?带走吧。"

沉默片刻,许潮生这回是真动怒了:"你什么意思?"

祁正态度冷淡:"不想玩了。"

"这就是你所谓的喜欢?"

"对。"祁正脸上没有表情,一字一句地说,"她要么是我的,要么给我滚。"

许潮生以为要亲眼看见一回夏藤流眼泪,然而没有。祁正走后,大概只安静了一分钟,她就恢复原样,抬起头,一切如常:"我们走吧,姥姥的饭应该做好了。"

她发挥演技时,常常连自己都信以为真。许潮生分辨着她的表情,那是一种从前的她根本做不到的隐忍。他说:"你别憋着。"

如果作为一个合格的演员,她现在应该演戏演全套,无所谓地说"我没有憋着",让他别担心。但是,夏藤没有力气做出更多表情了,她不回话,径直向前走。

这两天,他们问过她,这段时间怎么样。能怎么样,她不过是全部憋着,她就只有这么大的年纪,做不到不被影响,只能尽量让自己不看不听，可她知道，就算她回避一切社交平台，上面的风言风语也不会有一刻停歇。

而她在这里所遭受的一切，她只能如数承受。麻木地接受，熬过一天算一天。她吵过闹过，歇斯底里过，可是清醒后，现实依然如此，不会因为她承受不了就放过她。

所以现在，她都会先装作若无其事，趁着还没垮掉，先这样过着。

但她知道，她的内里，正在一点一点腐烂。

哪一天全部坏掉，不过是时间的问题。

许潮生和丁遥在昭县待了三天，第四天，夏藤请了天假，去车站送他们。原本想送到机场，丁遥说算了，怕去了想抓着她一块儿走。这一句话，让她仅有的好情绪也要被他们带走了，夏藤脸上挤不出笑，丁遥和她拥抱，拍拍她的背，在她耳边说："下次就是你回来看我们了。"

或许不会太久。夏藤点头："嗯。"

许潮生裹上遮挡半边脸的围巾，鼻梁上架着一副巨型眼镜框，全副武装。他看夏藤，又看她身后的县城，最后什么也没多说，简单地道了别。

有些东西，是她带不走的，如果她处理不好，会永远走不出这里。

或许就该是她遇上的，所以躲不了。

两人拉着行李箱走了。夏藤看着他们没入人群，消失不见，心跟着重重沉下去。

元旦收假，夏藤晚一天回到学校上课。早上上楼，快要经过二楼那个大平台，她听到一群人凑在那儿聊天。

那是祁正那群人的根据地，旁人路过那一层，生怕招惹到谁，恨不得贴着楼梯扶手走过去。有人唤了声"阿正"，夏藤以为自己听错了，他不来学校有段日子了。可是上到那一层，她确实看见了他。

祁正不穿校服了，头顶兜着衣服后的帽子，靠在栏杆上听别人跟他讲话。他看见夏藤，淡淡地和她对视了一眼，然后挪开。原本和他讲话的人停住，以为他要过去，谁知他靠着没动，像没看见她一样："继续说。"

一群人看看夏藤，又看看祁正，察觉到了什么，有人想，幸亏刚才没出声调侃，不然就尴尬了。

夏藤很快接受了祁正对她的态度，这是她曾经求之不得的态度。

踏上通往三楼的台阶，她路过二楼的平台，路过他的世界。她想，就当作初雪一场梦，雪停一场空。

没什么，她无所谓的。

接下来的一天，祁正没有和她说一句话，他看不见她。

她曾经有一点儿小动作都能落进他眼里，要保持被他随时找碴儿的状态，像今天这样安静一整天，只有他不在的时候才有过。

他是怎么回来的，他没跟她说，不过也不难猜，她没忘记他那个做事干练的姨妈。祁正无视她，也好，她能少很多麻烦。可她远比不上祁正表现出来的满不在乎，也不如江挽月洒脱。

其他人都能感觉到萦绕在夏藤周身的低气压。她仿佛他一时兴起逗过的，没兴趣了，就撒开了。仅一天，女生们看她的眼神就从某种敌意变成了同情。放学之后，夏藤背着书包独自离开，秦凡终于忍不住了，问祁正："你们俩怎么了？"

随着夏藤的离开，祁正脸上的某些伪装也逐渐褪去："没怎么。"

"没怎么是怎么……"

"就没怎么！不想伺候了，她爱怎么着怎么着。"祁正突然发怒，凳子一踢，人也出去了。

有时候想，生活不会给人提前准备的机会，所以狂潮的突然涌来，每个人都显得那么无法招架。

那天之后，夏藤没来。

第一天，没人觉得不对劲，祁正踩着她的凳腿睡了一天，他当她在闹情绪。

第二天，她还是没来。祁正把桌子往前推了一大截，夏藤的位子挤成了一条窄缝，他想着明天她来会怎么板着脸质问他。两天了，他再怎么生气，也得看着她那张脸生气。

第三天，秦凡在祁正阴沉的脸色下问江澄阳，夏藤是不是生病了，江澄阳说不知道，这两天倒是见过沈奶奶出去买菜，看着没什么事儿。

那天晚上，祁正纠结了两个小时，结果是再次豁出去给她打电话，得到的是关机的提示音。

第四天，祁正一大早红着眼睛去学校，他在办公室门口堵到田波，哑着声音问夏藤怎么了。田波"呃"了一会儿，走进办公室，声音很低："她妈妈打电话给她请假了。"

"她妈？"他听到的多是她姥姥。

"对。"

"请了几天？"

"这个没说。"田波整理桌上的书本，"对了，你要是想往前坐一排也可以，夏藤可能不来了。"

没问出想知道的，祁正本要转身走，听见这一句，整个人僵住了。

他转回来："什么？"

"估计还是不适应这边吧。"田波觉得挺可惜，"还剩半个学期就要高考了，说实话，我不建议这么频繁地更换环境，但她妈妈好像态度很坚决。"

"唉，咱们这边的教育能力确实不比大城市，我也能理解……"田波还在感叹，祁正一个字都听不进去了。他不信。夏藤要是敢这么一声不吭地走，他会恨死她。

中午放学，校门口不远处停着一辆车。两个男人在门口转悠半天，目光在每个出校门的学生脸上锁定一会儿，再移开，去捕捉下一个。祁正看到他们脖子上的相机，突然感觉到了什么。

事情远没有一个"转学"那么简单。

他走上去，拽住其中一个男人的相机带："瞎拍什么？"

两个男人都挺年轻的，头戴鸭舌帽，相互对视一眼："我们是旅客，就来看看。"

"来高中门口看看？"祁正冷笑一声，把他们往后推，"我倒数三个数，赶紧滚。"

其中一个不乐意："你什么态度？"

"三。"

另一个拉拉同伴，使眼色："他好像是那个……"

"二。"

一人突然举起手中的相机，对准祁正的脸猛拍。祁正手更快，拽住带子把相机扯下来，直接砸到地上："你再拿东西对着我试试？"

"你有没有素质！"那男人尖声叫着去捡相机。

另一个催他："算了，算了，走、走、走！"

两人骂骂咧咧着"穷乡僻壤出刁民"落荒而逃。四周的人都一头雾水地看着这场闹剧，议论纷纷，祁正却愣怔地立在原地，良久，打了个寒战，像陷入了凛冬。

祁正去了赵西梁。沈縈也不知道夏藤在哪儿。

她说："她妈打电话来了，叫我不要管，我就没有多问。"

其实她隐约能预感到自己的孙女出了事。这两天，她出门总能碰到一些从未见过的陌生面孔，他们也不上前，就那么跟着，莫名其妙地出现，再莫名其妙地消失，似乎要等到点儿什么。

陈非晚让沈縈这两天少出点儿门，实在不行，自己找人来接她。

沈縈拒绝："我行得端做得正，这些人能把我这个老太婆怎么着！"

陈非晚头疼，她无从解释，现在的人，利欲熏心，为了挖到爆炸性新闻，为了窥探他人隐私，为了毁掉同行竞争者，为了发泄仇恨，能有多丧心病狂。那是来自另一个信息爆炸的世界的黑暗。

没有人能想象得到，夏藤经历了怎样的三天。

三天前，一组照片横空出世，刷爆各大网络平台。

原是狗仔跟拍许潮生——名导与影后的儿子，自然少不了关注与议论。一直以来，娱乐版面都有他的新闻，许家也没刻意管过，算是提高他的知名度，许潮生学的编导专业，将来进的还是这个圈子，多露面可以为他今后打基础。

狗仔本是拍到了他最近频繁与一个女子见面，互动更是亲密，也已挖到女子的信息，叫丁遥，是个网红，百来万粉丝，似乎还是个富二代。有意思的是，她曾经晒过一张和如今满身负面新闻的夏藤的合照。

因为那张合照，夏藤出事儿，人们搜到了她仅有的几个名人朋友，搜到了丁遥，两方的黑粉联合起来，一并骂了她们很久。

这几人的身份和背后的故事，能扯出多少精彩绝伦的"瓜"来，这些年，明星与网红的组合饱受争议，争议越大，曝光消息者的那一方越受益。

许潮生这一组照片发出去，果然引起一片哗然。人们纷纷开扒丁遥的背景，感慨许潮生的背景，对各路网红一棒子打死的言论也再一次出现。

然而，事件不止如此。隔了一天，狗仔再次发布后续，拍到的照片是许潮生与丁遥共同出入机场，本该再曝光一同游山玩水的照片，以此坐实二人的恋情，不料，拍到了一个意想不到的人。

互联网时代，说健忘也健忘，可一切都是留了底的。二次曝光何其简单，"罪名"一条条，早已被人总结出来，做成图片，做成长文，紧紧咬在她的名字后面。

夏藤当初正是被这样卷入风暴当中。她醒来的那个早晨，是她人生最灰暗的一天，她曾以为，不会再有比那天更可怕的日子。

那是几个掐头去尾的视频，视频模糊不清，被打了厚重的独家水印，仿佛越是如此，越能证明事件的真实性。视频里，她端着酒杯被人搂在怀里说笑，而后是与男子一同进入房间的视频，其中之意味，不言而喻。

如果只是她，不至于翻出如此大的水花，关键在于搂着她并与她一同进入房间的男人。那是位出了名的富商，财权皆拥，一直传闻是某位当红女星背后的金主。

那次饭局，是经纪人争得头破血流才争取来的机会，王导的电影女主，多少人想争，人家放了话，要新人，要让人一眼能记住的长相，要与剧中人物气质吻合。这一下筛掉了各路女星，给新人小花无限的上位机会。

夏藤获得了试镜机会，电影还在筹备阶段，关于选角网上已是议论纷纷。单从人物形象来看，夏藤有优势。但仅仅如此是不够的，她的同期竞争者也在争取，且人家比她豁得出去。

经纪人不想她失掉这个机会，硬把她塞进饭局里。那次的饭局，有王导，有投资方，有各方大人物。

当然，被塞进来的不只有夏藤，还有她的对家，穆含廷。

饭局上来的圈里人不少，有红的，有二三线的，还有几个他们这种名不见经传的新人演员。来这种局图个什么，大家心知肚明，脸面是最不能要的东西，但尽管如此，夏藤还是迈不出那一步。

一桌大小明星，个个都端着笑脸，会说话会来事儿，夏藤不动，就显得格外突兀。这一突兀，自然就容易被人盯上，那位富商瞧上了她，眼睛往她身上多瞟了几眼，马上有人领会，帮腔，让夏藤过去敬酒。

她到现在都记得一众小花看她的眼神，不屑，嘲弄，化成刺，一根一根扎在她身上。这个圈子里，清高是贬义词，都是出来献殷勤的，谁比谁高贵？夏藤撑着笑脸敬完酒，对方却没让她走，要她坐在旁边。

接下来的事，不必多说，她强忍着心里的不适吃完那顿饭，她惹不起，不能反抗。

其间，那个富商数次对她动手动脚，她都在尽量配合中最大程度地躲避触碰。而另一边，穆含廷却适应得很好，会接梗会抛梗，说话圆滑，惹得旁人阵阵发笑。

看着满目光鲜亮丽的皮囊，任谁出去都是有头有脸的人物，她却不知该为谁感到悲哀。如果走这条路，必定要舍弃自己的良知，要打碎正常的观念，要贡献自己的身体，也不怪世俗对这个圈子抱有如此大的偏见。

如何有媒体混入的，已经不重要，夏藤被灌了很多酒，晕头转向地被带进房间里。坚持与否，只在一念之间，达成，她青云直上，不成，则继续面对漫漫长路。

夏藤拒绝了。对方企图用强时，她狠狠扇过去一巴掌。

巴掌很快甩回她脸上，夏藤捂着脸顺势退到门边，衣服来不及拉好便夺门而逃，飞速打电话叫人来接。

坐进车里，她缓了很久才勉强平稳住情绪。经纪人见怪不怪，很多人一开始接受不了，后来都能豁出去，人是会变的，心态也是。但看夏藤如此抗拒，她也没多说。

晚些时候，经纪人告诉她，穆含廷进了那间房。

夏藤没告诉经纪人她与那位富商互扇耳光的环节，也没告诉陈非晚饭局之后的事儿。这种暗地里的交易，不成功也就作罢，提起也是丢人脸。但她没想到，对方还就敢明目张胆地报复她。

不只是报复，是要彻底毁了她，让她翻不了身。

视频出来，没过多久，网络上骂声便铺天盖地地袭来，夏藤与视频两组词高挂在热搜榜首，所有的营销号都在带节奏，声讨她一个新人演员，完全不必顾及是否会惹怒粉丝群体，用词之难听令人咋舌。

舆论方向对她极其不利，夏藤的社交软件大多数时间由她自己管理，事发之后，她第一时间发了条动态，只有四个字：清者自清。

很快，经纪人打来电话，训斥她为什么要自作主张去回应，这种引起众怒的时候，说什么都是错的，没有合理的解决方案之前，最好一句话都别说。果然，她再上去一看，她那条动态下充满了斥责与谩骂。

"你就说视频里是不是你？"

"请问一起进了酒店房间还能怎么清啊？盖被子纯聊天吗？"

"又当又立？"

"这就是承认是本人了啊，好蠢的公关手段。"

"……"

"清者自清"被网友玩成了梗，推上热搜，以"我虽然钓金主但我清者自清"为句式，通篇反讽，进行群嘲。

她引以为傲的那部影片被批"无病呻吟"，她最得夸赞的演技被批

"矫揉造作",片中多次的眼部特写变成了批判家们口中的"双目无神""不知道美在哪里"。

他们攻击她的长相,挖她的学校。一时间,冒出来无数个自称是她同学的人,说她在校期间就作风不正,欺负同学;又出现各种匿名爆料,说她早就和谁谁谁有染,当初的话剧只是一种造势手段,明明心机得要死,还喜欢故作清高。

"立什么高冷人设?立得越快倒得越快。"

"一看就是那种会欺负同学的刻薄脸,引起不适了,恶心。"

无休无止。你一句我一句,再贴几张不知从哪里截来的图,编几行字,仿佛就是板上钉钉的事儿了,大家都跟亲眼看见过似的,个个义愤填膺,为正义发声,控诉着娱乐圈的种种恶行。反正也追溯不到源头,反正也不知道"我"是谁,"你"错了就该立正站好挨骂,"我"错了又没人知道。

第二天,夏藤的工作室发表声明,底下自然又是一片骂声,为她说话的寥寥无几,偶尔有一两句,回复则都是"有钱大家一起赚""这脏钱咱不要"。而就在工作室的声明发出后不久,再次爆出一组视频,前后剪辑过,先是夏藤衣衫不整地从房间出来,而后是她裹紧衣服低头藏住脸钻进车里的画面。

这条视频,相当于网友最想看的,所谓的"实锤",把罪名稳稳当当地扣死在她头顶。她的那句"清者自清"像一个天大的笑话,被Ｐ在她衣衫不整的照片上,被Ｐ成各种表情包。

他们说她是"又当又立第一人",小小年纪,堪称典范。

一旦爆发,便不可收拾。不把她彻底搞垮,万一电影方看中她现在的话题度,选择她作为王导的电影女主角,那么之后洗白是轻而易举的事儿。她需要背负全民骂名,才能永世不得翻身。

于是,一条纯粹"为黑而黑"的恶意视频出现了。

那是一条换了脸的色情视频。

光线昏暗,画面模糊,丝毫看不出剪辑过的痕迹。

视频一经发布,各路人马疯狂转发。轰轰烈烈闹了几天的事情,完全不需要预热,发布即是头条。

晚些时候,视频被屏蔽,还有人不断地往上发,点进相关话题,求视频的,辱骂的,各种低俗的污言秽语,令人触目惊心。

工作室回应,贴出技术分析证据,证明视频是恶意Ｐ的,并发布针对剪辑、发布、传播视频者的律师函。可惜，大局已定，又有前两天的实锤在，不仅没有挽回什么，反而引起一片嘲笑声。

"好不容易逮住个假的，赶紧装模作样警告一下。"

"有本事直接去告啊，现在真是动不动就发个律师函。"

"假的你也洗不白，那天晚上在宾馆不也干的这个事？"

"清者自清，大家不用说了。"

……

最简单的手段，达到了最好的效果。人们只挑自己想看的，领会自己想领会的，至于事实是什么，真相是什么，那不重要。

真相多么无聊，不足以让群众沸腾。要夸张，要肮脏，要荒唐，才能喂饱一具具急需八卦填满的身体。

那晚在场的所有人，没有一个肯出来替她说话，说了就是得罪人，下场会如何，已经在夏藤身上上演了。

穆含廷先发制人，许是得到了某种保障，拥有十足的底气，在出席活动接受采访时被问到"听说你和夏藤共同参加了那一个饭局，对于此次事件有什么看法"，穆含廷意味不明地笑着说："每个人有每个人的选择吧，我只想拍出好的作品，其他的没想那么多啦。"

采访片段买了通稿，与夏藤的狼狈形象形成鲜明对比。圈内明眼人都看得出这是穆含廷预备踩着夏藤上位，但群众吃这套啊，给予她一片赞美，说同样是新人，这才配得上"演员"二字。

这样一看，大家骂走一位"卖身求荣"的，肯定一位"遵守本分"的，再次升华了自己心中的道德感，为键盘添上正义属性。

皆大欢喜。

而这次，夏藤的名字又一次进入众人视线，直接与名导和影后的儿子扯上关系，似乎还是段说不清道不明的三角关系，新账旧账一块儿翻，她不出声那么久，原来根本没消停。

于是又是一场盛大的网络狂欢。

早些年，人们亲切地称呼互联网为"地球村"。网络世界更像一片精神乐园，充满十足的趣味，拉近人与人的关系，会为每句陌生人发的"你好"而开心，会保留每个人发表观点的权利，会有思想的碰撞，友善的交流。

如今或许还存在，或许消失了，取而代知的是断章取义，掐头去尾，黑白颠倒，凭空猜想。

爆红的优秀作品必然会有人攻击说是营销出来的，性格独特的人很快会被贴上"立人设"的标签，不符合大众心理的立刻会被质疑思想是否正确。只有合群，讨好，守规矩，表现出来的每一面都精心设计过，都被人所接受，才会被放过。

于是，不会再有百花齐放争奇斗艳的盛况，人人战战兢兢、客客气气，虚假、刻意又疏离，"特点"是什么，"想法"又是什么，早已消失了。

整个互联网，听风就是雨，一有八卦出现，人们蜂拥而至。喂什么吃什么，说什么信什么。舆论倒向哪儿，人们跟到哪儿；舆论指向谁，人们就打谁。

而无须实名制，则是一件厚厚的保护壳，一张张嘴躲在暗处肆意妄为，屏幕一关，你管我是谁。他们喜欢围在一起拿放大镜挑刺去嘲笑一个人，以寻求无聊的乐趣而不被大部队抛弃；他们喜欢从只言片语中主观臆测，再拿自己的揣测盖棺定论；他们喜欢反复提及过去的罪状，当被追责时又化身委屈的受害者。他们不相信澄清，不需要真相，因为一切在他们眼里都是狡辩，洗白。而当忍无可忍的人拿起法律武器回击时，又会遭到他们铺天盖地的嘲笑。

在如今的世道，合法维权也能变成一件令人嗤笑的事儿。笑得出的人，不过是没落到自个儿头上罢了。

当人们群起而攻之，群体里的人，从未把"之"当人。

所以变成了营销号和水军的天下，带领着一群晕头转向的网友，每天被冲击，每天在更换三观。逼走了一个又一个活生生的人，留下的，像工厂流水线下的，不会出错的，一模一样的商品。

有人发现不对吗，或许有。

可惜环境太吵了，每个人都在大声说话，各抒己见，吵吵闹闹。没有人愿意听别人在讲什么，也没有人肯闭嘴。

第八章
山顶

祁正在第四天晚上接到一通电话，他记得她，那个吊儿郎当的女生，丁遥。她告诉他夏藤现在的位置，让他帮忙去看看，他们怕她想不开。

"帮帮她吧，我们走不开，算欠你一个人情。"经过这几天，丁遥身心俱疲，好不容易抽空打了这个电话，她说，"我怕她这次挺不过去。"

去的路上，丁遥把事情给祁正说了一遍，她不知道为什么会无所保留地告诉他，也不管他听不听得懂，接不接受得了。

她隐约觉得，如果一定要有一个人走进夏藤的世界，不是他的话，也不可能会是别人。

夏藤需要一个足够强大的人，强大到，敢和遭受到的一切抗衡。

夏藤躲在旁边的县城，和昭县差不多大，离得不远。祁正为赶时间，直接打车过去了。计价器上数字直往上飙，他懒得管，听丁遥在电话那边讲夏藤以前的事，他从未这么耐心地听过别人的故事，一个字也没落下。

祁正好像无法想象丁遥口中那个明星夏藤的样子，他认识的她，明明大多时候尿兮兮的，喜欢故作清高，喜欢逞强，其实矫情又胆小，还做作得要死。哪会有那么多人关注她？可是看过她跳舞，又好像很容易理解。

她可以掌控舞台，不畏惧集中在她身上的目光，享受表演。她那么漂亮，尤其自信的时候，会占据他视线的全部。

直至丁遥讲完，祁正一声没吱，丁遥犹豫了一下，停住，问："你怎么不说话？"她以为吓到他了。

"没什么可说的。"祁正付钱下车，摔上车门，看着眼前的酒店，"我到地方了。"

这么快。丁遥瞬间放下心来："谢了。"

"嗯。"祁正挂断电话。听了一路，他好像参与了一下她那段徒有其表的人生。

光鲜亮丽吗，他没感受到。他只觉得付出这么多代价，穿上的不是礼服，而是沾满鲜血的盔甲。

房间门紧闭，祁正怎么敲她也不开门，里面安静无声，打扫隔壁房间的保洁阿姨出来看："是不是里面的人不在啊？"

"在，我朋友离家出走了，可能还生气呢，不愿意过来开门。"祁正这辈子没表现得这么人畜无害过，"阿姨，能帮忙刷下房卡吗？她家里人着急，实在不行，我把身份证押给你。"

好看的脸是万能通行证，小县城的人没有那么足的警惕意识，祁正顶着一张充满欺骗性的脸，再有模有样地说几句人话，阿姨立马就信了："那我给你刷一下吧。"

"嘀嗒"一声，房门打开，祁正道过谢走进去。房间里一片昏暗，窗帘全部拉紧，床上没人，祁正往里走，床与窗台间的缝里蜷缩着一个人。她抱着膝盖，头低低地垂着，抵在墙上，那么窄一道缝，放只猫进去差不多，也不知道她是怎么挤进去的。

夏藤没抬头，就那么缩着。四天没洗澡，头发都油出味儿了，她懒得洗。

祁正也没说话，站在床尾看她。沉默半晌，夏藤动了，去摸索手机。

微光照亮脸庞，一副人不人鬼不鬼的样子。祁正受不了她这副模样。她就当软绵绵的小绵羊最合适，又蠢又纯又天真，别摆这种堕落姿态，不适合她。

祁正把床踢开一截，人走进去，夺过她的手机。夏藤愣了一下，什么也没说，往角落里缩。

她现在这样，哪里还有半分"夏藤"的样子。

祁正心里窝火："你给我起来。"

夏藤一动不动。

"听见没有？"

她不听，祁正抓住她的胳膊拽她起来。夏藤浑身跟没骨头似的，腿上一点儿力不使，一下便跌进旁边的床上。

祁正和她一并倒下去，他压在她身上。

鼻间传来一股味儿，祁正嫌弃地皱起鼻子："你几天没洗澡了？"

夏藤长发铺满身后，眼神无光，两手摊在两边，愣怔地看着他，一点儿活气没有。

祁正用胳膊撑起身子："去洗。"

夏藤在他要离开的那一刻，伸手拽住他的衣领："你来干什么？"

声音沙哑，有气无力。

祁正被她这么拽着，半弯下腰，胳膊撑在她身体两侧。他目光里没有同情，他很清楚，这种时刻，她最不能忍受"同情"。因为他们是一样的。

"我看看你死了没有。"

夏藤木然地眨了下眼睛："我死了吗？"

"这你问我？"

"我不知道啊。"夏藤嗓子哑到快发不出声了，她轻声说，"我和死了有什么区别。"

祁正盯着她看了一会儿："你是不是要我帮你洗。"

夏藤不说话，也不动，祁正不跟她废话了，打掉她拽着他的手，胳膊圈住她的脖颈和膝盖窝，把她打横抱起来。踢开浴室门，他把她放下来，夏藤还是一副麻木的表情。祁正说："是不是还要我帮你脱？"

夏藤眼珠动了一下，拿起浴室里摆放的洗护用品，看了一眼，全部丢在地上："我不用这个。"

她又拿起洗漱台上的塑料梳子："这个梳不了我的头发。"

她再扯扯身上的衣服："也没有换的衣服。"

祁正绷着嘴角看她，夏藤回看，不躲不避，了无生气。半晌，祁正认命地点头，转身走出浴室。

"我去给你买。"

楼下就有超市，他下去乱七八糟买了一通，看着有用的全部买，五分钟后，重新刷卡进门，一路都是用跑的。夏藤没出来，跪坐在浴室的角落里，头耷拉着。

祁正把塑料袋扔到她旁边，夏藤挑开袋子看了一眼，凑合能用，她撑着墙站起来，不看他："你出去吧。"

祁正再次深呼吸，一忍再忍，"砰"的一声关上门。

衣服一件一件掉落在地上，夏藤踢到一旁，散下头发，赤脚拉开玻璃门走进去。水声哗啦哗啦，响了将近半个小时。夏藤身上穿着他买回来的纯白色Ｔ恤，长得能当裙子穿，头发也没拧干，湿淋淋地贴在身后。

她拉开浴室门，走一路，滴一路的水。

祁正听见动静回头，她走出来便带过一阵洗发水的香，皮肤冷白冷白的，浸过水后泛着盈盈的光。

她走到他面前，他没动，眼睛跟着她。头发把她衣服弄湿一大片，祁正往旁边侧了侧身："湿了吧唧的，别碰我。"

她一双眼雾气腾腾地望着他，抬起的手慢慢落下来，伸向他身后，似要抱他的腰。几缕发丝滑落在他身上，湿迹逐渐在他衣服上晕开，祁正心跳开始不受控制，随着她的靠近越跳越快，就差把她揽进怀里了。

夏藤倾过身，拿起放在他身后桌子上的矿泉水。

她拧开瓶盖，喝了一口。

祁正还没被这么"欺骗"过，恼羞成怒："让你别碰我！"也不知是因为希望落空生气，还是因为衣服被弄湿了生气。

"没碰你，头发不小心碰到的。"夏藤把长发撩到耳后，露出的脖子细而白。

她目光平静："我刚刚听见你心跳了。"

对话似曾相识，在台球厅那次，他就是这么对她的。只是今天，角色对调，她随便一个动作，他的心跳都会不受控制。

祁正和她拉开距离："赶紧吹头发。"

夏藤端着水瓶："找不到吹风机。"

"你找过了？"

夏藤摇头。

好像真的应验了她那句话。今天他不是被她整死，就是被她活活气死。

祁正："你要我？"

"没，不想动，太累了。"夏藤不跟他纠结这个问题，蹬掉拖鞋爬到床上，"我睡觉了。"

祁正去找吹风机，在浴室里翻找了一通，吹风机在洗漱台下的抽屉里。他把缠绕机身的线取开，走回夏藤床边，直接把她从被子里拎出来。

开关一开，热风猛烈地袭出来，祁正对着她的脑袋一顿吹。他绝对没想过，有朝一日，他竟然要伺候这个人吹头发，祁正觉得自己是疯了。

夏藤有一头漂亮的直发，黑而软，平时很注意保养，这会儿却在祁正手底下被揉成一团乱草。她一点儿力都不用，被他推得东倒西歪，说了声:"我脖子要断了。"

热风立刻暂停,吹风机被他态度恶劣地丢她身上,祁正坐到她对面的床上:"自己吹。"

都送到手边了,不吹白不吹,夏藤拿起来接着吹,她侧着头,一边顺头发,一边看他。夏藤今天很不对劲儿,他知道。情绪崩溃的人都这样,极力用正常掩饰不正常,其实旁人一眼就能看出来。但她还有点儿不一样,整个人颓废的同时,胆儿肥了。她以前哪敢这么对他?

祁正被她直接的目光弄得很不自然,瞪她:"看什么看?"

"你不觉得你很矛盾吗?"吹得差不多了,她关掉吹风机,轰隆隆的噪音消散下去,房间只剩她单薄的声音,"这么嫌弃我,还管我死活干什么。"

"我乐意,行不行?"

夏藤把电线一圈一圈绕回去:"你说谁喜欢我谁有病。"

她还记得那天雪地里,他和许潮生的对话。她第一次听他承认喜欢,也是第一次见有人把喜欢弄得像一场你死我活的厮杀。

除去喜欢,她找不到祁正这么管她的理由。他并不是个有耐心的人。可是他为什么会喜欢她?

"我有病,满不满意?"

祁正看她缠好,顺势一伸手。夏藤看他一眼,把吹风机递给他,他接过去放回浴室。

夏藤的眼睛跟着他的身影:"你现在还喜欢吗?"

"不喜欢。"祁正出来,回答得毫不犹豫,"你丑得跟鬼一样。"

"……"

好吧。他嘴里没好话,夏藤当没听见。

一个头吹得她又精神了,她下床,找了一圈,最后道:"祁正,我的酒没了。"

除去生气的时候,她平常很少叫他的名字。他想冷嘲热讽,硬是被这声"祁正"磨软了语调:"没了就不要喝。你什么时候学的这些?"

"一直会,你不知道而已。"夏藤转过身,脚步踉踉跄跄的,"还有很多,很多,你不知道而已。"

祁正说:"比如你网上的那些破事吗?"

房间在下一秒安静了。静到,夏藤好像可以听到自己头发丝一根一根立起的声音。

"你知道了?"她还抱着最后一丝侥幸的心理,她猜到是丁遥或者许潮生找到了他,让他来看看她,等她先缓过这几天,再去编一个谎圆过去就好。

可是现在,事情好像不是如她所想的那样。

她发现,这几天她缓不好,不知道还要几个几天才能好。

她还发现,她的最后一片净土好像就要没了。这意味着,她即将无处可躲。

"你知道了?"她又问了一遍,这一遍,她开始发颤。

"嗯。"这个回答对她来说,可能过于残忍。

"知道多少?"她强迫自己冷静,面容却很快不受控制地扭曲起来,"是不是丁遥告诉你的?"

"不全是。"祁正不会因为有所顾忌而欺骗她,"我早就知道了。"

昭县虽然落后,但不代表人人都跟外面的世界脱节。祁檀、苏池、乔子晴,他身边有这些人,何况他不蠢。

他的手机也是苏池买的。经常没事儿干,他就在西边他妈留下的房子里躺着看书、看电影、看新闻,他一开始确实没听过夏藤,她还没出名到那个程度。

但在之后的某一天,她的名字出现在一篇文章的标题上,似乎是因为预热什么电影,网上有人鞭挞她,拿她和一个女明星对比。

他瞥到那两个字,以为只是名字一样,就点进去看了一眼。没想到,配图出现,手机屏幕里出现的那张脸,正是他天天想的那张脸。

明明长得一样,可是化妆和精修过后,在镜头面前呈现出来的夏藤,和他前座的那个,完全不像同一个。尤其是那些乱七八糟的言论,他更没办法把这两个人联系到一起。

一群疯子,拿点儿破烂就信以为真,一个个还都证据确凿的样子。他们说的那些事,给她十个胆她也不敢做。

祁正随便看了两眼就没再看了,没兴趣具体了解。对他来说,网上那个明星夏藤跟他无关,他只认识昭县这个老巫婆。

所以祁正从没提起过,也从未改变过对她的态度。对他来说,那些"真相"才像假的。直到这次,那群疯子追到了这里,丁遥打来了电话。

那个明星夏藤似乎又闯祸了。

二者必须合而为一。

祁正以为，她身份暴露的这一刻，他会感觉到陌生，因为他要面对的是另一个她，来到昭县之前那个原本的她。然而，没有。她高高在上也好，万众瞩目也好，落魄也好，丑闻缠身也好，是谁都好，他好像都还是，喜欢她。

祁正说，他早就知道了。夏藤想起前一刻她的种种表现，她的自以为是，她的无理取闹，全部变得滑稽而可笑："什么时候开始知道的？"

"记不清了。"他只看过那一次，之后没有刻意关注过，自然不记得是什么时候。

"你都看到了？"夏藤身体不受控制地发抖，"他们说我的那些，你都看到了？"

那些不堪入目的画面，极具煽动性的言论，铺天盖地的辱骂，她自己都耻于去看，如果他看了……

她受不了。夏藤的眼睛几乎瞬间变红，脸颊、耳朵、脖子，红成一片，她喘不上气，每一次呼吸都震得整个胸腔在痛，她突然尖声叫道："不是我！不是我！"

她越抖越厉害，压抑得太久了，从出事到现在，她找不到地方发泄，怎么做都没有用，就算她一头碰死，他们还是会笑话她，会说她不堪舆论压力自杀，会说娱乐圈就是这样，适者生存，这点儿承受能力都没有的话，被淘汰是必然的。

她选择这份职业就得承受别人泼脏水，回击要被骂，走法律途径会被骂，怎么样都要被骂，只能一声不吭，忍不了也得忍。

倘若最后承受不住，就是她活该，心理不够强大。

你看，说来说去，理都让世人占完了。

"你早就知道了，为什么不告诉我？你一直等着看我笑话是不是？"夏藤拿起桌上的东西往他那边砸，"你是不是觉得我很可怜？是不是觉得我很恶心？

"我跟那么多人不清不楚，不知检点、私生活混乱，还装什么清纯学生，对吧？

"一出事就躲到没人认识的小地方来，想避完风头再回去洗白捞钱，特别不要脸，对吧？"

她越说越歇斯底里，声音凄厉尖锐，喊到破音，在房间里回荡。能砸过去的全砸了，台灯扫过祁正的脸，一道血口立马出现，他没躲，也没管脸上烂在哪儿了,看着她发狂。

　　舆论可怕吗?是,也不是。不在意,咬咬牙就过去了,可这些被伤害的人心里永远有一块是鲜血淋漓的,无法痊愈。

　　更多的是过不去那道坎儿的,比如夏藤。它们让她变得疯狂,混乱,丑态百出,形象全无。那么爱漂亮的一个人,像条见不得光的虫,蜷缩在脏乱的角落里。

　　她顶着最丑陋的嘴脸张牙舞爪地泄恨,如果让清醒的她看见自己此刻的模样,估计会晕过去。

　　祁正静静地听着她骂,听着她骂完他再骂她自己,什么也没说。

　　他没有刺激她,他的姑娘疯了,他不能跟着疯。

　　夏藤喊累了、骂累了,往后退,站不住,摔倒在地上。祁正过去拉她,她不起,死死拽着他的衣服,眼睛里布满红血丝。

　　"不是我,真的不是我,我没有干那些事情,你别听他们说,好不好……"

　　祁正蹲下身任她拉着:"我知道。"

　　"你别看了好不好?我不想看,你也别看……"她的声音充满哀求。

　　祁正说:"我本来就不想看。"

　　"不要告诉学校的人,不要告诉他们……"夏藤拽紧他的衣服,人缩起来,蜷成瘦小的一团,"求你了。"

　　"……"她没这么低声下气过。

　　网上曝光了她的藏身之处,那两个狗仔能找到他们学校,肯定还会有别人找到,消息蔓延到昭县这儿的人耳朵里是迟早的事,但祁正没说,现在说了,她会彻底崩溃。虽然比她现在的状态也差不了多少。

　　"好。"他答应她。如果她还回得去学校,他不会让一句风言风语落进她的耳朵里。

　　夏藤听到这一句"好"后就不动了,头埋在膝盖上,身体还在颤抖。

　　祁正看不见她的脸:"哭了?"

　　夏藤轻轻摇了摇头,她哭不出来,如果只是悲伤就好了,哭完还能好受点儿,她的身体机能就像坏死过去,做不出任何反应。

　　"我不知道怎么办。"夏藤喃喃道,"我要怎么办?他们永远不会放过我,一直盯着我……为什么总是我?"

　　"我真的很喜欢表演,我想有观众,我想演故事给他们看……有人喜欢我的演出就足够了,每份喜欢都是我自己挣来的,我不想像现在这样……"

"我从十五岁就开始拍戏，人生也规划好了，未来就准备走这条路。以前的时候，他们都跟我说，我的路还很长，前途很好。"夏藤说着说着，最后一丝力气也抽离了，她软在地上，像是说给他听，又像是在自言自语，"现在好像全毁了，我不知道我还能干什么。不走这条路，我还能干什么？"

祁正没被她的情绪影响："你那些规划都是空中楼阁，刮点儿大风就全塌了。"

不然现在会这样吗。

夏藤侧过脸，看他一会儿，最后道："可能吧。"

她总是那么理想化。

"别想了，出去吃饭。"他拉她的胳膊。夏藤跪坐的时间太久，腿部血液不通畅，刚被他拉起来，人又倒了下去，祁正眼疾手快地揽住她的腰，把她圈进怀里。

"你纸糊的吧。"他的声音在她头顶响起。

夏藤没乱动，额头贴着他的肩："我不想出去。"

"这儿没人认识你。"

"万一呢？"

"哪有这么快？除非你红透半边天，大街上随便拉一个都知道你是谁。"祁正把她下巴挑起来，"你红吗？不就是个十八线。"

夏藤被他挑着下巴，不能动，只能皱眉："你安慰就安慰，为什么总要讽刺我一下？"

"让你清醒点儿。"

她情绪恢复了些，他眼睛里覆上一层浅淡的笑意："该来的迟早要来，没来之前就先吃饭。夏藤，别自己把自己吓死了。"

夏藤身上只有一件T恤，虽然够长，能挡住一半膝盖，祁正还是推她一把："去穿裤子。"

夏藤早翻过袋子："你没买。"

祁正："……"

她走进浴室，从被她踢进角落的衣服堆里捡出牛仔裤，光腿套上，然后出去穿大衣。她什么衣服都没带过来，眼镜、口罩、帽子、围巾倒是一应俱全，生怕别人把她认出来。祁正看她一样一样往脸上戴："你是巴不得别人注意到你吗？"

这地方哪儿有人这么打扮的。夏藤动作一缓，犹豫片刻，把鸭舌帽摘了。他靠着门，道："你戴眼镜也很难看。"

夏藤就把眼镜也摘了，嘀咕一句："我怎样都难看。"

"你知道就好，遮不遮都丑，不如少折腾。"

他说完起身，拉开门出去了。夏藤冲着他的背影踹了一脚。

这几天全靠面包、泡面度日，再吃就该吐了。本不觉得饿，他这样一说，她才感觉到饥饿。楼下有家水饺馆，夏藤第一次吃完整整二十个饺子，肚皮都要撑破了。她何其注重形象，尤其是和异性在一起时。但今天，她只想破罐子破摔。

她知道，这样可以无所顾忌的时刻，过一秒少一秒。

当然了，如果没有祁正在，一秒都不可能有。

祁正几乎没怎么动筷，看着她吃完："你平时那点儿可怜兮兮的饭量都是装的？"

夏藤懒得给自己辩解，吃得浑身暖乎乎的，她擦完嘴，问："我们现在去干什么？"

"你想干什么？"

"不知道。"

"不知道就想。"

好像一直不被允许吃糖的小孩，面前突然摆满各种各样的糖果。

夏藤眨眨眼睛，试探地问："逛街？"

这里的商场比昭县的正规一些，估计是准备长期发展旅游业的原因。夏藤环顾一圈，商场里起码没有那些明目张胆的盗版大牌了，都是些国产老牌，还有很多大众牌子。

夏藤拉高口罩，过去买了一套护肤品，虽然不及她平日里用的，但应急抹一抹应该没问题。

他们在一楼买完，转战二楼女装区。夏藤身上的衣服大多是千元起价的，想在这儿买到同等的不太可能，她就想买两件能换的，好歹把身上这条牛仔裤换了。途经一家店，里面都是些偏少女系的裙子，她有点儿心动，转头看祁正。

祁正已经有些后悔陪她逛街了，他以前没陪人逛过街，他们都知道他肯定没那个耐心。走完第一层他就想出去，但是夏藤直接踩上通往二楼的电梯，他再不耐烦，也只能跟着。

夏藤想进去，祁正看了店里一眼："大冬天的，你买什么裙子？"

"这种就是冬天穿的裙子。"她戴着口罩，一张脸就剩下眼睛了，忽闪忽闪地望着他。

祁正被她盯得没辙了："行吧。"

两人进店，店员立马迎上来："想买什么样的？有看上的可以试一下哟。"

祁正找到软沙发就坐下，夏藤把大包小包丢给他，店员见祁正长相出众，主动上前问了句："不帮女朋友一起看看吗？"

祁正："不帮。"

以前这样问顾客，大多是笑笑了事，很少遇见祁正这样直截了当拒绝的，店员笑容一顿。

夏藤倒不在意："那你看包。"说完她就去挑裙子了。

她没在这种店买过衣服，质量款式都不强求，简单就好。挑来挑去，她选中一条白色连衣裙，上身是紧身的，长至膝盖上方。亮点在于衣袖，一层薄纱，灯笼袖，纱中有带细闪的银丝线。

夏藤从试衣间出来，站在镜子前撩头发。她身形好，撑得起各式各样的衣服，黑发肤白，白裙贴身，裙下两条腿纤瘦笔直，落进黑靴里。

遇见这样衬衣服的顾客，店员向来赞不绝口，夏藤从镜子里看到后方沙发上看手机的祁正，走过去站在他面前。

"好看吗？"她问。

店员也跟过去，一脸期待。

祁正抬头，目光在她的新裙子上停了不到一秒："光腿，你找死？"

夏藤说："让你看裙子，你看哪儿？"

"你露这么多，我不看这儿看哪儿？"祁正不乐意，"换了。"

"哎呀，我们店里有薄袜，给姑娘拿一条。"店员很会来事儿，问了夏藤的尺码，遣另一位店员去拿。薄袜的颜色是肤色，里面带一层薄薄的绒。夏藤钻回试衣间套上，她腿细，穿一层薄袜仍然腿形漂亮，丝毫不显臃肿。她重新立于镜前，腰肢纤细，黑发垂肩，白裙衬得人一身仙气儿。过来过去几个顾客都在瞧她身上的裙子，同行的男人亦是。

祁正手机不玩了，拿着她的大衣走过去，从后拥住她，往她身上一盖，该裹的全裹住，挡住了周围的视线。

"喜欢？"他问。

夏藤说："我觉得挺好。"

"那穿着吧。"祁正说完就走了。

夏藤剪了吊牌准备去结账时,店员笑眯眯地说:"你男朋友刚付过了。"

夏藤:"啊?"

她剪吊牌时看过一眼,裙子六百多,商场里一条冬季连衣裙这个价位,已经算相当便宜了,但在类似于昭县这种地方,尤其祁正还是个学生,六百多不是小数目。夏藤感觉得到他平常花钱就有些大手大脚,但也不该到这种程度。店员还在打趣说:"他看起来没有耐心,其实还是很关心你的。"

夏藤没有多解释,接过装着牛仔裤的手提袋,出去找祁正。

他没等她,都快走到电梯口了,背影高瘦颀长,很好找。

夏藤追上去,拿袋子打了他一下:"你付钱干什么?"

祁正回头:"不然你还准备在里面磨蹭多久?"

"我怎么磨蹭了?买衣服不要试啊。"

"买完了吧,能走了吗?"

他已经一半脚踏上下楼的电梯了。

夏藤琢磨着怎么把钱还给他,直接还,祁正肯定不要。她扫到电梯旁的商场立牌,上面标注了三楼有运动品牌。

祁正总爱穿运动外套。夏藤把他拉住:"不能。"

运动品牌店里放着歌,里面逛的人不是很多,价格全国统一,这儿的大多数人消费水平还是有限的。

夏藤看着看着就往男装区走,挑起一件类似于棉服的外套,黑色,连帽,有点儿夹克款式,摸里面的料子,衣服很厚实,版型也好看。

她抽出来往祁正身上一贴:"你要不要试试?"

祁正看也不看,躲开快要戳到他下巴的衣架钩:"不要。"

她手仍举着:"套一下就好。"

祁正盯她,她回视,她睁着那双眼睛忽闪着看他,最后结果大多是他先妥协。祁正不情不愿地脱了外套,把那件衣服穿上身。

效果和夏藤想的差不多,他适合黑色,身材和长相摆在那儿,衣服随随便便一套,气质就出来了。也是神奇,小县城里居然养出他这样一个人。

祁正镜子都懒得照,半截领子还压在里边,他看向夏藤:"行了吧。"

一副敷衍完准备随时脱掉走人的样子。

夏藤踮起脚,把那半截领子翻出来,衣服给他整理利索,然后道:"买了吧。"

店员原本都没上前的打算,来他们店的大多只是看看,掏钱买走的人很少,听见二人对话,感觉有戏,踱步过来附和:"他穿这件很好看啊。"

夏藤看得出祁正没耐心逛了,没让他试别的,直接去柜台付钱,祁正没拦,原地站着等她。

她才没那么在意他,不过是想还身上那条裙子的钱。

这么想着,他挺不爽的。他喜欢让她欠着他,可她总能找到点儿办法还回来。可是不爽归不爽,他没吭声,怎么着这也算夏藤送给他的,她还没送过他什么。

祁正那件外套的吊牌也剪了,两人换了身衣服走出商场。厚重的门帘拉开,冷风劈头盖脸地扑过来,祁正身上裹着新衣服,第一次没有感觉到冬日刺骨的冷意。

以前的冬天,他都是在感冒和抗冻之间反复着度过去的,加件衣服就能解决的事儿,从来没人嘱咐过他。他紧了紧外套,没有说话。

夏藤把口罩拉回鼻梁上,问:"现在去哪儿?"

祁正:"问你自己。"

夏藤说:"我不想清醒。"接着又道,"也不想去人多的地方。"

越说越没谱。祁正嗤笑:"你还想干什么?"

夏藤不管:"是你说的,问我自己。"风吹起她的头发,她的声音闷在口罩之后,"就今天一天,我想做自己想做的事。"

祁正觉得自己肯定脑子抽风了,她想逛街,他就陪着她逛,她不想引人注目,他就带她去了一个山头。说是山头也不算,说是山坡又比坡高些。他们这边的县城有很多这样未开发的区域,一片连一片的土高坡,杂草丛生,枯枝缠绕,位于县城边缘,没什么人来。若是途经此处,会觉得这里像是一片被遗忘的荒凉之地。

祁正下了车后带着她走了很长一截路,路不平坦,坑坑洼洼的,积雪冻得硬邦邦的,走起来磕磕绊绊,走得很费劲。但到顶时,四周安静到不剩一点儿喧闹之音,唯有呼啸的风,没了遮挡物,刮得肆意。

视野变得开阔,站在偏僻的一方,却能纵观这座城的全貌。不那么繁华,没有高楼和车流,充满人间烟火气。

天色渐晚,他们出来的时候已经不早了,折腾去了好些时间,冬季昼短,到这会儿,暮色越发浓重。

坡顶有遗弃的垃圾,不知从哪儿丢来的,祁正在四周找了一圈,拆了个纸箱,给夏藤撕下来一块纸板。

她接过来:"干什么?"

祁正把纸板垫地上坐下:"垫着,不然你又要喊冷。"

夏藤撇嘴,拉紧大衣下摆也跟着坐下,她拉开一罐,问:"你不和我碰一下吗?"

祁正眼角睨她,好像在说"你怎么这么事儿多",和她的"咣当"一碰,说:"就这一次,以后不准喝。"

夏藤道:"你不是经常……"

"和我比?你和我是一类人吗?"祁正说完,仰头喝掉半罐。

速度之快,夏藤忍不住说:"你别喝这么快,万一醉了我扛不动你。"

祁正仿佛听了个笑话,懒得回这种不可能发生的废话。

夏藤摘掉口罩,对着罐口抿了一口,味道迅速占满口腔,一路烧到喉咙,人马上就暖和起来。

"不过,如果我喝多了,你可以扛得动我。"

她声音很小,像自言自语,祁正听到了:"谁管你?你喝多我就把你扔这儿。"

夏藤又喝了一口,祁正老这么说她,欺负她,脾气也坏,从没收敛过,她根本不相信他喜欢她。

冷风吹着,她问:"你为什么总是讲话这么难听?"

夏藤越想越自闭,她今天情绪不稳定,自己咕噜咕噜地喝,一罐很快就见了底。人情绪上头的时候极容易醉。夏藤又给自己开了一罐,嘴里嘟囔着:"你一直这样,不会有女生喜欢你的。"

说到这儿,她突然想起台球厅那个红发女孩,好像叫什么晴,直往他身上贴,还有不久之前的江挽月,还有那群曾经把她堵在厕所里的女生……她好像说错了,他性格再恶劣,说话再难听,总有源源不断的姑娘迷恋他。这么一想,真气人啊。

十几分钟的时间,夏藤喝空了两罐,她打了个小小的嗝,两颊粉扑扑的。她有点儿莫名的委屈,更有点儿莫名的生气。

"你不是喜欢我吗?"

祁正看着她的脸蛋以肉眼可见的速度变红,问:"那又怎样?"

听听，明明他才应该是被牵制的那一个，凭什么能跩成这样？

夏藤呼出一口气："不公平。"

"怎么？"

夏藤觉得今天非要跟他列个一二三出来，她乱扯一个："你没跟我告白过。"

这跟公平有什么关系，真是没事找事儿。

祁正："然后？"

他看她能扯出什么花样来。

"你还总惹我生气。"

他点头，你继续。

"你……"夏藤支着脑袋想，"你应该让我开心，不是让我伤心，哪有人的喜欢是这样的。"

说了半天，就是想要他跟其他人一样，把她当星星月亮捧着。

祁正没出声，等她喝完第三罐，走到她面前，蹲下身，单膝抵着地。他问她："想让我说好听的？"

是这样吗？好像不是啊。夏藤脑子已经迷糊了，但她没听过他讲好听的，于是稀里糊涂地点点头。

"那公平点儿，你答应我一件事，我就说一句。"

怎么就她也要参与其中了？见夏藤眼中有些疑惑，他说："你不是要公平吗，做不到就别跟我提要求。"

是她说的吗？好像是。夏藤点头："哦。"

祁正问："你喝多了？"

夏藤："有点儿。"

"喝多了记事儿吗？"

夏藤摇头，实话实说："睡醒什么都忘了。"

"那先答应吧，免得你忘了。"

风吹过此，也要绕道而行。夏藤晕头转向，她喘着气儿："你就死也不愿意说一句……"

祁正在这时候开口："我喜欢你。"

少年的声音，干净，坦荡。

有不可一世的狂妄，有冲破一切的勇气。

夏藤不知道为什么，就这么听红了眼。可能是这个时代太坏了，感情泛滥，语言没有重量，随便出口的喜欢与爱，配不上一颗赤诚的真心。

但她知道，祁正不会骗人。他不屑掩饰，不屑谎言。

记不清从什么时候开始的。反驳不了，他就承认。

如果一定要追溯源头，就是她不该递过来那张五十元，不该在换座位那天，那样看他那一眼。

他被刺激出了所有隐匿在骨子里的欲望，关乎独占、毁灭，又在她眼神破碎时涌起保护、拯救。好的坏的，矛盾分裂，全部因她而起。

他不是个善良的人。他总是仇视这个世界，总是一个人。他们都知道他封闭在那个混乱不堪的过去，不幸造就了他的恶劣，所以他们任他发展。从没有人告诉他，该怎么正常地活着。

所幸，他没有被彻底放弃。他终于有了新的勇气，不是永远愤怒地和世界叫板，而是正视曾经，尝试和生活接轨，感受心跳带给他的一切，活着的感觉。

"管你喜不喜欢老子，都给我受着。"

天色完全暗下去，底下万家灯火，尘世间万分热闹，他们像被遗忘在无人的山顶，人人低头行走，谁也看不到他们，只有冬日凛冽的风。

这是两个被各自的世界抛弃的人。

可是他们心中，都有一片旁人无法理解的天地。

千百种不同，不过活这一生而已。谁是对的，谁是错的，没人有资格下定论。

夏藤的眼泪流得毫无征兆。她问："你以后会记得我吗？"

其实这话从来不该她来问。祁正没有停顿，他似乎早想过这个问题。

"你走了我就忘了你。"

早知道是个火坑，他跳得义无反顾，怪不得任何人。

夏藤的心被揪住，疼得厉害，她忍耐着说："那我也要忘了你。"

"行。"祁正腾出手抹掉她的眼泪，"你别哭啊，我又没怎么着你。"

天全黑了，意味着这一天的结束。这一天的结束，意味着同样的时刻，地方，眼前的人，再也回不来。

不值得为他哭是她说的，可到头来，为他掉的眼泪也是最多的。

夏藤的眼泪就跟止不住似的，没其他人在，她不需要有所顾忌，想不哭都难。

她推他一把："你为什么带我来这里……"

"让你看看我生活的地方。"祁正揽住她的腰让她站起来，他看着底下说，"就这样，你在这里生活，可能吗？"

这都算好了，昭县比这儿还差些。

他们都知道，不可能。

她不属于这里。甚至，他们不属于同一个世界。这样的阴差阳错，不会再发生第二次。

那天的最后，祁正只说了一句："你走的时候别告诉我，我就当这儿的夏藤死了。"

夏藤避世的这几天，事态加剧。

许家没和许潮生商量，为保许潮生的名声，把夏藤推出去顶锅。各种所谓的黑料与带节奏的言论暴增，舆论开始趋于偏激化，网络民众对夏藤的人身攻击达到了前所未有的高度。

而许潮生和丁遥，各自的家庭伸手捞人，逐渐不被提及。

整个过程像一场精妙绝伦的闹剧，每天都能更荒唐，没有人喊停，就永远不会停。

王导的新电影在这个风口浪尖上映了，夏藤作为曾经的备选女主角之一，话题度自然又提高一个度。为捧此次电影女主角穆含廷，又是一番运作，多家资本下场，夏藤像只过街老鼠，声名狼藉，人人嗤之以鼻。

事情变得越发过分，他们扒出了她的藏身之处，扒出了她现在上的学校，扒出了她外婆家的地址。这座未沾染半分城市气息的小城，突然被大众的眼睛盯上，冲进来一堆妖魔鬼怪。

人们的"刨根问底"精神，在八卦方面总是发挥得格外强悍。

学校门口开始不断有带着相机的陌生人出现，甚至有人混入校内。沈蘩走在路上被镜头怼着脸拍，再到后来，各种各样恶作剧的东西被寄到西梁。

信息从何得知，不知道，这是个身份信息透明化的时代，公众人物没有什么隐私可言。而这个声讨队伍中有多少是讨厌她的，有多少是借机泄愤的，更无从得知。

偶尔有一两句微弱的声音，斥责这些行为是不是有些太过分了，很快，浪花一打，消失得无影无踪。况且，她在明处，他们在暗处，她没有地方可以说理。更可悲的是，就算说了，也解决不了半点儿问题。

事情愈演愈烈，严重至此，陈非晚把烂摊子处理一半，不得不腾出时间回一趟昭县。

她于深夜到达夏藤所在的宾馆，上楼，找到对应的房间号敲门，门从里面打开，出现在眼前的却不是夏藤，而是一个男生，个头很高，她得稍微抬点儿头才能看清楚。

陈非晚没有收拾行李箱，只拎着一个包，她奔波一天，面上满是疲态，但眼睛是准的。

她上下打量他，男生先开口了："阿姨好。"

陈非晚有一秒没说话，但也只是一秒，她没理他，直接走进房间："你还真在昭县谈了个男朋友？"

夏藤在房间里缩着，这两天祁正一直陪着她，抢了她的手机，没有让她看到任何不好的信息，虽然"眼不见为净"，但她心里一直不踏实。未知才是最令人恐惧的。

直到今天早晨，她接到陈非晚的电话，说要亲自回来接她，夏藤才得以看到外面那些几乎要爆炸的言论。

声讨，辱骂，瞎编的黑料，许潮生与丁遥，还有最近正当红的穆含廷……无一不是踩着她。

原来，已经严重成这样。她做了那么多心理准备，一念之间，全部崩塌。

祁正不让她看，她就把自己锁进厕所，不知道看了多少。他在外面喊她，砸门，她什么也听不见，黑暗无声地将她吞噬，她能感觉到心脏的下沉，血液在变凉。

祁正准备下楼喊人来开门时，夏藤出来了。

出来后，她便坐在沙发边，再也没有说过一句话。

不哭不闹，这一回，她彻底失去了力气。

"他是我同学。"夏藤木然地回答一句。

陈非晚把包放床上，想说什么，祁正先一步开口："有什么跟我说吧。"

夏藤的状态太差了，他看不下去她再被折腾。

陈非晚这才拿正眼看他，夏藤的眼睛继承于此，但远不及她母亲眼中的阅历与气势。祁正被这么盯着，没有一丝露怯，他禁得住。

思忖片刻，陈非晚又回头看了夏藤一眼，眼神示意祁正去外面。

走廊上，祁正安静地站着，少有地在长辈面前收敛了脾性。他突然

251

想,夏藤和苏池独处时,肯定是缩着脑袋的。她那么胆小,就没见她硬气几回。

陈非晚穿着高跟鞋,也没眼前的少年高。她问:"叫什么名字?"

"祁正。"

陈非晚眉毛一挑,想起来了,苏家的。

当年他父母的事儿闹得沸沸扬扬,她在城中上学,每次回来都能听人唠上两句。她不喜欢背后说人闲话,沈蘩又是个软心肠,听不得旁人的骂,她也觉得可怜。由此,陈非晚对苏、祁两家也没那些偏见。

这么一想就明白了,祁正身世跌宕起伏,从某些方面来说,他和夏藤受着同样的罪。倒是没想到,昭县还有这样的孩子,是她疏漏了。

陈非晚没多废话,她还有很多事要忙,直接切入主题:"网上有人拍了你的照片,不过还没闹大,这事儿我想办法压下去,你这几天多注意,如果实在有不怕死的找上门烦你,你可以直接报警。"

他和事件没有关系,若是不慎被牵扯进来,走法律途径是最有效的,也能最大力度地给夏藤省去麻烦。

虽然有点儿抱歉,但陈非晚不想再节外生枝:"什么都别说,因为每个字都会被扭曲,然后无限放大。能懂吗?"

祁正点头。

"这两天辛苦你了,你先回去吧,别让你……"陈非晚顿了一下,把"别让你父母担心"咽回去,道,"还没放假吧,别耽误你上课。"

祁正不想走,可是她妈妈来了,他没有再留下的理由。

"你……"祁正声音很哑,他咳了咳,"要带她走了吗?"

问完他就后悔了。不该问的,他不想听到答案。

"处理些事情,就这几天吧。"陈非晚在路上奔波了一天,脚跟疼,她靠着墙,"再待下去,等着被扒到祖坟吗?"

说到这个就来气,她骂道:"这群人是真不要脸。"

祁正哑然。她和她妈,完全不是一个性格。

沉默片刻,陈非晚没再找话说,无声地赶人。

祁正领会到,想进去和夏藤说声再见,还是作罢,他讨厌这样的离别,无力又无奈。

他转身要走,陈非晚叫住他,最后问了一句:"你们,没在一起吧?"

在没在一起,都得分开,她要听的是男孩的态度。明事理,就别给夏藤找麻烦。祁正背影停住,停了很久,久到脑海里上演完一幕又一幕,停在今晚夜空下的山顶。然后他听见自己说:"没,我们不熟。"

祁正没走,宾馆对面的马路边有片树丛,他在树底下站着。

衣服很厚,夏藤买的,但再厚也禁不住深夜的寒风。祁正冻得双腿几乎失去知觉,又不肯走,全身僵硬,只能维持着站立的姿势,到最后,连呼出的气都是冰的。他看了眼手机,将近凌晨三点,他在树下站了两个多小时了。

原来他也能这么有耐心。索性等到三点整再走,这么想着,他希望时间再慢一点儿。三点零一分的时候,宾馆门口停下一辆黑色轿车。

祁正抬头,感觉自己的眼皮都快冻住了。

几分钟后,从宾馆里走出来两个人。

陈非晚拥着夏藤出来,二人包裹得严严实实。夏藤始终低着头,脸埋在围巾里,隔着这么远,他能感觉到她仍然沉浸在极低的情绪中。

陈非晚打开车门,让她上车。

夏藤半只脚踏进去,动作进行一半,突然不动了,她回头看了一眼,只露出一双眼睛,像在找什么,可最终眼前有的也只是一片茫茫夜色。

陈非晚催她,她回身,弯腰上车。

祁正没有躲,他知道她没看见他,她回头的方向不对。

可是,她找了,就够了。

为了那一眼,祁正回去后重感冒,体温飙到三十九摄氏度。他回的是西梁的家,一进门人就晕过去了,幸亏碰上祁檀在,没死在自个儿家门口。

祁正在床上烧得迷迷糊糊,祁檀跟厂里请了假,又打电话向学校老师请假,田波接到他主动打的电话,反应可谓相当"受宠若惊"。

祁檀也算是体验了一回做家长的感觉。

祁正醒来又睡过去,反反复复,再次清醒,已是隔天下午。

一次休息了个够,又发了很多汗,他不是娇贵命,一觉睡醒,高烧竟然退了,只是浑身的骨头像被重新组装过,生疼生疼的。

祁檀上街买了粥,瞅着他醒了,放锅里给他加热了一下,然后盛碗里端进他房间。祁正扭头看见给他送粥的祁檀,一时没分清他俩到底谁发烧了。祁檀打开窗户通风:"你咋搞成这个样子了?我见你昨晚上冻得跟个冰疙瘩一样。"

祁正用劲从床上坐起来,端起床头柜上的碗喝起粥来,有点儿烫,

253

他喝得很慢。

祁檀难得多了句嘴:"年纪轻轻的这么瞎折腾,老了就要受罪了。"

祁正从碗里抬起头:"你在说你自己吗?"

"……"

这话意有所指,祁檀闭嘴不答。

"有个事儿,我好奇。"

祁正喝完粥,把碗搁回床头柜上,手背抹了把嘴:"大城市不好吗,当年为什么留在这儿?"

祁檀动作一停,看向祁正,他和祁正正常交流的次数少之又少,他从来不知道他的儿子在想什么。

"问这个干什么?"

祁正缓缓呼出一口气:"就问这一次,说吧。"

还能为什么?祁檀靠着窗户边,对着窗外:"因为你妈。"

提及这个人,二人皆是一阵沉默。

这幢房子里的生活,曾经也是温馨美满的。

祁正嘴角一勾,有些讽刺:"这么伟大?"

"伟大谈不上,但至少我当初是心甘情愿的。"祁檀说,"留在一个地方,还是离开一个地方,不是什么大决定,可以因为一个人,也可以仅仅因为你愿意。你现在还小,懂不了。"

祁檀的声音有些落寞,提起从前,就不免想到从前,从前那个意气风发的自己,断然想不到今后面目全非的自己,沾染一身低俗的粗鄙气息,在这世上苟延残喘。他话锋一转:"问这个干什么,你想去大城市?想想就行了,我可没这个本事。"

祁檀从窗边回身,抛下这句话就端着碗出去了,速度飞快,生怕他提出什么要求,像逃跑一样。

祁正扯了扯嘴角,不知是笑祁檀窝囊,还是笑自己可悲。

他的根扎在昭县,他逝去的母亲、弟弟,他的童年、悲喜,他对这个世界的初认识,他经历的黑暗,成长,还有……微弱的爱,全部源自这里。他习惯了这里的阳光、土地,熟悉每一条街道、每一个推着车的小商贩,也只有在昭县,他才是那个让人敢怒不敢言的祁正。

他的所有都在这里,离开,就意味着不完整,他便不再是他。

昭县养大他,也正在耗尽他。

夏藤终于在第二天看见那堆再次寄来西梁的恶作剧"礼物"后，扛不住刺激，两眼一闭，昏了过去。

沈綮的状态也非常差，事已至此，什么都瞒不住了，陈非晚把事情尽量大事化小地告诉她，沈綮还是听得血压直往上升，气得浑身发抖。

还没解决完眼前的问题，又来无数个，陈非晚急得脸上直冒疙瘩。她把沈綮和夏藤都送去医院，然后打电话向夏文驰发飙。夏文驰在国外开会，赶不回来，只能让在附近城市的朋友过去帮她。

一老一小，全部躺进医院挂着水，网络上的谩骂声却没有丝毫的停歇。

他们会管吗？不会，哪怕死了人，也多的是拍手叫好的看客。而那些骂得起劲的跟风者，又会迅速摆出"事不关己，高高挂起"的姿态，或是涌现出一批演说家，谴责"网络暴力"的行为，花五分钟时间敲击键盘获取自我感动。那么当初网上骂声一片时，这些人又在哪儿呢？

陈非晚瘫坐在医院走廊的长椅上，感觉到前所未有的疲惫。

她开始打翻之前的想法，出事以来，她和经纪公司想得最多的就是如何让夏藤先避过这段时间，再如何洗白，如何引导舆论，最后如何复出。如何如何……都是不肯放弃这条成名路。

可是这样下去，失去的，只会比得到的更多。谁来还她一个健康快乐的母亲与女儿呢？

夏藤这一觉，睡得有点儿长。

她已经很久没有睡过这么久的觉了，自从自己被推上风口浪尖，她的睡眠质量每况愈下，不是噩梦缠身，便是猛然惊醒，然后再也睡不着。

她觉得自己快要神经衰弱，或者已经是了。

夏藤时常在想，娱乐圈纷纷扰扰，八卦一个接一个，每天都有层出不穷的消息轰炸，真真假假，假假真真。

有人背负一身骂名，只要被提起，就有人追在后面骂；也有人不在乎那些乱七八糟的言论，坚持自我，活得潇洒，只是必然要保持低调，减少露面，这才能少了被人议论的机会；还有些人化此为动力，逐渐改变风评；再有的，便是从此沉寂，永远消失在大众视野里。

她一个三线小明星，为什么会一次又一次地成为众矢之的？夏藤想过原因——同行不屑她的清高，她走的路线又自带"小众"光环，更令人眼红的，是她即将成为王导的电影女主角，这是天大的殊荣，能让她上升多少咖位。

非科班出身，没有后台，不阿谀奉承，却眼看着要青云直上。这圈子里泡着多少"老人"，什么都付出了，仍然翻不出半点儿水花，出头之日遥遥无期。就连几个名不见经传的明星都发过意味深长的微博暗着讽刺她。

虽没点名道姓，但说的是谁，大家心知肚明。

能搞臭一个，便是少一个竞争对手，他们恨不得将那些初露头角的新人按死在泥潭里。这道理，搁哪儿都一样。

第一次，她惹上的是出了名的老总。第二次，是与名导和影后的儿子"有染"。这几个人，名号之下都是响当当的流量，关注度高，自然会成为话题。众人要骂，也是挑她这个没名气所以好欺负的骂。

再者，这个社会，对女性的恶意总是莫名地更大些。

这么多事都让她撞上了，又逢上风气最差的网络时代，不认倒霉，也没办法。夏藤看见过很多评论，他们说，如果自己是她，被骂成这样，自杀的心都有了。

也不是没有过，她不到二十的年纪，承受的东西太痛了，死亡对绝望的人来说，何尝不是一种解脱。

一了百了，再无纷争。只是，不甘心。

她是个骄傲的人，就这么在骂声中结束一切，对她而言，是一种耻辱。

夏藤这一觉，混着无数个梦。

前半段充斥着黑暗与恶意，压抑得令她无法喘息。她梦见自己被人从悬崖上推下去，身旁，头顶，天空，密密麻麻地布满了无数双眼睛，每一双都是冷漠的，厌恶的。

他们眼睁睁地看着她坠落，她想尖叫，却怎么也发不出声。就在她意识中放弃挣扎，任凭自己往下坠时，一抹暖意照在她身上。

从那个破旧的车站开始，西梁桥，桥下的河，外婆家的红色铁门，院中的花花草草，她二楼的房间，窗外那棵树……阳光明媚，灿烂得有点儿不像话。

天空清澈如水洗，风一吹，叶片荡起绿色的波纹，自行车"丁零丁零"地响，无论怎么打铃催促，面前的野猫都还是悠闲地迈着猫步过马路，一点儿都不怕人。

这个景,她见过的。视线一转,是昭县的街头,不同于初来那夜的黑,白日暖光,将他的身影照得干净明亮。

路遇一位自在如风的少年。

头顶戴着衣衫连帽,身形高而瘦。少年的骨,却不单薄。他嘴里叼一根狗尾巴草,两手插兜,漫无目的地在街上晃着,自由而散漫。

她的心跳开始加速,那么紧张,又那么期待。这里是昭县,那么这个人,一定是他。

夏藤叫出那个名字。四目相对,他笑的那一刻,风停了。

"你还知道回来?"

网上有人挖出了一个个人微博,博主几个月前上传的一组照片里,灯光昏暗的台球厅,一位痞气十足的黑发少年伏案击球。

而引起关注的,则是球案旁边站立的女孩。

一身白净校服,手拿球杆,两种极致的气息集于一身。

是夏藤。

因为一张好看的皮囊疯狂上热搜的事件不是没有过。那几组台球照片被疯传,又赶上夏藤丑闻疯传的时候,此前被拍到关于祁正的几张照片迅速被翻出来,一并将事态发展推向新高潮。

有夸他帅的,有说他眼瞎和夏藤搅在一起的,有反过来骂夏藤祸害人家的,还有一拨纯看戏吃瓜的,杜撰起夏藤和少年的故事,大呼"你们不觉得人设很带感吗!两个人颜值很搭啊"。

陈非晚看着话题度愈来愈热,急得团团转,恨不得摔手机。

而一天之后,正是夏藤昏迷过后醒来的那一天,网上疯传的照片突然消失,关于台球厅少年的话题也不见了,网络狂欢一场,尚没烧到最旺处,戛然而止。

有人私底下跟进后续,说是乱爆料的那些营销号全部接到了正儿八经的律师函,若是再发,直接起诉。

快刀斩乱麻,遇上个横的,又不是公众人物,人家说告就告,营销号全部安静了。素人不比明星,热度来得快,去得也快。

本是坏事一桩接着一桩,突然解决了一个,陈非晚嘴角的泡都消下去一个。

她在房间里来回踱步,最后道:"这祁正家里不简单啊。"

夏藤靠着枕头,目光移向窗外。

她没想过，自己的事，有朝一日会给身边的人带来这么多的麻烦。

他们怎么骂她都好，不要让这样的丑恶蔓延到她身边的人身上。而她不知道，不久之前，祁正也曾因为同样的想法揽下一场恶斗。

在他们不知道的地方，他们都试过保护对方。

如果可以，夏藤想停在那个梦里。

他们都在笑，美好得像不曾经历过痛苦。

同天晚上，夏藤接到了祁正的大姨——苏池的电话。

上次进医院，她们互留过电话，苏池那个时候就有预感，这通电话总有一天要打。

苏池处理完祁正的事儿已是精疲力竭，她送走律师朋友，坐进办公椅里，转向落地窗那一面。

夏藤问了句好，便静静地等着她说。

"小姑娘，你的八卦我不关心。我妹只留下这么一个儿子，我这个做姐姐的，别的不求，只求他平平安安长大。不要跟他妈一个样，遇错人，搭上一辈子。"

苏池开门见山，如果不是碍于祁正的面子，她或许连句好话都没有。

她先前以为夏藤能激发出祁正的上进心，让他有所改变，可是现在，这股火烧到祁正身上，她只希望夏藤走得越远越好，起码还祁正一个安稳的生活。

苏池揉着眼周的穴位，重声道："别再把他牵扯进去了。你自身难保，这次我不往你身上追究。但愿你熬过这一关，以后你们就各走各的路吧。"

沈蘩比夏藤早醒，为了安全起见，夏文驰托了朋友来将沈蘩先接走了。

老人家在昭县生活了一辈子，女儿在城中有出息，想接她过去享福都没成功，末了，竟叫一群疯子逼走。

好好的名声也保不全了，也不知该笑话谁。夏藤自醒来，话就变得极少，陈非晚当她受的刺激太大，不敢多说什么。

这期间，许潮生和丁遥终于拿回手机取得联系，相继发了微博辟谣，把夏藤从这件事中摘了出去。估计是二人商量过了，想为夏藤正名，但效果适得其反。

网友总是只看到自己想看的，相信自己的判断，并且深信不疑。对明星们的友谊指指点点，仿佛他们身在其中。

夏藤有些麻木了。

或许，人都是这样的，没有被伤害的余地了，也就无所谓还要承受多少。陈非晚要订机票，问夏藤还有没有什么东西落下，西梁那边的行李已经寄回去了。

夏藤眼睛动了动。还有什么东西落下吗？

她看向陈非晚，轻声说："我想回一趟学校。"

"哪个学校？"随即反应过来，陈非晚眉头一皱，"还去那儿干什么？退学手续我都办好了。"

"学校这两天是不是受影响了？"

"我和你们学校联系过了，这两天附近有警车巡逻，没有狗仔骚扰，你不用操心。"

"就一天，行吗？"夏藤手紧紧握成拳，面色平静，声音却轻轻颤着，"我再也不回来了。就一天。"

她想把能带走的，都装进脑海里带走。

陈非晚本不能答应，看她半晌，转过身去，深呼吸，压住心头的酸涩，最后道："我去和你们老师沟通一下吧。"

新的一天，恰逢一周伊始，临近寒假，学校氛围更轻松了，学生们都数着天数过日子。

寒冬终要过去，春天应该不会远了。

祁正一走进教室，目光就定住了，空到快要落灰的前座上，此时坐着一个人。

那位子空了大半个月，祁正碰都不让人碰，自己却天天踩着那座位下的凳腿儿。他以为，他不会再看到那个位子上有人了。

身后的秦凡没看见，从后面推祁正："你堵在门口算怎么回事儿啊？中邪了？"

再越过他往里一挤，看见那位子上的人，秦凡不免惊呼了一声。

这一刻，像做梦。祁正觉得自己还没睡醒。

田波在他们俩身后走进教室，他与陈非晚通过电话，也争得了学校的同意，走进教室后，便把门关起来，冲夏藤点点头。

夏藤理好校服，站起身，一步一步走向讲台。

她环视教室一圈，教室不大，课桌与课桌之间很挤，所以小打小闹总是不断；墙壁上贴着不知谁画的卡通版田波；黑板报的内容是才换上不久的迎新年，画得红红火火，江挽月写得一手漂亮的粉笔字。

至于学生……后两排的桌子依然歪七扭八,学生的坐姿也五花八门,只不过,赵意晗没自顾自照镜子了,秦凡没靠着墙斜眼打量她,祁正来上课了,目光落在她身上。

还有像一颗小太阳的江澄阳,如皎皎一轮清月的江挽月……

窗外的光恰好洒进来,夏藤侧头看了看,教室门上方的名牌,她来时那天抬头看到的,上面印着四个字:高三六班。

什么是开始,什么是结束,都不重要了。

有幸识得一群人,姑且有一段好的回忆,回想起来,那段日子如光一般明亮,是轻松的,鲜活的,而她正值生命里最美的年纪,就够了。

她回头,面对全班,道:"大家好,我叫夏藤。

"无论各位是以流言蜚语认识我,还是以同班同学认识我,事到如今,我都为我此前给大家带来的麻烦道歉。

"我曾经所在的环境不比这里……所以,也感谢大家以最真实的样子待我,让我知道,抛去外在的一切,我是个什么样的人。

"所幸,我遇到了各位。"

有不好的,便有好的,这么一对比,不好的便不值得一提。

"总之,不论如何,与大家相识一场,感谢你们留给我的回忆,应该是,我永远不会忘记的一场梦。"

夏藤深深鞠了一躬。刘海垂下来,拉链头在空中颤着。

直到,第一道热烈的掌声响起来,江澄阳两手高举着给她鼓掌。然后,第二道,第三道,越来越多,最后,全班都响起掌声,汇成一片海,都是送给她的。

田波抹抹眼睛,也鼓起了掌。

和初来那天不同。那是夏藤收获过的,最让她心潮澎湃的掌声。

回到座位,刚一坐下,她就感觉到马尾被人轻轻拽了一把。她抬着下巴向后跌过去,他附在她耳侧:"回来不告诉我?"

秦凡在旁边忍不住啧啧:"不愧正哥天天来上课,总算等到了,我看就差把夏藤这张桌子抱回去了。"

夏藤笑了一声,祁正不乐意了:"你笑什么?问你话,回来为什么不告诉我?"

"你这不是知道了吗?"

"我跟别人一起知道的,这叫知道?"

夏藤忍着笑:"有差别吗?"

"行。"祁正脸一沉,把她往前一推,"坐远点儿。"

夏藤就搬着凳子往前挪,还没挪动,凳腿儿被他勾住,狠狠往回一拉。

夏藤差点儿一个踉跄,回头看他,面色无辜:"不是让我坐远点儿吗?"

祁正气得瞪她:"我平时怎么没见你这么听话?"

秦凡在旁边听得鸡皮疙瘩起一身:"大哥大姐,要上课了,别这么旁若无人,成吗?"

其他任课老师似乎都被田波提前打过招呼,走进教室看见夏藤,没有表现出什么反应,照常上课。

只不过,夏藤今天的"点击率"格外高,老师总喜欢点她起来回答问题。

上到张惠的英语课,夏藤分了会儿神,谁知被点了名起来翻译阅读短文,一人念,一人翻译。她一惊,猛地坐起来,举着练习册找题。

江澄阳在旁边小声提醒:"七十二页……"

夏藤只来得及听清一个"七十二页",急急忙忙翻到,但是题都没做,不知是哪一篇,她没来学校好几天,进度落了一截。

安静的时间越久,越证明刚才没听课,夏藤脸上有点儿烧。张惠正要开口,最后一排响起一道声音:"我念吧。"

全班齐刷刷回头,祁正从座位上站起来。

"你?"张惠一脸的难以置信,"你知道我讲到哪儿了吗?"

"B篇阅读短文。"祁正单手卷着练习册,没等张惠同意,开始从第一行念起。

他这一念,夏藤马上找到阅读题的地方,拿起一支笔快速圈词翻译。除去找碴儿和被找碴儿,祁正的声音很少出现在课堂上,老师点他起来回答问题也是给自己找气受,所以只要他不影响课堂纪律,随他怎么样。

更何况英语课,祁正就没醒着上过几节。

张惠都做好骂他上课捣乱的准备了,谁知他这一念,班上逐渐安静下来,夏藤也微微侧了下头。

祁正读英文的声调比平时说话低一些,少了吊儿郎当的不正经,另有一种气息在里面,好像那才是他本来的声音。

发音虽然不那么标准,但也不差,不像是他平常表现出来"不学无术"的形象该有的水平。

所有人，包括夏藤，都以为他会读得结结巴巴，然而没有。除了遇到生词会缓下来拼一会儿发音，其他句子都读得还算流畅。

一段读完，该夏藤翻译这一段，她还没从他的声音里回神，祁正从后面轻轻地踢她凳子："愣什么。"

夏藤眼睛一眨，赶紧抱起册子翻译起来。心思不集中，倒显得她翻译起来结结巴巴的，还不如祁正表现得好。

第二段开始，祁正有意放慢了速度，再遇到生词，他直接停下问她："怎么读？"

夏藤回头，小声给他念一遍，他跟着念。张惠听到夏藤的正确发音，赞许地点了点头。

夏藤进入状态，注意力集中在英文句子上，翻译也流畅起来。

他念一段，她翻译一段，一篇阅读结束，竟然有一种默契十足的感觉。班上不少人低声感叹，从没见过祁正这么认真的样子。

张惠也没想到祁正还有这样的一面，一时神情有些复杂。她曾经和所有老师一样，觉得自己一眼就能看透祁正这样的学生，管都懒得管。但是，这一刻她觉得，她从未真正了解过眼前的学生。

"翻译得很好，祁正……读得也很不错。"张惠点点头，又略微迟疑地补充道，"还有半个学期，你好好抓紧，有机会提分的。"

她说完才意识到，好像除了田波私底下说过祁正这孩子其实挺聪明的，从来没有老师夸过他。

他不愿意表现出来是一方面，他们过早地放弃，也是一方面。

课间，夏藤从厕所出来，江挽月正好接完水，也在走廊上。江挽月叫了她一声，去了个人少的楼梯间。

窗户开着，外面冬意正浓，到处都是白茫茫的，但阳光正好，照在雪地上像洒了把碎钻下去。江挽月捧着水杯，水蒸气在空气中徐徐飘散。

"你要回去了？"她用的是"回去"，明明她今天刚回来。

夏藤没有回答，视线随着蒸腾的热汽飘向窗外。

江挽月问："你惹了麻烦吗？"

夏藤简短地回答："算是。"

"阿正不让别人说。"江挽月靠着窗沿，和她一同看向窗外，"你不在，连你的名字都不许提，我其实不太能想象你走了之后，他会变成什么样。"

夏藤呼吸轻了一拍。

原来大家都看得出她今天是来道别的。

江挽月说："但他一定不会表现出来，他看着是什么都写在脸上了，其实比我们所有人都能藏得住事。"

夏藤默不作声。

"我有时候觉得你挺自私的，既然只是回来避一时风头，何必要招惹别人，明明知道不会有结果。"风吹久了，沾一身凉意，江挽月往后站了点儿，又道，"可是转念一想，也只有你了，不然我还真想象不出来他会喜欢什么样的女生。"

她笑了下，摇头："他和你一样，都让我感觉不属于这里。"

夏藤看了她片刻，问："你和秦凡呢？怎么样了？"

"谁知道呢。"江挽月望着水杯里波动的自己，"我一定要从这里出去，我不想留在昭县。"

"那他呢？"

"那就是他的决定了。"江挽月说，"现在的都不算什么，做选择的时候，才能看出来是不是一路人。"

夏藤觉得，江挽月还是那样，喜欢任何人都不会胜过喜欢自己，她一直清楚自己要什么，永远不会让自己置身于进退两难的地步。所以她一直向前走，不会停下，也不会回头。

她曾说，她没有像夏藤那样的底气。可是夏藤觉得，她有，她的底气就是她自己。

夏藤由衷地开口："希望你能去到想去的地方。"

江挽月点头："也希望你能解决好你的麻烦。"

她们相视一笑。年轻总是如此，日子还长，所以万事新鲜。哪怕风雨未停，也随时做好了出发的准备。

百无聊赖、无所事事时，嫌日子多，时间走得格外慢；每一分每一秒都值得珍惜时，时间却快马加鞭地往前赶，转眼间，四节课过去了。

一上午，只要是课间休息，总有人围过来想跟夏藤打听点儿什么，好不容易见着个名人，虽然没怎么听过，但也觉得好奇。

都到中午放学了，还有人想问，夏藤还没不耐烦，后座的人不愿意了："有完没完？"

祁正一生气，大事不妙，来八卦的人都溜得飞快。上次见他们俩还是一副冷战中的状态，一段时间未见，祁正的视线又如数挂在她身上了。

263

夏藤收拾着桌子上的东西，他往墙上一靠，盯着她的背影："你真是好兴致。"

本来就好几天没见，时间还被这群不长眼的占了，祁正脸色很不好看。

他们的几个朋友在后门等着，秦凡把手机往兜里一揣，喊祁正："走了，去吃饭。"

祁正从位子里起身，直接过去拉夏藤的胳膊，也不管她东西收拾好没。

"你跟我走。"

夏藤本就打算和他一起吃，但面上还是要矫情一下的，她问："去哪儿？"

祁正看她一眼："去把你卖了。"

"……"

饭店是祁正他们几个经常去的，老板都不用问他们吃什么，直接按老规矩来。夏藤坐祁正旁边，刚拉开椅子坐下，祁正胳膊就搭她椅背上了。

秦凡要坐夏藤右边，还没坐稳，祁正把夏藤的椅子往自己身边一拉，对秦凡说："你过去一点儿。"

秦凡睁大眼睛，一脸受伤，装模作样地捂住胸口："祁正，夏藤坐的才是我曾经的位置！"

夏藤要起身："那我还给你。"

祁正不动，就那么看着她。

夏藤被看得头皮发麻，重新坐回去："我开玩笑的。"

"好笑吗？"

"……"

祁正沉着脸，拿筷子把餐具外面那层塑料包装纸戳烂，碗盘全部拿出来放她面前，再把她的拿过来自己用。

夏藤有点儿搞不懂他了。一边发脾气，还要一边帮她拆餐具塑料袋。

秦凡在旁边看笑话："哎哟，你就让他作吧。"

一顿饭，众人像约好了一样，对于夏藤的事只字不提。他们不问她发生了什么，也不问她的去留，仿佛今天也只是众多星期一中的一个，说着谁谁谁的笑话，骂着谁谁谁的行为，再约着周末去哪儿玩。

祁正话不多，夏藤发现，他和他的朋友在一起的时候，不是很爱说话。在很多热闹的场子，他表现得像一个人。

或许是没有人走进他的心里。

夏藤低头咬住筷子,有很多瞬间,她都想让时间停止。她想在这里上学,想让他少打架,想让他注意休息,还想告诉他,他不会永远孤独。

可惜。

吃过饭,祁正去付钱。一行人在外面边散步边等他。

夏藤看着他付钱,印象里不知道这是第几次了。她帮他拿着外套,问:"多少钱?"

祁正结完账走回来:"没多少。"

夏藤忍不住皱眉:"你这么有钱的吗?"

祁正把外套接过来套身上:"请你吃饭还是够的。"

她就没见他什么时候说话不狂过:"……你还是个学生。"

"你不是?"祁正穿好外套,拍拍她的脸,"忘了你是明星,心疼我就带我走吧,我好养。"

夏藤一秒反应过来,大白天的,人还这么多,她脸瞬间变红:"你乱说什么啊!"

他看着好笑,又掐她脸一把:"皮真薄。"

她打掉他的手,气呼呼地走出饭店。祁正追出来,也不哄她,没事人一样走到她旁边。

她不说话,他嘴角一直挂着笑。

夏藤气不过,转过去瞪他:"干什么,前面吃饭不是跟我发脾气吗?"

祁正说:"我跟你这种没心没肺的计较什么。"

夏藤惊了:"你有什么可跟我计较的?"

"一上午你跟我说过几句话?"

"好几句。"

"哦。"祁正嘴角扯了下,"还没我念的英语阅读多。"

夏藤说:"全班又不是只有你一个人。"

"我还就只能看见你一个。"

"……"

夏藤转过头,不说话了。祁正直来直去,她要不是能演,根本招架不住。

前方有人点起烟,祁正想起什么:"以后别碰这玩意儿,一个姑娘家。"

夏藤"喊"了一声:"你不碰,我就不碰。"

265

祁正说:"行啊。"

她想都没想,就接了一句:"我走了怎么知道你有没有碰?"

祁正顿了一下,没说话。半秒后夏藤反应过来,脑子空了一瞬。

"我……"

"行了。"他不想听,"我们现在去打篮球,你过来给我拿衣服。"

球场上,祁正和一帮人打篮球。

午休时候,大多数学生回家吃饭,时间还早,操场上人不多。

篮球砸在地上,一声一声的,夏藤从前很少看人打篮球,球场上的欢呼,旁边女孩们扎堆凑在一块儿偷瞄的小心思,大多时候和她无关。篮球场上没有她的青春,她也没多余的时间关注这些。

今天看来,她好像懂了一些。看他一身少年气,蓬勃又朝气,她的心也跟着雀跃起来。

夏藤手里抱着祁正的衣服坐在观礼台上,冬天这么冷,几个男生还是敢在棉衣里只穿一件短袖,在这个年纪,他们好像永远不怕冷。

她把祁正的外套整理好,两条袖子拉出来,折叠好放在腿上,看了一会儿,掏出手机。

日头高照,夏藤装模作样地举起来,假装拿屏幕当镜子,然后快速点开照相机。都说原相机是照妖镜,能把人照丑十倍,可是底子好的,拿什么拍都好看。

夏藤没有偷拍过别人,紧张得手抖,匆忙拍了一张就赶紧把手机放下去,生怕被发现。拍好了,也不敢看,手机在掌心发烫,她把外套挪过去放在一旁,悄无声息地从操场偏门溜走了。

跑出去好一截才停下,她靠着棵树喘气儿,等气顺了,手心拢住屏幕,打开相册。只有一张,好在没糊。是他低头运球的一瞬间,衣服被风吹起一角,露出一截腰线,黑发飞扬,两只胳膊瘦长却紧实。哪哪看着都漂亮,只这么一道身影已是极佳,长相不长相的都无所谓,但偏偏又顶着一张那样的脸。

作为背景的球场,蓝天,其他同伴,都虚化了,她也只能看到他一个人。

她突然涌上一阵难过。

他应是无拘无束的风,随便吹去哪儿,游于天地间,享受他该享受的爱与美好,而不是为俗事所牵制,困于此,一辈子忍受旁人不理解的目光。

既然出来了,夏藤顺道去小卖部买了两瓶水才走回操场。

刚踏进操场入口,和迎面冲出来的人一撞,她"啊"了一声,被撞得晕头转向,还没看清是谁,被那人一把扶住,他冲那边喊:"阿正,夏藤在这儿呢!"

夏藤抬眼看过去,观礼台边,祁正手里捏着他的外套,盯着她刚坐的位置,听见这一声,目光陡然移过来。

不知是不是错觉,她看到了祁正眼底的委屈,哪怕转瞬即逝。

他似乎生气了,看见她的那一刻,把手里的外套猛摔在观礼台上,人坐一旁,脸扭过去不看她。

其他人见她回来,都松了一口气,很有眼色地回球场上打球去了。秦凡路过她身边,小声告诉她:"阿正还以为你走了,你哄哄他。"

夏藤想笑,可是笑意还未达眼底,秦凡转过身嘀咕了一句:"这还没走呢,就成这样了……"

夏藤一怔,垂下头,笑不出来了。她收敛好情绪,走到祁正旁边,把水递给他。祁正不接,脸朝她反方向扭着,他刚打过篮球,头发有些乱。

她也不强求,一瓶放在身侧,一瓶拧开,在他身边坐下,两脚踩在台阶上,喝了一口。

"我去小卖部买水了。"她解释。

祁正没反应,仍然盯着别处看。

他不看她,她看他。夏藤轻声说:"你找不到我,给我打电话啊。"

祁正好像找到理由回头了似的,瞪她:"谁找你了?"

好,没找。夏藤不反驳,又把那瓶水递过去:"要吗?"

他扫了一眼:"不要。"

她不说话了,胳膊收回去,双腿并拢,乖乖地坐着。

不远处,秦凡他们开始打新一局。夏藤看了一会儿,祁正兀自梗了会儿脖子,觉得自己现在发脾气纯属有病,转回去想找她说话,见她一副看得津津有味的样子,火又上来了。

"谁那么好看?"

听语气,这位阎王还没消气,夏藤乖乖道:"都没你好看。"

祁正冷笑:"没我好看,那你看什么看?"

"……"她下意识地捏紧矿泉水瓶,不知道还能怎么哄了。

祁正视线下落:"我要喝水。"

夏藤侧身给他拿那瓶未开封的。

他不要,直接拿走她手里的那瓶,两下旋开瓶盖,嘴唇对上去喝了一口。

夏藤:"……这是我的。"

"又不是没亲过,你矫情什么?"

行吧。夏藤眼睛忍不住往他嘴唇上瞟,前几次发生那样的事都是稀里糊涂的,她一点儿心理准备都没有。不像旁人,气氛到了,一切水到渠成。祁正是随时兴起,上一秒还能跟她找碴,下一秒就能凑上来。

她看了两眼就迅速收回视线,怕被发觉,但祁正这人观察力惊人,而且从不给人面子。他眼神变得兴味,能探进她的眼底:"想什么了?"

夏藤躲开他:"没什么。"

他向来直接:"打我主意?"

"不是!"

她一躲再躲,祁正却不饶她,扯住她的校服领口拉向自己:"不是的话就把你这种眼神收回去。"

夏藤还想为自己辩解:"我没……"

他打断她:"别这么看我,不然我就不想放你走了。"

篮球自然没有再打成,夏藤回来了,祁正心思早从球场上飞出去了。

观礼台上坐着一男一女,女孩一直被欺负,惹生气了,男孩再拽着她哄,哄人也跟个大爷似的。他总那样,即使喜欢得要死嘴上也不肯饶人家半分。

秦凡手底下运着球,往那边瞅一眼,不得不感叹,祁正那一脸完蛋样儿,这是栽得彻彻底底。

十分钟前,祁正投进去一个三分球,哥几个都为他欢呼,他第一件事就是找夏藤,一扭头发现人不见了,脸当即就沉了。

秦凡以为祁正早做好了思想准备,已经全然接受了这个事实,不会受多大的影响,这一上午过去了,他没发现祁正的表现有丝毫不妥。

直到刚才,祁正攥着自己的外套发颤的那一刻,像无坚不摧的外壳突然裂开一道口子,所有的"正常"都成了伪装。

哪怕它们在夏藤回来后顷刻间消失,秦凡也从未那么清晰地感受过,来自祁正情绪里的崩溃和害怕。

第九章
反抗

下午的时间,总让人觉得比上午短些。一天已经过半,祁正还未表现出什么不一样,夏藤是不太能笑出来了。

下午的课,她听得断断续续。祁正没闲过,不是玩她的头发,就是在她校服背后画乌龟。她转过去瞪他,他就装装样子消停两秒,再继续。

转眼,到了放学时间。放学铃大响,夏藤第一次不愿意听见这道铃声,这意味着,她在昭县一中高三六班的生活,从此结束。

班上吵闹起来,在黑板前记作业的,借答案的,还有奋笔疾书最后写两笔,讨论着等会儿去哪里吃饭的……他们像往常一样议论着明天,因为他们还有很多、很多个明天。

祁正将书包往肩上一拐,一句话没说,从后门出去了。

夏藤目光跟过去,刚挨到他背影,江澄阳叫了她一声。

她回头。他背着书包,坐进她前面的位子里,笑容一如她刚走进教室那天:"等会儿要不要一起吃饭?"

夏藤看他,他的眼睛还是那么澄澈,说话做事一股乡野之间的大男孩气息,和她初来昭县那天,见到的仍是一个样子。

这是她来到这里,第一个带给她温暖的同龄人。

如果没有意外,他们应该会成为很好的朋友。和江挽月,和很多人成为朋友。可意外是祁正,她后来的生活被他全部霸占,她分不出时间再去应付任何一个人。夏藤笑着摇摇头,手机里是陈非晚发来的微信,等她的车停在校门口,让她不要留在里面怀念个不停。

"那……你有空要回来看我们啊,我和我妹都在的。"

江澄阳没有勉强她,却露出一个比哭还难看的笑脸来:"沈奶奶也不知道去哪儿了,你们都要走了。"

夏藤说:"以后你们去海市,可以找我玩,我带你们玩。"

江澄阳睁大眼睛:"原来你在海市啊,那儿离我们好远。"

只在电视上看到过的大都市,听起来就像一个难以到达的地方。

"江澄阳,走了,别磨蹭。"江挽月站在后门催他。

这一幕,就像那个大晴天,他们初次见面,江挽月也是这样催他的。

夏藤目光望过去,江挽月和她对视了一眼,该说的都已经说过了,她挥了挥手:"再见。"

夏藤也挥了一下:"再见。"

祁正在楼下,他没和那群狐朋狗友在一起,一个人迎风站着。

夏藤背着书包出来,一眼看到他。放学走得那么快,她以为他不想见她。祁正也看到她,开口:"过来。"

看口型也是这两个字,她一步一步下楼梯,走向他。

天色将黑,学校里的路灯亮了,投下不明不暗的光。夏藤走到他面前,他两手放口袋里,淡声说:"陪我走一圈。"

夏藤刚要说话,手机来电话了,陈非晚打来的,她在催她。

祁正瞟了一眼:"就一圈。"

他声音褪去了所有的情绪,平平淡淡。但听着,比这冬夜的寒风还要冷清。

夏藤没有管那通电话,把手机收起来,吸进一口冷空气:"好。"

他们并排绕着学校走,离得不远不近,胳膊偶尔擦到,再分开。

地上有积雪,脚踩上去"咯吱咯吱"响,平时那么吵的校园,今天却觉得过分安静,没有人先开口,因为说什么都不对。

于是就这样,无声地绕完学校一圈。每一个角落,都跟她一起看过了。最后,不知怎么就走到了初雪那天一起坐过的长椅。树还是那棵树,上面积满了雪,压弯了枝头。

夏藤说:"坐会儿吧。"

祁正站着没动。他看得到她的手机屏幕一直在闪,他闷着一股气,可他知道那边是她妈。他不想做个没完没了的人。

祁正说:"回去记得写作业,明天给我抄。"

明天,明天。夏藤放轻呼吸:"嗯。"

"你想吃什么,明天我给你带。"祁正想了想,"如果带不来,你就不用见我了。"

他的借口找得又烂又牵强。

夏藤说:"我没有想吃的。"

"水果吧。你不是爱买吗?"

他陪她买过一次。

"酸梅。"夏藤说,"你吃过吗?我喜欢酸的东西。"

"现在一月份,我还真弄不来。"祁正笑了声,"你真会挑啊。"

她说:"等你高考完,就可以买到了。"

祁正就想了一下,六月,那似乎是个遥远的时间点,他想象不到,没有到来的东西对他来说都太模糊了。

还有很多话要说,还有很多事没做,所以无论怎样都会有遗憾。祁正像是跟自己较上劲,他明明可以送她出校门,可是他偏不要,他不想让自己连这么点儿可怜的时间都舍不得,那他往后还怎么过。

"你回家吧。"末了,他说。

夏藤顿了顿,点头。她攥紧书包带:"那我先走了,你也早点儿回。"

她说得轻快。

祁正"嗯"了一声。这就像是一场最普通的道别,像是明天还会见面。

她转身往前走,身后又传来他的声音。

"夏藤。"他叫她,"别遇到点儿事儿就只会缩脑袋,低三下四的也不嫌难看。"

她停下了。

"怎么跟我横的,怎么跟那群人横回去。

"你是任我欺负,不是任人欺负。

"别回头,走你的。"

夏藤浑身一颤,眼泪在眼中疯狂打转。她第一次大声吼回去:"我没回头!"她很少这么说话,所有的情绪都发泄在这一句里。

祁正嘴角一扬,没有再说话了。他不是个容易悲伤的人,虽然他的日子总是在失去,没有得到过什么,但他没有感受过这样的抽离,像是活生生被抽掉一根骨头,疼到全身不能动。

到最后,他也没再说一遍她想听的。

她也是。

漫长的沉默中,一个不回头,一个不肯追,他们之间的距离越来越远。

雪又飘起来了。

原来冬天还未过去。

而离别,是不需要声音的。

一月份的海市很冷,夜里一点半,一下飞机,机舱外的冷风入侵,头发吹了一脸。不同于昭县的干冷,南方的冬天,凉意是透进骨子里去的,冷风如冰冷的水,从皮肤上流过去,留下湿冷的感觉。

夏藤紧了紧围巾,两人没有行李箱,和陈非晚的工作助理会面后,三人迅速穿过大厅。晚上的机场依然灯火通明,广播里播报着航班信息,行人来来往往。许久没有接触过城市的光景,夏藤不太适应,不敢抬头,也不太能切换得过来。

好在一路顺利,没有引起是非。接他们的车等在外面,经纪人佩恩坐在副驾驶座,她还是走时的模样,扎着马尾,鼻梁上架一副黑眼镜框,顶着一张圆嘟嘟的脸,现在两边各凹进去一点儿,不知是不是因为最近的事愁的。

佩恩手底下带过的艺人不多,但都是有争议度的,一个还在恶评里挣扎,不怎么讨喜,一个现在小有水花,加把劲儿应该可以红。

夏藤本是最本分的一个,如今是名声最大,却也是最臭的一个。

公司之所以没放弃,是看中了她名字之下自带的话题度,关注度上去了,不怕没机会慢慢洗白。流量当道,黑红也是红,被人骂不怕,怕就怕无人问津。

上车后,佩恩转过来和她拥抱了下,简单嘘寒问暖了几句便开始走流程。先千叮咛万嘱咐最近千万不要在网络平台上发话,不要看那些恶评,更不要回击激怒网友,然后又说最近有一些采访和综艺邀请她。

采访她,为的什么,大家心知肚明,只能是挖好一个又一个坑给她跳,然后好大做文章,迎合当下热度;综艺都是些没什么名气的,想靠她博取关注。接,还是不接,佩恩没把话说死。公司想铤而走险,之前的事,夏藤消失了那么久,这次又回到大众视野,不如趁着这一回"风头"正盛,让她复出。

公司不想白白便宜了这波流量,商人而已,利益为上,自然不会考虑夏藤的感受。佩恩说,他们会适当地给她安排心理疏导。

夏藤听着佩恩一秒不停歇地分析着各种情况与利弊,只觉得无比聒噪。经纪人口中的那些,她曾经向往过,或者说,第一次陷入风暴从高处跌落时,她每一天都在奢望能有复出的机会,她还是喜欢台上那个光鲜亮丽的自己，喜欢那种成为众人焦点的生活。可是现在，她一点儿都不感兴趣。

人会改，但不会变。经历了两次，她也算看透了些，除非发生什么颠覆人心的事，否则人们永远不会停止恶意的散发。

有了第二次，就会有第三次，第四次，无数次。她将永远活在被众人辱骂的恐惧之中，不知道下一次睁开眼，等待她的又是什么风暴。

佩恩说得口干舌燥，不见夏藤有一点儿回应，她停下来，推了推眼镜框："夏藤？你有没有在听？"

夏藤没有开口，陈非晚看了她一眼，接过话："算了，赶一天路太累了，明天再说吧。"

佩恩还想说什么，见夏藤不在状态，考虑到这几天的流言蜚语，闭上嘴转回去了。夏藤终于得空，挂上耳机，脑袋抵住车窗。

灯火流过她的眼睛，她盯着窗外的景。高楼大厦，一座挨着一座。抬头望天，天只有几寸。建筑物上的灯牌变换闪烁，街边的灯整夜长明，遍布人工智能的城市，仿佛没有寂静的夜晚。

夏藤目光虚焦着看了一会儿，收回视线。

回到家已是凌晨四点，陈非晚困得法令纹都加深了，一边拆头发一边问夏藤："晚上要不要和我一起睡？"

夏藤踏进自己毛茸茸的拖鞋里，摇了摇头："我先去洗澡了，你早点儿睡。"

陈非晚一时没说话，似乎想确定她有没有情绪问题，半晌道："行，睡不着了就来找我。"

她这么问，夏藤才想起离家之前，她的情绪问题确实很严重。大概是仗着还有家人关心，就把最歇斯底里的一面暴露出来，弄得大家都不舒心。

回想上次归家，已是将近半年前。夏藤按开房间的灯，她的房间很干净，看来回来之前陈非晚打扫过，走时整理行李弄乱的东西都回到原位，床单被套也换了新的。

陈非晚嘴上不说，其实是想她回来的。

准备去洗个澡，夏藤打开衣柜拿睡衣，一打开，满柜的衣服让她怔住了。

离开得太久，她似乎忘了自己从前过着怎样的生活。

夏藤指尖轻轻拨过，一件一件翻着，她有很多条裙子，露背的、抹胸款、短裙、侧开衩的，各式各样。她穿上它们时，旁人都夸好看，可能只有他会满脸不高兴地说："光腿，你找死？"

想到这儿，夏藤拿出一个衣架，把床上刚脱下来的那条白色连衣裙挂了起来。那是祁正买给她的。或许满柜没有一条裙子，会比这条更漂亮了。

洗过澡后，夏藤吹干头发，穿着睡衣出来。房间里有空调，暖洋洋的，她赤脚踩进地毯里，在房间里踱步。

再不睡，天就要亮了，可她现在毫无睡意。她披了条毯子，拉开阳台门。她的房间外有一个小阳台，不比客厅的大，只能放下一把躺椅。旁边的几盆植物很久没人照顾，大多枯萎了，蔫头耷脑的，花盆里积了很多灰。

夏藤想起沈繁家门口的绿植，永远葱葱郁郁。

她打开手机，看一眼通话记录，又看一眼信息，都是空的。再打开微信，她给他的备注就是"祁正"两个字，这两个字出现，比什么称呼都来得强烈。

可是这个搅和得她晕头转向的人，现在躺在手机里，安安静静。

在昭县的时候，她和祁正很少用手机联系，因为见面是件容易的事。如今相隔千里，离开昭县整整一天一夜，有那么多种办法可以联系，他却没有找过她。祁正总归是狠的，说离别就是离别。她打开他们俩的对话框，惊觉他们在微信上竟然一句话也没说过。

那么多那么多的回忆，就只装在脑海里。

夏藤想打字，键盘蹦出来，她看了许久，又关掉。

她先找他，她就输了。

祁正能忍住不找她，她也要忍住。

夏藤又点开他的资料，祁正原是没有朋友圈的，甚至连朋友圈入口都没有，今天一看，却发现那一栏显示出一张照片。

夏藤心底一动，以为自己眼花了。

她屏住呼吸点进去，点开那张新发的，也是唯一一张照片。照片是自拍，不是完整的脸，只露出一边的眉毛和眼睛，额前的头发、眉毛、睫毛上落满了雪花，头顶是压满积雪枯藤叠落的树枝。

配着一行字：破雪下个没完了。

也只有他，发个朋友圈都是一副跟这过不去、跟那也过不去的语气。

再看发表时间……是那天她走后的两个小时。

这棵树,好像是学校那条长椅旁边的树。

她没记错的话,她走的时候,昭县开始飘雪了。那天晚上不知下了多大,第二天她出门去机场,地上积了厚厚一层。

难道她走了之后,他就一直在那儿坐着?

夏藤放大再放大,祁正拍照真的是直男拍照,毫无角度可言。可一条眉毛一只眼睛,已经足够勾勒出他的整张脸。

也是在这一刻,她觉得,自己的心根本没有回来。

她始终逃避不答的那些问题,在她抗拒不了的初雪夜,早已有了答案。

第二天睁眼,已是下午三点,她几乎睡了一个对时。

然而这一觉并没有让她轻松多少,相反,醒来的时候喉咙干涩,甚至能感觉到隐隐的血腥味。

空调忘关了,她极度缺水,嗓子快要冒烟。

推门出去,陈非晚竟然在,厨房桌上摆了一堆菜,客厅电视开着没人看,她人在厨房里忙活着。

夏藤在饮水机上接了杯水,一进厨房,里面热气腾腾的。

陈非晚见她出来:"醒了?收拾下过来吃饭吧。"

夏藤扫她两眼,难得见陈非晚穿得如此家庭妇女,还系着条围裙。她不喜欢身上沾油烟气,向来厨房都不怎么进。

陈非晚做饭很好吃,只不过夏藤长大两人各自都忙了后,吃她做的饭的机会就越来越少了。

夏藤问:"你今天不去上班吗?"

"嗯。"陈非晚把蒸好的米糕摆进盘子里,递给她让她端出去,"我也给佩恩打过电话了,明天去公司,你再休息一天。"

陈非晚的休息并非真的休息,她忙,白天没去上班,晚上还是有应酬。

"你在家好好待着,有事儿给我打电话。"陈非晚穿上高跟鞋,叮嘱完就开门走了,急匆匆从母亲的角色切换成工作狂魔的角色。

作为母亲,她承受的压力不会比她少。

这么多天,一连串的事儿压着,夏藤能清晰地感觉到陈非晚有多累。可是她不会喊累,她就是那个性格,就算快要崩溃,也要先把手头的事一件一件处理完，再挑个休息日去崩溃。

陈非晚染头发很勤，她见不得自己发根变白。

这几天她没时间染，各种麻烦事堆着，又隐隐有白色透出来了。

夏藤从前想不到这些。去了一趟昭县再回来，她看到的东西变多了，对比一下，才知道自己曾经确实糟糕了点儿。

晚上，夏藤拗不过，被丁遥接到了酒吧。都是以前玩得比较熟的人，除了夏藤，没有一个和娱乐圈沾边，各行各业的都有，算是他们私交圈的聚会。

夏藤回来，大家都说要见她。

开了包厢，许潮生不在，因为这次的事儿他和家里闹得很僵，他只让丁遥带话给她，说他欠她一个人情。

丁遥说："我也是。"

夏藤没玩的心思，今天来也是为了见他们一面。若不是在座的几个关系好，很多人会觉得这次事件，许潮生和丁遥把夏藤拖出去挡枪了。要说心里完全没有埋怨，也不可能，可他们俩本就是为了去看她才会被跟拍，事情已经发生了，即使没有这一茬，还会有新的风暴等着她。

更何况，她本是碰不到他们这个级别的圈子，许潮生把她当朋友，才会因为家里的处理方式发那么大的火。他和丁遥本来已经脱离了大众视线，又因为之后发文为她声援，再次陷入各种纷争。

能做到这个份上，夏藤觉得足够了。

因为上一次，没有人愿意为她说话。

酒杯交错，夏藤很久不沾这些，今天这么混着来，没多久就上头了。

她回到了城市男女的行列中，这么久没见，她再听这群人谈论各自的琐事，从前听着津津有味，如今只觉吵闹。

隔了这么久，他们困惑的还是半年前的困惑，没有一点儿变化。男男女女都打扮得光鲜亮丽、名牌裹身，明明年纪轻轻，都要故作老成。

没来由地，夏藤想起了祁正。他干什么都信手拈来，骨子里透出来的痞。夏藤听着无聊，对着灯红酒绿拍了一张，新号里本来就没什么人，再屏蔽掉几个后，把照片发了出去。

她也说不清自己想干什么。

一分钟后，手机"叮咚"一声，秦凡在底下评论："姐，你别自甘堕落啊。"连跟他相关的人出现,她都能笑出来。好在还有秦凡,能缓解她心里的空落感。秦凡和她没有那么多生死离别、不能相见,他没等她回复,直接在微信发了条消息过来:"到海市了?"

夏藤回:"昨天就到了。"她想,告诉他,就等于告诉了祁正。

秦凡过了一会儿才回复:"哦,行,我们吃饭呢。"

我们。这个"们"里还有谁?夏藤想也没想,直接拨了个语音通话过去。

响了几声,那边接了。秦凡声音咋咋呼呼的:"你咋啦?咋打电话啦?"

夏藤脱口而出:"我不想打字。"

那边还没回,她听到有人问了声"谁啊",秦凡说"夏藤,她到了",然后便是一阵抑扬顿挫的"哦哟"。

两边都挺吵,夏藤在包厢里,音乐声一阵一阵的。听那边的反应,祁正应该在。夏藤以为他会抢秦凡的手机,可是他没有。

等了一会儿,秦凡问:"那,你还有啥事不?"没有的话,他就准备挂电话的意思。

祁正不找她,也没有想跟她说话的意思。

夏藤特想有骨气地说声"没了",可是电话已经主动打了,话到嘴边,还是变成了一句:"他人呢?"

"他……"秦凡拖着长音。

夏藤直接道:"电话给他。"

一通细碎的声响后,电话换人接,那边折腾了好一阵儿,才问:"干什么?"

干什么,好一个"干什么"。

夏藤突然觉得委屈,他们之间从来都是他主动,他想怎么样就怎么样,然后逼着她承受,逼着她回应。

他不主动,她就找不着北了。她这么眼巴巴地想听见一个人的声音,还是头一次。夏藤听见他按动打火机的声音:"你说过不碰的。"

他似乎轻笑了一声,语气疏离又冷淡:"你管得着吗?"

他从来不这么跟夏藤说话。上次被他这个语气对待的,还是那个台球厅里的乔子晴,他对她半点儿耐心都没有,可那个女孩还是愿意放低姿态,甚至讨好。她明明看起来是个高傲的姑娘。

一瞬间,夏藤好像意识到了什么。

277

她这通主动的电话,让她看上去和那些女孩没有区别,他说不要就不要,错的是她们不够干脆,不比他狠心。

眼泪几乎瞬间涌了上来,这才一天没见,他就翻脸不认人了。

夏藤问:"你什么意思?"

祁正答得冷漠:"没什么意思。"

夏藤气得脑袋发热:"那你当我没打过电话吧。"

祁正听人故意用这种语气跟他说话,听得耳朵都要长茧:"夏藤,别跟我闹,我不想哄你。"

夏藤深深吸进一口气:"我以为我们不会这样。"

祁正倒是听笑了:"不然怎么样?跟你搞异地恋?"

夏藤呼吸一滞,她已经很久没被祁正弄到这种难堪的地步了:"你……"

祁正道:"没事的话,我挂了。"

夏藤猛然止住。她不傻,几句对话,祁正态度里的冷淡明显得不能再明显。她不清醒,可他是清醒的,他让她意识到他们是真的到此为止了。她不可能回去,他更不可能追随她来。就算退一万步,她肯去,他肯来,以他们现在的境地也无法走到一起。

夏藤没有再说话,她极少这么被男生不留情面地拒绝。

另一边,祁正说完那句"挂了",秦凡就伸手准备接手机,伸了一会儿,手中还是空的。他扭头一看,祁正没动,手机还在耳边放着,不肯说话,也不肯真的挂断。

秦凡顿时无语,这两人真是……一个比一个别扭。

夏藤这边有人见她独自低着脑袋,喊她过去玩游戏:"别一个人闷着啊,多没意思。"

她还没出声,祁正又说话了:"你在哪儿?"他屏息听了听她那边的背景音,"酒吧?"

夏藤:"你不是要挂了吗?"

"你够可以的啊。"祁正语气讽刺起来,"回去不好好处理你那些破事,堕落起来倒是一套一套的。"

夏藤顿时感觉到被刺痛,情绪本一直压着,此刻开始崩溃:"你知道什么?"

"我知道你回去也是缩着脑袋躲到一边,半天干不成一件事。"

他说话还是那么难听,夏藤问:"不然我要怎么样?我应该怎么样?"

"做过就做过,没做就没做。我就搞不懂了,一直躲着不出声等着谁给你证明?你的清白只会嘴上说说?"

夏藤紧紧捏住手机,祁正每次劈头盖脸骂她都能直中要害,她反驳不出来:"我不用你教我。"她在给自己"挽尊"。

"是,你不用我教。你抱好那姓许的大腿,指不定哪天他不靠家里了,就不用送你出去挡枪,看看到时候骂你的人死完没,没有的话说不定姓许的还能救你一把。"

夏藤逐渐安静下去。祁正不想听她那边乌七八糟的声音,酒吧是什么场所,昭县没有,回去了她倒是去得够快,电话里面还有不少男人的声音。

他生气,气的时候说话就控制不住,等全部说完,秦凡都快把他胳膊掐烂了,疯狂做口型:"我的哥,你别这样!"

别这样也没用,话已经说出去了。

祁正也烦,他决定不再管她的,走了的人,他从来不挽回,他也不想花心思在摆明了没可能的人和事上。可是她一通电话,他的决定就摇摇欲坠,忍得住前半段,再久一点儿,他就忍不住要管她。

他总是惹她生气,欺负她,什么难听跟她说什么。他对其他女生都没这么过分,对她就不行。可能她从未服过软,也从未服过他,所以他看不惯她这么轻易就被外界的声音打倒。

也可能只有她,让他说了要挂电话,却舍不得真的挂断,让他这个从不回头看的人,每天都想问问时间能不能倒流到去年八月末的那个夏夜。

夏藤一声不吭地挂了电话,回到城市,她憋眼泪的技能又回来了,她给祁正发了一句话,也是他们在微信对话框聊天的唯一一句。

等了一分钟,他没回。祁正被一桌人声讨了将近十分钟,他再看手机时,上面赫然多出一条十分钟前来自夏藤的消息。

"你没必要这么羞辱我,我不会再找你了。"

他能想象到她发这句话时是什么表情,一边伤心,一边又生气、不甘心。

说了不想哄她。他没回,关掉屏幕放下手机。过了会儿,他没忍住,拿起来打了个"嗯"字,想着她看见估计会更气,结果,绿色气泡旁,赫然显示出一个红色叹号,消息没发出去。

祁正动作停住。

她把他删了。

第二天去公司，夏藤还没缓过劲来。不知到底是什么影响她，脑袋里一直闹哄哄的。去的路上，陈非晚问她有什么想法，夏藤一句话也不说，只是扭头看着窗外。

从昭县回来，她多了个习惯，喜欢安静地看着窗外，或是站在阳台上远眺。那些时候，她看的或许不是眼前车水马龙的城市，而是，一个遥远的地方。

到达公司后，为安全起见，她们从地下停车场的偏门进去，佩恩接她上去。办公室里，她的照片重新挂起来，底下坐着老板、公关负责人，公司的领导差不多到齐。这么大阵仗，她连之前接到王导电影女主角试镜时都没见过。

夏藤的合约还有几个月就要到期，公司想趁机放手一搏，成了，以后的合作一切好说，不成，到时间就可以理所当然地让人卷铺盖滚蛋。

他们递过来一个文件夹，印着满满当当的规划与安排，好似那个镜头前的"夏藤"即将活过来。夏藤粗略扫完，她只感觉到自己正在被塑造成一具失去血肉之躯的傀儡。

她要对这些那些都充耳不闻，她不能做出回应；她要在主持人提到某些话题时装傻充愣，她要当作什么都没发生；她要配合他们，让所有的事被时间麻痹，连同她自己一起。

脑袋似乎更吵了，吵得她快要炸开。如果这样，哪怕最后她再次成功回到大众视线，她会开心吗？会满足吗？

会议进行了一个小时，夏藤没有抬头说过话，今天的主题都是围绕着她在讨论，可是竟没有人发现她的沉默。陈非晚察觉到不对，打断滔滔不绝的发言人，问夏藤："你有什么想法，提一提吧？"

听到自己的名字，夏藤慢慢抬起头，环顾了一圈座位上的人，说："我想回家。"

"呃……"经纪人眼睛眨了眨，看向几位领导，解释说，"她这两天状态还没调整过来，可能还不太适应这个工作节奏。"

"两天还没调整过来？还没开始工作呢，有什么节奏。"

领导互相看了眼，面上有不悦，但正处于特殊时期，还得考虑她的精神状态问题，才能继续计划，于是最后道："这样吧，回家也行，找个司机,安排助理送她回去,把这个带回去看,剩下的我们先和你母亲沟通。"

老板手里拿着那个沉甸甸的文件夹,"啪"的一声丢在她面前。

夏藤深深看了一眼,拿起来,先行离席。

阳台上,纸一页一页地烧,灰烬乱飞,烟雾刺鼻。为了不引起不必要的麻烦,夏藤把所有纸张丢进火盆里后,拎起事先准备好的半桶水,全部浇了进去。

"刺啦"一声,火被浇熄,那些文件纸灰的灰,毁的毁,半张没烧黑的,也被浇了个透。水溅了一腿,还洒出来一摊,夏藤无所谓,她掏出手机,对着眼前被烧毁的文件拍了一张。

五分钟后,网络平台上出现了"夏藤回应潜规则"的话题。

人们蜂拥而至,这场网络狂欢,终于随着夏藤的回应被推到了最高潮。

时隔半年,这是她在社交平台上发布的第一条动态。

照片上是一堆废纸,有烧过的痕迹,水淋过的痕迹,残损而破败,还有几行存留的字,能勉强辨认出这是一沓对艺人的规划表。

她只说了两个字:"滚吧。"

"你疯了?你跟我讲。你是不是疯了?!"

陈非晚声音完全走调,五分钟前,她刚从经纪公司出来踏上车,手机"叮咚"一响,收到了夏藤那条惊世骇俗的回应。

她还偏不关评论,底下争先恐后涌入大批大骂出口的留言。

"你让谁滚?该滚的是你!"

"所以说在学校就不是什么好东西,你看她还会打台球,好学生会去那种地方?给我糊!"

"事情出来只会否认和躲藏,更证明你就是做了那些下作的事,如果身正不怕影子斜,为什么躲这么久不出声?没猜错的话现在应该准备复出了吧,一点儿都没有对自己进行反思,反而一出现就让人滚,娱乐圈真是越来越低龄化,没有情商也没有素质。"

"她是不是得病了……这完全是破罐子破摔的态度啊……"

营销号搬得很快,还打上了"夏藤首次回应潜规则,大骂让网友滚"等极具引导性的标题。夏藤一条一条地看着,都要看笑了。

网友总是喜欢对号入座,喜欢过度解读,还喜欢急着跳脚。

"你把评论关了！"

陈非晚看得一肚子火，再怎么样，他们攻击的是她女儿，她这么要强的人，每次忍这种言论都忍得要吐血。

"我没事。"

夏藤坐在阳台上，有一瞬间希望自己乘风归去，她闭眼，再睁眼，看着头顶阴沉的天。她想好了，就算真有一天一了百了，她也要把所有的伤害都还给那些人。

她要让那些人知道，有些痛苦，是一辈子无法抹平的。

陈非晚回家，一眼看到的就是躺在阳台躺椅里的夏藤，她披着一条薄毯，无声地看着远方。任谁都能感觉到她生命力的流失，一个十八岁的姑娘，现在却千疮百孔，了无生气。

她的眼睛不再亮了，暗沉沉的。陈非晚突然什么话都说不出来了，走到她身旁，抱住她。夏藤瘦得厉害，曾经是注重身材管理，瘦要瘦得恰到好处，上镜要漂漂亮亮的。如今，她轻飘飘的，一抱就能碰到骨头。

陈非晚怕她想不开，更加确定了内心的那个想法："我们跟公司解约吧，以后好好过正常生活，我和你爸养得起你。你不要管网上那些人说什么，这圈子里谁没挨过骂？谁没被诬陷过？不都这么过来了吗？"

"所以呢？"夏藤慢慢勾起一抹笑，她觉得荒唐，"被骂了只能自认倒霉，只能忍，和观众一起忘……做个忍辱负重的假人，也值得学习吗？到底谁把谁当傻子？"

"那你也要认清事实，现在的事实是就算你反驳，也不会有人听！"

"那我也是为了我自己。"

夏藤缓慢而认真地说道："我是风风光光踏进这个圈子的，不能风风光光地走，也要还自己一个干净的名声。没做过就是没做过。"

她可以狠，对别人，对自己。只要被逼到那个份上，她就可以做到。

这是她给自己攒的最后一口气。或许从回到昭县那天起，她就开始计划这场反击。她这样的性格，只会在沉默中爆发。

她要把所有的假象打碎，看清每张隐藏在屏幕后的脸。

这个世界会不会好，她不知道。

但这个世界，永远需要抗争的人。

这几天，网络世界不太平。因为夏藤的回应，一轮比一轮猛烈。她澄清过，没有人相信；她警告过，歪风邪气从未停息。

既然已经被推到众人的对立面，就干脆拼上最后一口气。

经纪人急得上蹿下跳："你现在回应就是找死！你有什么证据？许潮生这事儿暂且不提，那是你们有交情，他本人愿意给你澄清，上次的事儿呢？除非饭局里的人给你证明。"

佩恩停下，又道："要愿意给你证明早就证明了。"

是啊。她怎么会不明白，所以她不会靠那些人。

夏藤说："你不用管了，之后的事我自己处理。"

有一点儿力，就用一点儿力，哪怕只有一个人听进去。

那天之后，她把所有的质疑和造谣截成图片，一条一条地回。她没有主动勾搭金主，那条色情视频里的女人不是她，她没有和许潮生在一起，她背后也没有靠山。

所有网友硬生生扣给她的帽子，她全部扯掉，于是引起众怒，他们说她在狡辩，满嘴谎言。他们让她解释她衣衫不整的那些视频，铁证如山，凭什么一张嘴就要推翻全部。

事发当时，公司就联系过人去调监控，得到的答复是完整监控早已被删除。对方做事做得绝，穆含廷怕她告发自己，搭上金主后就断了夏藤所有能澄清的路。更何况，穆含廷料定夏藤不敢为了证明自己，把饭局上的其他人拖下水，除非她不想继续在这个圈里混。

也就是说，不管别人怎么骂，为了不捅破那层纸，保全大局，夏藤只能沉默。如果承受不住选择退出，那对所有人来说"皆大欢喜"。

如今，她有一副撕破脸的架势，宁可自损八百也要伤敌一千。

这样的姿态，有种直面这个圈子里各种歪风邪气、流言蜚语、钩心斗角、冷嘲热讽的决然。那些躲在暗处落井下石的人面临着被揪出来共同遭受风暴的处境，他们都慌了起来。

当一个人豁出去一切，哪怕她手里什么也没有，也足够令人害怕。

"你们想要的是真相吗？你们想要的只是满足自己的好奇心和八卦欲望。"

继"滚吧"之后，这是夏藤发布的又一条引起轩然大波的动态。

夏藤的人身威胁这几天不断加重，身份信息被扒得一干二净。她不敢出门，躲在家里不出去，陈非晚请了假，陪着她。

各方面给公司施压，公司找夏藤，想让她停手，不要闹了，夏藤不肯。事件不断发酵着，她把铺天盖地的恶评截图存证，她要上告，哪怕会有更多的人嘲笑她。

后来很多时候,还会有人问起她当初是怎么下定决心做那些事的,毕竟放眼整个圈子,很少有人鼓起勇气直面这些。

怎么下定决心的……她想,不过是被逼到末路,她无法忍受了。

人们总说,看到那些不好的话,不理会就好了,只有一方闹,不会闹起来的。因为一旦回应,就会有人抓着不放,无论怎么解释,都能把原意曲解十层,肆意揣测、断章取义后再拿出来冷嘲热讽一番。

于是越来越多的人选择闭口不言,于是沉默又会被打上"默认"的标签,歪风猖狂,混乱不堪。一个人说你有错,可能是他错了。一群人说你有错,你就一定错了。你必须磕头认错,若不从,便是错上加错。

夏藤的回击一直在持续,她挂出了这段时间以来接到的威胁电话的号码,起诉了进行人身攻击的恶意辱骂者。她的反击,在一些人眼里成了"歇斯底里",有人说她疯了,有人说她心理承受能力太差,还有一些人抱着看戏的心态,她发什么,他们嘲什么,成立了"夏藤行为研究"的微博。

再几天后,多部分路人陷入疲软状态。

他们没有兴趣只盯着一个人的"陈年烂瓜"吃,他们需要更新鲜的、更刺激的,以满足自己成瘾的猎奇心与窥探欲。

好像在大众眼里,反抗的夏藤,变成了一条丑态百出的可怜虫。

她的精神状态很不佳,夜夜噩梦缠身,时常是尖叫着被吓醒的;有时会沉浸在负面情绪里,突然开始颤抖,大喊大叫;又或是头疼得厉害,难以入眠;她不敢白天出门,晚上出去透透气,走到单元门口便再不敢踏出去半步……这样的状态维持了将近半个月后,陈非晚想带她去医院看看,她愣了一会儿,然后说:"再等等吧。"

再等等。她也不知道要等什么,可她不想就这么垮了,什么都没完成,就这么宣告自己的失败。

那天晚上,她又开始头痛欲裂,脑海里铺天盖地向她扑来的都是各方对她的羞辱。她睡不着,又不想去吵醒陈非晚,就裹着毯子去客厅接水,黑灯瞎火里踢到了一个硬壳。

夏藤打开灯看,是从昭县寄回来的行李,已经在客厅放了很久,一直没拆。她盯着那纸箱看了一会儿,然后一个一个小心翼翼地抱进自己的房间里。东西是陈非晚寄的,不知道都塞了些什么寄回来。夏藤拿把剪刀划开,曾经的粉丝送的礼物和信,陈非晚知道她很在意这些,原封不动地给她寄了回来。

另一个箱子，就比较杂乱了。

夏藤翻着看了下，里面都是些衣服和她带过去的日用品，还有上学用的东西。她再往下翻，有两件昭县一中的校服，一整套的是她自己的，还有一件只有上衣。她拿出来看，校服尺码比她的大很多，领口后的标签上写着尺码为190。

大概只有北方，才会有这么大的校服尺码吧。

夏藤想起这是谁的衣服了，也顺便想起那天课桌底下发生的事。或许这件校服，是他们所有关系发生转变的开始。

她竟然忘了还给他。

夏藤再翻，是几本复习资料。她拿出来随手翻了两下，一张白纸轻飘飘地滑出来，掉在她腿上。她拿起来看，慢慢顿住了。

是祁正画的她。那个时候，在那排立在荒野之上的矮房里，她坐在他对面，屋外风吹，屋内安静，只留一盏灯，她低头写卷子，他拿着纸笔画她。

上面还有三个字，老巫婆。

他总这么叫她。

这两个箱子，像承载满满回忆的魔盒，她打开，便被那些画面压了满身。好像只有这些物件真实存在，才能证明，她曾经真的遇见过他。

她拨通了祁正的电话。

那通电话连接着的地方，是她倾注心底仅存的、最后的美好的地方。她想问问他有没有看到她在努力回击，她没有只是嘴上说说；想问问他最近怎么样，想告诉他，她现在很痛苦，反抗真的是一件很痛苦的事⋯⋯又或者，什么也不说，只要听见他的声音，她就能获得短暂的宁静。

她太需要宁静了。

电话没有被很快接通，每一声都是漫长的等待。大概快要响到自动挂断，那边才传来声响，只不过——

是女的。

夏藤愣了一下，然后脑袋就蒙了。她想立刻挂断，可是嘴里问得更快。

"祁正呢？"

女生说："他让我接的。"

也就是说，他知道是她打的，这一回连接电话也不愿意了。

夏藤耳边一嗡,挂掉电话。她喘不上气,捂着胸口一点一点弯下腰,缩成一团。这么多天,她都有种不知自己到底在哪儿的茫然。

这一刻,思绪逐渐清晰了。她好像,彻彻底底被丢掉了。

台球厅里,祁正打完一局回来,乔子晴半靠着沙发,眼睛只盯一处,手里转着一部手机,不知在想什么。祁正没问自己的手机为什么在她那儿,伸手,示意她还他。

乔子晴看他一眼,给他。祁正接过来,看也没看直接放口袋里。乔子晴问:"你手机壁纸,是夏藤?"

她没想到有一天祁正也会把一个人的照片设成屏保。

祁正问:"关你什么事?"

"她不是走了吗?"

祁正表情不变,在沙发上一堆外套里找自己的衣服。乔子晴一直在身后放着,扔给他,然后靠回沙发,问:"你不会忘不了她吧?"

祁正:"你不提,我就忘得了。"

乔子晴嘴角扯了一下,仿佛故意的:"刚有人给你打电话。"

祁正动作没停,把那件黑色外套穿身上,也没问是谁。

乔子晴观察着他的表情,说:"好像是她。"

"乔子晴。"祁正抬头,目光变得锋利,"你非要在我这儿试探个什么劲儿?"

乔子晴却觉得累了,祁正的反应连他语气里不在乎的十分之一都做不到。她不想骗他,更不想骗自己。

"我说真的,我接了,然后她挂了。"

祁正冷冷看她三秒,然后转身往门口走。他一边上楼,一边拿出手机看,确实有个三十秒的通话记录。他不用给她存备注,她的手机号他倒着都能背出来。

上到地面,冷风袭来,他呼出一口白气,把电话回拨过去。

她总这么时不时地出现一下,又回不来。有那么一刻,祁正觉得自己就快被她弄成神经病了。电话没通,关机。像那天,他没回复微信,她就直接把他删了。她闹别扭的样子一点儿都没变,祁正一股怒气上来,他有必要问问她到底想干什么,发了条短信过去:"把老子微信加回来。"

然而,祁正并不知道,那条短信石沉大海。因为第二天,夏藤换了手机号。他也不知道,那通被乔子晴接起来的电话,是夏藤打给他的最后一通电话。

穆含廷出事儿，是在两天后的下午。她被爆出和某富商在夜店旁若无人地亲热，而后共同去住处过夜。令人咋舌的是，这位富商，正是当初夏藤事件中的那位。

穆含廷可谓当下最炙手可热的女星，二十二岁便成为王导的电影女主角。名导演配好剧本，除去女主角是新人，其他配角全是极具观众缘的实力型演员。电影票房高，话题度高，她成功上位，各路资源都找上门来。

她此前和夏藤一样，小公司出身，没有后台，没有人脉，是娱乐圈一抓一大把中的一个。混出头靠实力靠运气，但当今，更多是靠手段，机会，资本。可惜，遇人不淑。红得快，栽得也快。她能傍上去，就有人能把她拽下来。

不少人说是穆含廷姿态嚣张得罪了媒体，所以人家不要封口费，直接发；还有人说她抢了富商本来包的那位女星的资源，所以被搞了。总之千百种说辞，照片拍到了，视频发了，一层又一层厚厚的马赛克，人的八卦之心熊熊燃起，兴奋地再去找更多的"瓜"。

热搜，视频，辱骂，营销号，一步一步，一个不落，和当初曝光夏藤的一模一样，老掉牙的手段，却能喂饱一批又一批闲人。

穆含廷比夏藤红多了，规模自然比她的更大。许多事情，也在一夜之间发生了改变。

一小部分人开始重新判断夏藤的话，觉得当初的事儿或许另有隐情，于是立刻遭到一批穆含廷粉丝的咒骂。

他们骂夏藤借着穆含廷洗白，吃着"人血馒头"。但也有她的粉丝，拿夏藤的话洗白，说现在网络风气差，不应该用这样的言论伤害明星。

更多的人，是连着她们俩一起骂，骂她们没一个好东西。

穆含廷出事，经纪公司觉得简直是"天赐良机"，他们想让夏藤发些意有所指的东西，像当初穆含廷内涵她一样，把锅再甩回去。

这是她的好机会，但夏藤不闻不问。现在多了个人与她一样，同样遭受着众人的鞭挞，在这场声势浩大的讨伐里，越高位的人摔下来，人们越喜闻乐见。

她不会落井下石。维护自己的名誉，不是踩着旁人进行的。更何况在更多人眼中，她们不过是一丘之貉。

夏藤没有多关注穆含廷的事儿，她大概知道穆含廷那边会怎么处理——装死到底不回应，撤话题，引导舆论，然后像什么都没发生过一样继续她的娱乐生涯。

这是现如今最常见的操作，像夏藤这种被全网追着骂两次的，确实少见。只是又听说，因为这次的事儿，穆含廷和金主闹掰了。

她红得太快，直接越咖位挡了其他女星的路，那些原本压下去的话题又被翻上来。还有人爆料王导的电影资源也来得不干净，更有她陪很多老板的证据，还是明码标价。

穆含廷陷入了比夏藤严重不止一倍的危机中。众人寻找到了下一个谴责对象，肆意地攻击着。他们像往常一样蜂拥而至，他们也像往常一样，以为这次只是众多口舌之战的一次，辱骂的不过是众多品行不端的人中的一员。

他们高估了自己的道德观，也低估了人言的威力。

二月份的时候，各大高校与公司开始放假，即将进入春节，街上已有红灯笼高高挂起，红红火火的小玩意儿陆续摆了出来，大型广告牌上，都打出了迎新的标语，处处洋溢着过节的气氛。为添喜气，陈非晚买了几个巨大的"福"字，字面金光闪闪，周身缠绕着该年的生肖图，底下挂着中国结。

又俗气，又看着叫人欢喜。

夏藤最近总抱着电脑，一看就是半天，陈非晚问她在干什么，她也不说。陈非晚走到她身旁，她快速合上电脑，陈非晚瞟了一眼，没作声，把"福"字给她："我在客厅挂了一个，你把这个挂阳台上。"

夏藤"嗯"了一声，人没动："我等会儿去。"

陈非晚站她旁边，一脸的欲言又止。

夏藤问："怎么了？"

"阿藤，不论怎么样，日子总得过。"陈非晚见她这样，总觉得不安宁，"我不知道你这两天在干什么，别把全部精力都放上面了，凡事都想争个明白，会把自己累死的，有时候撒手不管也是种解脱的方式。"

陈非晚轻叹了一口气："你妈我活到现在，也没活明白。"

这段时间，家里一直笼罩着低气压，夏藤有时候连白天黑夜都分不清。夏文驰还有一星期才回来，陈非晚扛起了所有的重担。

夏藤安静地听完，又"嗯"了一声，合上电脑，把"福"字拿起来：

"我去挂。"

客厅的阳台是露天的,她家住二十一层,差不多可以俯瞰半个城市的风景。夏藤踩着椅子挂"福"字,下来的时候没站稳,摔到阳台护栏边,护栏快要高过人脸,摔是摔不下去,但这么磕磕绊绊一下,还是够让人心惊的。

夏藤低头看了一眼,人在高处,脚底万物都很渺小,风"呼呼"地刮,看久了,头晕目眩,好像下一秒就会被风刮下去。

夏藤赶紧往后退了几步。站在高处看远方,远方是景,是不可及;低头,则又有临渊之感,令人心生惧意。

万幸,她没有对世界麻木,有恐惧,就证明她还是惜命的。所以,她不知道穆含廷用了多大的勇气,或是多万念俱灰,才会从二十二层楼跳下去,结束了自己二十二年的人生。

人的承受能力是可以不断增强的,但真的有限。

很多人争论,一个选择自我了结的人,到底是想通了还是没想通。可能对世人而言是没想通,但于他们本身而言,或许能从此落个轻松。

夏藤的短片正式完成。也是在那一天,她熬了个通宵,上午六点,城市在晨光中苏醒,她点击发送,然后倒头睡了过去。

无论结果如何,是时候结束了。

再这么拖下去,伤害最深的还是自己最亲近的人。她逐渐意识到,她没有能力改变什么,现况即是现况,发展成如今的模样,又哪里是一天造成的。她的那些动静,搁在大环境里,只能是不痛不痒。

她想过个好年,然后遗忘从前的种种。

发送完毕,她像卸掉许久以来沉重的包袱。轻松了吗,应该有一点儿,但身体各项机能仍处在恐惧之中,不太能适应。

夏藤睡了这么长时间以来最好的一次觉。因为这次,不是噩梦,而是一个日思夜想的梦。

梦回昭县。那个原始的,安静的,默默生长的边陲小县。

上回是街道,这一回,是学校。

放学铃打响,她走出教学楼,身后被人推了把。她回头,迎面便是一只手,塞了一颗青涩的酸梅进她嘴里。

动作粗鲁,且不容她吐出来,她硬是被逼着咽了下去。

酸得倒牙齿,她流泪,他蹲在一旁放声狂笑。

笑声贯穿了整个梦境，夏藤却哭着醒来。

她盯着房间里的天花板，在初醒的这一刻，她什么都不记得。不记得人言，不记得黑暗，只记得梦里那个县城里的少年，和那颗硬塞进她嘴里的酸梅。

酸而涩，总叫人流泪。但甜味也有几分，夹在酸涩滋味之中，所以格外叫人留恋。

像极了他们之间。

夏藤的眼泪一串又一串，顺着眼角流进头发里，良久，她抬手覆上眼睛。

都结束了。原来，终究抵不过大梦一场。

夏藤的短片起初没有翻起什么大水花，她的挣扎在旁人眼里早都成为徒劳，那不叫澄清，叫辩解，叫洗白。但她坚持抗争的姿态不是没有效果，一部分人开始转变对她的态度，一个真正心虚理亏的人，是不会用如此多的力气反击的。

虽然，大部分人仍然讨厌她。单打独斗的人，大多死于风浪之中。

同天晚上，另一条新闻刷爆了各大网络平台。

穆含廷跳楼自杀。一时间网络瘫痪，言论四起，快要掀翻天。人们纷纷猜原因，她这段时间饱受非议，或许是不堪忍受舆论压力，最后选择轻生。到底是太年轻了，二十二岁，什么都看不淡，天塌得那样容易。死亡在他们口中云淡风轻，没有人去探究，她到底遭受了什么，又是什么压垮了她。谁都没有资格要求一个人必须承受住什么，哪怕只是一句恶语，也足够伤人。

穆含廷生前的最后一条动态，是她纵身一跃前一秒发出的。

她说："我证明，她是清白的，因为我才是最肮脏的那一个。"

她说："离开镜头，我比任何人都低贱。我越想在人前光彩夺目，我付出的代价就要越多。"

篇幅不长，逻辑混乱，很多错误，看得出是压抑已久的宣泄，可惜到最后，有些东西还是不能直接讲明。

世界有世界的规则，即使有万般荒诞，仍要继续。

夏藤的短片，在穆含廷事发之后一小时内，被疯狂转发，数以万计。很奇怪，那些伤害过她们，辱骂过她们的人都不见了。一时之间，好像换了一批人出现在网络上，他们都看过她们演的电影，喜欢她们很久，从未骂过她们，惋惜她们的遭遇，相信她们的清白。

　　夏藤从未受到过如此多的"善意"，他们仿佛要把对穆含廷的愧疚全部补偿在她身上。是真的如此，还是跟风换上了另一副面孔？不得而知。

　　短片不长，通调黑白，没有色彩。记录了第一次事发之后，她的每个快要坚持不下去的瞬间，她对着镜头，镜头对着她。

　　有她在高处拍的脚下；有镜头对着天花板，旁边是细微的哭声；有画面一片黑，她录自己的睡眠，录到自己尖叫着惊醒；有一条一条拍的那些乱七八糟的评论……有堆在沈蘩家门口的恶作剧物件，有反拍跟踪她的狗仔，有住院后在打的吊针。触目惊心。

　　短片是几个视频拼凑而成的，每个视频下都有时间，断断续续的，有些是连着几天，有些是隔十天半个月。

　　全程没有人声，收录进来的，只是一些噪音作为背景的声音。单薄，冰冷，空荡荡。越安静，越蔓延一股令人窒息的压抑感，像一张巨网，重重笼在人的心上。

　　短片的最后，是一张已经被撕碎的纸拼在一起，上面写了几句话。

　　虽然已经不抱希望，但还是希望，有一天可以证明自己没有错。

　　希望可以再少一点儿恶意，不论对谁。

　　希望有那一天的到来。

　　希望不会太久。

　　继许潮生和丁遥转发后，那天饭局上的艺人们相继转发，并带上三个字：我证明。

　　舆论扭转，形势大变，走向另一个极端。人人欠她一句道歉。

　　经纪公司几乎是立刻联系陈非晚，他们的电话快被打爆了，各家媒体争相采访，公司这边已经拟好续约的合同，希望夏藤调整好状态，等这阵子风波过去之后，正式复出。

　　他们说，她终于拨云见日，真相大白。

　　陈非晚立起的坚不可摧的外壳一念间崩塌，她形象全无，倒在沙发里放声痛哭。夏藤呆滞地坐在床上，不知道自己期盼这一天多久了，可是真的等来这一天，她觉得自己麻木了——不想哭，不感动，也不轻松。

　　真相大白了吗？穆含廷死亡，一些人悲伤，一些人冷眼，一些人狂喜，一些人看到利用价值，妄图榨干她最后一滴血。他们要她重新站起来，借着另一副崩坏消亡的身躯。

这不是抗争来的成功，这是鲜血淋漓的失败。她没有看到光照进来，拨开云雾，所见仍是无边的黑夜。

幽深得令人发寒。

苏池接到祁正的电话，有点儿稀奇："怎么了？你还知道给我打电话呢？我以为每次见你都得是你又给我闯了什么祸出来。"

祁正一点儿铺垫都没有："姨，我过去陪你过年吧。"

什么人说什么话，先是乖乖叫声"姨"，接着嘴里冒出"陪你"这种温情的字眼，可信度基本为零。

"陪我过年？"苏池将手头工作一放，"你放寒假了吗？"

"早放了，无聊死了。"

"你是看我孤家寡人的可怜，想来陪陪我呢，"苏池坐在椅子上转圈，语速缓慢地问，"还是打别的心思？"

祁正不会骗人，不说话了。苏池就知道，想笑又觉得可气："我听说那姑娘这两天刚洗清冤屈，你这就坐不住了？人家是明星，你来了也见不到。"

"我想见就能见。"

"你怎么知道人家没忘了你？"

"她敢。"

苏池一吸气："你个臭小子，随了谁这么狂？"

"算了，我跟你说不通。"

"你给我等等！算了什么算了，我不答应，你就准备自己过来，是吧？"

祁正懒得浪费时间："挂了。"

祁正这个说一不二、不留余地的性子，真的不知道随谁。

苏池叹了一声气："行了，我给你订票，就当出来玩一趟，好好过个年。"

祁正任性，她不能放着不管，最终还是妥协。

从小到大，祁正去过最远的地方，就是昭县附近那几个大点儿的县城，城市化明显一点儿，玩的地方多，但还远不及修机场的程度。挤大巴，乘火车，再转车去机场，这过程就要五个多小时，从天蒙蒙亮出门，到日头高照，眼前的景物也越来越陌生。

他没行李箱,只背了一个包,挂着耳机。机场大厅里人来人往,安检顺利过完,他找到登机口,距离登机还有半个小时,便随便找了个空位坐下。人人低头看手机。祁正没事干,也打开看了一会儿。

屏幕就是她。他低骂一句,赶紧找别的照片换掉。

她真有这本事,让他主动找她,一次又一次。而她呢?主动给他打个电话就作成那样,那他做过的,岂不是该把自己标榜个三天三夜。

刚把壁纸换掉,前方响起一道略带紧张的女声:"能加个微信吗?"

他头也不抬。果然跟她想的性格一样,女生问:"哥哥这么高冷的吗?"

祁正对大城市的某些现况不甚了解,但话他听懂了,他抬起眼皮,目光一路往上,停在脸上。女生挺漂亮,算出众的,不然也不会一副十拿九稳的样子,过来搭讪祁正这种看着就不好接触的男生。

但祁正对美女早有免疫力,这人估计比他还大,她一口一个"哥哥",他听得头疼。

女生又问:"真的不给啊?"

祁正舍得张嘴了:"不给。"

女生不死心:"我不好看吗?"

"不好看。"

女生冷哼一声,生气地走了。祁正毫不在意,在心里又对夏藤罪加一等,她确实有本事,让他现在看除了她之外的人都不顺眼。

飞机降落海市机场,是夜里十一点,距离昭县已有几千公里。这是祁正走过最远的路,也是第一次直观地感受到,县城与城市,差距如此大。

这是她生活的地方,与他的相比,是两个世界。他搞明白她那些优越感从哪儿来了,水土不同、风气不同、生活环境不同,她过惯了这样处处繁华的日子。只是,踏上这片寸土寸金的土地,祁正仍觉得没什么,人类创造城市,又反过来心生卑微,畏惧城市。

毛病。

苏池的房子两室一厅,地方有点儿远,但胜在交通方便。她给祁正收拾出来一间房,给他交代了一下附近的地铁站和公交站,道:"等我忙完这几天,带你好好转转。"

苏池的公司是搞旅游业的,承包的景区只针对私人开放,都是些大客户。马上要春节了,工作量繁重,各方面都得加紧管理。

祁正说："你忙你的。"

苏池一听这话，反问："那你跟我说说，你准备忙什么？"

祁正："旅游。"

苏池说："需要我联系人给你安排行程吗？"

祁正安静了半刻，面无表情。

苏池冷笑着"哼"了一声，食指冲他点了点："在我眼皮子底下，你给我安分点儿。"

她的担心不无道理，祁正这人，搁哪哪不太平。

他把背包扔床上，淡淡道："你想多了。"

苏池："我哪敢小瞧你。"

苏池确实不能小瞧祁正，他只安分了一天，第二天晚上，她加班不回来，祁正便正大光明地出门了。

丁遥朋友的酒吧新开业，她过去帮忙撑场子，驻唱台上唱了几曲，酒吧进来一人，径直走到舞台旁。她一曲毕，看见来人，嘴角勾起来，似笑非笑地从台上下来。

"还真来了？"

丁遥走向旁边的沙发，一行人都目光好奇地看着她身后的男生，面生，从没见过。她捞过烟盒，自己叼上一支，给祁正递一支。

祁正没伸手："她人呢？"

丁遥也不恼，慢悠悠地收回去："我不知道。"

二十分钟前，手机在黑茶几上震动。

"打好几个了，谁啊？"有人凑热闹。

丁遥饶有兴味地看着屏幕上的名字，然后比了个"嘘"，接通。

祁正上来就带着火："你们手机都是摆设吗？打了不接。"

"谁们？"

"你和你那朋友。"

你那朋友。丁遥被这刻意而生疏的称呼弄笑了："我那朋友不是不接，是换号了。"

祁正那边足足沉默了半分钟有余，他发现是一回事，亲耳听到是另一回事。"你让她接电话。"

"你找她啊？"

他俩的后续，丁遥了解得不是很详细。但夏藤两次主动打电话给他，她是知道的，一次比一次颓她是知道的，祁正说不要就不要的态度，她也是知道的。

丁遥不免替夏藤生点儿气:"想找直接过来找呗,打电话有什么意思。"

没想到,她随口这么一激,他还真来了。

小县城里一身轻狂的少年,杀到城市,还是气势逼人。

丁遥说完"我不知道",祁正脸就沉了:"好玩吗?"

还生气了。丁遥耸耸肩:"我真不知道,她这几天忙,我们没怎么联系。"

说实话,直到祁正出现的前一秒,她都没把那通电话当回事,她以为他们俩已经玩完了。

可是他这么一来,只身一人,真就从那个十万八千里远的小县城追过来,丁遥再看他,突然觉得,他们不会就这样结束。

"我要见她,你把她叫来。"

"大爷当惯了?说叫就叫?"丁遥晃着酒杯,"不要说你,我都见不上。"

祁正无动于衷:"你欠我个人情。"

这话当时确实是她说的,祁正这会儿拿来做威胁恰到好处。他执意见夏藤,不为别的,他是害怕。

她的同行死了,这件事搁在普通人心里都有阴影,何况是她。她就那么点儿承受能力,他害怕她再被这么刺激两下,人就垮了。他可以忍受自己的生活里没有她,但不能忍受世界上没有她。

丁遥拗不过他,自己说出去的话就得说到做到,只能答应。祁正要到答案,多一秒都没有留,转身就走。

夏藤今天举行记者招待会,这是事件后的首次露面发声,听说会场那边来了各大媒体的记者。一个演员,周边新闻比作品名气大,已经说明了她的某种失败,她实在不知道经纪公司为此兴奋个什么劲。

化妆间里,造型师正在给夏藤整理妆发,她要求一切从简,但还是被按在椅子上折腾了三个小时。造型师企图给她的长直发卷波浪时,她的忍耐力也到头了,手挡开那支卷发棒:"行了。"

造型师一脸茫然,经纪人暗暗冲她摆摆手——不弄就不弄,她说什么就是什么。夏藤只身往外走,佩恩跟着,提醒她:"还有一小时就要去会场了。"

"我透透气。"

"可是……"话说到嘴边，佩恩知道她听不进去，不敢太逆着她来，"那就在附近转转，你别乱跑。"

夏藤只是走，没有回答。她穿上外衣，戴了个口罩，去楼下咖啡店。

咖啡店已经对他们公司的艺人见怪不怪，夏藤坐在旁边等咖啡的时间，接到了丁遥的电话。

楼顶。

这是公司对面的一栋楼，都是些独立工作室，分布在各个层，有电梯可以直达最高层，再上一段楼梯，就可去楼顶观景。这是曾经丁遥来找她玩时，二人偷偷发现的地方。

公司地处的这一片区尚算安静，高处只闻风声和楼下一闪而过的车声。夏藤把口罩摘了，放进口袋里。丁遥过去，给了她一个"等下再跟你解释"的眼神，先退了出去，把通楼顶的门关上。许久未见，祁正就这么出现在她眼前，夏藤的血液随着风翻涌了一会儿，很快趋于平静。

上次他们也是这样共同立于高处，那时候心比天高，感觉全世界都被踩在自己脚下。如今，入目皆是直入云天的高楼，巨大的城市背景下，他们渺小得不值一提。

她不开口，也不往前走一步。她穿得很薄，大衣被风吹起，里面是一条灰白的纱裙，嵌着亮钻与银丝，光腿，高跟鞋，卡在细瘦的脚踝处。

她化着妆，那种禁得住闪光灯与高清镜头的妆，清透而大方，皮肤上一丝瑕疵都找不出，睫毛根根分明，腮红添气色，唇瓣殷红。

如果不是那双眼睛，祁正无论如何都很难把她和昭县的夏藤重合在一起。她就像全身一针一线都由名家打造的工艺品，哪怕被禁锢在橱窗里，只要有世人感叹她的美，就够了。

和她比，他显得灰头土脸。祁正从高台上跳下来，他也没有走向她，他们隔着一段不长不短的距离，谁都没有更近一步。

"你，还好吧。"他先开口，问得别扭。其实他不喜欢这种感觉。陌生，陌生，到处都透着陌生。连她也一样让他觉得陌生。

夏藤有很多委屈想跟他说，如果在她还肯找他的时候，他问这么一句，她会好受很多。她知道，他说那些话，想刺激她是真的，想放弃她，也是真的。

夏藤说："怎样算好，怎样算不好？"

她洗清名声是好，可是她高兴不起来，这是不好。

他来找她，是迈出了多大的一步，丢下了多少面子和骄傲，她也知道，可她还是高兴不起来。好像都不期待了。

熬过那段最苦的日子，掰着指头数过天亮还要几个小时，几乎偏执地想听他的声音……她的神经终于变得麻木，万事不过如此，没什么值得期待，没什么值得欣喜，也没什么值得痛苦。

他们说，所有的事情都是这样的，会过去，被忘记。

夏藤很累，前所未有的累。

祁正看着她身上那条闪闪发光的裙子，说："等会儿有活动？"

她回了简单的一声："嗯。"

他点头："那去吧。"

夏藤转身去推门。风从四面八方吹过来，扬起她的发丝和裙摆，他这才发现，她一直站在门边，没有向他走近一步。

她做好了随时离开的准备。一种无力感疯狂蔓延，袭遍全身。

祁正浑身发冷，他在这一刻意识到，那个眼里有光的夏藤已经死了，是万人促使，里面也有他的一份。

"你就没有话想跟我说？"他着急了，冷风呼啦啦地吹，吹红了他的鼻尖和耳朵。

夏藤一只手搭上门，她好像认真想了想，然后回答："没有吧。"

祁正想听的不是这个答案："那你给我打什么电话？"

"那个时候想打。"她不回避问题，实话实说，语言就变得残忍，"后来，你不想接，我也就没打了。"

"那次是乔子晴接的。"

"你不用解释，她接也好，你接也好。"她很平淡，"过去就过去吧。"

祁正还在执着那个问题："我以后不让别人碰我的手机。"

夏藤叹了一口气："祁正。"

他捂耳朵。她说得很快："就这样吧。"

来不及，还是听见了，他呼吸声加重："你什么意思？"

"和你一个意思。"夏藤说，"你不想哄我，我也不用你哄了。"

他像被刺了一刀，疼得说不出话。

她垂下头："我走了。"

祁正死死盯着她的背影，盯得眼睛发红，拳头握得骨节分明，他突然笑了一声："你厉害，夏藤。"

夏藤停住，但没有回头。

"次次都是我打脸，脸都快被我扇肿了。"

"两个电话就能让我跟狗一样追过来，你是真的厉害。"

"也是我够贱，你不拿正眼看我，我还要一次次觍着脸找你。"

夏藤扶住门的手摔下去，她忍无可忍，回头："祁正，你以为只有你会说难听的话吗？"

"那你想说什么？说啊，我听着。"祁正的声音在风里，透出些许的歇斯底里，他的耐心也到头了，"说啊！"

夏藤被他这一吼，水汽瞬间漫上眼睛："我没有找过你吗？我回海市第一天晚上……"

"你得了吧。"祁正冷笑，"你的找我，就是用得上我的时候打个不明不白的电话，用不上我了就不闻不问。回又回不来，还希望我乖乖在昭县等着。夏藤，我不是你养的狗，我脖子上没挂着你的名牌。"

事已至此，根本没办法沟通。

"你总是这样，什么也不听我说。"她轻轻颤着，"你以后别来找我了。"

"没有以后，有这一次就够了。"祁正气得发抖，食指指向她，"我告诉你，我再为你这种人不要脸一次，我'祁'字倒着写。"

"那你就滚啊！"夏藤情绪也崩了，气得耳根一片红，她受够了。次次都这样，她受够了。

"滚得干净利索点儿，不用次次打脸还要跟我汇报，我不想听！"

两双猩红的眼，一双比一双狠。安静了半分钟，像过去半个世纪。

终于，祁正点头，盯着她，目光用力到几乎破碎。

他说："夏藤，你这辈子别让我再看见你。"

年轻时候发的誓，总是那么毒。

祁正摔门而去，门内的丁遥一直听得心惊肉跳，她上到楼顶，夏藤全身失去力气，像被抽了骨架，瘫软在地上。和祁正的最后一面，用掉了她所有的力气，也正式和那段充满独占、偏执的感情，告了别。

那天，夏藤把事先准备的发言稿反扣在桌面上，上去只用了三分钟，宣布暂停一切演艺活动，退出娱乐圈。底下一片哗然，经纪公司的领导满脸震惊，想找人上去救场，夏藤已经起身离席。任凭人们怎么高呼她的名字，镜头如何追随，话筒如何紧逼，她都没有回头。

推开那扇紧闭的大门，身后的名与利，世人的疯狂，从此与她无关。

第十章
崭新

"后来呢？你们没有再见过了吗？"乔西攀着夏藤的胳膊问，这故事够酣畅淋漓，跌宕起伏，反转精彩，要什么有什么，她听得忘我。

"嗯。"夏藤腿坐得有点儿麻，她换了个姿势，声音淡淡道，"我跟他，都不服对方，谁也不肯先低头，一两句话就能都被气个半死。当年我伤到他自尊，他不可能再回头。"

乔西就想问一句："后悔过让他滚没？"

"听实话吗？"

"废话。"

夏藤说："没有。"

"哈？"乔西惊了，"你把你们俩之间的事儿记得这么清楚，你现在跟我说你没有后悔过？"

"记得清楚，不代表我就要后悔。"夏藤拨过齐肩的发，说，"他当年也伤害到我了，不止一次，他讲话有多难听你知道吗？你每次问我辅导员那么骂我，我为什么都不生气，就是高三那年练出来的，在他那张嘴底下活过来，别人骂我，我都没感觉。"

"你真是……"乔西佩服得不行，"那你喜欢他什么？长得帅个子高？就你手机里那一张照片，我看着也就那样。"

夏藤靠着床沿想了会儿，说："韧性。"

乔西一脸问号："什么玩意儿？"

"他给我的感觉，抗压，能屈能伸，可以挨打，但永远不会被打倒。"夏藤笑了下，"你知道吗，他承受的黑暗比他得到的光明多得多，可是他全部能扛下来。现在很多人，只受得了好事儿，遇到挫折天就塌了半边。"

夏藤补了一句:"比如当年的我。"

乔西"哈哈"了两声:"你当年真的惨,我在哪条评论底下都能看见黑你的。"她拍拍夏藤的肩,安慰道,"好在都过去了,你退圈是正确的,现在过得不是挺好的吗。"

夏藤想,现在能云淡风轻地说起,看来是真的过去了。时间会抚平一切,伤口是,感情是,人事万物,都逃不过"过去"。

"现在呢?"乔西问,"你和他,觉得可惜吗?"

"可能吧。我们没有好好相处多长时间,全部用来吵架了。"

"而且。"夏藤顿了顿,轻声说,"他一直觉得我不喜欢他。"

乔西再次震惊:"你没跟他说过?"

"没承认过。"夏藤想了想,又说,"他也没问过。"

祁正只管把他的喜欢和讨厌一股脑地表达出来,却从没问过她怎么想。

曾经她以为他不屑于她的回答。直到后来,最后那次争吵,她才听明白,他不是不屑,而是不相信她会喜欢他。

他心里一直清楚,他们处于两个世界,所以他总是那么敏感地觉得她看不起他,他很容易就可以喜欢上她,她却不会。

他自始至终,都在气这份不公平。

"那你还喜欢他吗?"乔西又直抓重点。

夏藤说:"我喜欢我自己。"

乔西自动忽略这个官腔十足的答案:"怪不得别人怎么追你,你都不答应,原来还有这么一段。行了,我宣布我们系男生集体失恋,他们没戏了。"

夏藤笑着踢她一脚,乔西躲开,站远了又感慨道:"不过说真的,你刚来那会儿学校都炸翻天了,而且我们一直觉得你特不好相处。我师哥是怎么跟我形容你的知道吗,说你那双眼睛里故事太多了,但是被一场火烧尽了。"

夏藤刚要说话,宿舍门一阵"咣咣"响,萧雅和何念欢冲进来:"你俩还没收拾好?外面天都黑了,聊什么呢?"

乔西一听,过去拉开窗帘:"我的天,真黑了。"她风风火火地往外冲,"我回去收拾行李,你也快点儿,明天见。"

乔西过来跟夏藤借厚外套,大夏天的,她的厚衣服都在家没带过来,谁知道过来说着说着就聊上了。

夏藤"嗯"了一声,把她们仨送走,房间恢复安静,她对着凌乱不堪的宿舍,轻轻叹了一口气。

放暑假了,她们宿舍的其他人考完试当天下午就回家了。夏藤和班上几个朋友报名了一个短片比赛,准备趁着假期一块儿出去取景,所以四个人都选择留校。

夏藤把床上那条引发话题的白色裙子拿起来,裙子再没穿过,保存如新,灯笼袖,细纱与银丝,太仙了,和她现在的风格完全不搭。所以乔西进来一眼就看见了这条裙子,问她什么时候买的。

这几年,夏藤去哪儿都带着这条裙子。人总要有个念想,看见它,就像看见了那段少女时光,她想记得,所以总得依托个什么,不让那段回忆成为过去。

可是,今天她发现,全部过去了。除了感慨,她找不出别的情绪。

这些年都是如此,她不太容易笑,也哭不出来,不会欣喜,也没什么可难过的。什么事儿都激不起她的情绪起伏,老师夸她沉稳,说见过大风浪的人就是沉得住气,夏藤不知道该怎么回答。

她曾经也是轻而易举就能被一句话刺激到浑身发抖的人。只能说,时间真可怕。

夏藤走向阳台,点了一支烟,背景的窗户上,映出她被风吹乱的利落短发,窄肩细腰,短发利落,一身黑衣。她看着空荡荡的夜色,呼出一口薄烟。

她和他真的从彼此的世界消失了,故事的前半段起伏跌宕,所有人都为之感叹时,戛然而止。又有什么可惜的呢,十几岁,自尊心比什么都重要的年纪,他们都那么骄傲,根本不明白离别的意义。

不是所有的青春故事,都能落个美满结局。

没有被那场争吵毁灭,没有看到彼此面目全非,已是万幸。

夏藤当年的黑白短片,呼吁不要网络暴力,它会如何让一个人的生活失去色彩,直到今天仍然被很多人提起。也是那次,夏藤知道了自己想要什么,她不是非要表演,她想表达的,从来都是故事本身。

她可以用另一种方式展现出不同的人与事,甚至,去创作。

夏藤休息了半年,旅游回来后,自己在家复习了一年,报考了传媒学校的编导专业。

她和许潮生志向不同,他野心勃勃,奔着比他爹更牛的位置去的,她不,拍点儿想拍的,就行了。因为日子对她来说,只剩下一个意义——

疗伤。

初进校时，她确实引起了不小的轰动，当年她那些事儿闹得沸沸扬扬，哪怕过去了一年半载，还有不少人记得。

好在娱乐圈每天都在变，她退出以后，就不再是那个处处会被人关注并放大的明星夏藤了，新鲜感与八卦欲很快褪去，同学们习惯了她的存在，也就不再觉得特殊。

那些事后，夏藤变了很多。曾经眼中的高傲和清高被打碎，看什么都很淡，好像丧失了悲喜的能力。人低调了，话也少了，对外界的一切信息漠不关心，越来越沉浸在自己的世界。

陈非晚时常搞不懂她现在在想什么，夏藤反过来安慰她，她不会自寻短见，她会好好活着。或者说，活着，就好。

被压抑得太久，身体反噬得厉害，她没有力气去想太多东西，只想轻松一点儿，安稳一点儿，让人们淡忘她。以后的人生，按她想要的方式来。

第二天一早，夏藤他们一行人出发。除去班上的另外三个女生，还有乔西的那位师哥叶博安以及叶博安的几个朋友。一群搞艺术的年轻人，风格迥异，拎着大包小包，脖子上挂着相机。

他们此行坐绿皮火车，因为想去的都是些小地方，很多地儿没通高铁。萧雅和何念欢都没坐过绿皮火车，拎着一兜方便面和饼干，兴奋得不成样子。

火车站，是个充满各色人物的地方。

背着大包小包还要哄孩子的，蹲在角落泡面的，席地而坐打盹儿的，操着方言叽里呱啦聊天的，手里捏着票紧盯提示牌的……夏藤安静地坐在行李箱上，听着四面八方的声音。她喜欢听各种各样的声音，观察各种各样的人，她会猜他们经历过什么，背后有什么样的故事，是无数个这样的个体，组成了大千世界。

她时常觉得，人们至死只能看到世界的千万分之一，是一种遗憾。

一路向北。短片主题是"人物"，拍摄进行得还算顺利。小地方的风土人情皆是素材，连路边卖花的老太太都是一段故事，这不免让人想起那年传遍网络的"今生卖花，来世漂亮"。

乔西她们三个收获满满，每天都在修改删减，夏藤却一直提不起劲儿，说不上来的感觉，她觉得什么都欠一点儿。

夜间，火车空调温度太低，夏藤被吹得头疼，下铺的萧雅呼噜声震天，她拿手机录了会儿，给对方用微信语音发过去，然后裹了件衣服起身下床。

火车明天到站，容城。这地方她当年离开的时候，压根没想过会再回来。夏藤觉得自己睡不着，也不光是因为头疼。他们这次的行程，劳逸结合，也算出来旅游一趟。

起初她看到他们计划去往的城市都在北方后，也没怎么多想，天大地大，不可能那么巧，就算最后真撞上了，也无所谓。

结果，还就这么巧。他们把容城定为最后一站，叶博安的朋友说去年他来过这边一次，这两年旅游业发展起来了，主打回归原始生活，城市气息不浓，小城氛围好，很值得过来放松心情。

一群人艺术神经敏感，听见"原始"两个字，说什么也要来看看。

夏藤不好扫大家的兴，只能坐在旁边听着。

火车灯熄灭，车身"咣当咣当"地晃动，只有每节车厢两头的提示牌亮着。夏藤走到吸烟区，叶博安嘴里衔着烟，手里拿着相机，他在看今天的照片。

听见有人来，他侧头看了一眼，相机关上了。

"睡不着？"

夏藤"嗯"了一声。

叶博安目光随着她手中的火光，再移到她脸上："看你今天都没怎么说话，这几天跑累了？"

"没有。"不想被察觉出什么，夏藤解释，"空调吹冷了。"

"多加件衣服，坐火车就这样。"

"嗯。"她看向窗外，和那年一样，灯光连成线，飞速向后流去。等待她的，仍是一片未知。

叶博安问："拍得怎么样？"

"一般。"

"我看乔西挺满意的。"

"她立意不错。"

人物有大有小，这几年大家都学会以小见大，另辟蹊径，想追求一个"真"，可如果不够深刻，发掘不到最独特的东西，反而又失了"真"。

夏藤答得平淡，叶博安当她心情沮丧，安慰说："你也别把自己逼得太紧了，明天最后一站，好好休息吧。"

拍不拍得出来,夏藤其实不那么在意,她都是凭感觉来。不过面对叶博安不着痕迹的关心,她没有多说,只是点了点头。

在容城待了两天,他们租了两辆车,打算转去附近的县城看看。

县城和县城之间离得都不远,大点儿的逛一天,小的就顺带看看。领略了一番小城风俗,又在路上晃了两天,第三天上午,一行人路过昭县收费站。

夏藤戴着墨镜坐在副驾驶座,看着车道前的栏杆缓缓升起,路旁巨大的蓝色路标上写着两个字:昭县。

昭县近两年旅游业发展得不错,从高速下来即将进入城区时,远远就能看见花团锦簇中一个巨型立牌,上面有几个大字:"美丽昭县欢迎您"。

夏藤:"……"

土是土了点儿,但还挺亲切。

路边新开了很多宾馆和饭店,建筑物部分翻了新,商铺外观统一装修,都是清一色的明黄底色招牌,高楼倒是没建起多少,应该是想保持县城原貌。

路边停的车多了,看车牌号,各地的都有,那位来过的学长说,这儿很多人是自驾游过来的。乔西问住哪儿,要不然现在先把房订了,学长露出得意的神色:"来这儿住宾馆就没意思了,我带你们去个好地方。"

"民宿啊?"

"差不多,我去年来过一次,跟我订房的朋友要了老板的联系方式。他在这边几个县城开了挺多家,位置都选得特别好,景漂亮,带院子,自己做饭什么的都行,我们人多,住这种地方方便。"

学长说已经联系过了,大家也没异议。他指路,乔西给后面车上的萧雅打电话,让他们跟着车走。

越开越往西,夏藤始终没说话。

二十分钟后抵达目的地,当年的荒野被打理过,种上了花,放眼望去,满是娇艳的朵儿。乔西尖叫着举起相机就冲了下去,学长按下窗户喊她:"里面还有一截路呢!"

乔西摆手:"你们先去,你们先去!"

"我服了你这师妹了。"学长笑着收回脑袋,跟叶博安说,"再往前开一点儿。"

那条小路变宽敞不少,车开上去也稳稳当当的,不久后,一排矮房映入眼帘,翻修过,但古朴的质感没有变。所有人下车卸行李。夏藤搬下自己的箱子,把乔西的也扛下来,那边学长直接过去,在门口的花架下找到了一把钥匙。

何念欢在旁边睁圆眼睛:"老板就把钥匙放这儿?"

"他今天早晨给我发信息说去别的店了,让我们自己开门。"

"这么随意啊?不怕丢东西?"

"他人就这样,我们上回去了两个地儿,住的店都是他开的。住了快一星期吧,总共还没见上两面。"学长开着门上的铁锁,"长得特帅,可惜了,你们见不上。"

"喊,谁稀罕。"乔西赶上大部队,过来就听见这么一句。

她把自个儿的箱子往前推了一截,回头看夏藤:"走啊,你愣那儿干什么?"

夏藤动了一下,又问学长:"所以……他不来吧?"

学长当她随口一问,也就随口一答:"应该不来,估计就店员过来登记下身份信息,我们住我们的。"

夏藤没回话,过了会儿,点了下头。

"你不对劲。"乔西放好行李,往夏藤跟前凑,"你特别不对劲。"

夏藤抬头,语气平常地问:"我怎么了?"

她表情很淡,让人找不出丝毫不妥。乔西吸气,盯着她看了半天,也看不出个所以然。

夏藤做了几年演员,这点儿本事还是有的。

乔西泄气似的转了个身,又转回来,不服:"反正你不对劲。"

夏藤不多话,叶博安过来敲门:"东西放好了吗?出去转转?"

她还没出声,乔西抢先挡在门口,挑眉:"师哥问我还是问她?"

叶博安把她的脑袋拨开:"问你们。"

夏藤装了两个摄像头在包里,对他们说:"走吧。"

房子里外都装修过,保持了原木风格,家具设施也颇具年代感,没有太多的智能电器。庭院修整了一番,立起桌椅,石阶上摆满各种绿植,有鸟儿落屋顶上,人一动,鸟儿惊起,发出扑腾翅膀的声音。整个环境透着一种回归本真的自在,景致舒心。

学长说昭县这边的房子是老板所有店里最特殊的一家,好像以前是自己家的房子,所以每次只招待一拨客人。

夏藤和乔西一间,萧雅、何念欢一间,几个男生睡大房子挤一间,全部把行李放好后,一群人开着车进县城逛去了。

昭县没怎么大变,各种店子确实开起来不少。路上游客模样的人多了,还有和他们一样带着相机的。这儿景美,天清透,云压得低,一盏路灯,一块门牌,路缝里生长的野花,都是一幅画。

天黑前都回来了,这几天路上奔波,大家想早点儿休息。夏藤没进去,举着相机走进那片花海。

曾经这片贫瘠荒凉之地满是枯藤,如今却开满了鲜花。暮色之下,再也不是只有孤独的风和人了。夏藤慢慢走着,就像慢慢走过当年停留在这里的回忆。

花瓣轻轻晃动,她越走越深,放下相机,闭着眼听。

手机突然响起,乔西打过来,问她身份证在哪儿,来人登记了。

夏藤睁开眼。那边似乎有人说了什么,乔西"哦"了两声,又道:"你先回来吧,他要认一下人。"

夏藤往外走:"是他们老板还是店员?"

乔西没看仔细就进屋去翻身份证了,道:"我不知道,看着挺年轻的,店员吧。"

夏藤还没走到跟前,就看到门口停着一辆黑色吉普,看这架势,应该是等会儿直接开走的意思。

大门敞着,里面是他们几个嬉闹的声音。夏藤走进去,众人目光齐刷刷地向她投来。乔西蹲地上,嘴里啃着半个苹果:"我没找着你的身份证,你自己拿给老板看吧。"

老板?她视线往旁边挪。院里的石凳上,坐着一个人。那人跷着腿,手里转着笔,笔尖在铺在桌上的纸面上轻点,一下一下的。

看见脸后,夏藤呼吸浅了一瞬。如果他此刻容貌变样,变胖,变丑,或是与人打交道多了,举手投足变得油腻,圆滑,又或者没有丝毫长进,时光流逝,他还封闭在这里,自负满满,她都能接受,或者说,更容易接受。

因为那样,她才更能说服自己——有关于他的事,真的过去了。

可是,都没有,甚至相反。他更利落,更成熟,也更鲜明。

步入社会几年,让他和他们这些仍在校园的人气息完全不在一个层面,稚气与青涩褪去,他就这么悠闲自在地坐着,看见她进来,没有露出一点儿多余的表情。

"不是说店员吗?"她收回视线,目光转向乔西。

乔西耸肩:"我也没想到人家这么年轻就当老板了啊。你快登记,这苹果是自己种的,老板给我们带了一兜。"

他不说话,还是那么一下一下地点着纸面。明明应该是他们之间的波涛暗涌,他却端起了置身事外的看戏姿态。

夏藤没有说话,进屋去拿。磨蹭了挺久,听着院子里的人进屋的进屋,做事的做事,她才拿着身份证出去。

祁正还在石凳上坐着,低头看手机。她把证件递过去,他没接,目光仍停在屏幕上。夏藤不知道他想干什么,也不想管他是不是故意的,把身份证往桌上一扔。

"啪嗒"一声,态度不怎么的,她看见他眼皮抬了一下。

他把她的身份信息写在纸上,然后把证件往她那边推了推。夏藤拿起来就要走,他开了口:"手机号。"

声线低了,但大体没变,说话还是那个劲儿。

她侧身:"住宿不是留一个人的电话号码就行了吗?"

他肯定有学长的电话。

祁正抬起眼皮,终于抬眸看她:"你是老板我是老板?"

"你是老板就能要所有客人的手机号了?谁规定的?"

"我定的,不想住出去。"

夏藤皱了下眉。

"谁要出去?"叶博安出来就听见这两个字,走到夏藤身边,"还没登记完?你给老板留个电话,然后也记一下老板的,有什么事随时联系他就行,这儿地方偏,以防落单找不到人。"

叶博安一口一个"老板",压根看不出祁正可能年纪比他还小。但他这么一说,夏藤明白自己刚才会错意了。

祁正看出她一闪而过的尴尬,偏还要再提一遍:"她以为我刚才在要她的联系方式。"

叶博安笑了笑,替夏藤解围说:"她比较认生。"

语气熟稔而亲密。

祁正不动声色,眼睛在叶博安身上淡淡扫了一圈。

"你女朋友?"他问。

叶博安一愣,刚要作答,夏藤在旁边出声:"关你什么事?"

叶博安扭头,夏藤脾气不好,但也算不上坏,对陌生人的态度更多是无视，能不交流就不交流。她现在这么带情绪，倒是很少见。

祁正没有看她，拿笔的手一停，脸上看不出表情。

放在以前，他可能会当场翻脸。

叶博安打圆场："留下一块儿吃饭吗？"

"不用，我还有事。"

祁正纸笔一收，跟他点了下头，拿过车钥匙起身离开。

他直起身，夏藤才发现他又高了。肩膀宽阔，不再是校园时期少年清瘦的身板，多了几分力量感，也懂得适当地敛起锋芒。

直到听见门外响起引擎发动声，叶博安才问她："心情不好？"

夏藤顺着说："可能吧，不太舒服。"

吃过饭，夏藤就进屋睡了。她说不舒服，结果还真不舒服了，估计是在花海那片逗留的时间过长，县城不比城市，早晚温差大，她受了点儿凉，头疼，还有点儿犯恶心。

乔西随身带药，夏藤吃了两片就躺下了。睡这种地方，人多多少少会有些认床，但夏藤这一觉睡得很沉，一夜无梦，再睁开眼后，即是日上三竿。

窗外鸟叫声叽叽喳喳的，阳光洒了一屋，可以看到空气中飘浮着细小的灰尘。夏藤揉了揉眼睛，坐起来，房间里另一张床是空的，她捞过手机看了一眼，十一点多了。

乔西早上九点多给她发了条微信，说他们去后面山上转转，想让她好好休息就没叫醒她。

怪不得安安静静的。

夏藤回了个"嗯"，把手机放下，一觉睡醒，昨夜胃里的不适感消下去不少，只不过没洗澡，身上有点儿黏。

她从行李箱里翻了两件衣服出来，换上拖鞋，拿着洗漱包和一次性浴巾去找浴室。

浴室单独一间，夏藤拉开木头门进去，里面空间不大，不过收拾得还算干净，顶上固定着一个灯泡。水流不大，而且忽冷忽热的，洗着洗着热水就没了。

这荒郊野岭的能通上水就不错了，她怕二次受凉，凑合着洗完，裹上浴巾，撩开帘子出去穿衣服。

门，就是在这个时候打开的。毫无征兆。

外面的光涌进来，照亮她大片露在外面的肌肤，还挂着水珠，水汽未散，她那双眼睛看起来湿漉漉的。

头发滴着水，锁骨，胳膊，一条隆起的线，两条纤细的小腿。

好在她刚捞起一件衣服，还没来得及取掉身上的浴巾。时间大概凝固了七八秒，夏藤先动了，抬起胳膊，把手里的衣服扔在那张脸上。

祁正被盖了个正着。他后退一步，扯下衣服："你有病？"

好一个贼喊捉贼，夏藤问："你进来之前不会敲门问问里面有没有人？"

"你们昨天晚上给我打电话说热水器坏了，我才过来修的。"他一脸不爽，"我怎么知道坏了你还要进来洗？"

她昨天睡得早，发生了什么都不知道，怪不得那热水断断续续的。

她神色稍微缓和了点儿，还没说话，倒是祁正先嘲讽出声，他抵着门，似笑非笑："身材也就那样，脾气大了不少。"

夏藤太阳穴一跳："你再说一遍？"

他不，指尖挑起她扔过去的那件灰色吊带："衣服要不要？不要我当抹布了。"

这人嘴还是那么贱。夏藤压住火，伸手："给我。"

他看她一会儿，靠着门不动，突然说："自己拿。"

如果还是以前的她，可能会被他惹得面红耳赤。

夏藤几步走过去，刚要拽过来，他胳膊抬高，举过头顶，她跟着伸手，踮脚，都够不到。

她又原地蹦跶了几下，还是拿不到。和她的急躁相比，祁正气定神闲，还有空打量她。

"你浴巾松了。"他说。

夏藤低头，猛地把浴巾收紧，狠狠地瞪他："衣服还我。"

他胳膊放下来："这么点儿破布，也叫衣服？"

"穿你身上了？"夏藤一把抢过来，骂了一句，"流氓。"

她重新进浴室，刚把门关一半，被人一脚踹开。祁正按住她的肩，抵在湿黏的墙壁上，她一阵吃痛，还没叫出声，他靠近她，气息萦绕："我要是流氓，早把你浴巾撕了，让你半露不露地晃什么？"

夏藤抬脚就往他身上踹，他反应快，一把抓住她的小腿，往腰后一扯，夏藤差点儿跪下去。

她紧紧攀住他，一条腿被卡在他腰后，才算稳住重心。

她身上几乎没有东西，被他这么一折腾，呼吸乱七八糟的，脸红透顶，连脖颈都染上了一层绯色。

"……"

"以为你多大能耐呢。"他说，语气轻蔑，"还就这点儿出息。"

夏藤气儿不匀，说不出话。这几年除了他，男生都觉得她难以接触，没有人敢这么对她。

他向来喜欢掌控场面，游刃有余，看她终于乖顺了点儿，声音也跟着缓了些。

"别几年不见，就往我头上爬。"他把她散乱的头发整理好，"你几斤几两，我比你那个师哥清楚。"

夏藤换好衣服，头发都快干了。

灰色紧身背心，高腰牛仔拖地裤，极衬她现在的身材。她搬了个板凳坐外边梳头，祁正在浴室里鼓捣一番，不知怎么又爬到房顶上去了。她尽量无视，梳完头，手机响了，乔西问她好点儿没。

好是好点儿了，就是气不顺。

乔西说他们在山上揪了点儿野菜，晚上想再出去买点儿菜和肉，回来自己烧烤。夏藤说："我去买吧，你们回来直接烤就行。"

"东西多，你一个人提得过来吗？"乔西又开始打主意，"要不我让叶博安下去……"

"不用了，我开车去。"夏藤及时打断乔西试图撮合的话。

她挂断电话，才想起车钥匙好像在叶博安身上，另一辆的也不知在谁那儿。她刚准备再打一个回去，祁正从房上跳下来，掸了掸裤子上的灰。

他抬头，夏藤就那么站在庭院中间，有一瞬间，仿佛和记忆的她重合了。但很快就错开，她剪了短发，褪去少女模样，眼神也不再透着高高在上。如果是以前的夏藤，被他那么欺负一回，不会这么快就调整好心态，眼神平静地望着他。

说到底，他们都变了。

"你那群朋友呢？"他过去蹲下，在地上的水盆里洗手，"这才第二天，就被孤立了？"

夏藤不答，也不恼，淡淡地看着他。她一副不受影响、仿佛在看三岁小孩的样子，让祁正心头一阵烦躁："看什么看？"

夏藤这才开口："你不是昨天跟我装不认识吗？"

"是你跟我装。"

夏藤"哦"了一声，无所谓："开车来的吗？"

"干什么？"

"借我一下，出去买点儿东西。"

祁正看她。

"他们要烧烤，我去买点儿食材。"

他甩了甩手上的水，站起来，拿过外套穿上，往门口走。

夏藤慢慢跟着，看他过去开车门，问："你要跟我一起？"

祁正胳膊搭车门上，一条腿跨进去："你走不走？"

夏藤知道这会儿他给台阶，她就应该顺着下，不过还是没忍住："你这个老板当的，什么都亲力亲为啊？"

这话一出，祁正果然不再理她，车内后视镜上的墨镜摘下来一戴，上车，摔门。

祁正开车，夏藤坐副驾驶座，二人都架着墨镜，一个看路，一个看窗外，一路零交流。不尴尬，不冷场，反而弥漫着一种随时会炸的紧张气息。

莫名其妙。夏藤以为他们俩装不认识这个状态，起码也得持续到她走的那天。

开到菜市场附近，祁正熄火，刚把钥匙取下来，旁边车门"砰"的一声，她没等他，下车扬长而去。祁正平静了下，而后下车。

夏藤比以前难收拾多了，他意识到，现在的她，完全不是曾经那个容易胆怯，尿兮兮的女孩了。

见不到她也就罢了，这么多年，他过得挺好的，不提她都想不起来她是谁。可是这一下见到了，他身体里那个劲儿就上来了。和当初只想看她落魄是什么样，狼狈不堪是什么样的劲儿，一模一样。

没有他，她好像越来越好了，他见不得这份好。

夏藤自然不知道祁正在后面想什么。她把短发捋到耳后，蹲菜筐跟前挑土豆。买完菜，又去称了好些肉，男生多，食量大，她买得停不下来，胳膊上全拐着塑料袋。

没手拎了，夏藤回头找他，她蹲着，他立着，两只手插兜里，架着墨镜，长相身材又比较出挑，跟过来拍海报似的。

夏藤望着就窝火："不帮忙你跟着我干什么？"

他脸往她这边转了转,语调闲散地说:"我看你这干劲,以为你能扛动整个菜市场。"

"……"

懒得跟他吵。她左腾腾右挪挪,又把胳膊上腾出点儿地方,接过菜铺老板递过来的打包袋,一言不发地起身。

她穿的是背心,两条细白的胳膊都露在外面,塑料袋勒得皮肤上一道一道红痕。

祁正看见,走到她身边,把她一只手上的袋子全部拎过去。

夏藤"哼"了一声。

祁正:"再哼你自己回去。"

夏藤做惊讶状:"原来祁老板还准备送我回去呀?"

他气一堵,没说话,步子加大,板着脸走出菜市场,把她甩后面。

祁正远远开了车锁,把那些袋子丢在后座,自己踏上驾驶位。夏藤在后面慢悠悠地过来,也把袋子放后面的座位上,刚要拉副驾驶的门,"咔嗒",里面落了锁。

她拉两下门,没拉开,敲敲玻璃窗,窗户缓缓降下去,祁正还板着一张脸,目视着前方,不看她。

夏藤看他那样就想笑,胳膊肘半搭在窗沿上:"祁老板又不送了?"

"不想让你上我的车。"他半张脸在墨镜后,只能看见下颌线一动一动的,"除非你求我。"

夏藤笑问:"你几岁了?"

祁正就烦她这副觉得自己很成熟的样子,直接升玻璃,夏藤胳膊被蹭了一下,差点儿被夹到。

她也没了好脸,转头就走:"不送拉倒。"

没往前走几步,胳膊被人一拉,祁正追上来,一把拽住她:"我给你免费当苦力,你左一句右一句讽刺个没完了?"

夏藤甩开他往路边走。

祁正又拽住,往回一拉:"你现在哪来这么大的脾气?"

"你离我远点儿不就发不到你头上了吗?"她抬头看他,语气平淡,甚至还透着点儿冷漠。

她不是脾气大,她是不想再迁就任何人却委屈自己。

祁正瞬间就说不出话了。

当年他眼巴巴地去找她,她就是这个态度。他生了好久的气,气到逼着自己把她从脑子里剔除出去，一次也不准想，这几年才算平稳。

她不会回来了，可他还得生活。

现在，明明是她先出现的，却像个没事人一样，他想装不在乎竟然都超不过一天。

听见他们打电话说热水器坏了，维修师傅的活儿硬是被他揽了。这几年，不少姑娘追他，他一个都看不上，连起码的冲动都没有。

祁正一度怀疑自己有点儿问题。可是那天看见她从门口走进来，他的心脏差点儿跳出来。那么强烈的火，烧得他浑身滚烫。

他觉得自己贱，她从来没看上过他，对他说过两次滚。他发了那么多誓再也不管她，到头来，她一出现，他还是上赶着往上贴，忍都忍不住。

夏藤还是上了车，闹归闹，那么多东西还在他这儿，她不能撒手不管。

途经西梁，过桥，底下的河水依旧湍急，从那年一直流到今日，两边的护栏越架越高。夏藤不由自主地往坡上看，还能看到参差不齐的房屋，祁正余光瞟到，放慢了车速。

"想去看，我就停车。"这是上车后他俩说的第一句话。

年纪长了，谁都得学会迅速翻篇，给台阶就下。

不过，这是夏藤的想法。

祁正不是，他不想浪费时间在没必要的冷战上，弄得他不痛快。车停在坡下，夏藤和他一前一后下去。

昭县再怎么变，西梁没变。还是那些个自家小院配幢房，绿树红门，蓝色路牌，标明几街几号，长长的电线在半空横过，偶尔落上一两只鸟。

有几家窗户打开，还能听着里面锅铲铲过锅底的炒菜声，闻到飘散出来的油烟味。

祁正走在路边，阳光从树缝中投下的斑驳光影落在他肩上。他的头发理短了，不像以前那样刘海长得能扎眼睛。走路有点儿驼背，脑袋上总喜欢扣着帽子，避开旁人的目光，好像总是行走在黑暗里。

夏藤静静地跟在他身后，看着他前行，看着他顺手拔下一根草叼在嘴里，有一搭没一搭地晃着，看着他走一路踢一路脚底下的石子儿，看着他装作不经意地侧一下头，看看她还在不在。

她眼睛有点儿疼，脚步停住。

祁正没有变，他甚至，一直留在这里，都没有长大。

走到熟悉的那一片，夏藤看见了江澄阳家的房子，只不过，大门紧闭，土墙围起的狗窝也空了。

"江澄阳和江挽月呢？"夏藤几步走到祁正身边，问他。

"高考完那年就搬走了。"

夏藤惊讶："去哪儿了？"

"都考到山东了，他们家就在那边租了房。"

山东。夏藤问："不回来了？"

"谁知道。"祁正说，"都出去了谁还回来。"

心里一阵空落，她眨了眨眼睛，又回想起一个人名："秦凡呢？"那是记忆里祁正为数不多可以多说两句话的朋友，平头，痞里痞气的，但人不坏。

"容城技校。"

这个答案倒是蛮符合她对他的印象："他没出去？"

祁正嗤笑："容城对他来说已经算出去了。"

"……"

夏藤有一会儿没说话，也就是说，曾经的那伙人，高考毕业后就分道扬镳了。她至今都记得江挽月说过的那句话——是不是一路人，做选择的时候才看得出来。

她念叨出来，祁正听笑了："江挽月给的选择，也得看秦凡选不选得起。"

她看他，问："那你呢？"

他表情一收，没有立刻回答。

夏藤轻声说："问你话呢。"

走的走，离开的离开，他留在这儿，像是意料之中的结局，又让人觉得怅然。

他本是他们那群人里，最不该困在这里的人。

祁正淡淡地说："你不是看见了吗。"

夏藤想了下他现在的身份："没上大学？"

祁正更直接："没考。"

她一愣："什么？"

"我和陈彬后来又见过一次，把他们从昭县弄出去了，闹得挺大，就不想上了。"字眼触目惊心，祁正却说得云淡风轻。

"不是说让你离他们远点儿……"她脱口而出，又猛地止住。祁正

314

不走了,靠墙上垂头打量着她,眼神充满了玩味。

她及时止住。看她那样儿,好像以前的感觉回来了点儿。祁正笑了一声,道:"别瞎操心,我过得挺好的,认祖归宗了,这几家店也是他们帮忙开的。"

"你妈妈家?"

"嗯。"

"你爸呢?"

"给我看店,我发他钱。"

这样听着,好像一切都终于归于平静。至于那是个怎样的过程,他没有说,她也没有问。就像他也没有问,她为什么选择做一个普通人。

拐角就是沈蘩家,祁正下巴抬了抬,问:"还去吗?"

夏藤回头看了一眼,很久没人住过,院中那棵参天的大树也多了几分颓败之意,孤零零地伫立着。

哪能永远生机勃勃,什么都会老去。

夏藤敛起目光:"没什么可看的,走吧。"

沈蘩从这儿被逼走的那天,让她怀念的,就不剩什么了。

天色将息时,小院中升起了白烟。

几个人分工明确,切菜的,穿串儿的,烤肉的,考虑到夏藤受凉才好,给她分配的工作最清闲——负责把穿好的串儿递过去烤,再把烤好的装盘放桌上。

烤肉的是祁正,工具全是他提供的,他们硬要留下他一起,他也没推托。

夏藤把新弄好的一盘肉端过去,祁正站架子后面翻烤着,吃喝玩乐方面的经验他总是很足。

烟雾缭绕,夏藤扇了扇,把铁盘放他旁边:"何德何能,连我们烧烤老板都亲自帮忙。"

"我怕你们把我院子烧了。"祁正头都不抬,手上继续,"不然我留下是因为你吗?"

夏藤说:"我可没这么想。"

"你一脸的自作多情。"

夏藤"啧"了声,还没说什么,那边乔西喊她:"先过来吃吧,不够了再烤!不然要凉了!"

夏藤应了一声，再转回来也不想多解释了，悠悠地看了他一眼："一起吧，祁老板。"

就这一声，这一眼，祁正半个头皮都麻了。

酒肉穿肠，很是畅快。一群人聊着天发着笑，在座的很快就被酒精熏红了脸，姿态也闲散起来。夏藤在餐盘里找烤土豆，她喜欢吃土豆，不过都被吃完了，叶博安让她等一会儿，又问他们还想吃什么，过去拿了几串生的，捅捅烤肉架里的煤炭，火又旺了，搁上面烤起来。

乔西瞅了两眼，胳膊搭上夏藤："唉，为照顾你一个，还得把我们都算上。"

夏藤喝了一口酒，辣劲直冲嗓子，她被辣得挤了挤眼睛，看到坐她斜对面的祁正，那几个学长和他聊得正起劲儿，融入得还挺好。

乔西每次提起叶博安，夏藤都这样，心不在焉的。

乔西顺着夏藤视线看过去，凑她耳朵边："你喜欢这种的？"

夏藤低下头，看乔西脸蛋红扑扑的："你喝多了？"

"这老板确实挺帅，脸够绝。"乔西下巴搁她肩上，嘴里嘀嘀咕咕地分析着，"不过类型太少见了，一看就特野，不差女的追，不好掌控。还是我师哥比较沉稳。"

夏藤说："你师哥也不差女的追。"

"但是他心有所属。"乔西说着说着就上手了，往她胸前摸，"美女，你的心呢？别老这么冷漠啊。"

夏藤打掉她的手："起开。"

乔西龇牙咧嘴地推她："拿两串肉来，我还没饱。"

夏藤拨开她，整理好衣服走过去。叶博安烤得差不多了，正在收尾。她要装盘，他拉住她的手腕，举起一串："你先尝一下熟了没，我不怎么会。"

夏藤没来得及反应，就势尝了一口。

咬了一嘴香辣，味道不错。

"可以，熟了。"她舔了舔唇上的调料。

叶博安只抓了她手腕一下就松开了她，"嗯"了一声，把烤串儿装进盘子里，和她一道回去。

夏藤安静地想，他是这样的，注意她的感受，分寸拿捏得刚刚好。既能让她感受到，又不让她厌烦。

刚坐下，萧雅就笑得神秘兮兮的："好吃吗，藤藤？"

她没听懂，点了下头，还没点完，萧雅又调侃道："学长喂的能不好吃吗？"

"……"原来是这么回事，被看见了。她懒得解释，随意笑笑。

目光掠过他那边，他恰好仰头喝酒，眼睛沉沉地望着她，眼神很深。可再去探究什么，又都被藏了起来。

他一饮而尽，不轻不重地将酒杯放在桌子上。

"怪不得我之前觉得昭县这名儿有点儿熟悉。"萧雅突然一拍桌子，"藤藤，你当年是不是来过这儿上学？"

夏藤也不打算藏着，简单道："高三的时候。"

"怎么不说啊，那你对这儿应该挺熟了？"

"一般。"她语气轻淡，"就待了半学期，没什么印象。"

那边，祁正动作一顿，幅度不小。乔西注意到了，往他那儿看了一眼，耳边又听夏藤和萧雅的对话，好像想起了什么。

她正要说话，叶博安出声道："行了，过去了还提它干什么，对她来说不是好回忆，能忘就忘了。"

"你怎么知道不是好回忆？"

祁正突然开口，桌上的视线全部聚过去。夏藤喝的酒瞬间变成冷汗冒了一背，她坐起来，还没说话，叶博安接话："你不了解她。"

"了解"这种词都用上了。祁正气得牙根痒痒，脸上还似笑非笑："那你有多了解？"

夏藤给他使眼色，他看不见。

叶博安觉得他态度奇怪，但还是答了："我和她三年同学。"

三年。祁正在舌尖品了品这个年份，他和她才多久，半个学期？他重新倒了杯酒，笑得邪气："三年还没追到手啊。"

夏藤怕他越说嘴越没个把门的，一拍桌："你够了没？"

祁正酒劲上头，她发火，他就高兴："不就是聊天吗，发那么大火干什么？"

老板虽然帅，但一直不怎么和人搭话，看着怪冷的，没想到这会儿对夏藤反应这么大。一桌人都看出点儿猫腻来，氛围顿时变得意味深长。

叶博安摩挲着酒杯，不知道在想什么。乔西喝得也有点儿多，趴桌子上，压低声音问祁正："老板，你老实说，你是不是看上我们家藤藤了？"

夏藤把她往回扯："你喝多了就进去睡觉。"

祁正目中无人得很:"看上了又怎么样?"

乔西一听,完蛋,敲敲桌子:"你得讲先来后到啊!"

"先来后到?"祁正笑容一深,满脸讽刺,"你知道个什么。"

乔西"嘿"了一声,还要说什么,夏藤筷子一摔,拿了烟盒从座位上起身。祁正这个疯子,他从来都是这样,不看脸色,不看地点场合,不计后果。惹不起躲得起,她不管了,爱说什么说什么。

庭院外,她靠着门抽烟,风大,烟烧得很快,快到头时,门开了,叶博安出来站她旁边。

月色深浓,他身上飘来的酒气更重。他靠在另一边,看了她一会儿。

半晌,他开口:"你们认识吧。"

没说和谁,夏藤也懒得做文字游戏去逃避回答,她弹掉烟灰:"和不认识差不多。"

叶博安不信:"不认识你不会是这个态度。"

夏藤道:"你不会真以为挺了解我的吧。"饭桌上人多,她给叶博安面子,任他们怎么调侃,不过分的她都不怎么反驳。

"本来真以为。"叶博安自嘲地笑笑,"现在不了。"

夏藤把烟头扔地上踩灭,看向别处。

叶博安又说了一句:"他挺特别的。"

祁正是有这个本事,见过他的人,没有人不对他印象深刻。

大门开了半扇,能从院子里看到门口说话的两人,隔太远了,听不见在说什么,但祁正能看见那姓叶的看向夏藤的眼神。他和叶博安一样,所以他看得懂那是什么眼神。

酒杯越捏越紧,祁正气得胸口发闷。

他半天不回话,乔西催促:"你怎么不说话了?你们俩到底什么关系啊?"

祁正强迫自己收回视线:"同学。"

"就同学?"乔西不信,"可是你好像看她不顺眼。"

祁正说:"那是她欠我的。"

"欠你什么了?"

乔西这顺势一问,却让祁正愣了半天。他一直觉得夏藤欠他的,她让他高兴,也让他恨她,他反复无常,患得患失,向她低头认错,能豁出去的都豁出去了,他看不见她的任何回应。

可是现在让他说个一二三出来,他发现,她其实没做错什么。

如果这样，他就找不到欺负她的理由了。祁正不想承认这个事实，又忍不住去紧盯门口，说："她就是欠我的，你知道这个就行了。"

门外，东扯西扯了一会儿，夏藤跟叶博安说："进去吧。"

两人进去，里面的几个都喝得有点儿多，面红耳赤、说话含糊，两个学长就差坐一块儿抱头痛哭了，满桌的酒瓶东倒西歪，只有祁正看着还算正常。又不是什么生死局，怎么就喝成这样。

夏藤过去扶乔西进屋休息。乔西趴她肩头，手舞足蹈的："你这同学很能喝啊。"

这同学是谁，她不用猜，祁正说是她什么她都不惊讶。

夏藤瞥她一眼："你被他灌了。"

乔西不服："他为了套你的消息，也被我灌了好多呢。"

"那他怎么没倒？"

乔西智商已经为负，拐不过弯，手一挥："反正他也喝了好多。"

夏藤把她推床上，让她把鞋蹬了，然后给她盖上被子："睡觉吧你。"

她转身要走，乔西不知抽什么风，突然从被子里探出身来，一把拽住她："你等会儿回来睡吧？"

夏藤莫名其妙："不回来睡我睡哪儿？"

"那就好，别被拐跑了。"乔西眼睛一翻，又跌回去，"明天咱们就走了，早上你记得叫我。"

夏藤回到院子里，席散了，留了一桌狼藉。

叶博安还算清醒，站桌子旁帮忙收拾，祁正没好气道："你进去睡觉行不行？"

他跟谁说话都一副大爷样儿。

夏藤过去，要把叶博安手里的垃圾袋拿过来，他不肯，似在坚持什么。

夏藤叹了声气，随他了，端着一摞空盘进厨房，全部放进水池里。她一转身，祁正站在她身后，眼底的凉意昭示着他现在心情并不怎么爽。

她先问："干什么？"

他张嘴就是一句："让你师哥快滚。"

夏藤担心被听到，往外看一眼，然后瞪他："你说话怎么还这个毛病？"

"这个毛病是哪个毛病？你知道我什么毛病？不是就半个学期吗，我哪个毛病配得上让你有印象？"

又开始了。夏藤往案板上一靠："你别跟我抬杠。"

祁正也不想吵架，把火压了压："你让他走，别烦我。"

夏藤无语："他不听我的我能有什么办法？"

祁正没回话，眼神留了足够的威胁。

夏藤冷不丁地站直，一脸警惕："你要干什么？"

他勾起嘴角："你试试不就知道了？"

说完，他看都不看她，撩开门帘出去了。

叶博安也是酒精上头，跟夏藤犟上了，她让他去睡觉，他不，非要把所有垃圾打包收拾好，还要洗抹布擦桌子。

夏藤怕祁正真干什么出格的事儿，既然不能让叶博安离开他的视线，那就只能让他先离开能看到叶博安的范围。

她把烤肉架整理好，问祁正："这个放哪儿？"

祁正说："后院。"

太好了。夏藤说："你搬过去吧。"

祁正："我搬不动。"他目光落她脸上，"你跟我一起。"

"……"

他似乎看出她想拒绝的意图："不然我就不搬。"

叶博安要看过来，夏藤赶紧低头答应："行，行，走吧。"

她刚提起烤肉架的一边，祁正从她手中夺过去，一个人搬起来走出院子，夏藤犹豫了一下，抬脚跟上去。

房子成竖排，后面还有几间空房，分前后两个院子。后边这片看着不像给客人住宿的，像他自己住的区域，打理得很干净，设施较前院相比，简单许多。

祁正把烤肉架放进一个单独的房间里，去另一边洗手，夏藤没事干，进屋转了一圈。

借着手机的光，能看出里面就是普通房间的样子，不过她看到一个书柜，凑近看，上面摆着的书已经很旧了，边角磨损发黄，卷着皮儿。她有点儿印象，她那年被祁正带来这里的时候，看到过一箱书。

他把它们陈列起来了。

她看得入神，房间的灯突然大亮，她猛然回过神，看向门口，祁正

320

一只手覆在开关上,头后仰靠着门,下巴微抬着打量她。他的眼睛黑而深,有种酒后特有的冷冽,看人仿佛要看进身体里。

"你……"夏藤从书柜旁挪开,"收拾好了?"

他不说话,目光挂她身上,不沉不浅,可是存在感强烈。

夏藤往门口走:"那回去吧。"

还没走到跟前,祁正手一按,"吧嗒"一声,灯关了。

房间陷入黑暗,眼睛看不见,其余的感官就会无限放大,她听见了上锁的声音。

"祁正?"她叫他名字。

"你真行啊。"

祁正转过身,仍然靠着门,黑暗中看不见彼此,只有个模糊的轮廓,他把钥匙抛起来,盲接,再抛起来,道:"总有男的愿意围着你转,你到底哪儿好了?"

这是憋了一晚上找碴来了。

空间密闭,她闻到了他身上的酒味:"你喝了多少?"

"没多少。"他语气不屑,"就你那些同学,再长两年也灌不了我。"

"那回去吧,太久不回去师哥可能会找我。"

"让他找啊。"祁正笑了一声,"我巴不得他在旁边看着。"

夏藤不计较他此刻的粗俗言语:"你自己说的,再找我'祁'字倒着写。"

"谁找你了?"他往前一步,精准地握住她的腰,上手便是一通乱摸,"搞清楚,先回来的是你,你自己送上门的。"

夏藤打他的手:"你干什么?"

他环着她:"烟给我,哪边口袋?"

"裤子口袋,别往腰上摸!"

"哦。"祁正附她耳边,低声问,"那往下摸?"

夏藤忍无可忍:"滚!"

拜她所赐,祁正对这个字敏感得要命。他动作停了一瞬,掏出来的烟盒往地上一扔,抓住她的手向后按。

夏藤的脊背"咚"的一声撞在一个硬面上,是那个书柜。她挣扎着要起身,祁正把她狠狠按回去:"第三次了,就会让我滚,这么不待见我?"

夏藤条件反射就要踹他,她忘了在浴室被他钳住腿的那一幕。祁正直接把她举起来压在书柜上,书柜摇摇晃晃,她若不圈着他的腰,人就会掉下去。

夏藤打他,指甲划过他的脸,拽他头发,他都不松手。

"别闹。"脸上似乎被她抓破一道口子,他"嘶"了一声,手背去抹。有凉意。"流血了。"他说。

夏藤手上力度瞬间小了,但语气还是凶的:"你放我下来!"

"不放,你继续划吧。"

夏藤不敢再打他,气得说不出话,只能掐他肩上的肉。

"让你划,又不敢。"祁正道,"还是那么怂。"

他又嘲笑她。

夏藤以沉默抗议。

"问你个事儿。"他不整她了,把她放下来,但胳膊撑着柜子,没让她跑,"你什么时候走?"

夏藤咬牙切齿,一个字一个字地蹦:"明天。"

"明天。"他重复了一遍,然后一笑,"从现在算,够了。"

夏藤大觉不妙:"什么够了?"

"把你睡了。"

夏藤还在做最后的挣扎:"你别乱来。"

"钥匙给你。"他拨开她的掌心,把一把钥匙放进去,替她合住,"走得了你就走。"

他把她衣服扯下来一半,她怎么走?夏藤脑子乱得很,但有一个认知是清晰的。

迟早都要给别人。

与其有那么一天,和一个不知道是谁的人,现在给他,她好歹心甘情愿。

或者说,她察觉到了,但是没有避开。他们不再是懵懂无知的年纪,不会一点都感觉不到。

祁正撕开往上戴东西,夏藤这才发现不对:"你什么禽兽啊,随身带?"

祁正瞪她:"老子第一次买。"

"什么时候买的?"

"你进院子那天。"

他这是谋划好几天了?夏藤骂道:"你现在这种行为就叫不要脸,

你最好说话算话，'祁'字倒着写。"

他听着："好。"

夏藤："你不是人。"

"随你骂。"祁正把她捞起来，不让她躺着，拍拍她的脸，像个浑蛋，"等会儿忍着点儿，哭了我不停。"

夏藤痛感袭遍全身的时候，祁正死死拉着她，和她十指相扣。

她的指甲快嵌进他肉里，他不松手。她又哭又闹，让他滚，嗓子要哑了，他说："我发现你现在对我说滚最合适，以后都留到这儿说。"

夏藤疼得直吸气："有以后我跟你姓。"

他撩开她脖子上被汗黏住的头发丝："我儿子可以跟我姓。"

夏藤觉得他疯了："你做梦吧。"

"现在也像梦。"他笑了声，又说，"能睡你，是梦也值了。"

完事儿，夏藤精疲力竭，她侧着躺，虚掩了条被单，身子还在止不住地打战。祁正下床，把那盒烟捡起来，叼了一支，在她裤子里翻到打火机，点上，烟雾融进一室暧昧的味道，纠缠不清。

夏藤伸胳膊："给我一支。"

祁正把她手打开："臭毛病给我改了。"

她以为自己听错了："你有脸说我？"

祁正叼着烟看她："我戒了四年半，这是第一口。"

四年半。她肩膀一顿。

她知道这个时间代表着什么。她不在的四年半，他一直记得答应她的事。

可她呢。

"那你不是前功尽弃了？"

"嗯。"祁正掐住她的下巴，晃了晃，无所谓地说，"反正都是要我命，给你们得了。"

夏藤记不清那一晚上自己是怎么过来的，祁正一直不让她睡，她每次快合上眼，他就立马弄醒她。

他掐着她的腰："又没让你出力，你累什么？"

说来也奇怪，他们在一起相处的时间比分开的时间少得多，总是恶语相向，彼此伤害，可也是在这期间，他们做尽了最亲密的事。

祁正说他打脸，她又何尝不是。其实他们都清楚，如果他不想，她不愿，他们不会像现在这样抱在一起。纠缠不清，不过是心中都有私念，舍不得，放不下。都是矛盾的人，谁都不愿先承认。

夏藤搭在他肩上，声音被撞得细细碎碎，她感受到的都是湿黏的触感。

"祁正。"她指甲一点一点抠进他的背里。

"嗯？"他鲜少有这样温柔的声音。

夏藤低首埋进他脖间，被他的气息包围，她感受到了久违的安心。

"没怎么。"

祁正："有话就说。"

她摇头："叫叫你。"

这些年她也是自己扛过来的，到现在为止，她还会时不时处于一种担惊受怕的状态。她去看过医生，是当年的事留下的阴影太重，导致她总有被害妄想，情绪敏感，精神容易紧绷，也不愿相信别人。

她不是没有尝试过在其他人身上寻求安全感，可是她的内心很封闭，无法接纳一个陌生人，她在他们身边，总是时刻精神紧绷，不受控制的警惕，没有片刻的放松。

找不到，她就得一直独自承受着折磨。

直到再看到他。

祁正于她而言，是无所畏惧的象征。

她清楚他的过往，所以更明白他的强大。哪怕他恶劣，没有规矩，狂妄自大，挑战着寻常人的道德标准与世俗眼光，谁见他都忍不住皱一下眉，他还是敢反着来。

那种冲破一切的力量如此旺盛，像一团火，从未在他身上熄灭，她和他在一起，什么都不用怕。他能给足她安全感。

她知道祁正不算好人，甚至算不得正常人，他那套无法无天的逻辑，目中无人的狂劲，野蛮的作风，旁人接受不了。

可是他为她放弃的，扔掉的，遭受的，改变的，也不会有第二个人可以做到。

他觉得她看不起他，还是把脆弱差劲的一面毫无保留地展露给她，她觉得他不可一世、自负到没救，却依旧忍不住纠正他，想拉他一把。

大概是从祁正那样高高在上的人，趴在她肩头流泪的那一刻开始，注定了他对她的不一样，而她，注定会对他一而再、再而三地心软。

从头到尾，都是互相的，谁也算不清。

祁正确实说到做到，他把他全部的疯狂都给她了，她怎么哭都不停，骂得越狠，他越来劲儿。夏藤把他后背抠得全是指甲印，他却感觉不到疼。

有几个人尝过失而复得的滋味，那比梦想成真更让人体会得到"终于"这个词。

终于，终于。

后半夜，夏藤彻底意识模糊，只能本能地哼哼两声，跟只猫似的。祁正抱着她去洗澡，浴室烟雾缭绕，水从脸上流下来，她清醒了一瞬，张嘴刚骂一句"禽兽"，整个人被托起，后腰重重撞上湿漉漉的墙壁。

后背是冰凉的，紧贴的是火热的，她被夹在中间，生不如死。

祁正的恶趣味在这时全显，他喜欢看她发抖，失控，听她哭，求饶，哑着嗓子骂他，又在攀上顶峰时紧紧吸附于他，离不开他。

她所有的样子都是给他看的，她的绽放，战栗，极致的痛苦与欢愉，每一丝的身体变化，都是他给的。

这才是他要的。

昏暗的灯，弥漫的水汽，不断升温的空间，滚烫的躯体，潮湿，黏腻，碰撞，皆是情的味道。高低之音交错，共同坠入深渊。关在小小一间里，是最原始的欲望，也是一场最彻底的，爱与恨的宣泄。

夏藤明白，祁正带给她的身体记忆，从来强烈得可怕。

只睡了一个小时，天大亮了，夏藤得先回自己的房间。祁正搂着她睡，胳膊给她当枕头，她小心翼翼地拨开他的手，从他怀里退出去。她侧身看他，他双目闭合，呼吸均匀，微光照进来，勾勒出他最原本的样子。

这一幕印进她心里，醒来的第一眼，她感受到了心跳。

不容自己看太久，趁其他情绪还未蔓延，她迅速收回视线。

她坐起来穿衣服，背对着他，内衣系到一半，一只手伸进来。她吓了一跳，他小臂横过来，把她压向自己。

祁正半张脸埋进她颈窝里，细细地咬着。是咬，因为有丝丝缕缕的痛，刺激着她的神经。

夏藤问："怎么醒了？"

"你太吵了。"

"……"她有发出一点儿声音吗？

325

"我穿好衣服就走了,你继续睡。"

他不搭这话:"我背疼。"

夏藤脖子扭了一下,往他背后看去。

确实挺多的,深深浅浅的红色指甲印,在他深色皮肤的衬托下,有种别样的暧昧。

夏藤不敢回忆昨晚:"你活该。"

他黑发乖顺地垂着,安静地看着她:"我又怎么了?"

"总不能只有我疼吧。"

"我没让你爽?"

他问得露骨又直接,她耳根一红,转回去冷漠地答道:"我一般。"

他轻哂了一声:"一般你叫那么大声。"

她面无表情,他又道:"一般你求着我用力……"

"祁正!"

"睡过就翻脸不认人。"他手没退出去,用力揉了两下,夏藤还在敏感阶段,没忍住哼出一声,她后悔得咬牙,他笑了一声。

"你就装吧。"

穿个衣服硬生生折腾了半个小时,祁正在旁边玩她头发,以前长,现在只够在手腕缠一圈。

玩到夏藤要发火,他才松手。她收拾好,他也穿戴整齐,叼了支烟闲闲地看着,有过最后那种关系之后,祁正的眼神几乎不再隐藏,一直挂她身上。

夏藤:"你到底要看什么?"

"你还是不穿好看。"

"你难得夸我一句。"她皮笑肉不笑,"睡过了到底不一样。"

祁正走过去,给她把衣领翻出来,动作亲密,话却是威胁:"你别惹我,不然你同学都醒了,我也不让你出这个门。"

夏藤不知怎的,莫名就胆子大了,指着他:"你也别惹我。"

"我知道。"他握住她的手,按门上,"我'祁'字倒着写,我不要脸,惹你都是我没好下场。"

"在你身上栽了两次,我认了。"

回去前院,大伙儿都没醒,夏藤悄悄进房间,乔西还在被窝里躺着。

她看了眼时间,七点多,差不多该起床了。

她掀开床上的被子，想假装自己刚起来换好衣服，再转过身，乔西睁着眼，静静地看着她一系列的假动作。

夏藤："……"

这人醒了都是没声的？

乔西抠抠眼角，手在身后乱摸一通，摸到手机捞起来看了眼，然后眼睛斜着盯在她身上："回来得挺早啊，想骗我？"

夏藤被揭穿，不发言，乔西也不急着质问，划拉着手机："昨天师哥是我骗着进去睡觉的，他非要去找你。"

夏藤问："你不是睡觉了吗？"

"隐形没取妆没卸，哪个女人能睡踏实。"乔西伸了个懒腰，坐起来，"我去洗脸，看见你和老板不在，就猜到你被拐跑了，可怜我师哥还以为你丢了。"

说完，乔西不厚道地笑了两声："我就说祁老板人野，看看人这办事效率，叶博安太磨叽了，给他十个胆也不敢。"

既然暴露了，夏藤也不装了，拿过化妆包："给我保密。"

乔西穿上衣服，下床把鞋当拖鞋踩着走到她旁边："我倒是想，你先把脖子挡挡吧。"

夏藤拿镜子往下一照，脖侧赫然多了一块红痕。她想起来了，这是祁正今天起床啃的，他不说，她压根不知道留印了。要不是乔西提醒，她就得顶着这个出去见人。

夏藤挤了遮瑕膏抹上去，无情地遮盖住。

乔西在旁边咬着嘴上的干皮，一脸八卦："感觉怎么样？"

夏藤上完粉底，翻找着眉笔，轻描淡写："就那样。"

"按你的德行，就那样肯定是非常不错。"乔西点点头，又问，"身材好吗？其实就凭那张脸，体验也不会差。"

乔西这一问，夏藤手一抖，脑海里那些画面就忍不住反复重现，祁正的身材没有差过，和脸一样。她不可避免地要看到，而后就是被压制，被占据，她完全没有招架之力。

不得不承认，离开前这一晚，祁正给了她无尽的湿热与疯狂，连回忆起来，每一幕都是滚烫的。

全部人收拾好后，都在院子里集合，今天的计划是原路返回，把租的车还了，然后去机场。

祁正买了早餐回来，他请客，一行人都说老板大方热情。

除了大方，其他两样哪里和他能沾上边。

桌上打包袋堆得跟山一样，一看就是他的手笔。

乔西在夏藤腰上拍了一把，"啧啧"两声，挑了个包子咬着："看来以后得跟你混啊。"

夏藤没说话，她吃不太下，手里端着杯豆浆。她以为他走了，没想到是出去买早饭。

院子里都是说笑声，只有他们二人一直没交流，仿佛又回到"陌生"的状态——他是房主，她是过来旅游的住客。

可是这一堆东西是为谁买的，他们都清楚。

退完房，学长和叶博安去把车开过来，几个人拉着行李箱在门口等。

夏藤最后出去，她拉着行李箱出房间，祁正站在门口。他呼出一口烟，今天一早上，这已经不知道是第几支了。他伸手，她就把拉杆给他。他接过去，没动，盯着行李箱一会儿，说："我想给你扔了。"

夏藤把房门拉上："这是你挽留的方式吗？"

"随你怎么理解。"

夏藤温柔一笑："那你不如跪着求我别走。"

祁正抬头看她，也笑了："你别高兴得太早。"

车停在门口，后备厢盖板升起，学长们帮着把行李放上去。

夏藤的行李箱是祁正放的，他放好，合上车盖板，跟她说："上去吧。"

夏藤没说什么，拉开车门上去，他给她关门。车窗都降下去，他们跟他说再见。他吐着烟，像送走客人那样平常。

只是，不听他说一句再见。

祁正不喜欢离别，他对离别有阴影，尤其是和她沾上边的。他不知道又要花上多久，才能回到没有她的状态。

太阳越升越高，旷野上，满目都是金灿灿的阳光。

夏藤面向离开的方向，轻声说了句："走了。"

"嗯。"

"你……"

"行了。"

他没有看她，也没让她说完。车窗缓缓上升，空调打开，驱散夏季的热意，也隔绝了他们。

汽车发动，向前行驶。夏藤回头看他，他没目送他们，折身回去蹲门口弄那些花花草草。车越驶越远，那排房子逐渐缩小，他变成了一个黑点，最后，他和那片房屋融为一体，消失在她的视线。

经过那片花海，夏藤转过身来。

副驾驶座的学长手机"叮咚"一声，他看了一眼，"哎"一声。

把着方向盘的叶博安问："怎么了？"

"老板把房费退还了，说夏藤是他同学，房子算借我们玩的，不收钱了。"

叶博安无声了一会儿，没有回话。乔西看向夏藤，她靠着座椅，笑着，眼泪在眼眶中打转儿。她跟乔西说："他还是要让我欠他的。"

他对这件事有执念。

开车去容城，也就两个多小时的路程，还了车，众人吃了个饭，叫车去机场。托运完行李过完安检，距离登机还有一个多小时，大家伙聊着天，时间很快就过去了。

夏藤平时聊天话不多，但她也会参与一两句，会倾听。今天却不行，她的脱离感越来越重，可以听到自己的笑声，但她和这笑声没有一点儿关系。

她觉得自己心上空缺了一块，正在嗖嗖窜风，眼前多么热闹也填不满。

今天早上走的时候，她就隐隐有这种感觉，此刻越来越明显，连原本属于她的平静都在悄无声息地流失。

她想过走的这一天可能会不舒服，没想过，会这么难受。

天色将沉，到达登机时间，广播里的女声在温柔报站，前往海市的旅客开始登机。

夏藤随着人流前进，走过长长的走廊，尽头连接着舱门，巨大的机械声轰着耳朵。

她和乔西同排，她靠窗，乔西坐中间。

把背包放上行李架，夏藤系好安全带，戴上耳塞，跟乔西说："我睡一会儿。"

乔西点头，打开笔记本剪片子。夏藤合眼，耳边吵吵嚷嚷的。

困意袭来。睡过去就好了，希望睁眼的时候，她已经离开这里了。

乔西的肩被人拍了下，她扭头，眼睛顿时瞪大，差点儿掉出来："你——"

他食指放唇边比了下，然后指给她看自己的座位，低声说："换一下。"

"我的天。"乔西兴奋不已，"你什么时候……"

"你快点儿。"

得，乔西忍住话题，抱着笔记本起来，跨出去，往他肩上重重一拍："你比我师哥狠，我服。"

他扯了下嘴角。

夏藤已经陷入半沉睡状态，一边耳塞突然被人摘掉，听见有人说了句"别睡了"。

她睁开，眼睛不满地斜过去，然后定住。

她以为在做梦，可并不是。她说不清这一刻是想哭多一点儿，还是想笑多一点儿，她断片了，大脑停止运作，一片空白，身体只剩本能的呼吸。

祁正看着她整张呆掉的脸，笑出声："你至于吗？"

怎么不至于？

"你……"她好不容易找回自己的声音，却不知从哪里问起，愣了好一会儿，"你什么时候买的票？"

他还穿着早晨她走时的衣服，什么都没变，变的只是他出现在这里。

"昨天晚上，你和你师哥在门口谈情说爱的时候。"他说得云淡风轻，买了张飞机票像买了瓶水。

纵然知道他做事完全随性，夏藤还是没有回过神来："……去海市？"

"嗯。"

"……干什么？"

他看着她："你说呢。"

她不敢自作多情，又忍不住自作多情："因为我？"

这一次，他没反驳："你说是就是吧。"

夏藤脑子里乱成一锅粥："可是你走了，那么多店怎么办？"

他说得轻淡："不要了呗。"

他疯了？"不可惜吗？"

"那我等下找人都砸了，当我没开过。"他眨眼睛，"还可惜吗？"

夏藤被堵得说不出话，忍不住打他："你到底要干什么啊。"

永远是他恣意妄为，她在旁边担惊受怕。

他一把攥住她的手："我外婆家人那么多，扔给他们就行了，你瞎操什么心。"

那也是他经营出来的啊，说不要就不要了。

情绪渐渐平复下去，夏藤想到一件事，其实不该在现在说，但还是说了。她和他不一样，她需要逼自己理智。

"祁正。"她盯着他的眼睛，"我下学期要出国进修。"

她做不到祁正的决然，抛弃自己拥有的东西，她追求能力，能让自己更强大的东西。得到这个机会的时候，她以为自己不会再需要爱情。

现在，一切推翻。她坦白，因为不想辜负他的诚意。

他眯起眼："别是跟那姓许的一起吧。"

祁正关注的重点果然跟别人不一样。

夏藤实话实说："是他推荐的，但他已经从那所学校毕业了，我自己去。"

"哦。"不和那人一起，祁正脸上的阴霾散去一些，"几年？"

"两年。"

她又说："如果你不能接受，也可以……"

"可以"了半天，也没"可以"出来。她不想，也说不出口。

"可以什么，让我落地再买张票回去？"

她以为他生气，低下头："不是。"

"头抬起来。"

她再抬头，目光一点一点移上去，与他碰上，原本浸入冰冷的心又渐渐回温。祁正好像，从来没有怪过她。

他骂她，刺激她，言语羞辱她，多过分的话都说过，却没有怪过她，埋怨过她，她做的每个选择和决定，他都没有阻止过。

她又想起了江挽月说的，做选择的时候，才看得出是不是一路人。

"不是。"所以，她又说了一遍。

他说："夏藤，你记好，我过来不是只为了你，我的生活里也不是只有你。"

苏池要他去海市发展，他民宿开得风生水起，脑子灵活，她想捞他进她的公司帮忙。苏池不想结婚，把祁正当儿子养，这几年她拼够了，起了退意，她不想祁正一辈子只活在昭县。

提了好几次，他都拒绝。他知道自己去了海市就会忍不住找她，他说过不会再为她这种人不要脸。

不过现在，随便了。

不要脸就不要脸，反正只对她这样，早点儿认清，少受点儿折磨。

"是我追你，你爱去哪儿去哪儿。"他说，"你争点儿气，别到时候回来，还得我养你。"

他知道她是不服输的人，她喜欢往高处走，他不会阻挡她追求她想要的东西。

更重要的是，他是从零开始，过往的一切都为空，他不能让自己站在她身边的时候，什么都没有。

她那么耀眼，他给的东西，要配得上她。

飞机穿过云层，飞向高空，月光洒满云端之上，大气分层，夜与昼交替，美得像另一个世界。

夏藤的眼睛被照亮了。

认识的那年太早，分别又像一个世纪那么漫长，他们似乎都忘了，他们还年轻，可以放下，可以开始，可以有无数种未来。

或许会可惜，他们最难熬的一段日子，都是一个人撑过去的，可正是因为对方，他们才变得强大，拥有撑过去的勇气，面对一切崭新开始的希望。

一个人会万念俱灰，两个人一起，就会有走下去的胆量。

前半段独自行走的黑暗已经过去了。他们一定会在更高处相遇。

夏藤的工作室成立一周，便接到了大单。

快回来的日子里，她和乔西商量着创立这家工作室，在她回国前一个星期，风风火火地开起来了。

客户挺多，夏藤名声在外，人脉算广，丁遥和许潮生私底下帮着宣传，很多人找他们拍片。

他们也有意挑选符合要求的客户，想给工作室的服务群体定位，一切高标准。

没想到仅一周，工作室就接到了一家私企的邮件，给他们公司拍宣传片。

对方来头不小，开价高，指定掌镜人，夏藤还没回国，工作室先推荐了几位过去，想商量一下，全被婉拒。

做的拍摄计划发过去，也通通不行。和对方沟通，人家说不是他们挑刺儿，是他们老大说不行。

乔西在网上搜了搜，这家公司挺牛，老板是个中年女人，照片上的她干练又漂亮，她琢磨着，隐隐觉得有点儿眼熟。

乔西做事经常粗中漏细，再往下翻一点儿，就能看到熟人的名字，她不，关了网页，说估计就是冲着夏藤来的，明星效应，就算是前明星效应，也是好用的。

于是拍摄暂且搁置，说等夏藤回国，对方竟然也同意，说这样是最好的。

一晃眼，夏藤回国。她回家连口水都还没喝完，乔西的电话就打过来了："你快，非要今天让你去。"

夏藤要摔杯子："我两小时前刚落地，都没合过眼。"

"我也纳闷了，平常愿意等，我当这甲方多好说话呢，今天就催上了，夺命催。"乔西开着车，"我快到了，你收拾好就下楼吧。"

坐到车上，夏藤还在气头上。乔西给她扇风："别人回国不黑也胖一圈，你怎么还跟以前一样。"她侧头看一眼，"哦，头发留长了。"

"过两天去剪。"夏藤靠着车窗，"怎么就这么急？"

"谁知道。"乔西问，"看过他们的要求了吧，指定要你拍，你不能给我们丢面。"

夏藤从包里翻出粉饼和唇釉，唇色加浓，再把鼻翼花掉的妆补了补，叹气："这就要遭受甲方的折磨了。"

目的地离得蛮远，乔西跟着导航走，停车场在楼顶，停好车后，坐电梯去楼层。装修挺后现代风，她们被人接进接待室，对方说他们老大还没到，让她们先等等。

催成这样，本人都没到。乔西暗自翻了个大白眼。

夏藤面前推过来一纸合同，对方让她看看，有意与她们这边建立长期合作关系，条件不会差，只是要求她的工作时间与他们高度配合。

乔西都要被他们这一系列人傻钱多的操作弄迷糊了："你们不先合作，也不了解了解，直接就……这样啊？"

对方还是那句话，提要求的不是他们，是他们老大，他们这公司是总部的分公司，成立不久，老大是总部老板的亲外甥，人比较奇怪。

乔西回忆了一下那张中年女人的照片，她查到的应该是总部老总的照片，估计这个"奇怪"是难搞的意思。

夏藤把合同一溜儿扫下来，她严重怀疑这根本是他们老大随手在电脑上打的，字里行间充满了强行安排和理不直气也壮的要求。

除了给的钱多。

她笑了一声："这是卖身契吧？"

"这怎么能是……"

话还没说完，就被一道男声打断。

"就是把你卖给我啊。"

夏藤回头。门口，站着一身黑色西装的男人。

她见惯了他的少年模样，他在那个县城里，套一件黑色外套混在街头巷尾的模样。

她似乎不太能相信，他现在也可以站在这里，穿一身笔挺的正装，以一个全新的身份，这样站在她面前。看样子，他融入得很好。他不差，他这样的人，应该去更广阔的地方。

他没有骗她，答应她的事，他全部做到了。

祁正手里拿着一朵花，公司楼下种的，他路过她身边，别进她的头发里，然后挑起她的下巴，旁若无人地说："你本来就是我的，我还给你加钱，是我亏。"

他开口，那个坏劲儿从未消失，笑得肆意而张扬。

他选择离开昭县，选择等待，选择抛下过去的一切，开始和她对等的人生。

他自始至终，选择的都是有她的路。

夏藤知道，她这一辈子，都会被这个人欺负。

但她也知道，他从头到尾，都只喜欢她。

就像她一样。

他们不必像世上千千万万对男女那样，需要诉明心意，需要仪式，需要一个名号、称呼、身份。

当一段羁绊越过这些时，彼此存在于这个世界，已经是最好的结局。

世界好或不好，他们经历过。

侮辱，冷眼，不信任，憎恶，巨大的恶意之下，熬过一段必须独自前行的日子。

好在他们没有放弃，在被世人抛弃的黑夜，他们痛苦，但也珍惜自己。

终于，云开雾散。

遇见对方的那一天，像遇见一个完全相反的自己，他们封闭的世界被撞碎。

从此，光照了进来。

这是最好的时代吗？

不是。

但我们仍然可以与之共舞，去面对，抗衡，冲破，呐喊。

永远不要停止。

番外篇

今天是夏藤的生日,重逢以来第一个重要的日子。

祁正记了好些天,他没和夏藤过过生日。当初两人在一起的时间很短,又总是针锋相对,好话没说过几句,凑一块儿不是吵架就是闹得翻天,哪来的闲工夫过生日。祁正没给姑娘准备过礼物,他以前属于连赏脸去生日聚会都算作礼物的人,让那帮朋友惯坏了,什么人情都不懂。

他临时补了下课,发现男人送女人的,浪漫点儿的,不外乎就是那几样。

玫瑰、首饰、烛光晚餐。

他全准备了。不仅如此,还要制造所谓的"惊喜",这样才会增加"浪漫"感。开车到餐厅停车场,一切准备就绪,祁正给夏藤打电话。

她没接。祁正又打了几个,都没接。

手机承载着怒气被摔在副驾驶的座椅上,过了会儿,又被捡回去,他给她发微信,发定位,让她看见赶紧滚过来。发完,祁正抱着一捧火红的玫瑰走进餐厅。他独自坐在订好的位置上,厅内柔和的灯光映出一张俊朗的脸。旁侧的女人们频频低头交耳,暗自笑他都什么年代了还送那么大束的花,但又忍不住多看那张脸几眼,猜测什么样的女人会得到这一切。

让人尴尬,又免不了有一点儿嫉妒。

夏藤确实没听见手机响,她在棚内拍摄,手机落在一堆杂物之下。收工后,丁遥就堵在门口了,拉着她上车。

"给你打那么多电话,一个都没接。"丁遥改行做文身师,两条胳膊已经没有一块是皮肤原本的颜色,她把着方向盘抱怨,"你手机是个摆设吧。"

夏藤这才想起来把手机拿出来看一眼，丁遥的来电和消息显示在最上面。她还没来得及点开往下翻，被旁边的人一把抢过去。

"别看了，没收。"丁遥压屁股底下。

夏藤侧坐着，没去抢，她累了一天，胳膊都抬不起来，只问一句："干什么去？"

丁遥卖关子："去了不就知道了。"

行驶到熟悉的地方，看见一群熟悉的面孔和一个巨大的生日蛋糕时，夏藤才反应过来，今儿是她生日。

她猛地拍脑壳，忙忘了，日子只分白天黑夜，日期都是模糊的。

许潮生说："我真就佩服你这种人，厉不厉害不知道，干什么都能把自己忙得连轴转。"

夏藤兀自笑了下，没回应。她还是个三线明星时他就这么说过她，她做事总是过分投入，需要用成绩证明自己。不像许潮生，毕业后成功步入娱乐圈，拍戏也演戏，有那样的家世做背景，他更像进这个圈子玩玩，和她当初如履薄冰的姿态天上地下。

她的生日历来办得隆重，确切地说，面子上要做足。日期不用她记，一群人帮她记，安排各种商务活动在其中。时间久了，她就变得下意识排斥过生日——没有人喜欢做傀儡。

没吃什么东西就被灌了几杯酒，空腹容易上头，夏藤甩了甩脑袋，下意识摸口袋，想起来手机被丁遥收走了，她伸手："手机给我。"

丁遥端着酒杯，随着音乐扭身子："不给，出来玩看什么手机啊。"

"我看看有没有人给我打电话……"

比如那个谁。

夏藤的声音被淹没，丁遥放下酒杯，把茶几上的东西往旁边一推，腾出一块空地儿来："都那么爱看手机，那玩个游戏吧，手机都搁桌上，谁屏幕亮了谁喝，喝完允许看十秒。"

这关乎"有没有人主动给你发消息"的攀比，气氛瞬间微妙起来，一部部手机放上去，夏藤的也被放在里面。

她无奈地叹了口气。大家伙刚围着桌子站一圈，一部手机就亮了，微信消息弹出来，"叮咚"一声。众人反应热烈，手机的主人被起哄着喝完一杯，拿起来看了两眼，很随意地扔回桌面。

玩了几圈，夏藤的手机安安静静的。

丁遥胳膊挂她肩上，调侃道："看来没人给你打电话啊。"

就这么说着，手机屏亮了。

显示两个字。丁遥一眼就瞟到了，愣了一瞬，突然感慨似的笑出来："他还缠着你呢？"

这个"缠"字，用得就很灵性。

丁遥可没忘记这个姓祁的，那几年还是个乡村霸王的时候就跩得不可一世，谁都不放在眼里。夏藤回国这段时间，她们聚的时间不多，感情方面她没细问过，但她感觉得出来夏藤有情况。

有情况，好事儿。然而这一刻知道是祁正，丁遥说不出什么感觉。

他们这个圈子的滥情男女太多了，她根本不相信什么天长地久。但这么多年，祁正还真就从那个小破县城追出来，硬是把夏藤和他变成了一个世界的人。

夏藤足足喝够三杯才被放过，刚摸到手机，电话就挂断了，她呼出一口酒气，看见祁正十多个的来电记录。

这人疯了。夏藤拨回去，通是通了，但他不接。

很难想他不是故意的。响到末尾，其他人等不及了，要她赶快把手机放下继续游戏，夏藤准备挂掉，电话突然被接通。

她不知道祁正在那边是数着数接的。

耳边即刻传来重重的呼吸声，他在压火，不说话。

夏藤知道他生气了。嘈杂的音乐声和欢呼声一阵一阵充斥着耳膜，她头昏沉沉的，不知道说什么，恰好又有朋友催她："玩游戏啊！夏藤，打什么电话呢。"

"……"

这一幕似曾相识，她张了张嘴，哪边都来不及回应，电话那边响起一声冷笑。

"耽误你玩了？"

夏藤被这语气搞得头皮发麻："没，他们给我过生日。"

餐厅里，祁正看着自己对面空荡荡的座位，平静地问："那我呢？"

夏藤没听清："嗯？"

"不想告诉我，还是我不配给你过？"

"不是。"夏藤头更疼了，"我都忘了，丁遥他们组局也没提前告诉我……收工之后她直接来接我，手机一直在她那里。"

她好声好气，丁遥在一边听得无语："给他解释做什么？他谁啊他。"

丁遥声音不小，夏藤赶紧在嘴边比了个"嘘"，没用，祁正那边还是听到了。

"哪个酒吧？"

夏藤："你要干什么……"

祁正摔门上车："过去亲自告诉她，老子是谁。"

祁正和丁遥、许潮生互相看不对眼，得追溯到他们都还是学生的时候。那次充满火药味的见面，确实不怎么愉快。

其实后来丁遥对祁正有过改观，夏藤不惧一切、反击谣言的时候，身上那股天不怕地不怕的劲儿来自谁，他们都清楚。

她最崩溃的时候，他让她站直了走路。

敢于反抗的勇气，在当今时代，是一件难得的东西。

可惜这印象在夏藤大学期间再次丢了魂似的从昭县回来后，又改回去了。丁遥听完他们俩那短短三天发生的事，气得头疼，就说了一句"你俩的事儿以后一个字别跟我提"，她只想把祁正这个王八活剥了。

夏藤见她气成那样，也就没敢在她面前多提，包括……回国后的种种。

祁正到场，等着他的是一个已经喝晕了的夏藤。酒吧里的灯忽明忽暗，看不出她脸多红，但人已经快站不稳了。她提着酒瓶，半靠在丁遥身上找平衡，丁遥扶着她，看向来人，挑了挑眉。

为了今晚所谓的"约会"，祁正穿了一身黑正装。

他本就长得人模人样，属于无论男女都会多看两眼的类型，再这么稍微收拾下，确实够招惹视线的。

几年没见，这人帅得离谱了。怪不得夏藤没出息，一头栽死在他身上。

在座其他人都是第一次见祁正，这会儿目光全部聚集向他。都是能游刃有余地混迹各个圈子的人，眼神毒得跟什么似的，对于新人物，扫两眼就能探出对方几斤几两。

一般人可扛不住这般"扫射"。

但祁正不是一般人，他目中无人惯了，谁也不放在眼里。

夏藤晕得分不清东南西北，祁正看着她，问了一句："谁灌的？"语气并不客气，是他惯有的作风。

挺稀奇。一开口,这伙人对他的好奇度直线上升。

许潮生心里说不清什么滋味,世界千变万化,大多数人面目全非,被生活和现实牵着鼻子走,但祁正似乎没怎么变。

都到这个年龄了,怎么可能没栽过跟头,可是那股少年狂气一丝都没少。

丁遥先打招呼:"挺久不见啊。"

祁正目光在她脸上挂了两秒,他就知道是这女的,没心思叙旧,伸手:"人给我。"

他要夏藤。

丁遥不动:"干什么?刚来就准备带她走?"

祁正没什么耐心的样子:"不然留着让你灌她?"

这恶劣态度真是久违了。丁遥也不恼,手里捏着夏藤,对付祁正太容易。她悠哉道:"问问她跟不跟你走呗。"

祁正懒得多话,直接上手抢,还没挨到她胳膊,丁遥身子一挡,在夏藤下巴上挠了挠:"去不去舞池蹦?"

夏藤已经喝上头了,完全没发觉祁正的到来,点头答应:"好啊。"

丁遥伸出手:"拉我过去。"

夏藤十分听话,拉起丁遥从卡座出去,径直路过祁正身边。

两肩相碰,丁遥一脸幸灾乐祸。祁正开口:"我警告你,别烦我。"

"烦你怎么了?"丁遥皮笑肉不笑,"你想带走就带走,哪那么容易?"

她就是看不惯祁正对夏藤呼来喝去的态度,什么时候都是一副"勾勾手指,她就必须过去"的样子,狂什么呢。

欠收拾。

"你是夏藤的男朋友?"

热闹看得差不多,有人出声,端起一杯酒给他,愿意招待,就是接纳他的意思。祁正扫他一眼,那人又道:"怎么没听她提过你?"

这群人都是夏藤的朋友,他给那人面子,接过酒来:"还在追。"

女的都笑,祁正这个外貌条件,说"追人"太不搭。

不过事实如此。夏藤当初并没有签那份堪比"卖身契"的合同,工作是工作,私人恩怨是私人恩怨,她要跟他公私分明,否则免谈。

当着那么多人面拒绝他的示好,让他下不来台,他也没生气。她比以前难搞得多，他得有耐心，不能强迫她。

这一不强迫，她就大有蹬鼻子上脸的架势。

夏藤对他是有怨气的，他知道，他那几年确实不是人，对她干的尽是缺德事。她再怎么作，他都能接受，但今天不行，他头一回给人准备礼物，眼巴巴地等她那么久，结果呢，她和一群朋友在酒吧玩，还喝多了认不出他。

他要能放着她去人堆里蹦迪，在别人面前乱扭，他就不是祁正。

祁正喝完那杯酒就走了，拨开人群去抓人。

不难找，就在舞池边上，她和丁遥被一桌散台的年轻男生搭讪，看着都是二十出头，休闲运动风，典型的城市男孩。挺会来事儿，夏藤被逗得直笑，她喝多了，随意撩一把头发，小动作、小表情里不经意带着绵绵的媚意，旁边一高个儿男生打开手机，跟夏藤耳语几句，那样子看着是想加微信。

祁正走过去，把男生的手一把拨开。夏藤跟着音乐扭来扭去，什么都没注意到。男生"喂"了一声，不乐意，要动手拉开祁正。

祁正回头看他一眼。一张年轻的脸，但目光一点儿不年轻，没有经历过狠事儿，不会有那样尖锐的利度。

男生一愣，几乎是瞬间被压制，他气势弱下去：“她是你……你朋友啊。”语气渐弱。

祁正嘴都懒得张，转回去，只盯着夏藤。大概十秒，她终于发现他了。

"哎？你什么时候来的？"她眼睛一亮，盛进头顶幻彩的光。毫无疑问这反应，真是才看见他。

他控制着语气，没有一丝波澜："还玩吗？"

夏藤没听出来异常，手随意地扶着桌子："还早啊，刚过十二点。"

好像有那么点儿意犹未尽的意思。

"不想回？"

"也不是……要问问丁遥。"夏藤说着，探出身子就去找人。祁正胳膊一捞，把她拽回来，怒火噼里啪啦地烧起来："我在你这眼里一点儿存在感都没有是不是？"

夏藤吓得缩了缩脖子："你干吗突然这样。"

祁正静静看她两秒，甩开她就往外走，夏藤"哎"了一声追上去。两道身影消失在各色光影里，一桌小年轻一声不吭，还没从惊吓中回神。

341

确定人走了,男生才对丁遥说:"那是你朋友的男朋友啊?"

丁遥才从他们离开的方向收回视线:"是吧。"

"就那种相处方式?"

丁遥说:"多年如此,还以为变了呢。"她又笑笑,"真是一如既往啊。"

以前以为是折磨她,欺负她,现在再看,分明是祁正在意过了头,容忍不了他们之间出现任何外人。造孽啊。

一路到停车场,祁正脚下生风,他碰了酒不能开车,打电话叫人来开。

夏藤穿着高跟鞋,在后面追得够呛,好不容易追到跟前,听见他打电话叫司机。她问:"你喝酒了?"

还不是给她朋友面子。祁正烦躁地扯开领带,气还是没顺,冷眼瞥她:"跟过来干什么?不是舍不得走吗?"

"我哪有……"她小声反驳,冷风一吹,解释不成,一个喷嚏打出来。

晚上的风没有温度,她穿得少,黑西装外套和短裙,里边细腰露一截,两条腿光秃秃的。

祁正看着碍眼,折身过去开车门:"上去待着。"

夏藤没计较他的态度,乖乖走过去,一低头,看到后座一捧玫瑰花。

安静了一瞬,她笑起来:"送我的啊。"

他别开脸:"谁要送你,路上捡的。"

夏藤忍住笑,把花抱出来,晃到他眼前:"你给我拍一张吧。"

祁正板着脸不动。

酒精作怪,夏藤撒起娇来也得心应手,凑近他:"就一张嘛,好不好?"

酒气和花香一同涌来,被她的声音搅得甜腻腻的,祁正差点儿骂人。她这样,他拒绝不了。

闪光灯一亮,夏藤扬起嘴角,抱着花甜甜地笑起来。

她禁得住各种各样的高清摄像头,更不用说普通的原相机,花衬得人更娇,两颊微微泛着粉,齐肩黑发与红唇,在强光闪烁下对比强烈,也更明艳。

她是漂亮,这几年越来越漂亮。祁正盯着手机屏幕,半天没有说话。

夏藤拍完,俯身钻进车里。

祁正问:"不看吗?"

她声音还甜着:"拍给你看的。"

他微怔，低嗤一声："谁稀罕。"然后立马设成新壁纸。

司机很快到达，坐上驾驶位启动车子："老大，去哪儿啊？"

祁正坐进另一边，系上安全带："先送她回家。"

这个"先送"，就是他等会儿还要回自己家的意思。

司机品了品这句话的含义，没有再多问，眼下二人气氛微妙，像是发生了争吵的样子。但他不怎么相信祁正能做到，和夏摄影师有关的事，他们老大矛盾得很，经常打自己的脸。

一路无言。司机猜测，可能是又吵架了，常态，两人没一个脾气好的，尤其老大嘴还毒，一生气就控制不住。

车停到夏藤的公寓楼下，祁正还在别扭，冷冰冰道："下车。"

后座没声。司机回头一看，人已经睡得呼吸均匀了，他转回去："老大，她睡着了。"

祁正解开安全带回头，果然，夏藤在后座躺得四平八稳，怀里还抱着花。他故意一路没说话，没想到正好营造了安静环境，让她舒舒服服睡了一路。祁正还没灭下去的火又冒上来，他一语不发，过去打开后座门，把她从里面抱出来。

是抱。还有人在，他上去再收拾她。

司机明知故问："还用在下面等您吗？"

"不用，你开走吧。"

果然到最后还是这样。司机点头，悲伤自己大晚上的还要被强行秀一脸恩爱。

进入家门，夏藤迷迷糊糊地踢掉高跟鞋，就要栽进沙发里睡觉，祁正把她拽起来，二话不说开始扒衣服。

冷空气与肌肤接触，夏藤一下就惊醒了，尖叫："你干什么！"

祁正嘴角挂着冷笑："老子折腾一晚上，专门送你回来睡觉的？"

说话间已经到了她的卧室，他忍了一晚上的火正在悉数往她身上发，夏藤"哎"了半天，他动作不停。

她就知道会有这么一天，虽然他们睡过了，但距离上次已经过去两年多，回国后就算一直不清不楚，她不给准话，他也没有太过分的行为，弄得跟真在重新追她似的。

今天一看，她忍不住怀疑他都是装的。

夏藤被这么一弄，酒醒了大半，她被他摁着，问："我们什么关系啊？"

他抬头，似乎有点儿咬牙："你问我？"

"你不是还在追我吗？"

"我还得怎么追？"祁正一只手狠狠按在她胸口，"夏藤，做人有点儿良心，你要这么吊着我，也得有个期限吧。"

他成天围着她转，就差冲着她摇尾巴了。

夏藤眨了眨眼："你是追不到我就气急败坏吗？"

"追不到？"祁正慢慢重复一遍，笑了一声，"你这种人，老子就不该让着你。"

夏藤还要说什么，他手掌覆上来一把捂住。

"憋着，不想听。"

……

夏藤确实是憋着了，祁正今天有意整她，不让她嘴里出声，都是从嗓子里断断续续溢出去。

他一遍一遍附在她耳边问"你到底还要我怎么样"，夏藤被折磨得不轻，勉强说出来一句："我还没有原谅你。"

他停了半刻，撑起身子俯视她："你别太过分。"

夏藤轻声说："可是你以前更浑蛋。"

"报复我？"

"是吧。"

"没良心。"祁正骂她，一边骂一边咬她脖子，"老巫婆，没良心。"

夏藤承受着疼痛，她能感觉得到，祁正又一次忍住了。他不满她的态度，可是他没有发火。多难得，以前的他哪里学得会。

夏藤压住笑意："不高兴可以不追。"

祁正闷着声音："我没说不高兴。"

夏藤累得昏睡过去，朦胧之中再次醒来，房间是暗的，厨房那边有灯透过来。她起身，脖颈一凉，伸手摸了摸，不知道什么时候多了条项链。

她披了件衣服下床，对着镜子照着，细小的吊坠是一截树藤的样式，停在她两根锁骨之间。

看来祁正记得今天是她的生日。

她走出去，他正好端着碗出来，煮了粥，很香。

夏藤还没来得及感动,他先一脸嫌弃地开口:"能不能去洗脸,你妆花了好丑。"

夏藤问:"你大半夜忙活这些,这么饿吗?"

"是你饿,你肚子在叫。"

"我哪有。"

"亲的时候听到的。"

夏藤语塞,红着耳朵去洗脸。

客厅和餐厅打通,中间有一截立台,顶上垂下一盏灯,她平时喜欢坐在那喝酒。祁正把碗摆上去,坐着等她。他想起自己当年那句"不伺候了",再看看眼下,打脸打得啪啪响。

他总是在夏藤这儿打自己的脸,说狠话的是他,受折磨的还是他。

不过也无所谓了,只要是她,其他都无所谓。

夏藤洗漱好出来,跨上高椅坐他对面,她把头发松松垮垮地绾起来,执勺喝了一口。她二郎腿跷着,拖鞋半挂在脚尖轻轻晃着,祁正怎么看那两条腿怎么不顺眼:"你没裤子吗?"

她嚼着米粒:"吸引到你?"

他停顿,她笑:"这么多年,我怎么还能吸引到你?"

他看她:"酒还没醒?"

夏藤:"你说说嘛。"

祁正知道她那劲儿又上来了,不搭理她。

正要感叹自己扳回一城,祁正离开椅子,过去拿空调遥控器,"嘀嘀"两声,室内温度调高些。

"因为这么多年,老子还是喜欢你。"他站在客厅,只把侧脸留给她。

夏藤没有说话,低头,眼睛突然酸了一下。

她想,就这样吧。就这样吧,以这种未知的,正在发生的形式,让时间进行下去。她还要和祁正纠缠多久,不知道。未来会发生什么,不知道。但好像,这样过的每一天,都挺值得期待的。有祁正在她身边,她开始对明天有了幻想,而不再是漫无边际的恐惧。

后来的一天,夏藤又上过一次新闻热搜。

她给祁正公司拍的宣传片小火了一把,人们发现了这个久违的名字,再有八卦点儿的,发现了她和祁正的暧昧关系。他们翻出了曾经刷爆全网的新闻,更有人发现祁正正是当初在夏藤事件中凭长相上了热搜的台球厅少年，没想到他们一直在一起。

　　这一次，评论里少了些谩骂，大多是感叹他们的爱情，佩服夏藤当年的壮举，还有惋惜她的退出。

　　也有不少人说，退出挺好的，毕竟是她自己的选择。经过那样大规模的网络暴力，她应该更珍惜现在安静平稳的日子。

　　网络世界仍然乌烟瘴气的今天，起码她解脱了。

　　她躺在祁正怀里翻看着那些评论，他问她要不要处理，夏藤摇了摇头。

　　"不用管，会下去的。"

　　果然，不出半天，那条热搜便热度减退，消失，其他充满话题性的新闻覆盖上去，引发新的战争。有关于明星夏藤的事件，彻底成为过去式，寥寥几篇报道，概括完那一段歇斯底里的曾经。

　　人们的议论声仍在继续。议论对象变换不停。而她，淡出了这个光怪陆离的大舞台，回到了自己的生活。或许改变了什么，或许什么都没改变，但那些，都不重要了。

　　她短暂地参与过那个疯狂的世界，已经足够。

　　一直飘着的人生多可怜啊，总要有这样双脚踩地的时刻，一个举动就满心欢喜的时刻，去弥补她，他，还有和他们一样的千千万万的人，弥补他们那段黑暗而充满创伤的日子。

　　她会原谅他们吗？或许吧。也或许早就是了。

　　而她和祁正，都是行动大于语言的人。

　　她想，就算他们谁都没有说，可从很多年前，遇见对方的那天起，就有一道声音出现了。

　　你知道吗，你不会再孤单了。

　　有我陪着你。

　　（完）